历朝通俗演义（插图版）——唐史演义Ⅱ

安史之乱

蔡东藩　著

北方联合出版传媒(集团)股份有限公司

万卷出版公司

© 蔡东藩 2015

图书在版编目（CIP）数据

唐史演义 . 2, 安史之乱 / 蔡东藩著 . — 沈阳：万
卷出版公司，2015.1（2021.7 重印）
（历朝通俗演义）
ISBN 978-7-5470-3103-2

Ⅰ . ①唐… Ⅱ . ①蔡… Ⅲ . ①章回小说—中国—现代
Ⅳ . ① I246.4

中国版本图书馆 CIP 数据核字（2014）第 154364 号

出 品 人：王维良
出版发行：北方联合出版传媒（集团）股份有限公司
　　　　　万卷出版公司
　　　　　（地址：沈阳市和平区十一纬路 25 号　邮编：110003）
印 刷 者：河北盛世彩捷印刷有限公司
经 销 者：全国新华书店
幅面尺寸：168mm×233mm
字　　数：265 千字
印　　张：16
出版时间：2015 年 1 月第 1 版
印刷时间：2021 年 7 月第 4 次印刷
责任编辑：胡　利
责任校对：张希茹
封面设计：向阳文化　吕智超
版式设计：范思越
ISBN 978-7-5470-3103-2
定　　价：37.00 元
联系电话：024-23284090
传　　真：024-23284448

目　录

第一回

默啜汗悔婚入寇

狄梁公尽职归天

却说武氏用二张言，乃遣职方员外郎徐彦伯等，召庐陵王哲至东都。庐陵王与韦妃诸子，一并诣阙，入朝武氏。武氏留居宫中，佯称为他疗疾。狄仁杰因事涉诡秘，尚觉怀忧，进入宫求见，武氏与语庐陵王事。仁杰道："陛下既召还庐陵王，何故未得一见？"武氏道："卿尚疑朕么？"随即呼庐陵王出幄。仁杰审视果确，才下拜顿首道："王已还宫，人未曾晓，怪不得议论纷纷，还疑是假了。"武氏乃令庐陵王出舍龙门，备礼迎还，中外大悦。武承嗣以计划失败，郁郁不乐，竟至成疾。次子延秀，因武氏指婚胡女，亲迎届期，不得不遣往突厥。武氏复令阎知微署春官尚书，与署司宾卿杨齐庄，赍金万两，帛万匹，偕延秀同行。凤阁舍人张柬之入谏道："自古到今，未有中国亲王，娶夷狄女，还请陛下详察！"武氏不省，且出柬之为合州刺史。至延秀到突厥南庭，承嗣已一命呜呼，长子延基袭爵，本应称为嗣魏王，武氏因犯承嗣讳，特改号继魏王。二名不偏讳，武氏改嗣为继，全然是宦官宫妾丑态。承嗣早死数年，还算幸事。突厥可汗默啜，闻延秀到来，先召入阎知微。知微即将礼单奉呈，由默啜验收毕。默啜竟变色道："我女应配李氏，奈何来一武家儿？我突厥世受李氏恩，闻李氏尽被屠灭，只有两子尚在，我将发兵辅立，俟得正位，送女未迟。"金帛已收，女却不嫁，还要说出绝大道理，令人拍案叫绝。这一席话，说得知微面色如土，不

1

由得跪下叩头，吁请如约。你说和亲可恃，究竟靠得住否？默啜笑道："汝何必多虑，尽管留居我国，我便许汝为南面可汗，可好么？"知微听得"可汗"二字，又不觉喜出望外，拜谢而起。默啜叱令左右，将延秀拘住，不准入见，且写了一封责问书，遣杨齐庄折还。武氏正静待和亲消息，忽由齐庄返谒，报称突厥悔婚状，且呈上来书。武氏一瞧，不禁大怒，看官道他书中写着何语？乃是数武氏五大罪，列述如下：

（一）是前时所给谷种，俱系蒸熟，布种不生。（二）是金银器多系伪劣，并非真物。（三）是突厥可汗，曾赏给中使等绯紫，俱被武氏剥夺。（四）是彩帛统系疏恶。（五）是突厥可汗贵女，当嫁天子儿，武氏小姓，门户不敌，休得妄想结婚。

最后结语，乃是进取河北，南下勤王，将反周为唐等情。气得武氏这张粉脸，青一块，红一块，几乎像个黑煞红神。当下派司属卿武重规为天兵中道大总管，又是一个武家儿。右武卫将军沙吒忠义为天兵西道总管，幽州都督张仁亶为天兵东道总管，统军三十万，出征突厥。再遣左羽林大将军阎敬容、李多祚，为天兵西道后军总管，将兵十五万为后援。各军依次出发，渡河北进。

默啜已自率十万骑，南向击静难平狄清夷等军。静难军使慕容玄崱，迎降默啜。默啜遂入围妫檀等州，又分兵攻陷定州，杀刺史孙彦高，及吏民数千人，再进兵赵州。刺史高叡与妻秦氏，募集吏民，及所有家奴，执械守城。默啜见刀兵森列，旗帜严明，倒也不敢轻攻，乃令阎知微至城下招降。知微一面招谕守吏，一面与番众交手蹋歌，示欢乐状。守将陈令英登城俯语道："尚书位任非轻，乃供虏役使，且与虏蹋歌，得勿知愧否？"知微道："人生但求行乐，何必拘拘名节。我教你等出降，便是此意。"全无心肝。高叡也在城楼，即用箭射知微，知微慌忙引退，回报默啜。默啜即引兵围城，高叡夫妇，日夕巡守，不敢少懈。偏长史唐波若，潜为敌应，引入虏兵。也想去蹋虏歌么？虏众纷纷登城，叡与秦氏，知不可守，仰药待死。经虏众舁见默啜，默啜示以紫袍金狮子带，且与语道："降我赐汝官，否即就死。"叡还顾秦氏。秦氏道："酬报国恩，正在今日。"说了两语，便即闭目待死，叡亦不发一词，越宿俱为虏所杀。夫妇尽忠，完名全节，后来朝廷赐谥曰节，追赠叡为冬官尚书。不没忠臣不没烈妇。

赵州被陷，吏民非死即降。默啜又入攻相州，寇势益炽。武氏改号默啜为斩啜，**不忘故智**。悬赏购斩啜头，许封王爵。调任沙吒忠义为河北道前军总管，李多祚为后军总管，往援相州。一面立庐陵王为皇太子，复名为显，赐姓武氏，命为河北道元帅，出御突厥。改封豫王旦为相王，领太子右卫率。先是突厥启衅，大兵迭发，都城因募民为兵，月余不满千人。及太子为元帅，应募日众，不到三五日，即数满五万人。太子乃自请出师，武氏不许，但命狄仁杰为副元帅，令代行元帅事，率军北征。武氏亲饯都门，仁杰拜命而去。途次迭接军报，乃是默啜大掠赵定二州，得男女八九万口，悉数坑死，取金帛北归。仁杰忙檄各道兵追剿，自己也督领十万骑，倍道疾趋，到了赵州境外，不见一虏，就是各道人马，也没有一兵一卒到来，乃长叹数声，回驻赵州。

未几，奉制为河北道安抚大使。仁杰疏请曲赦河北诸州，一无所问。幸得武氏批准，乃招抚百姓，凡经突厥驱掠等人，悉令递还原籍。散粮施赈，修驿通师，自食蔬粝，严禁部兵侵扰百姓，河北复安。阎知微由突厥纵还，武氏命磔死天津桥，夷他三族。**蹋歌之乐何如？**乃制令各道班师，并召还仁杰，改授内史。武氏复得改忧为喜，行乐深宫。事有凑巧，那吐蕃将赞婆弓仁，俱率部众来降。武氏大喜，忙令羽林军飞骑往迎。原来吐蕃自钦陵为相，威行四方，钦陵居中秉政，子弟出握兵权，内外相维，强盛了二十余年。武氏临朝，曾屡次发兵往讨，迄无成功。唯长寿元年，由西州都督唐休璟，及左武卫大将军阿史那忠节等，破吐蕃兵，夺还龟兹、于阗、疏勒、碎叶四镇，仍置安西都护府，发兵驻守。钦陵又常入寇，与守兵相争，互有胜负。万岁通天元年，又遣使求和，请罢安西四镇戍兵，并乞分突厥十姓地。当由武氏派通泉尉郭元振，与议和约。元振索还吐谷浑诸部，及青海故地，方得与突厥五姓相易。钦陵不从，彼此相持不决，几成悬案。会吐蕃赞普器弩悉弄，年已渐长，因患钦陵擅权，密与大臣论岩等，谋除钦陵。可巧钦陵外出，器弩悉弄托词游猎，号召兵士，掩捕钦陵亲党，得二千余人，一并杀死。又遣使召还钦陵兄弟，钦陵闻变，抗命不受。器弩悉弄自引兵往讨，钦陵兵溃自杀。钦陵弟赞婆，素守东方，钦陵子弓仁，曾统辖吐谷浑七千余帐，至是同来款塞，情愿投诚。既得中使礼迎，遂欢天喜地地入朝晋谒。武氏面授赞婆为辅国大将军，兼归德郡王，弓仁为左羽林大将军，兼安国公，皆赐铁券。赞婆愿为中国戍边，乃更授右卫大将军，令即率部众戍河源谷。才经年余，赞婆病死，追赠安西大都护，另遣御史大夫魏元忠，为陇右诸军大总管，率同陇右大使唐休璟，严备吐蕃。适值吐蕃将麹莽布支，入寇凉州，休璟邀击洪源谷，披甲陷阵，六战皆克，斩首二千级，莽布支遁去，休璟凯旋。

还有一种可喜的事情，也是同时奏报。先是契丹降将李楷固、骆务整，由狄仁杰解送东都，廷臣以连番出兵，将士多为二人所伤，拟处置极刑，以慰冤魂。武氏却也踌躇，命将二人系狱待决。*应前回。*会召仁杰还朝，问及二人处置。仁杰奏道："楷固务整，骁勇绝伦，他能为契丹尽力，也必能为我效忠，但请加恩抚驭，不患不转为我用。"武氏乃命将二人赦罪。仁杰复请给官阶，因再加楷固为左玉钤卫大将军，务整为右武威卫大将军，令出剿契丹余党。二将同往朔漠，捕得余党多人，还都献俘。武氏受俘含枢殿，改元久视，擢两人为大将军，且封楷固为燕国公，赐姓武氏。大集群臣，入殿赐宴。武氏亲举觞赐仁杰道："事出卿力，卿可尽此一觞。"仁杰受饮毕，且奏道："这是陛下威灵，将帅尽力，臣有何功可言？"武氏嘉他谦让，欲加厚赐，仁杰固辞，才算罢议。*吐蕃、契丹事，皆随突厥事带叙，此即属辞比事之法。*

但是仁杰入相，也非全出武氏明鉴，追溯由来，实是纳言娄师德所荐引，仁杰未曾知晓。自与师德同列朝班，尝挤令出外，因此师德出讨契丹，事平归来，*见前回。*即外调为陇右诸军大使，管领屯田事宜，继复调任并州长史，兼天兵道大总管。仁杰有时入商政务，武氏颇称师德知人，仁杰独奏道："臣尝与他同僚，未尝闻他知人呢。"*贤如狄梁公，尚不能无私意。*武氏微笑道："朕得用卿，实由师德推荐。师德能荐卿，难道不得为知人么？"仁杰不觉怀惭，及退，语同列道："娄公盛德，我为所容，今日才得知觉，未免愧对娄公呢。"嗣是仁杰记在心中，仍欲引与共事。偏师德年已七十，竟病殁会州。师德字宗仁，郑州原武人。身长八尺，方口博唇，生平与人无争，遇事辄让。尝因弟出守代州，教他耐事，弟谓："遇人唾面，由自己舐干，总好算是忍耐。"师德道："唾面须待自干，若必欲拭净，尚是违拂人意呢。"时人闻言，皆服他器量。师德自高宗上元初年间，入任监察御史，至武氏圣历二年乃殁，相距几三十年，这三十年间，大狱屡兴，罗织不绝，独师德与世无忤，从未殃及。出为将，入为相，以功名终身，这就是他器宇深沉的好处。*唾面自干之言，正适用于当日，否则亦未免有误。*相传袁天纲子客师，传习父业，相术亦多奇中。尝与友渡江，登舟后，偏视舟中诸人，鼻下皆有黑气，拟挈友返岸，忽见一伟丈夫神色高朗，负担前来，便即登船，因私语同伴道："贵人在此，我辈可无忧了。"及舟至中流，风涛迭起，终得达岸。客师问伟丈夫姓名，答称"娄师德"三字。这时候的娄师德，尚未贵显，客师已目为贵人，照此看来，人生安危，关系命相，亦未可知。述及逸闻，无非因师德为当时贤相，故不惮烦词。师德死后，得追赠幽州都督，予谥曰贞，这且按下。

且说武氏愈老愈淫，逐日召幸二张，尚嫌未足，乃更广选美少年，入内供奉，创设控鹤监、丞主簿等官，位置私人，另择才人学士，作为陪选，掩人耳目。于是用司卫卿张易之为控鹤监，银青光禄大夫张昌宗，左台中丞吉顼，殿中监田归道，夏官尚书李迥秀，凤阁舍人薛稷，正谏大夫员半千，均为控鹤监内供奉。半千奏言："古无此官，且所聚多轻薄士，不如撤消。"看官！你想这武氏正爱他轻薄，肯信他的说话么？当下将他调出，令为水部郎中。武氏除视朝听政外，日夕与这班供奉官，饮博为乐。易之昌宗，更仗着武氏宠幸，谑浪笑敖，无所不至。太平公主及驸马武攸暨，亦混作一淘儿，混情嬉戏。武氏且召入太子相王，也教他脱略形迹，相聚为欢。嗣又替他想出一法，令太子相王太平公主，与武攸暨、张易之、昌宗等，订一盟约，誓不相负，并祭告天地明堂，把誓文镌入铁券，留藏史馆。嗣是彼此莫逆，越闹得一塌糊涂。还有一个上官婉儿，系故西台侍郎上官仪孙女，仪被诬死，家族籍没。见前文。婉儿生未及期，与母郑氏同没入掖庭。及年至二七，妖冶艳丽，独出冠时，更且天生聪秀，过目成诵，所作文艺，下笔千言，好似平日构成，不假思索，因此才名大噪。唐宫中何多尤物？武氏召她入见，当面命题试文。婉儿一挥即就，呈将上去。经武氏瞧了一周，果然是珠圆玉润，调叶声和，尤喜那书法秀媚，格仿簪花，不由得极口称许，因即留住左右，命掌诏命。自万岁通天以后，所下制诰，多出婉儿手笔。武氏倚为心腹，甚至与昌宗交欢，世不避忌。婉儿情窦初开，免不得被他引动，更兼昌宗姿容秀美，尤觉得欲火难熬，一日，与昌宗私相调谑，被武氏瞧着，竟拔取金刀，插入婉儿前髻，伤及左额，且怒目道："汝敢近我禁脔，罪当处死。"亏得昌宗替她跪求，才得赦免。《婉儿传》中，只载婉儿忤旨，《控鹤监秘记》中详叙其事，唯语太秽亵，特节录之。婉儿因额有伤痕，常戴花钿，益形娇媚，嗣是不敢亲近昌宗。唯深宫曲宴，仍未尝一日相离。可笑那腐气腾腾的王及善，由刺史进任内史，竟劾奏二张侍宴，失人臣礼，当由武氏调文昌左相，名为优待，实是疏忌。中丞吉顼，尝嫉视武懿宗，说他退走相州，毫无胆力。懿宗忍耐不住，与顼相争，武氏出为调解，顼尚断断不休，惹得武氏动怒起来，勃然道："顼在朕前，尚轻视我宗，他日还当了得么？从前太宗皇帝，有马名狮子骢，性暴难驯，朕尚为宫女，从旁进言道：'妾能制服此马，唯须用三物，一铁鞭，二铁挝，三匕首。'太宗尝称朕胆壮，今日倔强如汝，亦岂欲污朕匕首么？"妇道尚柔，武氏犹自鸣得意，亦思太宗若明妇道，宁令汝横行至此？顼听了此言，不觉汗下，拜伏求生。武氏方才色霁，叱令退出。诸武遂谮顼弟倚势冒官，顼竟坐贬为固安尉。陛辞时得蒙召见，顼顿首道："臣永辞阙廷，愿陈一言。"武氏问他何语？顼答道："合水土为泥，有无冲突。"武氏道："有什么冲突。"顼又道："分半为佛，半为天尊，有冲突否？"武氏道："这却难免。"顼复道："宗室外戚，各有阶级，庶内外咸安，今太子已立，外戚尚封王如旧，他日能勿冲突么？"武氏道："朕亦想念及此，但木已成舟，只好慢慢留意罢。"顼乃拜辞道："但愿陛下留意，天下幸甚。"言已自去。左监门卫长史侯祥，因吉顼撤差，丐求补缺，百计钻营，尚未见效。武氏又改控鹤监为奉宸府，更增选美少年供差。右补阙朱敬则上疏奏阻，略云：

> 陛下内宠，有张易之昌宗足矣。近闻长史侯祥等，明自媒衒，丑慢不耻，求为奉宸府供奉，无礼无义，溢于朝听，臣职司谏诤，不敢不奏。

这奏上后，同官都替他捏一把冷汗，偏武氏嘉他直言，竟赐彩缎百端。<u>意欲笼络敬则，所以加赐。</u>唯宫中追欢取乐，仍然如故。武三思且奏言昌宗系王子晋后身，乃由武氏令著羽衣，吹凤笙，骑一木鹤，往来庭中。文武都作诗赞美，恬不知羞。昌宗兄张同休，得入为司礼少卿，弟昌仪得为洛阳令，均倚势作威，势倾朝右。鸾台侍郎杨再思，谄事张氏，得入为内史，越觉献媚贡谀。当时竞誉昌宗，谓六郎面似莲花，再思独指为谬谈。昌宗问故，再思道："语实倒置，六郎岂似莲花？乃莲花似六郎呢。"昌宗也为解颐。

武氏年近古稀，也恐死期将近，乐得任情纵欲，再博几年欢娱，所有一切朝政，都委任这同平章事狄仁杰。<u>独任狄公，是武氏聪明处。</u>仁杰以复唐自任，对着武氏却婉言讽谏，屡把那切情切理的言语，徐徐引导，所以武氏也被感悟，目为忠诚。武氏尝谓仁杰道："朕欲得一佳士，秉枢机，究竟何人可用。"仁杰对道："文学如苏味道、李峤等，皆一时选。但佐治有余，致治不足，必欲取卓荦奇材，莫若荆州长史张柬之。"武氏乃擢柬之为洛州司马。越数日，又问仁杰，仁杰道："前荐张柬之，尚未擢用。"武氏道："已迁任洛州了。"仁杰道："柬之有宰相才，不止一司马呢。"乃复擢为秋官侍郎。仁杰又尝荐夏官侍郎姚元崇，监察御史桓彦范，泰州刺史敬晖等数十人，后来皆为名臣。或语仁杰道："天下桃李，尽在公门。"仁杰道："荐贤为国，并非为私呢。"仁杰长子名光嗣，圣历初为司府丞，武氏令宰相各举尚书郎一人，仁杰竟以光嗣荐，乃晋拜地官员外郎，材足称职。武氏尝语仁杰道："晋祁奚内举得人，卿亦不愧祁奚了。"唯仁杰有卢氏堂姨，居桥南别墅，一子已长，未尝入都城。仁杰常有馈遗，每值休沐，必亲往问候，适见表弟挟着弓矢，携了雉兔，来归进膳，见仁杰在座，一揖即退，意甚轻简。仁杰因白姨母道："仁杰现已入相，表弟所愿何官，当为尽力。"姨笑道："宰相原是富贵，但我止生一子，不愿他服事女主呢。"**高操出仁杰上，故特为表明。**仁杰赧颜而退。久视元年九月，狄仁杰卒，年七十一。**大书特书。**武氏闻讣，不禁泣下道："朝堂自此无人，天夺我国老，未免太速呢。"乃追赠文昌右相，谥曰文惠。中宗复位，晋赙司空，睿宗朝又加封梁国公。小子有诗咏狄梁公道：

> 唐室垂亡赖转旋，满朝谁似狄公贤？
> 休言事女污臣节，名士原来贵达权。

仁杰殁后，应另有一番黜陟，待小子下回叙明。

　　武氏之威，只能行于朝廷，不能行于蛮夷，故契丹方平，突厥又炽，武氏欲和亲以羁縻之，而默啜谓我女须嫁李氏，安用武氏儿，反若名正言顺，无可指驳。夷狄且有君，不如诸夏之亡，吾为唐室愧矣。当日者嬖幸擅权，盈廷芜秽，无一非武氏家奴，唯娄狄二公，以功名终，颇有重名，然娄师德只务圆融，不知大体，所差强人意者，唯狄仁杰一人。纲目于仁杰之殁，不系周字，明其始终为唐，未可以周臣视之。硕果仅遗，所关者大，本编于仁杰亦无贬词，宜哉！

第二回

证冤狱张说辨诬
诛淫竖中宗复位

却说狄仁杰已殁，他相如苏味道、李峤、陈元方等，均不逮仁杰。味道尝言人生处事，当模棱两可，不必过明，时人号他为苏模棱。峤徒有文名，当时上瑞石颂，称为皇符，贻讥人口。元方较为清谨，唯因细事不奏，忤武氏意，已经罢职。武氏乃悉心选择，另用数人，韦安石为同平章事，崔玄暐为天官侍郎，张嘉贞为监察御史，三人均有清操，为世所重。又都御史苏颋，覆按宿狱，平反多人，都下始乏冤囚。久视二年，仍用正月为岁首，改元大足，寻复改为长安。三月间雨雪数寸，苏味道称为瑞雪，率百官入贺，侍御史王求礼出阻道："三月雪为瑞雪，腊月雷可称瑞雷么？"一语驳倒。味道不从，及武氏视朝，即相率拜贺。求礼独昂然道："今阳和布令，草木发荣，天乃下雪为灾，怎得诬称瑞雪？臣见味道等阿谀取悦，均不值一辩呢。"武氏为之不欢，辍朝竟入。越数日，又有人献三足牛，味道又欲入贺。求礼扬言道："物反常为妖，牛本四足，如何缺一？这乃政教不行的现象呢。"味道乃止。

肃政中丞魏元忠，奉宸监丞郭元振，相继外调，控御突厥吐蕃。元忠出为萧关道大总管，转徙灵武道，驭军持重，寇不敢逼。元振出任凉州都督，择险加防，南境硖石置和戎城，北境碛石置白亭军，拓境千五百里，且命甘州刺史李汉通，开置屯田，兵食俱足，转饷无烦。突厥默啜可汗，无隙可乘，乃遣属吏莫贺干入朝，愿以女妻太子儿。武氏意在羁縻，归使许婚。默啜始释武延秀南还，边境少宁。魏元忠还任旧职，兼检校洛州长史，治事严明。洛阳令张昌仪，仗二兄势力，素不守法，每入长史衙听值，出入自由，至元忠莅任，屡加训斥。张易之家奴，暴乱都市，又由元忠逮捕，立毙杖下。二张挟恨遂深，武氏却进元忠同平章事，因此二张愈加侧目。歧州刺史张昌期，系易之弟，奉召为雍州刺史，复被元忠奏阻。元忠且面奏武氏谓："承乏宰相，不能尽忠死节，反令小人在侧，罪该万死。"看官试想！小人二字，明明是指斥二张，二张听了，哪有不贼胆心虚，恨上加恨。会武氏有疾，二张遂欲构陷元忠，司礼监高戬，尝侍太平公主，往来宫中，二张隐含醋意，乃诬称元忠与戬私议，谓："武氏年老，不若倚附太子，为永久计。"是语传达武氏，武氏大怒，竟命将元忠及戬，下狱待质。*据此看来，二张与太平公主亦未免有暧昧情事。* 一面召太子相王，及诸宰相，使元忠与昌宗参对，两下争论未决。武氏疾已少愈，拟亲加面讯。昌宗欲引一证人，为必胜计，自思与凤阁舍人张说，颇为亲密，遂暗中嘱令作证，当以好官相酬。说当面允诺，不料为同僚宋璟所知，竟于临讯这一日，预待朝房。昌宗与元忠，两人入诉武氏前，又复辩论不休，昌宗谓："可问张说，彼亦闻元忠言。"武氏即召说入朝，将至朝门，兜头碰着宋璟。璟便与语道："名义至重，鬼神难欺，不可党邪陷正，自求苟免。就使得罪被窜，亦播荣名，万一不测，璟当叩阁力争，与君同死。万代瞻仰，在此一举。"*元忠不死，赖有此言。* 侍御史张廷珪、左史刘知几两人，俱在璟侧，廷珪援朝闻道夕死可矣两语，勉励张说。知几亦加勉道："毋污青史，为子孙累。"说点头而入。

元忠见说进来，恐他证成冤狱，便呼道："张说欲与昌宗，共罗织魏元忠么？"说叱道："元忠为宰相，何乃效里巷小儿语？"说毕，便谒见武氏。武氏问及狱证，说尚未对，昌宗向说道："何不亟行奏明？"说奏道："陛下试看昌宗，在陛下前，尚逼臣如此，况在外面？臣实不闻元忠有是言。"*阅至此，我为一快。* 昌宗遽厉声道："张说与魏元忠同反。"武氏顾昌宗道："你亦太信口诬人了。"昌宗道："臣不敢诬说，说尝称元忠为伊周。伊尹放太甲，周公摄王位，难道不是欲反么？"说正色道："易之兄弟，统是小人，徒闻伊周名，未识伊周法。日前元忠入相，自谓无功受宠，不胜惭惧。臣实语元忠道：'公居伊周职任，正可效忠。'伊尹周公，是千古忠臣，历代瞻仰，陛下用宰相，不使学伊周，将学何人？臣亦明

9

知今日附昌宗，立取台衡，附元忠，反遭族灭，但鬼神难欺，名义至重，臣不敢诬证元忠，自取冤累。"*我阅此，又为一快。*武氏不便再问，半晌才语道："张说反复小人，宜一并系治。"语毕，下座入内。说乃与元忠一同系狱。越日，独召说入问，说奏对如前。武氏再命宰相及武懿宗复讯，说仍执前言，矢口不移，正谏大夫朱敬则等，先后上疏，为元忠讼冤，武氏竟贬元忠为高要尉，说与戬皆流窜岭南。

元忠出狱辞行，伏殿奏陈道："臣年已老，今向岭南，九死一生，但料陛下他日，必思臣言。"武氏问道："将来有什么祸祟？"元忠抬头见二张侍侧，便指示道："这两小儿必为乱阶。"二张忙下殿叩首，极口称冤。武氏叱元忠退去，自引二张入宫，不再下制。侍御史王晙，又奏称元忠无罪，亦不见报。元忠襆被出都，太子仆崔贞慎等，设饯郊外，被易之闻知，又欲重兴大狱，捏状告密，谓贞慎等与元忠谋反，署名系柴明二字。武氏复使监察御史马怀素鞫问，怀素集讯数次，并无实据，故意延案不复，内使督促再三，怀素乃入殿自陈，请传柴明质对。武氏道："朕不知柴明住处，但教照案鞫治，何用原告？"怀素道："事无证据，奈何诬人？"武氏怒道："卿欲纵容叛臣么？"怀素从容道："臣何敢纵容叛臣？但元忠以宰相被谪，贞慎等以亲故饯行，若即诬他谋反，臣实不敢附和。从前汉朝栾布，奏事彭越头下，汉祖且不以为罪，况元忠罪状，不如彭越，陛下乃欲诛及送行，岂非过甚？陛下操生杀权，如欲加人以罪，不妨取决，圣衷若必委臣讯鞫，臣何敢妄断？只好据实奏闻。"*理直气壮。*武氏听他侃侃直陈，倒也觉得有理，怒气亦为之渐平，便道："卿且退！朕已知道了。"怀素退后，此案遂搁置不提，贞慎等乃得免罪。宋璟尝自叹道："我不能为魏公伸冤，不但负魏公，并且负朝廷，抱愧恐无已时了。"

璟系邢州南和人，耿介不阿，举进士第，累官至凤阁舍人。武氏因璟有才，颇加器重，尝召入赐宴，与二张同席。二张同居卿列，位居三品，璟系六品官阶，当然入就下座。易之因武氏重璟，也欢颜相待，虚位与揖道："公系第一名流，何故下座？"璟答道："才劣位卑，张卿以为第一，窃所未解。"天官侍郎郑果，时亦在座，便插入道："宋公奈何称五郎为卿？"璟奋然道："就官职言，正当以卿相呼，足下非张卿家奴，乃欲称卿为郎么？"说得郑果哑口无言，不由得面颊发赤，就是与座诸官，也不禁感愧起来。到了终席，璟不同二张通语，二张自是怨璟，有时经武氏召幸，未免加入逸言。偏武氏知他忠直，不欲轻信。**武氏明哲处，却非常人可及，但若无此智，何能临朝至二三十年耶？**唯二张势力，总日盛一日，无论宫廷内外，稍忤二张意旨，即遭严谴。旧皇孙重照，系中宗长子，中宗被废，重照亦贬为庶人。至中宗复召入东都，立为太子，乃封重照为邵王，且因照字与曌字相通，犯武氏讳，改为重润。重润妹永泰郡主，嫁与武承嗣子延基，兄妹相见，不免道及二张丑事，二张偶有所闻，即入诉武氏，且请武氏，不复召幸，免滋谤语。这武氏爱二张如活宝，一日不能相离，骤然听得此语，不禁老羞成怒，立召重润兄妹入宫，责他无故谤议，不容分辩，即命内侍加杖。可怜那两人是金枝玉叶，哪里受得起杖刑，更兼内侍讨好二张，手下格外加重，竟把两人打得皮开肉烂，及舁回住处，已是气息毫无，魂归冥漠。武氏怒尚未息，索性将继魏王武延基，也同日赐死。**自己侄孙，也不暇顾，淫毒至此，可胜浩叹。**

同平章事韦安石，见二张凶横益甚，举发他各种罪状，有制令安石与右庶子唐休璟，审问二张。安石等方欲传讯，哪知内敕复到，竟出安石为扬州长史，休璟为幽营二州都督。休璟知二张从中媒孽，临行时密语太子道："二张恃宠不臣，必且作乱，殿下应预先防备，免得遭殃。"太子允诺，休璟自去。武氏因安石外调，拟选人补缺，意尚未决，可巧突厥别部酋长叱列元崇，纠众寇边，当遣夏官尚书姚元崇，出任灵武道安抚大使，控制叛番，召见时令以字为名，免与叛寇相同。**武氏专就是等处着想。**元崇表字元之，陕州硖石人，自是遂以字行。武氏且令荐举相才，元之对道："张柬之沉厚有谋，能断大事，现年已八十，请陛下速用为是。"武氏应诺，待元之去后，即用柬之为同平章事。柬之先任合州刺史，**见前回。**寻与荆州长史杨元琰对调，两人同泛江至中流，谈及武氏革命事。元琰慷慨太息，竟至泣下。柬之与语道："他日你我得志，当彼此相助，同图匡复。"元琰答称如约。至是柬之入相，遂荐元琰为右羽林将军，且与语道："江上旧约，尚相忆否？"元琰道："谨记勿忘。"柬之又结司刑少卿桓彦范，右台中丞敬晖，及右散骑侍郎李湛等，同谋复唐，待时乃发。

长安四年秋季，武氏又复寝疾，累月不见辅臣，唯二张侍侧不离。凤阁侍郎崔玄暐上疏道："太子相王，孝友仁明，足侍汤药，宫禁所关甚重，幸无令异姓出入。"疏上数日，适武氏病得少瘥，乃批答出来，系是"感卿厚意"四字。二张见此批答，恐致见疏，且虑武氏病笃，必将及祸，因阴结党援，为预备计。不料外面已屡有揭帖，说是二张谋反。二张日夕弥缝，就是武氏得知，也置诸不问。偏是谣言日甚，不得不令二张加忧，密引术士李弘泰，占问吉凶。弘泰谓："昌宗有天子相，劝他至定州造佛寺，可以祈福。"昌宗方暗自欣幸，奈被许州人杨元嗣闻悉，即行告发。即以其人之道，还治其人之身。武氏命平章事韦承庆，及司刑卿崔神庆，御史中丞宋璟等，审问二张。昌宗慌忙入白武氏，叩首流涕，自称："弘泰虽有妄言，臣等实无异心。"武氏乃令内侍传语问官，嘱他援自首律，减昌宗罪。承庆神庆复奏云："昌宗准法首原，弘泰首恶当诛。"独宋璟与大理丞封全祯，上疏辩驳道："昌宗屡承宠眷，复召术士占相，意欲何为？且果以弘泰为妖妄，何不即执付有司？虽云据实奏闻，终是包藏祸心，法当处斩，不得少贷。"疏入不省。璟复见武氏，坚请收系二张，武氏仍然不许，但云："且检详文状，再行定夺。"璟退出后，竟有制令璟安抚陇蜀，璟不肯行，上言："本朝故事，中丞非军国大事，不当出使，今陇蜀无变，臣不敢奉制。"武氏乃改令璟往幽州，推按都督屈突仲翔赃污。璟又谓："外臣有罪，须由侍御或监察御史往审，臣不敢越俎代行。"司刑少卿桓彦范，及凤阁侍郎崔玄暐，又接连入奏，固请武氏加罪昌宗。武氏乃令法司议罪。司刑卿韦昇，系玄暐弟，复奏应处大辟，武氏不从。璟复入请穷治，武氏道："昌宗已向朕自首，理应减罪。"璟答道："昌宗为飞书所逼，穷蹙首陈，本非初意，且谋反大逆，罪难首原，若昌宗不伏大刑，何用国法？"武氏温言劝解，璟厉声道："昌宗分外承恩，臣知言出祸随，只因义愤所激，宁死不恨。"武氏不觉变色。内史杨再思在侧，恐璟忤旨，遂宣敕令出。璟又道："圣主在此，臣面聆德音，不烦内史擅宣敕命。"真是硬头子。武氏无言可驳，只好饬令复讯，遣昌宗至御史台对簿。璟乃趋出，即诣台立按昌宗。才经数语，忽由内使持敕特赦，引昌宗自去。璟不便追还，只长叹道："不先击小子脑袋，悔无及了。"用全力搏免，仍被脱去，应呼负负。既而武氏令昌宗谢璟，璟不令见，且传语道："公事公言，若私见便是违法，王法怎得有私哩？"昌宗格外惭恨。会璟为子授室，竟谋遣刺客杀璟，幸有人先为通报，璟乃潜宿他舍，才得免祸。

越年正月，即嗣圣二十二年，是年改元神龙。武氏疾甚，二张仍居中用事，暗蓄异谋。于是同平章事张柬之，以为时机已至，不应再缓，乃密邀右羽林大将军李多祚至第，与语道："将军今日富贵，从何得来？"多祚泣下道："统是先帝所赐。"柬之道："今先帝二子，为二竖所危，将军独不思报先帝大德么？"多祚道："苟利国家，唯相公驱使，多祚不敢自爱身家。"柬之道："可真么？"多祚指天为誓道，"如有虚言，应受天诛。"柬之大喜，即与同谋匡复事宜，复令桓彦范、敬晖、李湛等，俱为羽林将军，令掌禁兵。又恐二张先自启疑，特参入一个武攸宜，使与彦范等同列。二张果无异言。俄而姚元之自灵武至都，柬之语彦范道："元之到来，吾事济了。"遂招元之入室，商定大计，且转告彦范等人。彦范归白母前，母与语道："忠孝不两全，先国后家，庶不失为忠臣。亦是贤母。于是彦范遂与张柬之、崔玄暐、敬晖、李湛、杨元琰、李多祚等，约同起义，并邀同司刑少卿袁恕己，左羽林卫将军薛思行赵承恩，职方郎中崔泰之，库部员外郎朱敬则，司刑评事冀仲甫，检校司农少卿翟世言，内直郎王同皎，率左右羽林兵五百余人，入玄武门。同皎曾尚太子次女新宁郡主，先与李多祚、李湛，驰入东宫，奉迎太子。太子未免疑惧，不敢出来。同皎道："先帝以神器付殿下，殿下横遭幽废，神人同愤，迄今已二十二年。今无心悔祸，北门南牙，同心协力，共讨凶竖，恢复大唐社稷，请陛下速至玄武门，亲抚大众，即刻入宫诛逆。"太子支吾道："凶竖诚当诛灭，但太后患病未瘥，恐致惊胆，愿诸公再作后图。"庸主实是无用。李湛忙接入道，"诸将相不顾家族，再造社稷，殿下奈何欲纳诸鼎镬呢？请陛下自往面谕，决定进止。"太子欲前又却，同皎道："事不宜迟，迟即有变，殿下亦恐难逃祸呢。"太子乃行。既出门外，同皎即扶抱太子上马，代为执辔，驰至玄武门前。大众欢跃相迎，不待太子开口，便将他拥至内殿，斩关而入。二张闻变，慌忙趋至殿庑，探听消息，正值羽林军进来，由张柬之等指挥，一齐趋上，刀光闪处，便将两个貌美心凶的淫夫，劈作数段。再进至武氏所寝的长生殿，见殿前侍卫环立，由柬之等叱退，直叩寝门。武氏闻人声杂沓，料知有变，即力疾起床，厉声问道："何人胆敢作乱？"柬之等拥太子入室，且齐声道："张易之昌宗谋反，臣等奉太子令，入诛二逆，恐致漏泄，故不敢预闻。臣等自知称兵宫禁，罪应万死。"武氏为唐室罪人，此时正应直数其罪，贬入别宫。奈何反自坐罪乎？武氏怒目视太子道："汝敢为此么？但二子既诛，可还东宫。"彦范进言道："太子怎得再返东宫？昔天皇以爱子托陛下，今年齿已长，天意人心，久归太子，臣等不忘太宗天皇厚恩，故奉太子诛贼，愿陛下传位太子，上顺天心，下副民望。"武氏不欲允行，因见人情汹汹，又未便严词拒绝，正在踌躇顾虑，蓦见李湛亦立门前，便顾语道："汝亦为诛易之将军么？我待汝父子不薄，不意乃有今日。"湛系李义府子，听了此言，竟俯首无词。武氏又见崔玄暐，也与语道："他人多因人荐用，唯卿由朕特拔，今亦与彼等同来么？"玄暐道："这便是报陛下大德呢。"武氏不禁顿足道："罢罢！"说了两个"罢"字，仍返床躺下。

柬之仍拥太子出殿，即令羽林军收捕张同休、昌期、昌仪，三人捉住双半，遂请太子令，枭首天津桥南，且饬拘二张余党，逮韦承庆、崔神庆、房融等下狱。一面派袁恕己辅相王旦，统南牙兵，防备不测。一面召太平公主，令入白武氏，请制传位。公主因二张谮死高戬，与有夙嫌，此次二张受诛，乐得充这美差，入劝武氏，不到半日，遂请出一道太子监国的制敕。越宿又颁制传位，复辟功成，大赦天下，改元神龙。<small>神龙现首不现尾，故其后为韦氏所弑。</small>唯二张党与不赦。百官登殿朝贺，当由中宗颁敕赏功。相王加号安国相王，拜为太尉。太平公主，加号镇国太平公主。授张柬之夏官尚书，同凤阁鸾台三品，崔玄暐为内史，袁恕己为凤阁侍郎同平章事，敬晖、桓彦范为纳言，并赐爵郡公。李多祚赐爵辽阳郡王，王同皎为驸马都尉，兼右千牛卫将军，爵琅琊郡公。李湛为右羽林大将军赵国公，余皆进秩有差。越日，徙武氏居上阳宫。又越日，由中宗率同百官，诣上阳宫，加武氏尊号，称为则天大圣皇帝。<small>不复武氏后号，仍称她为皇帝，柬之等殊不晓事。</small>还朝后，敕令武氏宗族，概守旧官。皇族子孙，曾遭配没，尽准归复属籍，且量叙官属。从前周兴、来俊臣等冤诬诸人，咸令昭雪，子女俱免配没，一律遣归。复国号为唐，凡郊庙社稷陵寝，官制旗帜服色文字，皆如永淳以前故事。<small>永淳系高宗年号，见前文。</small>复以神都为东都，迁武氏七庙至西京，仍命避讳。贬韦承庆为高要尉，流崔神庆至钦州，房融至房州。调杨再思留守西京，出姚元之为亳州刺史。小子有诗咏中宗复辟道：

> 帝子登台复大唐，山河再造庆重光。
>
> 如何诸武仍留孽，又使余凶乱政纲。

看官听着！这姚元之系定策功臣，为何谪出亳州？这种情由，待小子下回再说。

　　上回叙二张入幸，不过秽乱深宫，罪尚未甚。至本回方及二张凶恶，冤诬魏元忠，几至于死，非宋璟之规正张说，及张说之指斥张昌宗，则冤狱构成，大刑立至，元忠尚能襆被出都乎？重润兄妹，系出华胄，又被谮死，甚至私引术士，密谋不轨，凶恶至此，死有余辜。天道福善而祸淫，未闻有淫人致福者，况益以凶恶乎？张柬之等，举兵讨逆，名正言顺，二张之诛，正天之假手柬之，为淫恶者示之报也。惟淫后尚存，且加尊号，余孽未殄，仍守旧官，柬之等但知惩前，不务毖后，固为失策，昭昭者天，岂尚未厌祸，再欲乱唐耶？读此回为之一快，又为之一叹。

第三回

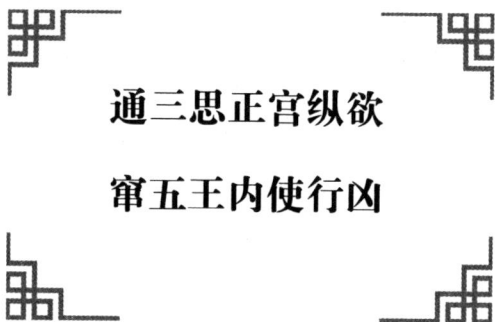

通三思正宫纵欲
审五王内使行凶

却说姚元之为定策功臣，当中宗复位时，曾加封梁县侯，食邑二百户，至武氏迁居上阳宫，元之曾随驾过省，见了武氏，竟呜咽流涕。及还，张柬之、桓彦范与语道："今日何日？岂公涕泣时么！"元之答道："前日助讨凶逆，是不废大义，今日痛别旧君，是不忘私恩，就使因此得罪，亦所甘心。"元之以敏达称，斯语实为避祸计，厥后五王遭害，元之独免赖有此尔。柬之入白中宗，乃即出为亳州刺史。中宗复立韦氏为皇后，追赠后父玄贞为上洛王，母崔氏为王妃。左拾遗贾虚已上疏道："异姓不王，古今通制，今中兴伊始，万姓仰观，乃先封后族为王，殊非广德施仁的美意。况先朝曾赠后族为太原王，可为殷鉴。"指武士彠封王事。中宗不报。原来中宗在房州时，与韦氏同遭幽禁，备尝艰苦，情爱甚笃。每闻敕使到来，中宗不胜惶惧，即欲自尽，韦氏尝劝阻道："祸福无常，未必定是赐死，何用这般慌张呢？"既而延入内使，果没有意外祸事。中宗遂深信韦氏，倍加情好，且与她私誓道："他时若再见天日，当唯卿所欲，不加禁止。"同居患难，应敦情好，何唯卿所欲之语，如何使得？及中宗复位，再立为后。韦氏遂依践旧约，居然欲仿行武氏故事，干预朝政，且干出那无法无天的事情来了。

先是二张伏诛，诸武尚存，洛州长史薛季昶，入语张柬之敬晖道："二凶虽诛，产禄犹在，**吕产、吕禄系汉吕后从子。**去草不除根，终恐复生。"柬之敬晖道："大事已定，尚有何虑？我看若辈如几上肉哩。"**未免大意。**季昶出叹道："我辈恐无死所了。"朝邑尉刘幽求亦语桓彦范、敬晖道："三思尚存，公等终无葬地，若不早图，噬脐无及。"彦晖二人，仍付诸一笑，全然不睬。哪知这位武三思，常出入禁掖，勾通六宫，比那武氏专政时，还要进一层威风。看官听我道来，便已知他淫威渐炽，不可收拾了。中宗生有八女，第七女安乐公主，乃是中宗被废时，挈韦氏赴房州，途次分娩，解衣作褓，特取名为裹儿。及年至十余龄，姿性聪慧，容貌丽都，竟是一个闺中翘楚，中宗与韦氏，甚加宠爱。至中宗仍还东宫，眷属一并随归。武氏见了此女，也爱她秀外慧中，遂命嫁与武三思子崇训。临嫁时备极张皇，令崇训行亲迎礼，贵戚显宦，无不往贺。宰相李峤、苏味道，及郎官沈佺期、宋之问等文士，且献入诗文，满纸称颂，连上官婉儿，也随同贺喜，赍奉篇章。中宗见婉儿诗意清新，容色秀丽，已自称赏不置，到了复位以后，大权在握，便把婉儿召幸，合成一个鸾凤交，册为婕好，封婉儿母郑氏，为沛国夫人。其实婉儿早已破瓜，并非处子，她自与六郎相谑，被武氏斥退后，已知不得近禁脔，只好降格相求，另寻主顾。可巧武三思是个色中饿鬼，常倚武氏势力，值宿宫中，因得与婉儿眉去眼来，勾搭成欢。婉儿与三思，年龄虽不相当，犹幸三思生得顾晰，枕席上的工夫，又具有特长，便也乐得将就，聊解情怀。后经中宗召幸，自叹命不由人，更嫁老夫，所有床笫风光，远逊三思数倍，不过因皇恩加宠，没法推辞，只得敷衍成事，暂过目前。偏韦氏也是个好淫妇人，平时虽与中宗亲爱，心中恰很有不足意，婉儿素性机警，相处数日，便已猜透八九，更放出一种柔媚手段，取悦韦氏，引得韦氏不胜喜欢，竟视婉儿是个知己，暇时辄与她谈心，无论什么衷曲，无不传宣，甚且连中菁私情，也竟说出。尝语婉儿道："你经皇上宠幸，滋味如何？我看似食哀家梨，未曾削皮，何能知味？"**语出《控鹤监秘记》，看官欲知韦氏语意，请视原书。**婉儿乘势迎合道："皇后与皇上同经患难，理应同享安乐，试思皇上自复位后，今日册妃，明日选嫔，何人敢说声不是？难道皇上可以行乐，皇后独不能行乐么？"这数语正中韦氏心坎，却故作嗔语道："你是个坏人！我等备位宫闱，尚可似村俗妇人，去偷男子汉么？"婉儿又道："则天大圣皇帝，皇后以为何如？"韦氏不禁一笑。婉儿素性走近数步，与韦氏附耳数语，韦氏恰装着一种半嗔半喜的样儿，婉儿知已认可，遂出去引导可人儿，趁夜入宫。是夕正值中宗留宿别寝，趁着韦氏闲暇，即把情人送入，一宵欢乐，美不胜言。看官道是何人？原来就是武三思。婉儿自己不贞，还要教坏韦后，看官阅过此等历史，则女子无才是德之言，非真迂论。嗣是三思得一箭双雕，只瞒着中宗一副耳目。这顶绿头巾，实出婉儿之赐。韦氏与婉儿，且向中宗面前，屡说三思才具优长，中宗竟拜三思为司空，同中书门下三品，渠肯为后妃效劳，理应加封。并进婉儿为昭容，令她专掌诏命。三思子崇训，与崇训妻李裹儿，当然封为驸马公主，不消细说。既而复封散骑常侍武攸暨为定王，兼职司徒，诸武声势复振。

张柬之等始觉着急，乃入朝面奏，请中宗削诸武权。看官试想！此时的中宗，还肯听他奏请么？三思入宫，与韦氏掷双陆，中宗且自为点筹，至三思归第，间或一二日不至，中宗即微服往访，差不多似鱼得水，似漆投胶。你的妻妾，得了他的滋味，宜乎加爱，试问你有什么好处。监察御史崔皎进谏道："国命初复，则天皇帝尚在西宫，人心未靖，旧党犹存，陛下奈何微行，不防危祸哩？"中宗非但不从，反把崔皎所言，转告三思。昏愚至此，安得不死。三思引为大恨，遂与婉儿密议，造出一种墨敕，只说由中宗手谕，不必经过中书门下，便好直接施行，这明明是欲夺宰相政权，归入宫中，好令三思等任情舞弊。又况诏敕都归婉儿职掌，中宗又是个糊涂虫，所颁墨敕，统是婉儿代笔，是假是真，外人无从辨明。于是中宗庶子谯王重福，为韦氏所谮，说他妻室是二张甥女，显见是党同二张，一道墨敕，将他贬为均州刺史，令州司从旁管束。还有术士郑普思，尚衣奉御叶静能，好谈妖妄，献媚中宫。韦氏替两人说项，又是一道墨敕，授普思为秘书监，静能为国子祭酒。桓彦范敬晖等竭力奏阻，拾遗李邕亦上疏谏诤，均不见从，唯高宗废后王氏，及萧淑妃两人，由武氏易姓为蟒为枭，总算经宰相奏请，仍复旧姓。又召还魏元忠为兵部尚书，擢用宋璟为黄门侍郎，任使得人，尚孚众望。余皆为韦氏婉儿三思等所把持，多半营私坏法。韦氏竟援武氏故例，当中宗视朝时，也在御座左侧，隔幔坐着。桓彦范奏称："牝鸡司晨，有害无利，请皇后专居中宫，勿预外事。"中宗并不理睬。胡僧慧范，挟术结韦氏欢，韦氏竟称他平乱预谋，特授银青光禄大夫。张柬之、桓彦范等，见中宗所施诸政，愈出愈非，意欲先诛诸武，再清余孽，迟了迟了。乃率群臣上表，略云：

臣等闻五运迭兴，事不两大，天授革命之际，宗室诛窜殆尽，岂得与诸武并封。

今天命维新，而诸武封建如旧。并居京师，开辟以来，未有斯理。愿陛下为社稷计，顺遏迩心，降其王爵以安内外，则不胜幸甚！

看官试想！武三思是韦氏、上官氏的淫夫，武攸暨是太平公主的驸马，岂是一本弹章，便摇得动么？柬之等没法，却去引用一个崔湜，作为耳目，湜任考功员外郎，少年新进，颇有口才，他是个见风使帆的朋友，对着武三思等，常谄谀求悦，对着张柬之等，却词辩生风，敬晖看他敏达，竟令他密伺诸武动静。他反将晖等计谋，转告三思，三思引为中书舍人，反做了武家走狗。可巧宣州司士参军郑愔，坐赃被发，逃入东都，私下求谒三思，三思立命延入。原来愔本做过殿中侍御史，因坐二张党与，乃致累贬。三思素与愔善，延见后稍叙寒暄，愔竟大哭起来。哭毕，复大笑不止，惹得三思惊疑不定，免不得诘问情由。*我亦要问。*愔答道：“愔初见大王不得不哭，恐大王将被夷戮，后乃大笑，幸大王尚得遇愔，可以转祸为福呢。”*竟有战国士人游说之风。*三思又问道：“何祸何福？”愔答道：“大王虽得主宠，但张柬之等五人，出将入相，去太后尚如反掌，大王自视势力，与太后孰重？彼五人日夜切齿，谋食大王肉，思灭大王族，大王不去此五人，危如朝露，尚安然以为无恐，愔所以为大王寒心呢。”三思被他一说，几乎身子都颤动起来，便引他登楼，密问转祸为福的计策。愔微笑道：“何不封五人为王？阳示尊崇，阴夺政柄，待他手无大权，慢慢儿的摆布，不怕他不束手就毙了。”三思大喜道：“好计好计！”遂把他赃罪尽行洗释，且荐为中书舍人，一面暗告韦氏等，向中宗前日夕进谗，只说张柬之等五人，恃功专宠，将不利社稷。中宗不得不信，便与三思商议此事。三思即将愔策上陈，遂由中宗手敕，封张柬之为汉阳王，桓彦范为扶阳王，敬晖为平阳王，袁恕己为南阳王，崔玄暐为博陵王，罢知政事，令他朔望入朝。改用唐休璟、豆卢钦望为左右仆射，韦安石为中书令，魏元忠为侍中。本来唐朝首相，叫作尚书令，左右二仆射，乃是宰相副手。自唐太宗尝为尚书令，此后臣下不敢居职，遂将尚书令撤销，即以二仆射为二宰相。太宗后除拜仆射，必兼中书门下二省，所以叫作同三品。午前决朝政，午后决省事。豆卢钦望，希承诸武意旨，自言不敢预政事，因此专任仆射，不兼相职，后遂成为常例。*借豆卢钦望事，叙及官制沿革，可谓面面顾到。*

羽林将军杨元琰，以功封弘农郡公，至是见三思用事，五人罢政，自知遗祸未已，表请祝发为僧，悉还官封，中宗不许。元琰多须，状类胡人，敬晖尚戏语道："何不先与我言？我若早知，必劝皇上允准，髡去胡头，岂非快事？"元琰道："功成者退，不退必危，元琰自请为僧，原是真意，省得再蹈危机呢。"晖知他语中有意，也为蹙然，每与柬之等谈及，或抚床叹愤，或弹指出血，毕竟是无法可施，徒呼负负罢了。几上肉何不一割。元琰再行固请，仍不见允，但调任为卫尉卿。柬之也恐祸及，奏请致仕，归家养疾。他本是襄州人，因令为襄州刺史。柬之至州，持下以法，亲旧无所纵贷。会河南北十七州大水，泛滥所及，远至荆襄，汉水亦涨啮城郭。柬之因垒为堤，防遏湍流，邑人赖以无害，称颂不衰。右卫参军宋务光，因河洛水溢，上书言事道："水为阴类，兆象臣妾，臣恐后庭干预外政，乃致洪水为灾，宜上惩天警，杜绝祸萌。太子国本，应早建立，外戚太盛，应早裁抑"云云。中宗乃降武三思为德静王，武攸暨为乐寿王，武懿宗等十二人，皆黜王封公，表面上算是抑制，其实军国重权，已尽归三思掌握，不过涂饰人目罢了。三思且暗嘱百官，上皇帝尊号曰应天皇帝，皇后曰顺天皇后。*妻被人淫，身被人污，难道天意叫他如此么？*中宗大喜，即与韦氏谒谢太庙，大赦天下。*居然仿高宗武氏故事。*相王旦及太平公主，俱加封万户，文武百官，各增爵秩，赐民酺三日。

三日以后，又挈韦氏及妃主等人，往看泼寒胡戏。看官道什么叫作泼寒胡戏呢？原来东都城内，尝有番胡杂居，此时正当十一月间，天气严寒，胡人素来耐冷，虽经风霜凛冽，尚能裸身挥水，舞蹈自如，因此中宗饬令诸胡，演此把戏，作为娱目骋怀的消遣。清源尉吕元泰上疏谏阻，掷还不省，竟与后妃等登洛城南门，赏玩了一天。是夕还宫，有上阳宫人入报，太后病重，恐防不测，乃于隔宿往省。武氏见了中宗，免不得叮咛嘱咐，教他保全诸武，且涕泣与语道："我年已活到八十二岁了，别人做不到的事情，我都亲身做过，尚有何恨？但回思往事，如同梦境，此后不必称我为帝，仍以太后相称便了。"说至此，禁不住喘急起来，呼吸多时，方觉稍平。乃复顾中宗道："你且去！明日再说。"中宗乃出。到了夜半，中宗已欲就寝，又有宫人来报道："太后昏晕过去了。"中宗忙召同韦氏、婉儿等，趋入上阳宫，到了武氏寝室，见相王及太平公主诸人，已是挤满床前，但听武氏口中所述，一派儿都是鬼话，经太平公主等，齐声呼唤，又把姜汤徐徐灌入，才有些清醒起来。大众方避立左右，让过中宗韦氏。临榻婉问，武氏双目直视，复呓语道："呵哟！你等都来了么？要我老命，奈何？"说毕，又复昏去。无非痛恨武氏，所以增词演写。中宗也不觉发怔，复经大众七手八脚，合力施治，好容易救活残生。武氏顾见中宗，瞧了半响，乃撑着病喉道："病入膏肓，不可救药，我今日方信二竖为灾呢。王后、萧妃二族，我前日待他过甚，你应赦免他的亲属。就是褚遂良、韩瑗、柳奭等遗嗣，俱宜释归，这是至嘱！"又顾太平公主道："你是我的爱女儿，聪明类我，幸勿为聪明所误。"转眼瞧及韦氏及婉儿等，只是摇头，不复再言。为后文伏案。大众也不敢再问，武氏却呼呼的睡去了。嗣是轮流陪侍，又越二宵，武氏乃死。中宗传武氏遗制，除去帝号，赦王、萧二族，及褚、韩、柳数姓家属，尊谥武氏为则天大圣皇后，命中书令魏元忠，暂摄冢宰。三思伪托武氏遗命，慰谕元忠，赐封邑百户。元忠捧读伪制，感激涕零，有人见他下涕，从容私议道："大事去了。"独不记临朝对簿时么？中宗居丧甫三日，即由元忠归政，诏令预备太后祔葬事宜。给事中严善思入奏道："鬼神主静，不应轻亵，今欲祔葬太后，恐开启陵墓，反致惊黩。况合葬并非古制，不如在陵旁更择吉地，较为慎重。"善思寓有深意。中宗不从，竟将武氏合葬乾陵。系高宗墓，见前文。

　　越年为神龙二年，武三思因桓彦范等尚在京师，时怀猜忌，遂请中宗出桓彦范为洺州刺史，敬晖为滑州刺史，袁恕己为豫州刺史，崔玄暐为梁州刺史。晋加僧慧范等五品官阶，赐爵郡县公，叶静能加授金紫光禄大夫。驸马都尉王同皎，目击时事，心甚不平，尝与亲友谈及国政，指斥三思，并及韦后。前少府监丞宋之问，及弟之逊，因坐二张党案，流戍岭南。二人却逃回东都，因素与同皎往来，潜匿同皎宅内。二宋既已犯决，同皎不应为私废公，乃竟许留匿，安得不死？同皎平时议论，俱为之逊所闻，之逊密令子昙，及甥校书郎李悛，转告三思。三思即令昙悛告变，谓同皎与洛阳人张仲之、祖延庆，及武当丞周憬等，潜结壮士，谋杀三思，且废皇后。中宗乃命御史大夫李承嘉，监察御史姚绍之，按问同皎等。狱尚未决，再命杨再思、韦巨源参验。再思本出为西京留守，见上回。因谄附三思，仍召还为侍中，巨源是三思爪牙，得任刑部尚书，这两人参入问刑，无罪也变成有罪。张仲之朗声道："武三思淫污宫掖，何人不知？公等独无耳目么？"巨源大怒，命反捆送狱。仲之尚且反顾，屡语不已，经绍之叱令役隶，击断仲之左臂。仲之大呼道："苍天在上，我死且当讼汝，看汝等能长享富贵么？"已而再思等拟成谳案，请将同皎等处置极刑。同皎仲之延庆皆坐斩。独周憬未曾被捕，逃入比干庙，比干，纣叔父。闻同皎枉死，不由得悲愤起来，竟至神座前大言道："比干古时忠臣，应知我心，武三思与韦后淫乱，为害国家，将来总当枭首都市，但恨我未及亲见啰。"遂引刃自刭。之问之逊，及昙悛并除京官，加朝散大夫。韦氏以新宁公主，无夫守寡，公主为同皎妻见前回。不忍她寂寞空帏，特令改嫁从祖弟韦濯。母舅变成夫婿，也可谓唐朝新闻了。真是一塌糊涂。

三思既除去同皎，遂诬称桓彦范、敬晖等，与同皎通谋，乃左迁彦范为亳州刺史，晖为朗州刺史，恕己为郢州刺史，玄晖为均州刺史，就是同时立功的大臣，如赵承恩、薛思行等，一并外调。处士韦月将，独上书请诛武三思，中宗览书，立命拿斩。黄门侍郎宋璟入奏道："外人纷纷议论，谓三思私通中宫，陛下亦应彻底查究，不宜滥杀吏民。"中宗不许，璟抗声道："必欲斩月将，请先斩臣。"宋公又来出头了。大理卿尹思贞，时亦在侧，也奏称："时当夏令，不应戮人。"中宗乃命加杖百下，流戍岭南。三思竟函嘱广州都督周仁轨，杀死月将，且出思贞为青州刺史，璟为检校贝州刺史，一面复令中书舍人郑愔，再告敬晖等谋变，辞连张柬之，因再贬晖为崖州司马，彦范为泷州司马，柬之为新州司马，恕己为窦州司马，玄晖为白州司马。三思意尚未餍，定欲害死五人，方快心愿，乃密令人至天津桥畔，揭示皇后秽行，请加废黜，又故意令中宗闻知，中宗大怒，即命李承嘉穷究。承嘉受三思密嘱，奏称由敬晖等五人所为，遂更流晖至琼州，彦范至瀼州，柬之至泷州，恕己至环州，玄晖至古州。五家子弟，年至十六以上，悉流岭南。中书舍人崔湜，且代为三思划策，令外兄大理正周利用，本名利贞，因避韦氏父讳，改贞为用。赍了一道伪造的墨敕，往杀五人。利用前为五人所嫉，贬为嘉州司马，由三思召为刑官，至是命摄右台侍御史，出使岭外。利用立即启行，兼程逾岭。适值柬之、玄晖，已经道殁，只缚住敬晖、桓彦范、袁恕己三人。晖被剐死，彦范杖毙，恕己饮野葛汁不死，也被捶死。薛季昶累贬至儋州司马，闻五人遇害，自知不能免祸，也具棺沐浴，饮毒而终。小子有诗叹五王道：

> 邪正从来不两容，周诛管蔡舜除凶。
> 自经大错铸成后，岭表徒留冤血浓。

利用还都，得擢拜御史中丞，还有一班三思走狗，尽得升官，待小子下回再叙。

武氏以后，又有韦氏，并有上官婉儿，及太平公主安乐公主等人，何淫妇之多也。夫冶容诲淫古有明训，但好淫者未必尽是冶容，冶容者亦未必尽是好淫，误在宗法未善，愈沿愈坏耳。韦氏淫而且贱，仇若三思，甘为所污，忠若五王，反恐不死。有武氏之淫纵，无武氏之材能，其鄙秽固不足道。独怪中宗以十余年之幽囚，几经危难，备尝艰苦，尚不能练达有识，甚至纵妇宣淫，引奸入室，臣民明论暗议，彼且甘作元绪公，杀人唯恐不及，或所谓下愚不移者非耶？武氏本一智妇，乃独生此愚儿，殊为不解。至若五王之死，已见前评，去草不除根，终当复生，薛季昶料祸于前，随死于后，尤为可悲。乃知姚元之、杨元琰辈之不愧明哲也。

第四回

诛首恶太子兴兵
狎文臣上官恃宠

却说武三思既杀五王，权倾中外，当时为三思羽翼，约有数人，最著名的叫作五狗：一个就是御史中丞周利用，还有侍御史冉祖雍，太仆丞李俊，光禄丞宋之逊，监察御史姚绍之。终日伺候门墙，一经三思呼唤，无不奉命唯谨，所以时人号为五狗。宗秦客坐赃被黜，客死岭表，有弟楚客及晋卿，由三思举荐入官，累次超迁，楚客竟得任兵部尚书，晋卿亦得为将作大匠。纪处讷系三思姨夫，三思姨颇有姿色，为三思所羡，处讷慷慨得很，纵妻与三思通奸，三思即引为太府卿，廉耻道丧。都下称为宗纪，相率侧耳。三思又擢任郑愔为侍御史，崔湜为兵部侍郎，湜系故御史崔仁师孙，父名挹，因湜得宠，也得任礼部侍郎。父子同时为侍郎，系唐朝所罕有。湜因感恩不尽，愈为三思效力。三思尝语人道："我不知此间何人为善？何人为恶？但教与我善便是善人，与我恶便是恶人。"一班趋炎附势的官儿，得闻此语，越发巴结三思，愿为走狗。由此五狗以外，又辗转勾引，聚成无数狗奴。

会中宗还驻长安，相王旦请速立太子，借固邦本。太平公主亦以为言。中宗遂不与韦氏三思等熟商，竟立卫王重俊为太子。重俊系后宫所生，非韦氏嫡出，韦氏追谏无及，心甚怏怏。三思亦因建储大事，绝不与闻，故隐怀忮忌。又有一个宫中宠女，自恃恩眷，尝欲以女统男，谋窃神器，骤闻储位已定，更不禁着急起来。此人为谁？

就是安乐公主李裹儿。原来韦氏只生一子，重润受封邵王，前被武氏杖毙。安乐公主以嫡后无儿，竟痴心妄想，求为皇太女，中宗颇有允意，召问魏元忠。元忠答道："公主为皇太女，驸马都尉当作何称？"中宗也一笑而罢。公主闻元忠言，大恚道："元忠山东木强，晓得什么礼法？阿母子尚为天子，天子女独不可作天子么？"看官道"阿母子"三字作何解？因宫中尝称武氏为阿母子，所以公主有此愤言。中宗劝谕百端，且令她得开府置官，公主方才息恨。至重俊立为太子，公主瞧他不起，与驸马都尉武崇训，呼他为奴。太子怨不能平，默思盈廷大臣，多系诸武党羽，唯魏元忠、李多祚两人，较为正直，乃即与他密商。多祚极端赞成，只元忠尚有异议。元忠自起用后，遇事模棱，不似在武氏朝，侃侃持正，誉望已经减损。想是虑患太深，遂把豪情减去。此次太子为讨逆计，元忠恐事机不成，必罹巨祸，所以不愿与谋。可巧酸枣尉袁楚客，贻书元忠，谓朝廷有十失，勖他规正，略云：

今皇帝新服厥德，当进君子，退小人，以兴大化，正天下，君侯安得徒事循默哉？苟利国家，专之可也。夫安天下者先正其本，本正则天下固，国之兴亡系焉。太子天下本，古立太子，必慎选师保，教以君人之道，蕴崇其德，所以固根本也。今嫡嗣虽定，师保未端，有本无枝，本将曷恃？此朝廷一失也。女有内则，男有外傅，岂相混哉？幕府者丈夫之职，今公主得开府置吏，以女处男职，所以长阴抑阳也。而望阴阳不忿，风雨时若得乎？此朝廷二失也。缁衣羽流，不务本业，专以重宝附权门。私卖度钱，自肥私橐，国家多一僧道，即多一游手，此朝廷三失也。唯名与器，不可假人，今倡优之辈，因耳目之好，遂授以官，非轻朝廷，乱正法耶？此朝廷四失也。有司选士，非贿即势，上失天心，下违人望，非为官择吏，乃为人择官，葛洪有言："举秀才，不知书，察孝廉，浊如泥，高第贤良杂如蛙。"此朝廷五失也。阍竖第给宫披，供扫除，古以奴隶畜之，后世不察，委以事权，竖刁乱齐，伊戾败宋，后汉用十常侍以乱天下，可谓明戒。今中兴以后，阍宦得坐升班秩，率授员外，乃盈千人，此朝廷六失也。古者茅茨土阶，以俭约贻子孙，所以爱力也，今外戚公主，所赏倾府库，所造皆官供，高台崇榭，夸奢斗靡，民力耗散，徒使人主受谤于天下，此朝廷七失也。官以安人，非以害人，今天下困穷，州牧县宰，非以选进，割剥自私，民不聊生，乃更员外置官，十羊九牧，有害无利，此朝廷八失也。政出多门，大乱之渐，近封数夫人，皆先朝宫嫔，出入无禁，交通请谒，此朝廷九失也。不以道事其君者，所以危天下也，危天下之臣，不可不逐。今有引鬼神执左道以惑众者，荧惑主听，窃盗禄位。传曰："国将兴，听于人，将亡，听于神。"今几听于神乎？此朝廷十失也。凡兹十失，均足召亡，君侯不正，谁与正之？愿君侯留意焉！

元忠得书，自觉惭怍，于是太子讨逆，也不加劝阻，唯推李多祚出头，自己作壁上观，静待成败。仍然狡猾。多祚向来意气自雄，自谓前次讨平二张，反手即定，此次三思淫恶，与二张无异，天怒人怨，但教稍稍举手，便可立除，骄必败。因此邀同将军李思冲、李承况、独孤祎之、沙吒忠义等，矫制发羽林兵三百余人，拥着太子重俊，杀入武三思私第。三思正在家夜饮，与一班娇妻美妾，团坐叙欢，连崇训也在旁陪宴，只有安乐公主入宫未归，不在座间，猛然听得人声马嘶，免不得惊疑起来，方呼侍役等出门探视，不防羽林兵一拥而入，见一个，杀一个，三思父子，无从脱逃，被多祚等次第拿下，推至太子马前。太子斥他淫凶万恶，自拔佩剑，剁死两人，一面饬军士搜杀全家，无论男的女的，老的少的，俏的丑的，一股脑儿拖将出来，乱刀劈死。快哉快哉！太子乃命左金吾大将军成王千里，太宗孙。及千里子天水王禧，分兵守宫城诸门，自与多祚等，入肃章门，直指宫禁。

中宗与韦氏婉儿，及安乐公主等，夜宴才罢，忽由右羽林大将军刘景仁，踉跄进来，报称太子谋反，已领兵入肃章门了。中宗不觉发颤道："这……这还了得！"还是婉儿有些主见，便道："养兵千日，用兵一时，刘将军所掌何事，乃听叛兵犯阙么？"景仁碰了一个钉子，连话儿都答不出来。安乐公主接口道："你快去调兵入卫，守住玄武门，再报知兵部宗楚客等，速来保护！"景仁听了，飞步趋出。婉儿又献议道："玄武门楼坚固可守，请皇上皇后等，快往登楼，一来可暂避凶锋，二来可俯宣急诏。"安乐公主也以为然，遂相偕趋玄武门楼。适遇刘景仁带兵百骑，转来保驾，中宗即令他屯兵楼下，自与韦氏等上楼。宫闱令杨思勖，亦随步同上，既而宗楚客纪处讷，及中书令李峤，侍中杨再思、苏瑰等，均前来请安，数人约率兵二千余名，由中宗敕令驻太极殿，闭门固守。说时迟，那时快，李多祚等已至玄武楼下，哗声不绝。中宗据楼俯视，语多祚道："朕待卿不薄，何故谋反？"多祚道："三思等淫乱宫壸，陛下岂无所闻？臣等奉太子令，已诛三思父子，唯宫闱尚未肃清，愿将党同三思的首恶，请制伏诛，臣等当立刻退兵，自请处罪，虽死不恨。"中宗闻三思父子，已经被杀，不由得吃了一惊。还有韦氏婉儿安乐公主，都忍不住泣涕涟涟，牵住中宗衣襟，愿报仇雪愤。**安乐公主或念结发之情，应该如此，韦氏婉儿何亦如之？**中宗尚看不出破绽，真是笨伯。急得中宗越加惶急，不知所为。又听得多祚大呼道："上官昭容，勾引三思入宫，乃是第一个的罪犯。陛下若不忍割爱，请速将她交出，由臣等自行处置。"**此语未免专擅。**中宗待他说毕，回顾婉儿，但见婉儿两颊发赤，红泪下流，突向前跪下道："妾并无勾引三思情事，谅经陛下洞鉴，妾死不足惜，但恐叛臣先索婉儿，次索皇后，再次要及陛下。"**好一个激将法。**中宗道："朕在宫中，岂真不见不闻？怎忍将卿交与叛逆。卿且起来，商决讨逆方法。"婉儿方才起立。杨思勖在旁进言道："李多祚挟持太子，称兵犯阙，这等叛臣逆贼，人人得诛。臣虽不才，愿率同禁兵，出门击贼。"中宗被他一说，稍觉胆壮起来，便道："卿愿效力，尚有何言？但此去须要小心！"思勖领谕，当即下楼，驰至太极殿内，传谕宗楚客等。楚客即拨兵千人，归他带领，他便披甲上马，领兵出来。多祚因中宗未曾答复，尚在楼下待着，按兵不动。**也是呆鸟。**太子接应多祚，道遇魏元忠子太仆少卿昇，也胁令同来，因见多祚尚未动手，也在后面扎住。多祚婿野呼利，曾任羽林中郎将，至是执戈前驱，意欲夺门升楼，为将军刘景仁所拒，再进再却，忽见门已大启，忙驰马欲入，兜头碰着杨思勖，一刀砍来，急切里闪避不及，被思勖劈落马下，再是一刀，了结性命。思勖杀死野呼利，麾兵齐出，与多祚接战。多祚手下，不过二三百人，且见野呼利被杀，越觉气沮，便纷纷倒退。中宗在楼上观战，见思勖已是得胜，不禁改忧为喜，遂高声传呼道："叛军听着！汝等皆朕宿卫士，何故从多祚造反？若能立刻反正，共诛多祚，朕不但赦汝前愆，还当特别加赏，勿患不富贵呢。"羽林兵听到此谕，已知多祚无成，大家顾命要紧，索性遵敕倒戈，杀死多祚。思冲、承况、祎之、忠义等，前后受逼，都战死乱军中，连魏昇亦为所杀，只有太子策马走脱。

成王千里父子，闻多祚等已经接仗，也进攻右延明门。宗楚客、纪处讷等，引兵抵敌，千里等寡不敌众，同时伤亡。楚客再遣果毅军将赵思慎追捕太子，太子率百骑走终南山，逃至鄠西，随身只有数人，暂憩林下，被左右刺死，将首级献与思慎。思慎携太子首，归报中宗。中宗毫不痛惜，把太子首献入太庙，并祭三思及崇训柩，然后示众朝堂。东宫官属，无敢近太子尸，唯永和县丞宁嘉勖，解衣裹太子首，号哭多时,后来被贬为兴平丞。成王千里父子,及多祚等家属,悉数诛夷,且改千里姓为蝮氏。

韦氏婉儿,逼中宗穷治余党,连肃章门内外诸守吏,并请尽诛。中宗乃更命法司推断,大理卿郑惟忠道:"大狱始决,人心未定,若再加推治,恐更多反侧了。"中宗乃止。但坐各门吏流罪,颁制大赦,改元景龙,加授杨思勖为银青光禄大夫,杨再思为中书令,纪处讷为侍中,追赠武三思太尉梁宣王,*淫愿如三思,还要追封,无怪淫夫愈多,妻女越受糟蹋了。*武崇训开府仪同三司鲁忠王。先是中宗复位,追念重润兄妹,含冤未白,特赠重润为皇太子,赐谥懿德,永泰郡主为公主,以礼改葬,号墓为陵。安乐公主亦请用永泰公主故事,称崇训墓为陵。给事中卢粲,上书驳斥,以为永泰事本出特恩,鲁王系是驸马,不得为比。中宗手谕道:"安乐与永泰无异,鲁王同穴,不妨援例。"粲又驳奏道:"陛下钟爱公主,施及女夫,未始非推恩至意。但驸马究系人臣,岂可使上下无辨,君臣一贯呢?"中宗乃将此议搁起。公主恨粲多言,擅拟制敕,令帝署印,出粲为陈州刺史。当时宫廷内外,还道公主情深伉俪,所以有此奏请,或将来为同穴起见,特借武崇训事,同表显荣,亦未可知。哪知崇训在日,承嗣子延秀,与崇训为同族兄弟,随时往来,叔嫂不避。延秀在突厥数年,颇通番语,兼娴胡舞,姿度闲冶,丰采丽都。*延秀被拘突厥及其后放还。*安乐公主,早已另眼相看,曲意款待,只恨崇训在旁,没法儿与他偷情,此次崇训死了,乐得召入延秀,共叙幽欢,名目上是帮助治丧,背地里是陪侍枕席。延秀又是个知情识趣的人物,骤得公主委身,自然格外尽力,温柔乡里,趣味独饶,风月梦中,欢娱倍甚,*太宗可纳弟妇,延秀应该盗嫂。*渐渐地明目张胆,公然与夫妇一般。最可笑的是中宗闻知,竟令延秀尚主,授太常卿,兼右卫将军,封温国公。延秀入朝谢恩,并谒韦氏,韦氏见他翩翩少年,也很羡慕。且因三思已死,无可续欢,看到这个爱婿,顿不禁惹起欲火,后来竟迫令侍寝,居然母女同欢。*丈母逼奸女婿,越是怪事。*

宗楚客等且表上帝后尊号,称中宗为应天神龙皇帝,韦氏为顺天翊圣皇后,改玄武门为神武门,楼为制胜楼。安乐公主,复阴结宗楚客等,谋谮相王及太平公主,嗾令御史冉祖雍,诬奏二人与重俊通谋,请收付制狱。中宗竟召吏部侍郎,兼御史中丞萧至忠,命他鞫治。至忠泣谏道:"陛下富有四海,不能容一弟一妹,乃令人罗织成狱么?相王昔为皇嗣,尝向则天皇后前,以神器让陛下,累日不食,这是海内所共闻,奈何因祖雍一言,遂滋疑窦么?"中宗素来友爱,因即罢议。宗楚客等复讦奏魏元忠，说他纵子助逆，明明是重俊党援，应夷灭三族，中宗不许。**这却尚有见地。**元忠却自叹道："元恶已诛，鼎镬亦所愿受，可惜太子陨没，不得重生呢。"乃表请辞官。有制令以齐公致仕，仍朝朔望。楚客再引右卫郎将姚廷筠，为御史中丞，令他申劾元忠，援侯君集、房遗爱等旧案，作为比例，因贬元忠为渠州司马。冉祖雍复上言元忠谋逆，不应出佐渠州，杨再思等亦以为言，那时中宗亦动起恼来，驳斥再思等道："元忠久供驱使，有功可录，所以朕特矜全，现在制命已行，岂容屡改？朝廷黜陟，应由朕出，卿等屡奏，殊违朕意。"**有此刚决，却是难得。**再思等始惶恐拜谢。楚客心终不死，再使袁守一弹劾元忠，谓："重俊位列东宫，犹加大法，元忠非勋非戚，如何独漏严刑？"中宗不得已，再贬元忠为务州尉。元忠行至涪陵，得病而终，年已七十余。他本宋州宋城人，以刚直闻，晚年再入朝秉政，自损丰裁，声望顿减。但终为奸党所潜，仍至贬死。至景龙四年，睿宗即位，乃追赠尚书左仆射齐国公，玄宗开元六年，追谥曰贞，这且慢表。

且说重俊事败，韦氏婉儿安乐公主等，声焰益盛，再加宗楚客纪处讷等，趋承奔走，事事效劳，因此宫禁变作朝廷，床闼几同都市。景龙二年，宫中忽传出一种新闻，说是皇后衣笥裙上，有五色云凝聚，非常祥瑞。**恐是秽迹。**中宗昏头磕脑，竟令宫监绘成图样，携示百官。侍中韦巨源，**安石从子。**也是宗纪一流人物，即顿首称贺，且请布示天下。中宗准奏，因大赦天下，赐五品以上母妻封号，无妻授女，妇人八十以上，俱准授郡县乡君。太史迦叶**复姓，音迦涉。**志忠入奏道："昔神尧皇帝未受命，天下歌桃李子，文皇未受命，天下歌秦王破阵乐，天皇未受命，天下歌堂堂，则天皇后未受命，天下歌武媚娘，应天皇帝未受命，天下歌英王石州，顺天皇后未受命，天下歌桑条韦。臣思顺天皇后，既为国母，应主持蚕桑，供给宗庙衣服，所以臣谨拟桑条韦歌，共十二篇，上呈睿鉴，请编入乐府，俟皇后祀先蚕时，奏此篇章，也是鼓吹休明，上继周南化雅哩。"说罢，即将歌词双手捧上。经中宗览毕，喜动眉宇，即赐志忠美绢七百段。太常少卿郑愔，又逐篇引伸，说得韦氏德容美备，居然是**西陵黄帝元妃螺祖，系西陵氏。**复出，太姒**周文王妃。**重生。**谁知是一个淫妇。**右补阙赵延禧，且上言："周唐一统，符命同归。昔高宗封陛下为周王，则天时，唐同泰献洛水图，孔子有言：'继周而王，百世可知。'陛下继则天皇帝，因周为唐，可百世王天下。"**亏他附会。**中宗大喜，立擢延禧为谏议大夫。上官婉儿，本与武三思私通，所拟诏书，多半崇周抑唐，至是因三思被杀，意中少一个知心人，免不得又要另觅，她想文人学士中，总有几个风流佳客，可供青眼，遂怂恿中宗开馆修文，增设学士员，选择能文的公卿，入修文馆，摛藻扬华，有时令学士等陪侍游宴，君臣赓和，韦氏安乐公主等，俱不避嫌疑，与诸文士结诗酒欢，连流竟夕，醉不思归。中宗韦氏，本不工诗，即由婉儿代为捉刀，各文臣亦明知非帝后亲笔，但当面只好认她自制，格外称扬，这一个说是臣百不逮，那一个说是臣万不及，喜得中宗韦氏，似吃雪的爽快，遂把那婉儿宠上加宠，所有乞请，无一不从。才足济奸，男子尤且可憎，况在妇女。婉儿趁此机会，拣得一个兵部侍郎崔湜，引作面首。湜年少多才，与婉儿真是一对佳偶，此番结成露水缘，婉儿才得如愿以偿，但尚有一种不满意处，崔湜在外，婉儿在内，宫闱虽然弛禁，究竟有个孱主儿，摆着上面，始终不甚方便。婉儿又想出一法，请营外第，以便游赏。中宗当即面许，拨给官费营造，于是穿池为沼，叠石为岩，先布置得非常幽胜，然后构成亭台阁宇，园榭廊庑，风雅为洛阳第一家，一任婉儿崔湜，栖迟偃息，日日演那鸳鸯戏浴图。中宗还莫名其妙，常引文臣往游，开宴赋诗，令婉儿评定甲乙，核示赏罚。相传婉儿将生时，母郑氏梦见巨人，付与一秤道："持此称量天下士。"及婉儿生已逾月，郑氏辄戏语道："汝能称量天下士么？"婉儿即哑然相应，至是果验。可惜有才无德，好淫不贞，此八字是婉儿定评。徒落得贻秽千秋，垂讥百世。小子有诗叹婉儿道：

> 儒林文字任评量，梦兆何曾寓不祥？
> 独怪有才偏乏德，问天何不畀贞良？

婉儿既得营外第，安乐公主等援例辟居，顿时争奢斗靡，各造出若干华屋来了。欲知详情，请看下回。

淫恶如武三思，骄慢如武崇训，谁不曰可杀？太子杀之，宜也。但父在子不得自专，太子虽锐意诛逆，究犯专权之罪，况称兵犯阙，索交后妃，为人子者，顾可如是胁父乎？窃谓三思父子，既已受诛，太子即当敛兵请罪，听父取决，虽终难免一死，究之与入犯君父者，顺逆不同，死于阙下，人犹谅之，死于山间，毋乃所谓死有余辜乎？况韦氏、婉儿等，益张威焰，愈逞淫凶，母女可以通欢，文臣可以私侍，深宫浊乱，无出其右，盖未始非出于太子之一激，而因增此反动力也，小不忍则乱大谋，观本回事实，益信古圣贤之不我欺云。

第五回

规夜宴特献回波辞
进毒饼枉死神龙殿

却说安乐公主，是中宗第一个爱女，中宗曾许她开府置官，此次见婉儿得营外第，也乘此大营华屋，竞尚侈奢。公主尝请昆明池为私沼，中宗以池为公产，乃百姓蒲鱼所产，不便轻许。公主不悦，自夺民田，开凿一沼，取名为定昆池，隐隐有赛过昆明的意思。池广数里，纍石象华山，引水象天津，形景酷肖昆明，由司农卿赵履温替她督治，不知费了若干民财，若干民力，才得凿成此池。池上造了许多亭台，很是华丽。安乐公主有七姊妹，长姊封新都公主，下嫁武延晖，次姊封宜城公主，下嫁裴巽，三姊即新宁公主，本嫁王同皎。同皎死，转嫁韦濯。四姊封长宁公主，下嫁杨慎交，五姊封永寿公主，下嫁韦锵，及笄即亡。六姊即永泰公主，为武后所杀。见前。一妹封成安公主，下嫁韦捷。这七八姊妹中，唯长宁、安乐两公主，系韦氏所生。安乐才艳动人，倍蒙宠眷，此外要算长宁。自安乐公主开府置属，长宁亦得踵行，且亦由东都使杨务廉，代营总第，凿山浚池，造台筑观，几与安乐私第相似。中宗素好击球，杨慎交特辟球场，洒油润地，光滑可爱，以此中宗时常临幸，与慎交击球取乐。看官！你想这中宗年逾半百，还是任意寻欢，哪里能治国治家，坐享天禄呢？无非儿戏。此外如韦氏胞妹两人，一封郕国夫人，一封崇国夫人。及婉儿母沛国夫人郑氏，尚宫柴氏贺娄氏，女巫受封陇西夫人赵英儿，俱依势用事，请谒受赃。就使屠沽臧

斜封除官

获，但教奉钱三十万，即别降墨敕，授给官阶，外面用着斜封，交付中书省，中书省不敢不依，时人叫他为斜封官，或出钱三万，得度为僧尼。僧尼势力，不亚官吏，自韦氏以下，竞营佛寺，广设醮坛。左拾遗辛替否上书谏阻，有"沙弥不可操干戈，寺塔不足禳饥馑"等语，中宗不省。嗣是狎客满后庭，浮屠盈朝市。

起居舍人武平一，系武士彟从曾孙，入任修文馆直学士，他却与诸武性格不同，独请抑损外戚，愿从己家为始。中宗但优制慰答，未肯允准，又有武惟良子攸绪，*士彟从侄孙，见前文*。武氏时曾受封安平王，恬澹寡欲，情愿弃官居隐，遂往处嵩山，优游泉壑。所有武氏赐与服器，概置不用，自出私资买田，课奴耕种，无异平民。中宗慕他志节，一再征召，方才入朝。谒见时仍黄冠布服，自称山人。中宗赐坐殿旁，攸绪固辞，再拜即退。亲贵谒候，除寒暄数语外，不交一言。及陛辞归山，蒙赐金帛，一并却还，飘然径去。后来武韦尽灭，唯攸绪免祸，隐逸终身，这真可谓孤芳自赏，不染尘埃了。*应该称扬*。

当时这班王公大臣，还道他是迂拙不通，一味儿卑躬屈节，求媚宫廷，中宗也以为安享承平，可无他虑，镇日里与谐臣媚子，沈宴酣歌。景龙二年残腊，且敕召中书门下，与诸王驸马学士等，统入阁守岁，遍设庭燎，置酒作乐。待至饮酣兴至，中宗张目四顾，见御史大夫窦从一在座，便笑问道："闻卿丧偶有年，今夕朕为卿作伐，特赐佳人，与卿成礼，可好么？"从一本名怀贞，因避韦氏父讳，特舍名用字，此时听得中宗面谕，总道有一个似花如玉的佳人，给为继室，不由得喜出望外，离座拜谢。中宗即嘱令左右，入内礼迎，不消半刻，即见内侍提着宫灯，从屏后出来，随后就是两个宫娥，各执宝篓，拥出一位新嫁娘，身着翟衣，首戴花钗，缓步趋近座前。中宗即令与从一交拜，对坐行合卺礼，交杯饮罢，宫女乃揭去面巾，中宗先大笑起来，侍臣等亦相率哄堂，看官道是何因？原来这位新嫁娘，已是白发萧鬇，皱纹满面的老妪，她从前本是个蛮婢，因是韦氏幼时乳媪，随驾入宫，年约五六十岁，中宗特令嫁与从一，从一变喜为惊，心中甚觉懊恼，转念皇后乳母，势力不小，自己做了她的夫婿，年貌虽不甚相当，禄位却借此永保。*也未可必*。乐得将错便错，模糊过去。当下与老乳母一同谢恩，叩首御前。中宗面封老乳母为莒国夫人，呼令左右备舆，送新郎新娘归第。*调侃从一，却也有趣，但不是人君所为*。从一既去，中宗亦退入宫中，侍臣等守过残宵，至次日元旦，朝贺礼毕，才各散归。

窦从一得了老妻，每谒见奏请，自称为翊圣皇后阿奢，阿奢二字，作什么解？洛阳人呼乳母夫婿为阿奢，所以从一沿着俗例，举以自称。同僚或嘲他为国奢，他亦随声相应，毫无惭色。他的意中，总叫得皇后欢心，也不管什么讪笑了。过了十余日，便是上元节届，都城内外，庆贺元宵，当然有一番热闹。中宗想了一个行乐的法儿，放出宫女数千人，命设市肆，由公卿大夫为商旅，与宫女交易。一班少年士夫，承恩幸进，正好趁这机会，亲近芳泽，东来西往，左顾右盼，遇有姿色的宫女，便借贸易为名，上前调戏。宫女等也恬不知羞，互相戏谑，形状媟亵，词语鄙秽，中宗带着后妃公主等，亲往游行，就使耳闻目见，也不以为怪。设市三日，复命宫女为拔河戏，宫女等遂各备麻绳巨竹，以竹系绳，往至河边，掷竹水中，牵绳腕上，将竹拽起，一拽一掷，再掷再拽，以速为佳，但宫女都没有什么气力，全仗人多党众，同拽巨竹，方能胜任，因此分队为戏，每队约数十人，彼此互赛，都弄得淋头洗面，红粉涔涔。中宗挈领宫眷，登玄武门，观看拔河，以迟速为赏罚。宫女们越想斗胜，越觉用力，有失足跌伤的，有挫腰呼痛的，中宗等引为乐事，笑声不止。有什么好看？有什么好笑？等到夕阳西下，众力尽疲，方命将拔河戏停止，命驾回宫。

越宿大开筵宴，内外一概赐酺，中宗命侍宴诸臣，各呈技艺，或投壶，或弹鸟，或操琴，或蹴鞠，独有国子监司业郭山恽，起向中宗陈请道："臣无他技，只能歌诗侑酒。"中宗道："卿且歌来！"山恽乃正容歌诗，但听他抑扬抗坠，不疾不徐，共计有二十多句，由在座诸人听声细辨，系是《小雅》中鹿鸣三章。歌罢，又复续歌二十多句，乃是《国风》中蟋蟀三章。中宗点首道："卿可谓善歌诗了。朕知卿意，应赐一觯。"随命左右斟酒，给与山恽。山恽跪饮立尽，谢赐乃起，退还原座。至诸臣已尽献技，中宗更召入优人，共作回波舞，舞毕后，又由中宗语群臣道："有回波舞，不可无回波词，卿等能各作一词否？"群臣闻了此语，不得不搜索枯肠，勉应上命。有一人先起座朗吟道：

> 回波尔如佺期，流向岭外生归。
> 身名幸蒙啟录，袍笏未列牙绯。

这首回波词，是沈佺期所作。佺期曾任考功员外郎，因与二张同党，坐流驩州。

上官婉儿得宠，招致文士，乃复入为起居郎，兼修文馆学士。此次借词自嘲，明明是乞还牙绯的意思。婉儿即从旁面请道："沈学士才思翩翩，牙笏绯袍，亦属无愧。"中宗闻言，即语佺期道："朕当还卿牙绯便了。"佺期忙顿首拜谢。忽有优人臧奉，趋近御座前，叩头自陈道："臣奴亦有俚语，但辞近谐谑，恐渎至尊，乞陛下赦臣万死，方敢奏闻！"韦氏即接入道："恕你无罪，你且说来！"臧奉曼声徐吟道：

> 回波尔如栲栳，怕婆却也大好。
> 外头只有裴谈，内面无过李老。

韦氏听了，不禁大噱。中宗也微微含笑，并不介怀，自认怕妻。群臣有一大半识得故事，私相告语道："两方比例，却也确切，勿轻看这优人呢。"看官道是谁人故事？原来当时有个御史大夫裴谈，性最怕妻，尝谓妻有三可怕，少时如活菩萨，一可怕；儿女满前时如九子魔星，二可怕；及妻年渐老，薄施脂粉，或青或黑，状如鸠盘茶，三可怕。此言传闻都下，时人都目为裴怕婆。中宗畏惮韦氏，正与裴谈相同，臧奉敢进此词，实为韦氏张威，不怕中宗加罪。果然不出所料，由韦氏令他起来，越日领赏。上文恕罪，此次领赏，俱出韦氏口中，好似中宗不在一般。臧奉谢恩而退。谏议大夫李景伯，恐群臣愈歌愈纵，大亵国体，即上前奏道："臣也有俚词，请陛下俯眯荛莠。"说着，即朗歌道：

> 回波尔持酒卮，微臣职在箴规。
> 侍宴不过三爵，欢哗或恐非仪。

中宗闻至此语，反致不悦，面上竟露出怒容。御史中丞萧至忠，暗暗瞧着，恐景伯得罪，遂伏奏道："这真是好谏官呢。"中宗才不加责，即传命罢宴，回宫就寝。是夕无话，至次日，韦氏竟遣内侍赉帛百端，赐与臧奉，臧奉非常愉快。

既而宫中传出墨敕，授韦巨源杨再思为左右仆射，同中书门下三品，宗楚客为中书令，萧至忠为侍中，韦嗣立同三品，崔湜、赵彦昭同平章事。于是宰相以下，唯萧至忠稍稍守正，此外都是狐群狗党，奴膝婢颜，而且滥官充溢，政出多门，宰相御史员外官，都是额外增添，挤满一堂，人以为三无坐处。监察御史崔琬，独劾奏："宗楚客、纪处讷两人，潜通戎狄，私受贿赂，致生边患，乞即按罪"云云。查唐朝旧例，大臣被弹，应伛偻趋出朝堂，静立待罪。楚客并不遵例，反忿怒作色，自陈忠鲠，为琬所诬。中宗并不穷问，反命琬与楚客，结为异姓兄弟，作为和解，遂又有和事天子的传闻。看官！你道崔琬所奏，究竟是假呢？是真呢？小子考据唐史，实是真情，看官请听我道来。自武氏许突厥婚，默啜不复寇边，未几，武氏病死，婚议又复中变，遂致默啜生怨，拘杀唐使。鸿胪卿臧守言，进寇沙灵，中宗命左屯卫大将军张仁亶为朔方道大总管，往御突厥。突厥兵颇惮仁亶，闻风即退，被仁亶追出境外，斩首千级，才收军回镇。会西突厥别部突骑施，崛起碎叶川，酋长乌质勒，抚下有威，帐落濅盛。中宗初年，曾遣使入朝，受封为怀德郡王。乌质勒旋死，子沙葛嗣袭封爵，默啜南下无功，转图西略，亲督众往攻突骑施。张仁亶乘他远侵，潜兵入突厥境，取得拂云祠一带地方。拂云祠在河北，突厥每入寇，必先诣祠祈祷，然后度河南行。仁亶既袭取此地，即创筑三受降城。中城就在拂云祠，东西两城，距祠各二百里，首尾相应，控制突厥。兴工阅六十日，三城皆成。及默啜归国，仁亶已布置严密，无隙可乘。那时默啜只好自己懊悔，不敢南牧了。唯娑葛可汗，统有父众，与别将斗啜忠节，屡有违言，辄相攻击。忠节势弱，不能久持。金山道行军总管郭元振，奏令忠节入朝宿卫，中宗乃命右威卫将军周以悌为经略使，招抚忠节。以悌系宗纪二人党羽，到了播仙城，与忠节相遇，却导他纳赂宗纪，不必入朝。且愿发安西兵，兼引吐蕃为援，同击娑葛。忠节大喜，遂出千金为赂，浼以悌转报，宗纪楚客遂请遣将军牛师奖，为安西副都护，发甘凉兵，兼征吐蕃部众，往助忠节，一面遣御史中丞冯嘉宾，往与忠节面洽。可巧娑葛遣使娑腊，入京贡马，探得楚客等秘谋，即还报娑葛。娑葛暗地出兵，邀截计舒河口，果然忠节嘉宾，两下相会，一声胡哨，麾动番众，杀入嘉宾幄内，嘉宾不及防备，立致剁毙，忠节也被擒去。是谓人财两失。娑葛遂大发兵攻安西，与牛师奖交战火烧城，师奖败没，安西失守，娑葛复遣使上表，求楚客头，以头颅偿千金，为楚客计，还算值得。且贻郭元振书，略谓："与唐无嫌，只仇阙啜。宗尚书受阙啜金，欲加兵灭我，所以惧死奋斗，乞将详情上闻。"元振曾上书奏阻，至是复将娑葛原书，飞使驰奏。楚客诬言元振隐蓄异志，立请召还，即命周以悌代元振职。元振亟遣子鸿入朝，伏阙面陈底细。中宗乃坐罪以悌，流窜白州，仍令元振留任，赦娑葛罪，册为钦化可汗，赐名守忠。唯楚客等受赃隐情，概置勿问。所以御史崔琬，忍无可忍，面劾楚客。哪知和事天子，反教他释嫌结好，岂不可笑？

更有郑愔、崔湜，并掌铨衡，卖官鬻爵，选法大坏。御史靳桓李尚隐，查出许多赃证，入朝面弹，两人无可抵赖，下狱坐戒，愔谪吉州，湜贬江州。唯湜系婉儿私夫，忽闻有敕远审，教她如何割舍，免不得设法转圜，代湜申理。会值景龙三年冬至，中宗将有事南郊，婉儿即为湜陈请，召还都中，令襄大礼。连郑愔也一并召归。祭天时，中宗初献，皇后韦氏亚献，宰相女各助执笾豆，号为斋娘。*也是旷古奇闻。* 礼成加赏，所有斋娘夫婿，俱得迁官，总算是浩荡皇恩，无微不至。*语中有刺。*

越年元宵节，六街三市，大张花灯，笙歌遍地，金鼓喧天。韦氏忽发狂念，与婉儿及诸公主，邀请中宗微服游行。中宗含笑相从，遂各换衣妆，打扮如平民模样，出游街市，并令宫女数千人，一同随往。但见人山人海，击毂摩肩，男女混杂，贵贱不分。韦氏婉儿，且专拣热闹处玩赏，与一班看灯的男妇，挨挨挤挤，毫不避忌，直至斗转参横，灯残独地，方联翩返宫。查点宫女，十成中却少了五六成，想是乘机私奔去了。中宗因不便追缉，只好付诸不究，糊涂了事。*也是皇恩。*

过了数日，复亲幸梨园，命三品以上抛球拔河。韦巨源唐休璟，年力衰迈，随绳仆地，一时扒不起来，害得手脚乱爬，好似乌龟一般，中宗及韦氏婉儿等，都吃吃大笑，视为至乐。既而又游定昆池，命从官赋诗，黄门侍郎李日知，呈诗一首，中有两语云："所愿暂思居者逸，勿使时称作者劳。"中宗瞧着，笑顾日知道："卿亦效郭山恽的诗谏么？"日知道："是在陛下圣鉴。"中宗乃起驾回宫，有好几月不出游幸。到了孟夏时候，又出幸隆庆池。池在长安城东隅，民家井隘，浸成大池数十顷，朝廷目为祯祥，因赐名隆庆。隆庆池北有隆庆坊，相王旦五子，筑第住居，号为五王子宅。*五王子详见后文。* 当时有术士传言，谓："五王子宅中，郁郁有帝王气。"中宗意欲魇禳，特命在池旁结起采楼，率侍臣等诣楼开宴，且泛舟为戏，足足欢娱了一日一夜。还宫以后，复宴近臣。国子祭酒祝钦明，自请为八风舞，摇头转目，胁肩谄笑，装出许多丑态，引得韦氏以下，无不鼓掌。吏部侍郎卢藏用，私语同座道："祝公以儒学著名，今乃如此出丑，五经已扫地尽了。"散骑常侍马秦客，光禄少卿杨均，亦在座列饮。韦氏见他年轻貌秀，未免动慾，及至散宴，阴令心腹内侍，通意两人。秦客颇通医术，均却善烹调，两人却借此为名，得入宫掖。韦氏毫不知羞，趁着中宗另幸别宫，即令两人轮流侍寝，作竟夕欢。

约过了一两月，忽有定州人郎岌，叩阍告变，奏称韦氏与宗楚客等，将谋大逆。中宗正览奏起疑，偏被韦氏闻知，定要中宗立毙郎岌，中宗乃敕令将岌杖死。许州参军燕钦融，又上言："皇后淫乱，干预国政，安乐公主、武延秀及宗楚客等，朋比为奸，谋危社稷，应亟加严惩，以防不测。"中宗得了此疏，面召钦融诘责。钦融顿首抗言，词色不挠，当由中宗叱令退去。谁知他甫出朝门，竟由宗楚客擅令骑士，把他拿回，掷置殿庭石上，折颈毙命。中宗未免动怒，查问骑士，系出楚客指使，不禁恨恨道："你等只知有宗楚客，不知有朕么？"你一人久无权力，岂自今始？楚客乃惧，即入告韦氏、婉儿等，谓皇上已有变志。韦氏正因新幸马杨，也恐事泄，遂与马杨密谋弑主。马秦客道："臣去合一种末药，置入饼中，便可了结主子。"韦氏道："事不宜迟，速即办来！"秦客领命即出。越日，即将末药呈入，便由韦氏亲自制饼，把末药放入馅中。及饼已蒸熟，闻中宗在神龙殿查阅奏章，便令宫女携饼献去。中宗最喜食饼，取了便吃，一连吃了八九枚，尚说是饼味很佳，不意过了片时，腹中大痛，坐立不安，倒在榻上乱滚。当有内侍往报韦氏，韦氏徐徐入殿，假意惊问。中宗已说不出话，但用手指口，呜呜不已。又延挨了数刻，身子不能动弹，两眼一翻，双足一伸，竟呜呼哀哉了。享年五十五岁。总计中宗嗣位，纪元嗣圣，才经一月，即被废黜。幽禁了十四年，方还东都，又为皇太子六年，才得复辟。在位六年，改元两次，竟被毒死。小子有诗叹道：

> 昔日点筹烦圣虑，今番进毒报君恩。
> 从知女德终无极，地下有谁代雪冤？

中宗既崩，韦氏召入私人，当然有一番举动，待小子下回说明。

古称诗三百篇，皆贤圣发愤之所作，故讽刺多而颂扬少。即间有所颂，亦隐寓规劝之意，故诗之关系，实非浅鲜，孔子以学诗勖门人，良有以也。唐自武后临朝，诗赋大兴，至中宗而益盛，宜若可以兴国矣。但诗有定体，亦有定义，非徒谐声叶律，遂足称诗；至若贡谀献媚，导奸鬻淫，更不足道。观本回所录回波词三则，唯李景伯以诗作谏，尚有古风，沈佺期借词干进，已无可取，臧奉乃更为怕婆词，大廷之上，不嫌村俗，是岂尚存古道乎？夫身修而后家齐，家齐而后国治，圣训流传，万古不易。中宗不能修身，安能齐家，不能齐家，安能治国？狎客满后庭，浮屠盈都市，如此而不亡国败家者，吾未信也，一饼杀身，几至覆宗，微临淄之兴师，唐其尚有幸乎？

第六回

讨韦氏扫清宿秽
平谯王骈戮叛徒

却说韦氏既毒死中宗，秘不发丧，但召诸宰相入禁中，征诸府兵五万人，屯守京城，使驸马都尉韦捷、韦濯，卫尉卿韦璿，左千牛中郎将韦锜，长安令韦播等，分领府兵。中书舍人韦元徼，巡行六街。*适从何来？遽集于此。* 左监门大将军兼内侍薛思简等，率兵五百人，往戍均州，防御谯王重福。命刑部尚书裴谈，工部尚书张锡，并同中书门下三品，兼充东都留守。吏部尚书张嘉福、中书侍郎岑羲、吏部侍郎崔湜，并同平章事，一面与太平公主，及上官婉儿，谋草遗诏，立温王重茂为皇太子。重茂系中宗幼儿，后宫所出，时方十六岁，由皇后韦氏训政，相王旦参谋政事。草制既颁，然后举哀。宗楚客隐忌相王，入语韦氏道："皇后与相王，乃是嫂叔，古礼嫂叔不通问，将来临朝听政，何以为礼？"韦氏道："遗制已下，奈何？"楚客道："皇后放心，臣自有计较。"越日，即会同百官，奏请皇后临朝，罢相王参政。韦氏即批令相王旦为太子太师，自己临朝摄政，改元唐隆，大赦天下，命韦温总掌内外兵马。温系韦氏从兄，所以韦氏倚为心腹。又越三日，始令太子重茂即位，尊皇后韦氏为皇太后，立妃陆氏为皇后。宗楚客与武延秀、赵履温、叶静能等，及韦族诸人，共劝韦氏遵武后故事，使韦氏子弟领南北军。楚客更援引图谶，密言韦氏宜革唐命，怂恿韦氏谋害嗣皇，且深忌相王及太平公主，日与韦温安乐公主商议，欲去两人。哪知天意难容，人心未死，大唐天下，不该移入韦氏手中，遂令天演嫡派，兴师讨逆，把韦武两族，及内外淫恶诸男妇，一律诛死，才觉宫廷复靖，日月重光。看官道是何人？乃是相王旦第三子隆基。此是唐室一大转捩，应该大书特书。

相王旦生有六子，长子即成器，从前曾立太子，相王复封，成器亦降王寿春，次子名成义，封衡阳王，四子名隆范，封巴陵王，五子名隆业，封彭城王，季子名隆悌，封汝南王，已经早死。隆基排行第三，系相王妾窦氏所生，性英武，善骑射，通音律历象诸学，初封楚王，改封临淄，出任潞州别驾。景龙四年入朝，留京不遣。他知韦武用事，必为国患，乃阴结豪杰，借图匡复。从前太宗时代，尝选官户及蕃口骁勇，充做羽林军，著虎文衣，跨豹文韂，共得百人，叫作百骑，武氏时增为千骑，中宗时又添至万骑。隆基密与联络，隐作干城。兵部侍郎崔日用，素与宗楚客往来，颇知楚客秘谋，因恐自己被祸，乃转告隆基。隆基即与太平公主，至公主子薛宗暕，系薛绍子。内苑总监钟绍京，尚衣奉御王崇晔，前朝邑尉刘幽求，折冲麻嗣宗等，为先发制人起见，定议讨逆。适值长安令韦播，虐待万骑，屡加榜掠，万骑皆怨。果毅校尉葛福顺陈元礼，往诉隆基，隆基复与谋讨逆事宜，大众踊跃愿效。福顺且语隆基道："贤王举事，当先禀达相王。"隆基："我辈举兵讨逆，无非为社稷计，事成庶归福父王，不成便以身殉，免得父王受累。且今日先行禀达，倘父王不从，反致败事，不如不说为妥。"乃改换服饰，潜率刘幽求等，径入苑中。

时已黄昏，忽见天星纷落，几与雨点相似。幽求道："天意如此，时不可失了。"陨星岂关系讨逆？且星亦未必致陨，不过幽求借此励众，幸勿信为真言。葛福顺即拔刀先驱，直入羽林营，韦璿、韦播猝不及防，被福顺率众搥入，左右乱劈，即将两人砍死，且枭首示众道："韦氏酖杀先帝，谋危社稷，今夕当共诛诸韦，别立相王以安天下。如有阴怀两端，甘心助逆等情，罪及三族，慎勿后悔！"羽林军本归心隆基，当然听命，乃将韦璿等首级，命部众赍送隆基。隆基取火验视，果然不谬，乃与幽求等出南苑门。总监钟绍京，聚集丁匠二百余人，各执斧锯，随众同行。福顺率左万骑攻玄德门，另派羽林将李仙凫，率右万骑攻白兽门，约会凌烟阁前。隆基勒兵玄武门外，静听消息。三鼓后闻里面噪声，即与绍京等斩关直入，驰至太极殿，殿中正停置中宗梓宫，有卫兵守着，一闻外面喧声，也被甲出应。韦氏正留宿殿中，蓦然惊起，止穿得小衣单衫，奔出后门。适遇杨均、马秦客，由韦氏急呼救援，二人左右搀扶，走入飞骑营，望他保护。不意营中将卒，突出门前，先将杨、马两人，一刀一个，劈死地上。韦氏吓得乱抖，不由得泪下盈腮，哀求容纳。你也有此日么？大众共嚷道："弑君淫妇，人人共愤，今日还想活着么？"说着，即有人手起刀落，把韦氏剁作两段，将首级献与隆基。与杨、马同时做鬼，也算风流。隆基闻韦氏已诛，便传令肃清宫掖，于是驸马武延秀，尚宫贺娄氏，均被搜获，一并斩首。时已黎明，刘幽求等驰入宫中，安乐公主深居别院，尚未知外面事变，方早起新沐，对镜画眉，突听得后面一响，正要回顾，那头上忽觉暴痛，只叫得一声阿哟，已是头破脑裂，死于非命。幽求已诛死安乐公主，再去搜捕上官婉儿。婉儿本是个聪明人物，竟带着宫人，秉烛出迎。既与幽求会晤，即将前日相王参政的草制，从袖中取出，示与幽求，且托他婉告隆基，期免一死。幽求见她娇喉宛转，楚楚可怜，便满口答应出来。凑巧隆基入宫，就将草制呈上，替婉儿代为申辩。隆基道："此婢妖淫，渎乱宫闱，怎可轻恕？今日不诛，后悔无及了。"却是刚断，可惜晚年不符。即命左右去取婉儿首级。不消半刻时辰，已将一个红颜绿鬓的头颅，携至隆基面前。可为才女轻薄者鉴。隆基验讫，更捕索诸韦，及监守宫门素来归附韦氏的吏役，尽行枭首。

内外既定，隆基乃往见相王，自言不先禀白的原因，叩首请罪。相王抱头泣语道："社稷宗庙，赖汝不坠，还有何罪呢？"隆基即迎相王入宫，掩住宫门及京城门，分遣万骑，收捕诸韦亲党，先将韦温拿斩。中书令宗楚客，身服斩衰，乘青驴逃出，方至通化门，被门卒拦住，笑呼道："你是宗尚书，为何至此？"揶揄得妙。一面说，一面已将楚客拖落驴下，抓去布帽，一刀砍死。那冒冒失失的宗晋卿，也随后跑来，同做了刀头面。兄弟同死，也是亲昵。相王奉少帝重茂，御安福门，慰谕百姓。司农卿赵履温，向在安乐公主门下，奔走趋奉，至是急驰诣安福楼下，舞蹈呼万岁；声尚未绝，已由相王遣人出来，把他脑袋取去，剩下没头的尸骸，倒弃地上，人民争集，拔刀割肉，片刻即尽。韦巨源正欲入朝，有家人报称变起，劝他逃匿。巨源道："我位列枢轴，岂可闻难不赴？"说着即行；才至都市，为乱兵所杀。他如韦捷韦濯韦元徼，及纪处讷叶静能张嘉福等，一股脑儿捕到安福门前，一刀一个，两刀一双，统变作无头鬼。秘书监王邕，系韦后妹崇国夫人夫婿，他恐因亲党株连，杀妻自首。最可笑的是皇后阿奢窦从一，也将这老妻莒国夫人，枭首以献，我为从一心喜，省得老妇当夕。两人总算免死。废韦后为庶人，陈尸市曹。所有韦氏宗族，俱由崔日用领兵搜诛，连襁褓小儿，统杀得一个不留。武氏宗属，重罪诛死，轻罪流窜。何苦争权？乃下制大赦，封成器为宋王，隆基为平王，统辖左右厢万骑。薛崇暕晋封立节王，钟绍京为中书侍郎，刘幽求为中书舍人，并参知机务，麻嗣宗为左金吾卫中郎将，其余功臣，赏赉有加。隆基二奴王毛仲、李守德，亦得超拜得军。未免太滥。

　　既而太平公主传少帝命，愿让位相王，相王固辞。刘幽求入语宋王成器，与平王隆基道："从前相王已居宸极，众望所归，今人心未靖，国难初纾，相王岂得尚守小节？请早即位以镇天下。"隆基道："父王性安恬淡，未尝有心登极，虽有天下，犹且让人。况少帝为亲兄子，怎肯将他移去？"幽求道："众心不可违，相王虽欲高居独善，恐亦未能如愿，况社稷为重，君为轻，二王亦应几谏为是。"成器、隆基，乃入见相王，极言人心归向，国事攸关，不如早正大位云云。相王尚不肯从，复经二人力谏，方才允许。是夕有制颁出，命宋王成器为左卫大将军，衡阳王成义为右卫大将军，巴陵王隆范为左羽林大将军，彭城王隆业为右羽林大将军。进平王隆基为殿中监，同中书门下三品，中书侍郎钟绍京，黄门侍郎李日知，并同中书门下三品。太平公主子薛崇训，薛绍次子。为右千牛卫。贬窦从一为濠州司马，王邕为沁州刺史，杨慎交为巴州刺史，萧至忠为许州刺史，韦嗣立为宋州刺史，赵彦昭为绛州刺史，崔湜为华州刺史，郑愔为汴州刺史。崔郑二人，何故未诛？布置既定，即于次日入太极殿，处置易位事宜。这位茫无所知的少帝重茂，贸然出殿，径至东隅，西向而坐，相王亦登殿至梓宫旁，太平公主早在殿中，待众大臣一齐趋入，方对众朗言道："嗣皇欲将帝位让与叔父，诸公以为可否？"幽求即跪答道："国家多难，应立长君，皇上仁孝，追踪尧舜，诚合至公。相王代他任重，慈爱尤厚，此事正宜速行。"说至此，大众齐声赞成，太平公主即趋至少帝座前，高声与语道："人心已尽归相王，此处已非儿座，可即趋下。"少帝尚呆坐不动，被太平公主一把拖落，只好含着眼泪，趋立下首。当由相王徐步进行，至少帝坐过的位置，昂然坐定。群臣都伏称万岁。拜贺既毕，复拥相王出殿，御承天门，大赦天下，是为睿宗皇帝。仍封重茂为温王，进钟绍京为中书令，赐内外官爵有差，加太平公主实封万户。唯立储一事，累经睿宗筹思，因立长立功两问题，横亘胸中，终不能决。宋王成器，窥知父意，乃入白睿宗道："国家安宜立嫡长，国家危宜先有功，若失所宜，必违众望。臣儿宁死，不敢居平王上。"睿宗尚有疑义，召问群臣。刘幽求进言道："能除天下大祸，应享天下大福。

平王尊安社稷，救护君亲，功固最大，德亦最贤。况宋王已有让词，自应立平王为太子，请陛下勿疑！"群臣亦多如幽求言，储议乃定。**事贵达权，睿宗颇胜高祖一筹。**越数日，即立平王隆基为太子。隆基复表让成器，睿宗不许。隆基乃入居东宫，令宋王成器为雍州牧，兼太子太师。追削武三思、武崇训爵谥，斫棺暴尸，刨平坟墓。流越州长史宋之问，饶州长史冉祖雍至岭南。革则天大圣皇后名号，仍称天后。**天字亦不宜称。**追谥雍王贤为章怀太子，封贤子守礼为邠王，复故太子重俊位号，予谥节愍。赠还张柬之等五人王爵，所有得罪韦武，被诛被窜死诸官吏，俱还给官阶。召许州刺史姚元之为兵部尚书，洛州长史宋璟为吏部尚书，俱同中书门下三品。加封成义为申王，隆范为岐王，隆业为薛王，改元景云，再行大赦。所有韦氏余党，未曾察出加罪，概从豁免，此后不究。

且遣使宣慰谯王重福，调任集州刺史。重福整装将行，适有洛阳人张灵均，贻书重福道："大王地居嫡长，当为天子，相王虽然有功，不应继统。东都士民，都望大王到来，王若潜入洛阳，发左右屯营兵，袭杀留守。取东都几如反掌，再西略陕州，东徇大河南北，天下即指挥可定了。"重福信为奇谋，复书如约。可巧郑愔被谪沴州，道出洛阳，灵均遮道请留，与语秘计。愔正怨望朝廷，遇着这个机会，乐得顺风敲锣，为泄恨计，**否则何致速死。**当下与灵均结谋聚徒党数十人，预替重福草制，立重福为帝，改元为中元克复，尊睿宗为皇季叔，重茂为皇太弟，愔为左丞相，知内外文事，灵均为右丞相，兼天柱大将军，知武事，右散骑常侍严善思为礼部尚书，知吏部事。**毫无头绪，即预为草制，仿佛痴人说梦。**一面令灵均往迎重福。愔留住洛阳，借驸马都尉裴巽故第，潜备供张，专待重福到来。

洛阳县官，稍得风闻，侦查了好几日，益觉事出有因，遂率役隶数十人，径诣裴宅按问。甫至门首，兜头正碰着重福，与灵均带着数健夫，鱼贯前来。县官急忙退还，走白留守。群吏闻变，相率逃匿，只洛州长史崔日知，投袂而起，号召兵士，拟即往讨。留台侍御史李邕，在天津桥遇着重福，料他必有秘谋，也急驰入屯营，语大众道："谯王得罪先帝，今无故入东都，必将为乱，君等正可乘此立功，博取富贵。"营兵同声应命。又告皇城使速闭诸门，慎防不测。重福趋至左右屯营，营兵张弓迭射，箭如飞蝗，吓得重福连忙回头，转至左掖门，欲劫夺留守部众，偏偏门已重闭，不由得懊恼起来，即命手下纵火焚门。火尚未燃，那左右屯营兵，两路杀至，教重福如何抵挡？没奈何策马奔逃，投入山谷。留守兵四出搜捕，掩入谷中，重福无路可走，跃入漕渠，立刻溺毙。又捕得张灵均，押至狱中，只有郑愔查无下落。旋经崔日知亲自督捕，到处盘查，突见有一小车，车中载一妇人，露着高髻，面上却用巾遮住，由车夫急推前行，种种形迹可疑，当由日知指令军士，追诘此车，并将妇人的面巾揭去，一经露面，却是于思于思的丑男子。看官不必细问，便可知是逃犯郑愔，愔貌丑多须，一时无从脱逃，乃改作女装，梳髻作妇人服，想借此混出外城。**计策亦妙，可惜无易容术。**可奈天网恢恢，疏而不漏，竟被日知瞧破，捆缚而归，随即就狱中牵出灵均，一同鞫问。愔浑身发抖，似不能言。灵均独神色自如，直供不讳，且瞋目顾托道："我与此人同谋，怪不得要失败哩。"于是两人牵出都市，同时伏诛。愔先附来俊臣，继附张易之，又附韦氏，至此复附谯王重福，终归诛死。**专事逢迎者其听之！**严善思亦坐流静州。旋葬中宗于定陵，廷议以韦庶人有罪，不应祔葬，乃追谥故英王妃赵氏为和思顺圣皇后，求尸无着，**见前文。**乃用袆衣招魂，祔葬定陵。贬李峤为怀州刺史，裴谈为蒲州刺史，祝钦明郭山恽等，俱为远州长史。罢斜封官，易墨敕制，姚宋当国，请托不行，纲纪修举，赏罚严明，中外翕然，共称为有贞观、永徽遗风。

只是太平公主，自恃功高，睿宗亦很加爱重，尝与她商议国政。每入奏事，坐语移时，有数日不来朝谒，即令宰相就第谘询。至若宰相陈请，睿宗辄问与太平议否？又问与三郎议否？三郎就是太子隆基，因他排列第三，故呼为三郎。太平公主，初见太子年少，不以为意，既而惮他英武，遂造出一种谣言，说是太子非长，不当册立，将来必有后忧。睿宗不为所动，到了景云二年正月，太平公主奏请立后，睿宗道："故妃刘氏及德妃窦氏，同死非命，尸骨无存，朕何忍再立继后呢？"公主道："刘妃系陛下正配，且曾生宋王，应该追封。窦氏非刘妃比，应有嫡庶的分辨，不容一律。"**明明寓有深意。**睿宗默然。待公主退出，竟追册刘氏、窦氏，并为皇后。公主不免忿恨，更阴嘱私党，散布蜚言，大致谓："宫廷内外，倾心东宫，姚元之、宋璟，左右赞襄，不日必有内变。"一面令女夫唐晙，往邀韦安石。安石方入任侍中，不肯赴召，事为睿宗所闻，密召安石入问道："朝廷皆倾心太子，卿可为朕访察，有无异图？"安石答道："陛下何为信此讹言？这是太平私谋，欲危太子，试思太子有功社稷，仁明孝友，天下共闻，如何宫中独有蜚语？显见奸人播弄，幸勿轻信。"睿宗瞿然道："朕已知道了，卿勿复言！"公主因计划不成，亲乘辇至光范门，召集宰相，示意易储，众皆失色。宋璟抗言道："东宫拨乱反正，建立大功，真宗庙社稷主，奈何忽有此议？"公主怏怏不悦，拂袖竟归。璟乃邀同姚元之，入白睿宗道："宋王为陛下元子，豳王乃高宗长孙，公主从中交构，将使东宫不安，不如令宋王豳王，皆出为刺史，并罢岐薛二王左右羽林，就是太平公主及武攸暨，亦皆安置东都，庶不至有内变了。"睿宗道："朕唯一妹，怎可远置东都？诸王唯卿所处。"睿宗亦不免优柔。姚宋两人，本意在遣废太平，因见睿宗不从，只好退出。越数日，睿宗又语侍臣道："近日有术士言，五日内当有急兵入宫，卿等须加意预防。"时张说已入为中书侍郎同平章事，闻睿宗言，便进谏道："奸人欲离间东宫，乃有是说，若陛下使太子监国，流言自当永息了。"姚元之复接口道："张说所言，系社稷至计，愿陛下即日施行。"睿宗准奏，即命太子监国，出宋王成器为同州刺史，豳王守礼为幽州刺史，太平公主及武攸暨，安置蒲州。小子有诗咏道：

> 百端构陷总无成，到此应知自戒盈。
> 若使当时能悔祸，太平原是享承平。

制敕既下，太平公主愤不可遏，更想出一条别法来了。究竟用何计策，且看下回便知。

女子与小人，断不可使之立功；功出彼手，乱必因之。观本回所叙之太平公主，实亦一韦武流亚！其于韦氏受诛时，并未见若何预议；不过其子薛宗暕，稍稍效力，而成此功者，固非临淄莫属也。韦武既灭，朝廷易主，而太平乃首出建议，掉去少帝，此特一手一足之劳耳。人心已尽归相王，太平安能标异乎？然彼则自恃有功，睿宗亦以有功视之，卒至谗间东宫，谋生内变，牝鸡之不可司晨，固如此哉！然则太平固有罪矣，而睿宗之纵令为恶，亦未尝无咎焉。

第七回

应星变睿宗禅位
泄逆谋公主杀身

　　却说太平公主，接到蒲州安置的制敕，不由得懊怅万分，当即召太子入内，厉声问道："我为汝父子打算，也算尽力，今反以怨报德，将我贬居蒲州，我想汝父仁厚，当不出此，想是汝从中播弄，因有此敕命呢。"当头一棒。太子惶恐拜谢道："侄何敢如此？闻系姚宋二人，奏请父皇，乃下此敕。"公主冷笑道："姚宋所奏，也无非为汝起见，他恐我等在都，于汝不便，所以特地请命，要我等即日远离。试想我捽去重茂，改立汝父，也是为汝承袭计，从前安乐想作皇太女，难道我想作皇太妹么？"描摹利口，惟妙惟肖。太子道："侄儿当奏闻父皇，加罪姚宋二人便了。"言毕趋出，即表劾姚宋离间姑兄，请从重典惩办。睿宗乃贬元之为申州刺史，璟为楚州刺史，宋璟二王，仍留居京都，唯太平公主夫妇，依然遣往蒲州，不复收回成命。公主怏怏而去，临行时由太子饯送，尚是埋怨不休。太子答道："今日暂别，他日总当由侄儿申请，包管姑母重归。"公主始强开笑颜，与武攸暨登车去讫。

　　既而睿宗召群臣入宴，且与语道："朕素怀澹泊，不以万乘为贵，前为皇嗣，及为皇太弟，均为时势所迫，并非由朕本意。今朕年已半百，不欲亲揽朝纲，意欲传位太子，卿等以为何如？"群臣闻言，俱面面相觑，莫敢先对。独殿中侍御史和逢尧，系是太平私党，偏起座进言道："陛下春秋未高，方为四海景仰，怎得遽行内禅呢？"睿宗听了，踌躇半晌，方道："朕自有区处。"越宿下制，凡一切政事，皆听太子处分，所有军旅死刑，及五品以下除授，与太子议定后闻。太子奉制固辞，且请让与宋王成器，睿宗不许。嗣复请召太平公主还京，得邀允准，颁敕至蒲州。太平公主当然欢慰，立即启行还朝，往返不过四月，至是入见睿宗。睿宗性本友爱，自然欢颜相待，和好如初。

可巧攸暨病逝，公主又变作嫠妇，虽然年逾四十，尚是萦情肉欲，不耐孤栖，**酷肖乃母。**蓦然记起当年的崔湜，才貌风流，不愧佳客，当下密召入都，待他进谒，即引与欢狎，做个婉儿第二。又想招揽几个旧官，自张羽翼，濠州司马窦从一，已复名怀贞，在朝时曾谄附太平，至是亦由太平召还，与崔湜同作私人，并向睿宗前极力保荐。睿宗乃复用湜为太子詹事，怀贞为御史大夫。还有奸僧慧范，与公主乳媪通奸，也往来公主第中，常参密议。又如岑羲、萧至忠、薛稷等，前皆坐罪遭贬，太平公主一并引为爪牙，奏复原官，于是声势复盛。窦怀贞每日退朝，必至太平处请安。**唐臣多无丈夫气，不必怪窦怀贞。**适睿宗女西城公主，及崇昌公主，愿作女道士，自请出家，**却也别具肺肠。**睿宗欲修筑金仙、玉真二观，分居二女。怀贞即乞请太平，求为营观使。太平公主因替他进言，一说便成。怀贞格外效力，亲自督役，才经月余，已造就两座华刹，前殿后宇，金碧辉煌。西城、崇昌两公主，到了观中，都觉得称心满意，当然至睿宗前，赞美怀贞，又经太平公主随时揄扬，不由睿宗不信，竟进授怀贞为侍中，同中书门下三品。怀贞喜出望外，忽有相士与语道："公居相位，必遭刑厄。"说得怀贞又转喜为忧，自请解官，有制听便。不到数日，又复令为尚书左仆射。崔湜因怀贞得志，免不得在旁艳羡，有时与太平欢会，叙及怀贞。太平公主道："这有何难？汝欲入相，但教我进去数语，便可如愿了。"湜感激涕零，甚至五体投地。**但教你在枕席上格外效劳，便足报德，何必作此丑态。**一面复语太平道："同僚中有陆象先，亦望公主代为援引。"太平公主道："象先与我何涉？我何必替他帮忙。"湜又道："象先言高行洁，推重同僚，此人入相，必慰众望。湜与同升，也是附骥名彰的微意呢。"太平公主方才点首。次日入见睿宗，即将象先与湜举荐上去。睿宗道："象先素负众望，不愧相才。湜太龌龊，难副众望。"太平公主仍然固请，睿宗只是摇首。及见公主两颊绯红，几乎要堕下泪来，方勉强承认下去。时已任韦安石李日知为相，朝政未免紊乱，乃趁着公主入请，出安石留守东都，迁日知吏部尚书，命陆象先同平章事，崔湜为中书侍郎，同中书门下三品。又进吏部尚书刘幽求为侍中，右散骑常侍魏知古为左散骑常侍，俱同三品。越年改元太极，未几又改元延和。

萧至忠自依附太平，由许州进任刑部尚书，遂出入太平私第，日夕伺候，偶与宋璟相遇，璟讽语道："萧君！汝亦在此，非璟所料。"至忠笑答道："宋生规我，足见好意。"说到"意"字，已是策马驰去。至忠有妹，适华州长史蒋钦绪，亦进谏至忠道："如君高才，何患不达？幸勿非分妄求。"至忠默然不答。钦绪退出，不禁长叹道："九代卿族，一举尽灭，并不是可哀么？"熏心利禄者，可引此为戒。原来至忠世代簪缨，祖名德言，曾任唐秘书少监，所以钦绪有此悲叹，哪知至忠竟步步春风，更入为中书令了。太平既得至忠为助，又引侍中岑羲，尚书右丞卢藏用，太子少保薛稷，右散骑常侍贾膺福，雍州长史李晋，羽林大将军常元楷，知羽林军李慈等，同为心腹。鸿胪卿唐晙，本是太平女夫，当然通同一气，每事与商。会值秋高气爽，星月倍明，西方的太微垣旁，现出了一个彗星，光芒数丈。太平公主即密使术士进白睿宗，谓："彗星出现，当是除旧布新的变象，且帝座及心前星，心有三星，旧说前星主太子。亦有变动，大约太子当入承帝统，请陛下传位为是。"看官！你想此说是明明激动睿宗，引他恨及太子，可以从中进谗，不意睿宗竟信为真言，便毅然道："朕早思传位，今天象又复如此，尚有何疑？传德避灾，朕志决了。"术士不便再言，慌忙返报太平公主。公主大惊道："欲巧反拙，弄假成真，这还当了得么？"这叫作庸人自扰。随即召入党羽，共议挽回。大家想了多时，没有什么良策，只好奏阻内禅，再作计较。于是彼上一奏，此陈一疏，接连呈入章牍数本，并没有批答出来，急得太平公主，自往面阻。偏是睿宗决意传位，任你舌吐莲花，也是不依。公主没法，退归私第，再遣人往劝太子，教他固辞。太子乃驰入宫中，拜谒睿宗，叩头固请道："臣儿仅立微功，得为皇嗣，已是例外蒙恩，恐难负荷。今陛下且遽欲传位，究是何意？"睿宗道："社稷再安，与我得天下，皆出汝力。今帝座有灾，故特授汝。转祸为福，愿汝勿疑！"太子又叩头固辞，睿宗作色道："汝欲为孝子，应该听从我言，岂必待枢前即位，方得为孝么？"太子无词可对，只好流涕趋出。

翌晨由睿宗手谕，传位太子。太子再上表力辞，睿宗不许。太平公主自悔无及，没奈何入语睿宗道："内禅虽决，总宜自总大政，太子少不更事，恐未能施行尽当呢。"睿宗乃召嘱太子道："汝因天下事重，想我兼理么？古时虞舜禅禹，尚亲巡狩，朕虽传位，岂忘家国？所有军国大事，我自当兼省，汝何必多虑呢。"太子乃勉强应命。过了数日，内禅期届，太子隆基即位，尊睿宗为太上皇。上皇仍自称朕，诏命曰诰，五日一受朝太极殿。皇帝自称为予，命曰制敕，每日受朝武德殿。凡三品以上除授，及重刑要政，俱奏闻上皇，然后决行，余事皆受成皇帝，改行正朔，颁制大赦，是谓玄宗先天元年，立妃王氏为皇后。

后系同州下邽人，父名仁皎，由玄宗为临淄王时，聘为王妃，玄宗入清宫禁，妃亦预谋，因此玄宗登基，即册为后。**为后文废后张本。**玄宗又授王琚为中书侍郎，时与商议国事。琚籍隶河内，少有才略，通天文象纬学，从前驸马都尉王同皎，尝器重琚才，引为密友。同皎事败，**见前文。**琚遁至江都，为富商佣书。商家知非庸才，妻以爱女，且厚给妆奁，琚赖以存活。及睿宗嗣位，乃与妇翁说明原委，得资还都。玄宗时为太子，出外游猎，途次遇着王琚，见他儒服雍容，因即召询。琚口才本是敏捷，至此更有心干进，益逞词锋，且邀太子到寓，娓娓续陈，说得太子非常投契。琚又杀牛进酒，厚飨太子，太子愈加感动，愿为荐引。别后返谒睿宗，即说王琚如何有才，乞加录用。睿宗因他是个白衣秀士，但令补诸暨县主簿。太子默然退归。会琚闻得一末秩，过谢东宫，到了廷中，却故意徐行，左眺右瞩。东宫侍卫呵止道："殿下在帘内，怎得自由行动？"琚微笑道："今日有什么殿下，但知有太平公主呢。"**显是策士口吻。**道言未绝，太子已经趋出，亲自迎入。琚表明谢意，即促膝进陈道："韦庶人敢行弑逆，人心不服，所以殿下一呼皆应，立诛首恶。今太平公主自恃有功，凶狡无比，左右大臣，多为所用，天子又因兄妹关系，格外容忍，琚窃为陛下隐忧哩。"太子遽起，引与同榻，对坐与语道："主上同气，止有太平，若有伤残，恐亏孝道。"琚答道："小孝不足言，殿下当思大孝。"太子道："大孝如何？"琚复道："安宗庙，定社稷，乃为大孝。试想太子立有大功，理应承统，今公主乃敢妄图，营私植党，有废立意，一旦变起，岂不是累及宗庙社稷么？宗庙社稷不安，殿下即思尽孝，恐亦不及待了。"太子搓手道："如此奈何？"琚答道："琚闻内外大臣，唯张说、刘幽求、郭元振等，不为太平所用，殿下若与商议，当可纾忧。"太子乃喜，叫他不必赴任，留居詹事府中。既而太子受命监国，五品以下官吏，得由太子黜陟，乃即迁琚为太子舍人。及太子受禅，特超擢中书侍郎。琚遂与刘幽求等，谋去太平。幽求使羽林将军张暐，入白玄宗道："窦怀贞、崔湜、岑羲，皆因公主得进，日夜谋逆，若不早图，恐即日发难，连太上皇都不能自安，臣已与幽求等定计，但俟陛下颁敕，便可施行。"玄宗点首至再，徐谕道："卿等少缓，朕当留意。"

昈趋出后，适遇侍御史邓光宾，邀他入室，盘问底细，昈以实言相告。光宾俟昈别后，竟往报窦怀贞、崔湜。窦崔两人，忙转告太平公主，公主即入白睿宗，一口咬煞玄宗，说是要无端加害。睿宗便召问玄宗，训责数语，害得玄宗无法自解，只好推到刘幽求张昈身上。*玄宗专推别人，也太柔弱。*于是睿宗令他惩办。玄宗不得已，将幽求及昈，拘置狱中。窦怀贞、崔湜等，讽令台官，奏称幽求等离间骨肉，当处死刑。睿宗又欲准奏，还是玄宗极力解说，谓幽求曾预大功，应当减死，乃流幽求至封州，张昈至峰州。封州地在岭表，崔湜又飞函至广州，嘱广州都督周利贞，*即利用复名。*杀死幽求，偏经桂州都督王晙，与幽求有旧交，将他留住，才得免害。

越年，又改为开元元年，元宵节届，灯市极盛，长安城中，光耀如同白昼，无论大家小户，统是悬灯结彩，点缀升平。玄宗奉着上皇，御门观灯，大酺合乐，宴赏了好几日，余兴未衰。又令都中延长灯期，直至二月中旬，尚未停辍。太平公主私第中，越觉热闹，供张声伎，高出皇家，所陈珍宝，光怪陆离，所制彩仗，靡丽淫巧，满朝朱紫，无不联翩踵贺，端的是繁华出众，烜赫绝伦。*炎炎者灭，隆隆者绝。*左拾遗严挺之，及晋陵尉杨相如，先后上疏，俱戒玄宗节欲去奢，乃将灯市停止，但月余糜费，已是不可胜计了。*此为玄宗将来淫侈之兆。*太平公主自经幽求等贬黜，声焰益张，意见越深，镇日里与情人私党，密谋废立，又勾结宫人元氏，令在赤箭粉中，置毒以进。什么叫作赤箭粉呢？赤箭系是药名，研粉为饵，可以延年。玄宗时常服食，所以公主嗾令元氏，乘间下毒。元氏尚未下手，已为王琚所闻，入见玄宗道："祸机已迫，不可不速发呢。"玄宗意尚踌躇，适左丞张说，代韦安石出守东都，他却遣人进呈佩刀一柄，意欲借刀示意，使玄宗断绝疑虑。荆州长史崔日用，入朝奏事，更密白玄宗道："太平公主，谋逆有日，陛下昔在东宫，尚为臣子，若欲讨逆，须用谋力，今陛下已登帝祚，但教下一制书，谁敢不从？倘令奸凶得志，后悔无及了。"玄宗沉吟道："朕亦尝作此想，只恐惊动上皇，诸多未便。"日用道："天子以安四海为孝，不在区区小节，万一奸人得志，社稷为墟，那时孝在何处？若恐惊动上皇，请先定北军，后收逆党，自不致有意外变端了。"玄宗道："卿且留京，为朕作一臂助，朕总当设法除患呢。"日用乃出。越日，受敕为吏部侍郎。

太平因玄宗进用王崔等人，也知玄宗有意加防，更兼元氏下毒的法儿，一时竟无隙可入，免不得另图别计。乃更召集私人，重开密议。崔湜献策道："常将军元楷，李将军慈，本统领羽林兵，若麾众直入武德殿，迫上退位，不得不依。再由窦仆射萧中书等，号召南牙兵，作为援应，不消半日，便可成功了。"同平章事陆象先，因由公主保荐，亦曾与召，独起身抗言道："不可，不可。"公主听到"不可"两字，便应声道："废长立少，已是不顺，况又失德，奈何不可废立呢？"象先道："既以功立，必以罪废，嗣皇即位，天下归心，并无实在罪恶，如何废立？这事恐多危险，象先不敢与闻。"怀贞从旁接入道："陆公真是迂儒，不足与议大事。且试问平章高位，从何而来？今日公主谋行大事，反出来劝阻，令人不解。"象先道："我正为公主计，所以直言谏阻，否则也不来多口了。"大众尚讥刺象先，象先拂袖径出。当由太平公主与众人续议，决如湜言，约于七月四日举行。正要散座，忽有一少年趋入道："此事断不可行，还请三思为是。"公主正恨象先异议，偏又有人前来作梗，顿时竖起双眉，瞋目瞧将过去，原来不是别人，乃是自己的亲生儿崇简，不由得大怒道："你也敢来阻挠我么？"*子且不服，遑问别人。*崇简跪谏道："母亲席丰履厚，养尊处优，也应好知足了。为什么还要起衅？难道富贵至此，尚未满意么？"*应该质问。*公主怒叱道："你晓得什么？休得多言！"崇简复道："事成不足增荣，事败不徒致辱，恐全家都要屠灭哩。"公主听到此语，竟从座旁觅得一杖，连头夹脑地敲将过去。崇简连忙抱头，已经着了数下，血流满面。窦怀贞等急上前劝解，公主尚不肯休，说要打死逆子，才足泄恨。崇简泣道："儿非逆母，母实逆君。"又指斥崔湜为奸贼，说得湜满面羞惭，几乎无地自容。*彼岂尚知羞耻么？*公主怒上加怒，恨不将崇简一杖击死，嗣由大众扯开崇简，一半劝母，一半劝子，方得罢手。崇简由众拥出，公主怒气稍平，专待到期行事。

不意风声已经外泄，左散骑常侍魏知古，探听得明明白白，急报玄宗。玄宗此时，也管不得许多了，当下召入岐王范，薛王业，*即玄宗弟隆范隆业，因避玄宗名，减去隆字。*兵部尚书郭元振，龙武将军王毛仲，殿中少监姜皎，太仆少卿李令问，尚乘奉御王守一，内给事高力士，果毅将李守德等，咨商大计。还有王琚、崔日用、魏知古诸人，当然在座。大家商定方法，即于次日施行。越日为七月三日，玄宗命王毛仲率兵三百人，自武德殿入虔化门，先行伏着，乃召常元楷、李慈入见。两人尚未觉着，放胆入门，王毛仲麾兵齐出，先将两人拿下，一并斩首。两将既诛，再拘萧至忠、岑羲、贾膺福等文臣，自然不费兵力，手到擒来。玄宗也不细问，尽令处斩。独窦怀贞投入沟中，自缢而死，有制戮尸，改姓为毒。**不脱武后故智。**上皇闻变，登承天门楼，问明情事。郭元振奏称窦怀贞等，联结太平公主，谋为不轨，所以奉皇帝制敕，一并捕诛，余无他事。上皇乃叹息还宫。次日下诰，自今军国政刑，一听皇帝处分，朕愿徙居百福殿，颐养天年。玄宗得了此诰，方命王毛仲、高力士等，往拘太平公主。毛仲等驰至公主第中，只有仆役尚在，并没有公主下落，急忙出门四觅，找了三日，方侦得公主在南山寺中，带兵搜捕，所有公主全眷，一个儿不曾漏脱，连僧慧范及李晋、唐晙等，也与公主同匿，一股脑儿押了回来，有制令公主自尽，僧慧范等伏诛。小子有诗叹道：

> 易记家人利女贞，诗言哲妇实倾城。
> 试看唐室开元日，杀死太平方太平。

太平伏法，余党除已诛死外，究竟如何发落，待至下回表明。

本回专叙太平公主事，公主为天子元妹，宰相多出门庭，六军供其指挥，似亦可以止矣，而必猜忌玄宗，阴谋废立者何哉？妇女不必有才，尤不可使有功，才高功大，则往往藐视一切，一意横行，况有母后武氏之作为先导，亦安肯低首下心，不自求胜耶？卒之天授玄宗，心劳日拙，欲借口于星变，而反迫成睿宗之内禅，欲定期以起事；而又促成玄宗之讨逆，身名两败，不获考终，嗟何及哉？彼萧至忠、窦怀贞等，识见且出太平下，富贵未几，身首两分，反不若崔湜之累尝禁脔，犹得自命为风流鬼也。吾得援俚语以嘲之曰："太不值得，何苦乃尔？"

第八回

赠美人张说得厚报
破强虏王晙立奇功

却说玄宗既诛死太平公主，复将公主诸子，亦赐死数人，唯崇简得免，仍给原官，赐姓李氏。所有公主私产，悉行籍没，财物山积，几同御府，厩牧牛马，田园息钱，好几年取用不竭。僧慧范私资，亦多至数十万缗，一并抄没充公。李晋系太祖玄孙，本袭封新兴郡王，至是连坐被诛，临刑时不禁流涕道："此谋本崔湜所倡，今我死湜生，冤不冤呢？"刑官转奏玄宗，玄宗已流湜至窦州，不欲加诛。会有司鞫问宫人元氏，元氏供由得主谋，嗾使进毒，乃遣使传敕，赐死荆州，薛稷赐死万年狱。稷子伯阳，曾尚睿宗女荆山公主，得免死窜岭南。伯阳自杀。独卢藏用流戍泷州，后因御边有功，迁住黔州长史，病殁任所。玄宗乃亲御承天门楼，大赦天下，赏功臣郭元振等官爵，且召陆象先入语道："闻卿尝谏阻太平，可谓岁寒知松柏呢。"象先拜谢而出。旋因象先尝辩护党人，致遭弹劾，乃罢为益州长史，召还张说刘幽求，令说为中书令，幽求为左仆射，进高力士为右监门将军，管领内侍省。从前太宗定制，内侍省不置三品官，但黄衣廪食，守门传命。中宗时，七品以上已有千余人，至玄宗朝擢力士为将军，竟列三品以上，于是宦官逐渐增多，且逐渐显赫，这也是玄宗一大弊政呢。**特笔揭橥，为后来宦官祸国伏笔。**

是年冬季，车驾巡幸骊山，大阅军操，征兵至二十万。兵部尚书郭元振，督操忤旨，拘坐纛下，几欲宣敕处斩。刘幽求张说，忙叩马进谏道："元振有讨逆大功，就使得罪，亦当格外加恩，原功免死。"玄宗准奏，乃褫元振职，远流新州，独杀给事中知礼仪事唐绍。诸军见二大臣受谴，不禁仓皇失次，唯薛讷、解琬二军，毫不为动。玄宗见他秩序整齐，立遣轻骑召见，谁知他号令森严，不准骑士入阵。及玄宗亲给手敕，方才进见。玄宗面加奖勉，且予厚赉。看官阅过前文，应知薛讷是仁贵长子，凤秉家传，武后曾因讷为世将，令摄左威卫将军，兼安东道经略使，嗣迁幽州都督，安东都护，且调任并州长史，检校左卫大将军。俗小说中，有称薛丁山者，想即由薛讷误传。解琬系元城人，熟习边事，累任御史中丞，兼北庭都护，西域安抚使，寻复为朔方大总管，改右武卫大将军，检校晋州刺史。两人均为当时名将，所以行军严整，步武安详。玄宗令各回原任，自率禁军返猎渭滨，偶记起前兵部尚书姚元之，遂遣人至同州，召诣行在。元之自坐贬申州后，见前回。转徙同州，至此奉召踵谒，正值玄宗行猎，行过了叩见礼，玄宗即问道："卿知猎否？"元之答道："这是臣所素习，臣年二十，尝呼鹰逐兽，嗣由友人张憬藏，谓臣当位居王佐，所以折节读书，得待罪将相。唯故技尚娴，虽老未忘，今日愿随陛下同猎。"这也是迎合语。玄宗甚喜，即与元之同驰。元之控纵自如，连发数矢，迭中数兽，当由玄宗再三夸奖。至骋猎已毕，返入行宫，便与元之纵谈天下事。元之知玄宗英武，有意求治，特将古今治道，畅说一番。玄宗听了多时，语语称旨，竟至忘倦。俟元之奏罢，便面谕道："朕早知卿才，卿可相朕。"元之却故意推辞，玄宗问他何故？元之跪答道："臣有十事请愿，恐陛下未必准行，因此不敢奉命。"玄宗道："卿且说来？"元之乃剀切详陈，逐条说出，看官道是什么条件？由小子录述如下：

（一）愿先仁恕。（二）愿不幸边功。（三）愿法行自近。（四）愿宦竖不与政事。（五）愿绝租赋外贡献。（六）愿戚属不任台省。（七）愿接臣下以礼。（八）愿群臣皆得直谏。（九）愿绝佛道营造。（十）愿禁外戚预政。此十事，恰确中时弊。

玄宗听他说完十事，竟怡然道："朕均能照行，卿可勿虑。"恐怕未必。元之乃顿首拜谢，翌日即仍授元之兵部尚书，同中书门下三品，封梁国公。中外颇庆得人。唯中书令张说，素与元之不协，阴使御史大夫赵彦昭，上言元之不应入相。玄宗不

唐玄宗委任贤相

纳。嗣复使殿中监姜皎入陈道："陛下尝欲择河东总管，苦乏全才，臣今日幸得一人了。"玄宗问为何人？皎答道："无如姚元之。"玄宗怫然道："这是张说的意思，汝怎得当面欺朕！"皎惶恐叩谢。玄宗即启跸还宫，群臣上玄宗尊号，称为开元神武皇帝，并改易官名，号仆射为丞相，中书为紫微省，门下为黄门省，侍中为监，雍州为京兆府，洛州为河南府，长史为尹，司马为少尹，即命元之为紫微令。元之因避开元尊号，复名为崇。

崇既入相，进贤黜佞，每事进陈，无不批准，朝政焕然一新，独急坏了一个张说，他恐姚崇乘间报复，将来必难保禄位，因此心虚畏罪，日夕彷徨，默思王公大臣中，只有岐王范功成佐命，甚得上欢，范又好学重儒，乐得借着自己的文才，与相联络，托他庇护，于是退朝余暇，辄乘车至岐王第中，侍坐言欢。偏经姚崇闻知，得了这个机会，正好借端排挤，黜去张说。一日，崇入对便殿，行步微蹇。玄宗即问道："卿有足疾么？"崇答道："臣非足疾，疾在腹心。"**崇专使刁，殊不足取。**玄宗知他语出有因，便屏去左右，私问底细。崇遂奏道："岐王系陛下爱弟，张说身为辅臣，常乘车出入王家，臣不知他何意，倘岐王为他所惑，后患非浅。臣忝居相列，怎得不忧劳成疾呢？"**轻轻数语，已足挤倒张说。**玄宗愕然道："有这等情事么？朕不能不究。"崇乃趋退。是夕，即有制颁下，密饬御史中丞等，究诘张说情弊。

说全然不闻，尚安坐私宅中，忽由门役传进二帖，乃是贾全虚名刺，不由得恼怅道："他来见我作什么？"门役答道："他说有紧急事，关系相公全家，特来求见，报知相公。"说乃令门役延入，人面重逢，倍增感触。原来说有美妾宁怀棠，一貌如花，且长文字，说甚是宠爱，令司文牍。相传怀棠生时，她母梦神人授海棠一枝，因而得孕，分娩后养至五六龄，已是姿态秀媚，娇小可怜，家人尝以海棠睡足为戏。她母独笑语道："名花宜醒不宜睡"，因更取一表字，叫作醒花。这醒花既归张说，淑女得配才人，恰也愿抱衾裯，没甚怨恨。偏来一个贾全虚，系说故人子，应试入都，踵门请谒，说见他年少多才，留为记室，渐渐地熟不避嫌，得与醒花觌面。俗语说得好："月里嫦娥爱少年"，这醒花见了全虚，顿惹起一段情魔，时常惦念，免不得流露笔墨，挑逗全虚。全虚是个风流少年，怎有不贪爱美人的道理？你一唱，我一酬，一缄书做了鸳盟，两下儿已通蝶使。凑巧张说因公入值，醒花竟为情忘节，悄悄地偷出内庭，去会那可意郎君。全虚正玩月书斋，蓦然得着天仙下降，不觉惊喜交集，倒屣欢迎，彼此只谈了数语，便拥入帐中，宽衣解带，曲尽绸缪。欢会已毕，彼此商量终身大计，无非用了三十六着的上着。两人起床，草草收拾行装，竟于越日黎明，一溜烟似地走了。**名公巨卿家，往往有此，也不足怪。**待张说退值回家，竟不见了宁醒花，又不见了贾全虚，料他必因奸逃走，即遣人四处缉捕，两人走不多远，顿被捉归。说召责全虚，遂欲置诸死地。全虚朗声道："贪色爱才，人人通病，男子汉死何足惜？但明公何惜一女子，竟欲杀死国士，难道明公长此贵显，不必缓急倚人么？从前楚庄不究绝缨，杨素不追红拂，度量过人，古今称美，公奈何器小至此？"**乐得放胆一说。**说被全虚数语，却也回转心意，便与语道："你不该盗我爱妾，目下木已成舟，我亦自悔失防，就把她赏了你罢。"说毕，仍令醒花随他同往，且并厚给奁赀。**禁脔已失，还是慷慨为佳。**全虚也不推却，竟挈艳出门，住京多日，竟得了一条门路，至内廷机要处佣书，所有大臣密奏，往往先人闻知，因此即飞报张说。说接见后，由全虚备述姚崇奏语，及玄宗密敕究治等情，急得张说不知所措，连唤奈何。全虚道："全虚蒙公厚恩，特来图报，敢不替公设法，但请公不惜重宝，交与全虚，代通关节，必可缓颊。就使难免外调，断不至意外问罪呢。"说乃取出珍玩，托他转旋。全虚受命而去。果然珍宝有灵，重罪轻办，究治事就此搁置，但出说为相州长史。**全虚事，不见史传，本编从禅乘采来，为施德获报之证。**说奉敕出都，不消细述。

既而有人讦告太子少保刘幽求，及詹事钟绍京，说他有怨望语，当由玄宗下敕按问。两人不肯服罪，势将下狱。姚崇上书营救，谓："幽求等均有大功，但得闲职，未免沮丧，若使下狱，恐足惊动远听，反失人心。"乃不复穷治，只贬幽求为睦州刺史，绍京为果州刺史。侍郎王琚，亦坐贬泽州。御史中丞姜晦，及监察御史郭震，又弹劾韦安石、韦嗣立、赵彦昭、李峤诸人，阿附取容，素来不能匡正，因俱黜为诸州别驾。又将广州都督周利贞等，放归田里，终身不齿。幽求、安石，愤恚即亡，余人依次寿终。温王重茂，徙封襄王，出居房州，开元二年病殁，谥为殇帝。玄宗励精图治，专任姚崇，汰僧尼，放宫人，罢两京织锦坊，焚珠玉锦绣于殿前。宋王成器等，请献兴庆坊宅为离宫。兴庆坊就是隆庆坊，自玄宗入为太子，改名兴庆，玄宗尝制大衾长枕，与兄弟同眠，及即位后，与宋、岐诸王相见，仍行家人礼，至此因宋王入请，改旧邸为兴庆宫，仍为诸王筑第，环列宫侧。且就宫西南置楼，西楼署"花萼相辉"四字，南楼署"勤政务本"四字。玄宗随时登搂，闻诸王作乐，必召令同升，对榻坐谈，不异前时。或幸诸王第中，亦略迹言情，饮酒赋诗，屡赐金帛。诸王每日由侧门进见，归后即具乐纵饮，击球斗鸡，驰逐鹰犬，成为常事。玄宗毫不加禁，竟有安乐与共的意思。时有鹡鸰千数，翔集麟德殿廷，浃旬始去。长史魏光乘上颂揄扬，谓为天子友悌，方得此祥。玄宗亦自为作颂，且尝赐宋王等书，有云：

> 昔魏文帝诗云："西山一何高？高高殊无极。上有两仙童，不饮亦不食。赐我一丸药，光耀有五色。服之四五日，四体生羽翼。"朕每言服药而求羽翼，宁如天生兄弟之羽翼乎？陈思王之才，足以经国，绝其朝谒，卒使忧死，魏祚未终，司马氏夺之，岂神丸效耶？虞舜至圣，舍象傲以亲九族，九族既睦，平章百姓，今数千载，天下归善焉，此朕废寝忘食所慕叹也。顷因余暇，选仙录得神方云，饵之必寿，今持此药，愿与兄弟共之，偕至长龄，永永无极也。

玄宗兄弟四人，宋王成器，最称谨畏，成器以外，要算申王成义。两人因避母昭成皇后尊谥，一改名宪，一改名㧑。岐王范与诛太平，恃功稍骄，玄宗尝戒诸王与群臣交游，范不甚遵戒。驸马都尉裴虚己，曾尚睿宗幼女霍国公主，后来与岐王游宴，私挟谶纬，坐流新州。俄日玄宗待范，仍然如故，且语左右道："兄弟天性，怎可失欢？不过由奔竞诸徒，妄思依附，朕终不因此生疑哩。"左右当然谀颂数语。但人主待遇兄弟，往往多刻薄，少惠爱，似玄宗这般友悌，也可谓古今罕有了。*极力褒扬，风示后世之有兄弟者。*这且慢表。

且说营州被契丹陷没，未曾收复，所有营州都督一职，寄治幽州。玄宗先天元年，幽州大都督孙佺，欲复营州，与左骁卫将军李楷洛，左威卫将军周以悌，发兵二万余人，往袭奚契丹。到了冷陉，被奚酋李大酺截击，全军覆没。佺与以悌，均为所擒，唯楷洛逃归。大酺恐唐师报怨，特将俘虏献与突厥，统为默啜可汗所杀。默啜遂与奚契丹连和，屡次扰边，唐廷拟羁縻突厥，通使修好。默啜可汗乃遣子杨我支入朝，且请许婚。玄宗允将蜀王女南河县主，往嫁突厥，唯须待期方遣。*太宗子愔封蜀王。*默啜可汗屡请婚期，久未邀准，乃于开元二年春月，复使子同俄特勒，及妹夫火拔颉利发石失毕，统兵围北庭都护府，都护郭虔瓘设伏城外。俟同俄到来，伏兵突起，立将同俄刺死城下。火拔惊骇，顿时大奔，又被虔瓘追击一程，虏兵多半败死。默啜严责火拔，火拔惧不敢归，竟携妻子奔唐。唐封火拔为燕山郡王，号火拔妻为金山公主，赏赐从优。

并州长史薛讷，闻突厥败退，拟乘势讨奚契丹，复仇雪耻。时方七月，暑气未衰，姚崇等以乘暑用兵，多害少利，因极力谏阻。讷独上言道：“盛夏草肥，羔犊孳息，因敌资粮，正是绝好的机会，一举便可灭虏了。”玄宗方以冷陉一役，引为深恨，遂视讷语为奇计，授讷同紫微黄门三品，令与左监门卫将军杜宾客，定州刺史崔宣道等，率兵二万，出击契丹。讷率步卒先至滦河，不意契丹兵四面伏着，一齐发作，将讷困在垓心。崔宣道等俱逗留不前，遂致讷孤军陷敌，十死八九，讷只率数十骑突围，身被数创，才得脱走，返至幽州，报称败状，归罪宣道及胡将李思敬等八人，有制尽斩首徇众，且褫讷官爵。唯杜宾客曾上言不宜出师，独得免议。

已而吐蕃入寇，乃复起讷摄羽林将军，兼陇右防御使，与太仆少卿王晙，同击吐蕃。吐蕃自赞婆等入降，赞普器弩悉弄，阴有戒心，亦不敢深入为寇，且屡遣使求和。唐廷方内乱迭起，勉从和议。未几，吐蕃南部皆叛，器弩悉弄自往讨伐，病死军中，国内无主，诸王争立，赖有遗臣数人，削平乱事，拥立器弩悉弄子弃隶缩赞为赞普，年仅七龄，遣使至唐廷告丧，且乞申盟。此时正值中宗复位，国事粗定，无暇顾及外事，但不过虚与周旋，没有什么约言。后来吐蕃又遣大臣悉熏热入贡，顺便求婚，中宗命将雍王守礼女金城公主，许配吐蕃赞普。*守礼自雍徙幽，已在睿宗初年，故睿宗前应称雍王。*待赞普弃隶缩赞成年，方准迎女。转瞬间已是睿宗景云元年，吐蕃来迎公主，乃命左骁卫大将军杨矩，持节送往。公主到了吐蕃，赞普特筑城与居，并乞河西、九曲地，为公主汤沐邑。矩代为申请，竟得俞允。哪知九曲地素来肥饶，水甘草良，最宜畜牧，吐蕃得了此地，恃为根据，因复乘虚窥边。*戎狄之不可恃也如此。*

开元二年八月，虏相坌达延驱众十万，入寇临洮，进攻兰渭。杨矩正留任鄯州都督，悔惧自尽。玄宗令薛讷、王晙，并力夹击，复调兵十余万人，马四万匹，拟亲自督行，作为后应。晙姿表奇伟，智勇深沉，时人称他有熊虎相。既受命西征，即率部兵二千名，自陇右出发。途中接到探报，知虏相屯驻大来谷，连营数里。晙语部众道："虏兵甚众，我兵甚寡，只应智取，不宜力敌。"乃选壮士七百人，令各易胡服，乘夜袭虏，且授计道："汝等往劫虏营，不必杀人，但教四面大呼，俟虏等散乱时，趁便擒斩，就算功劳。我自有兵策应。"各壮士领计去讫。晙率军随进，约去大来谷五里，闻前面有呼噪声，料知各壮士已逼敌寨，便令部兵齐鸣鼓角，与呼噪声遥相应和。山空谷窈，浪声越高，那时虏相坌达延，从梦中闻声惊起，亟命番众出帐迎敌。番众尚睡眼昏花，到了营外，被唐军四面拦杀，但见他所穿服饰，与自己相等，还疑是本营变乱，一时无从分辨，只好持刀乱砍，模模糊糊地杀了一夜。等到天色熹微，唐军统已退去，那番营左近的尸骸，统是吐蕃兵卒，无一唐军。坌达延检验尸首，数以万计，方觉叫苦不迭，但已是无及了。

王晙得着胜仗，结垒自固，嗣闻薛讷已到武街，中为虏营所阻，乃复募得勇士，往约薛讷，出兵夜袭。坌达延惩着前败，遽令退师。不意此番却来鏖战，王晙从左杀入，薛讷从右杀入，两路夹攻，杀得尸横满野，洮水为之不流，坌达延抱头窜去。唐军斩得虏首万余级，获牲畜二十万头，于是唐将军王晙威名，远达塞外。唐代文武兼才，自李靖、郭元振、唐休璟、张仁愿外，仁愿即仁亶，因避睿宗嫌，名改亶为愿。要算是王晙了。玄宗闻捷，乃罢亲征议，拜讷为右羽林大将军，兼平阳郡公，晙为银青光禄大夫，加清源县男爵，兼原州都督。小将有诗咏王晙道：

> 折衡御侮仗元戎，熊虎呈奇气象雄。
> 十万虏兵齐败北，才知奇计得奇功。

吐蕃既已败退，玄宗特置幽州节度经略大使，统领幽、易、平、妫、檀、燕六州，控御朔方，专谋北略。节度使之名称，自此始。欲知后事，且看下回再详。

唐室贤相，前称房杜，后称姚宋，窃谓姚宋之才识有余，而度量不足，观其排挤张说，牵及岐王，假令因此穷治，辗转株连，岂非一场大狱？幸而张说惠及贾生，慨赠美人，施德于前，食报于后，卒使巨案消灭，说止外调，是不特说之幸，抑亦唐之幸也。赠美人事，已见细评。唯玄宗天性友爱，无间骨肉，花萼相辉，足传千古。本回连类叙明，深得善善从长之义。至若下半回之载及吐蕃，所以表明戎狄之无信，非我族类，其心必异，岂和亲之策，所得而羁縻之者？微王晙之智足破敌，吐蕃其肯敛迹乎？世之视同胞如仇敌，引外人为亲友者，不必远稽古训，但以本回为借鉴，而安危得失之故，固已可深长思也。

第九回

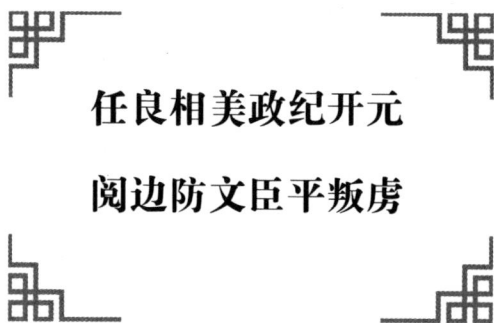

任良相美政纪开元
阅边防文臣平叛虏

　　却说玄宗既设置幽州节度，控御北边，可巧突厥默啜可汗，复遣使求婚，自称乾和永清大驸马，突厥圣天骨咄禄可汗。玄宗仍远约婚期，延宕过去。默啜年已衰老，昏虐愈甚，还想大唐公主，真似癫虾蟆想吃天鹅肉。部众多半不服，葛逻禄、胡禄屋、鼠尼施等部落，先后降唐，共约万余帐，有制令入处河南地，再调薛讷为凉州大总管，出镇凉州。郭虔瓘为朔川大总管，移镇并州，专伺突厥衅隙，以便北讨，默啜正恨各部离散，发兵击葛逻禄、胡禄屋、鼠尼施等部，玄宗饬北庭都护汤嘉惠，左散骑常侍解琬等发兵往援，又命薛讷为朔方道行军大总管，与太仆卿吕延祚，灵州刺史杜宾客等，共讨突厥。默啜方移兵北向，往击拔曳固部，大捷独乐水，令部众唱着胡歌，怛然南归，不复设备，哪知拔曳固散卒颉质略，正在柳林边待着，俟突厥大军经过，后面只有默啜可汗，随行不过数十人，他却率众突出，狙击默啜，斩首亟遁，献与唐军裨将郝灵荃。灵荃传首唐都，盈廷称庆，时值太上皇睿宗驾崩，玄宗因猝遭大故，无暇治戎，乃令薛讷等还镇，专备居丧事宜。睿宗在位仅二年，为太上皇约四年，崩年五十有五，谥为天圣真皇帝，安葬桥陵。

　　玄宗自任姚崇，抑制贵戚近幸，朝无弊政，请谒不行。黄门监卢怀慎，名为副相，自以才不及崇，每事推让，因此时人号为伴食宰相。崇尝因子丧，乞假十余日，政事委积，怀慎不能决，惶恐入谢。玄宗慰谕道："朕以天下事委姚崇，卿但坐镇雅俗，便足称职了。"怀慎乃从容退朝。及崇已假满，出决庶政，须臾了毕。崇颇有得色，顾谓紫微舍人齐澣道："我为相可比何人？"澣未及答。崇又道："可比得管晏否？"澣徐答道："恐未及管晏，管晏立法，虽未能传后，及身总不再变更；公所为法，或作或辍，澣所以谓公不及呢。"**可谓诤友。**崇又道："我虽不及管晏，究竟何如？"澣复道："好算一救时良相。"崇投笔起言道："救时良相，亦非易得，我果能此，愿亦足了。"既而山东大蝗，百姓多焚香设祭，不敢捕杀，崇独奏遣御史督饬州县，赶紧捕除。卢怀慎谓杀蝗太盛，恐伤和气，崇辩驳道："从前楚庄吞蛭，病且能瘳，孙叔杀蛇，后反致福，奈何不忍杀蝗，反忍人民饥死呢？若使杀蝗有祸，尽归崇身，可好么？"**是极，是极。**汴州刺史倪若水，上言："蝗为天灾，非人力可以除尽，昔刘聪时尝令民除蝗，害反益甚，今请修德禳灾，方足上回天意。"因拒御史檄谕，不肯受命。**与卢怀慎一样迂腐。**崇移牒若水道："刘聪伪主，德不胜妖，今日圣朝，妖不胜德。古时良守治民，蝗不入境，如谓修德可免，彼岂无德致此么？今若坐视食苗，忍心不救，将来秋收无着，恐刺史亦未能免咎呢。"若水乃惧，谕民捕蝗，共得十四万石，蝗害少息。崇复饬御史察视捕蝗勤惰，作为黜陟，蝗乃尽净，是年竟得免饥。

　　黄门监卢怀慎，寻即病殁，遗表举荐宋璟、李杰、李朝隐、卢从愿四人，玄宗颇为嘉纳，且深惋悼。原来怀慎为人，才具虽然有限，操守却是甚廉，平居不营资产，俸赐多给亲旧，往往妻号寒，儿啼饥，所居不蔽风雨，随便将就。及疾亟，宋璟卢从愿等往候，但见敝箦单席，门不施箔。相见时，怀慎执二人手，唏嘘与语道："皇上求治，不为不殷，但享国日久，浸至倦勤，将来必有憸人乘间幸进，愿二公留意为幸。"殁后家无余储，唯有一老苍头，请自鬻以办丧事。四门博士张晏，为白情状，玄宗乃赐缣帛百匹，米粟二百斛，因得治丧。追赠荆州大都督，谥曰文成。**述此以表俭德。**乃进尚书左丞源乾曜为黄门侍郎，同平章事。

　　乾曜既相，崇适病疴，复请假养疴，遇有军国大事，玄宗必令乾曜咨崇。乾曜奏对称旨，玄宗必问道："卿想从姚相处得来么？"否则又谕令问崇。崇居宅僻陋，玄宗令徙寓四方馆，崇言馆屋华大，不敢徙居。玄宗手谕道："恨禁中不便居卿，馆中亦何必谦辞。"崇乃奉谕徙入。每日由中使问候，尚医尚食，络绎不绝。崇有三子，长名彝，次名异，又次名弃。彝异颇受赂遗，紫微史赵诲，系崇所亲信，借势受赃，事发当死，经崇上表营救，未免忤旨，杖诲流岭南。崇知宠遇渐衰，自请避位，特荐广州都督宋璟自代。玄宗乃罢崇执政，遣内侍杨思勖迎璟。

璟风度凝远，应召登途，虽与思勖同行，绝不与思勖交言。*颇有子舆氏风。*思勖素得宠幸，返白玄宗。玄宗闻言，嗟叹再三，格外器重，遂授璟为黄门监，并罢源乾曜辅政，令苏颋同平章事。颋系故相苏瑰子，幼即颖悟，一览成诵，及为童子时，尝与李峤子同入禁中，得蒙召对。颋进"木从绳则正，后从谏则圣"二语，峤子独对道："斫朝涉之胫，剖贤人之心。"当时已有"李峤无子，苏瑰有儿"的定评。至是与璟同心辅弼，璟素持正，犯颜敢谏，有时玄宗不纳，颋必申璟语意，更为奏请，必至从谏乃已，因此两人甚是投契。璟尝语人道："我与苏氏父子，同居相府，仆射指*苏瑰，瑰在中宗初年，累拜尚书右仆射。*长厚，自是国器，若献可替否，公不顾私，还要推重今日的平章，这正所谓跨灶哩。"*也是确评。*璟继崇当国，志操不同。崇善应变，璟善守法，但整纲饬纪，量能授官，宽赋敛，省刑罚，中外承平，百姓富庶，却是两相同辙，所以姚宋并称，佐成开元初政，得与贞观同风。璟又欲复贞观旧治，请仍用旧官名称，*此等语，看是闲笔，实关重要，阅者勿轻滑过，才知官名沿革，一览了然。*并令史官随宰相入侍。群臣均对仗奏陈，玄宗当然准奏，堂廉壅蔽，因得尽除。

太常卿姜皎，与玄宗系是故交，太平受殛，皎与有功。自是宠遇特厚，尝出入宫禁，得与后妃连榻宴饮。璟劝玄宗保全功臣，毋过宠狎，玄宗乃下制道："西汉诸将，以权贵不全，南阳故人，以优闲自保，皎宜放归田园，勋封如故。"玄宗又尝命璟与苏颋，更定皇子名称，与公主封号，应酌求优美，或择佳邑，定差等。璟上言："七子均养，诗人所称，今若同等别封，或母宠子爱，恐失鸤鸠均平美意，臣不敢奉命！"玄宗益叹重璟贤。皇后父王仁皎病殁，子守一为驸马都尉，曾尚睿宗女薛国公主，因请仿玄宗外祖窦孝谌故事，筑坟高五丈一尺。璟又上书固争，谓："官居一品，坟只高一丈九尺，陪陵功臣，高亦不过三丈许。从前窦太尉坟，已属非制。韦庶人追崇父墓，擅作酆陵，终至速祸，怎可再蹈前辙？臣意欲守朝廷成制，成中宫美德，所以不惮烦言，倘中宫情不可夺，请准一品陪陵，最高不逾四丈，方为合宜。"玄宗乃批答道："朕每欲正身率下，况在妻子，怎敢有私？卿能固守典礼，垂法将来，诚所深幸哩。"这批词颁发出去，又遣使赍赏彩绢四百匹。*璟辅政时，所谏不止此*

数，特述三事暗为下文伏线。璟居相位四年，与姚崇为相，年数适符。

开元八年，璟严禁恶钱，先出太府钱二万缗，通用民间，又饬府县各出粜粟十万石，收敛恶钱，送少府销毁改铸，恶钱渐少。唯江淮间尚未销除，璟使监察御史萧隐之清查，限期尽毁。隐之严急烦扰，怨咨盈路。璟又嫉恶过严，且已经负罪的官吏，或妄诉不已，概付御史台严治，以此招怨益多。会天时过旱，优人戏作旱魃状，入舞上前。玄宗性好看戏，曾置左右教坊，演习戏曲，又选乐工宫女数百人，躬自教演，称为皇帝黎园弟子。至此优人入戏，故作问答。一优问伪魃道："汝何为出现？"伪魃答称奉相公处分。一优复故意问道："相公要汝何用？"伪魃道："相公严刑峻法，狱中负冤至三百余人，所以我不得不出来了。"玄宗听这数语，不免疑璟，遂罢璟及苏颋，并贬萧隐之官，罢弛钱禁，改用源乾曜、张嘉贞同平章事。嘉贞曾任监察御史，出为朔方节度，仪容秀伟，词旨安详，玄宗因召为副相。唯嘉贞吏事有余，相度不足，尝引进苗延嗣、吕太一、员嘉静、崔训四人，作为心腹，四人不免招权揽势，时人有谣言云："令公四俊，苗吕崔员。"乾曜性虽谨重，但通变不及姚崇，抗直不及宋璟，所以开元中年，一切政治，已逐渐废弛下去。

未几崇即病逝，年七十二。崇生平不信佛老，遗命诸子，不准沿袭俗例，延请僧道，追荐冥福。临终时，并语诸子道："我为相数年，所言所行，颇有可述，死后墓铭，非文家不办。当今文章宗匠，首推张说，他与我素来不睦，若往求著述，必然推却，我传下一计，可在我灵座前，陈设珍玩等物，俟说来吊奠，若见此珍玩，不顾而去，是他记念前仇，很是可忧，汝等可速归乡里！倘他逐件玩弄，有爱慕意，汝等可传我遗命，悉数奉送。即求他作一碑铭，以速为妙！待他碑文做就，随即勒石，并须进呈御览。我料说性贪珍物，足令智昏，若非照此办法，他必追悔。汝等切记勿违！果能如我所料，碑文中已具赞扬，后欲寻仇报复，不免自相矛盾，无从置词了。"言已，瞑目而逝。崇子彝异等，治丧遍讣，设幕受吊。说正累任边防，入朝奏事，闻姚崇已殁，乘便往吊。彝异等依着父言，早将珍玩摆列。说入吊后，见着珍玩，顿触所好，不禁上前摩挲。彝即语说道："先父曾有遗言，谓同僚中肯作碑文，当即将遗珍慨赠，公系当代文家，倘不吝珠玉，不肖等应衔结图报，微物更不足道呢。"说欣然允诺，彝等再拜称谢，且请从速。说应声而去，即日属稿，做就一篇歌功颂德的碑文。甫经草就，姚家已将珍玩送到。说即将碑文交付来人，彝等连夜雇着石工，镌刻碑上，一面将稿底呈入大廷。玄宗看了，也极口称赏，且谓："似此贤相，不可无此文称扬。"独张说事后省悟，暗想自己与崇有嫌，如何反替他褒美？连忙遣人索还原稿，只托言前文草率，应加改窜，不料去使回报，谓已刊刻成碑，且并上呈御览。说不禁顿足道："这皆是姚崇遗策，我一个活张说，反被死姚崇所算了。"谁叫你利令智昏？崇殁谥文献，追赠太子太保。三子彝异弈，皆位至卿刺史，这且休表。

且说张说入觐后，升任兵部尚书，同中书门下三品，越年，出任朔方节度大使，亲督各州兵马。原来说曾任并州长史，抚慰突厥降部，立有功劳，所以文臣转迁武职，出为节度。先是突厥默啜可汗，被拔曳固散卒杀死，献首唐军，拔曳固及回纥同罗霅仆骨五部，均款塞输诚。唯默啜兄子阙特勒，立兄默棘连为毗伽可汗，自为右贤王，专掌兵事，免不得招集流亡，诱降部落。仆骨都督勺磨，与突厥往来通使，为朔方大使王晙所闻，恐他连结突厥，为中国患，因给令会议，把他杀死。拔曳固同罗诸部，俱闻风疑惧。说自并州率二十轻骑，往抚各部落，副使李宪，谓戎狄多诈，贻书劝阻。说复书云："我肉非黄羊，必不畏食，血非野马，必不畏刺，士当见危致命，我此去正欲效死，利害原不暇计了。"此语颇有胆识。于是径入各部，好言宣慰，且寝宿番帐，鼾睡有声。诸部相率感动，因无异心。独突厥毗伽可汗，用妇翁暾欲谷为谋主，暾欲谷年老多智，素为国人所尊畏，所有前时归降唐朝的部众，至此为暾欲谷所招徕，陆续还国。诏令薛讷、王晙追讨，晙乃西发拔悉密部众，东发奚契丹降兵，凡蕃汉士三十万，掩击毗伽可汗。拔悉密姓阿史那氏，降唐居北庭，轻率好利，先驱出兵，被暾欲谷设计邀击，悉数虏去。暾欲谷转掠凉州，河西节度使杨敬述，遣裨将卢公利等截击，又复大败。突厥气焰复盛，兰池都督康待宾，又攻陷六胡州，有众七万，骚扰西陲。兰池僻处陇西，向有胡人出没，自酋长康待宾，率众内附，乃置兰池都督府，即以康待宾充任。兰池附近，有鲁、丽、含、塞、依、契等六州，分处突厥降户，号为六胡州。康待宾闻突厥盛强，遥与联络，叛唐为寇，把六胡州一并夺去。王晙即移兵往讨，康待宾知不能御，就近向党项乞援。党项遂进攻银城连谷，经张说出兵掩击，大破党项。党项情急乞和，愿助唐师共讨叛胡。康待宾势孤援绝，遂由王晙一鼓擒住，枭首了事。嗣是张说以知兵闻，入朝得长兵部，复出为朔方节度，领单于都护府及夏盐银麟丰胜等六州，定远丰安二军，并张仁愿所置的三受降城。任大责重，时出巡边。可巧康待宾余党康愿子又叛，自称可汗，四出寇掠，涉河入塞，当由说督兵进征，连败康愿子，追至木槃山。康愿子逃入山谷，终被说军搜获，当然正法。且捕得叛胡三千人，分别诛赦，乃徙残胡五万余口，入居许、汝、唐、邓、仙、豫等州，空河南朔方地。且奏罢边兵二十余万，尽使还农。玄宗以旧时成制，边戍常六十万人，若裁去三分之一，未免边备空虚，因手敕诘问。说复上奏道："臣久在疆场，具悉边情，将帅第拥兵自卫，役使营私，并非真能制敌。臣闻兵贵精不贵多，何必多养冗卒，虚縻兵粮，兼妨农务？"玄宗乃从说言，如数撤归。秦兵害农，确是弊政。张说此请，不为无见。唐初兵制，分天下为十道，置府六百三十四，上府置兵额千二百人，中府千人，下府八百人，无事为农，有事为兵，各设折冲都尉，每岁至季冬教练，更番宿卫京师。后来海内承平，久不用兵，府兵不复教战，甚至逃亡略尽，说乃请召募壮士，入充宿卫。玄宗因命尚书左丞萧嵩，与京兆蒲同岐华各州长官，选府兵十二万，充作长从宿卫，一年两番，州县毋得役使。继又改称长从为彍骑。彍音廓。字从弓，是各令习射，一律张弓的意思。嗣是府兵制废，兵农始分。府兵创自魏宇文泰，后世称为良法。开元中，为张说所废，虽是因时制宜，但良法自此尽湮，亦足深惜。且改十道为十五道，分关内置京畿道，分河南置都畿道，分山南为东西二道，分江南为江南东西黔中三道，每道各置采访使，检察非法。两畿置中丞，余置刺史，边镇增设节度使。自开元至天宝初年，共增至十大镇，分述如下：

（一）朔方节度使，治灵州，安北单于二都护府属之，捍御突厥。

（二）河西节度使，治凉州，断塞吐蕃突厥往来冲道。

（三）河东节度使，治太原，与朔方为掎角，备御突厥及回纥。

（四）陇右节度使，治鄯州，控遏吐蕃。

（五）安西节度使，治安西都护府，统辖西域诸国。

（六）北庭节度使，治北庭都护府，防御突厥余部。

（七）范阳节度使，治幽州，控制奚契丹。

（八）平卢节度使，治营州，安东都护府属之，镇抚室韦、靺鞨诸部。

（九）剑南节度使，治益州，西抗吐蕃，南抚蛮獠。

（十）岭南节度使，治广州，安南都护府属之，绥服南海诸国。

这十镇节度使，各统数州，得握兵马大权，经略四方。突厥吐蕃奚契丹等，虽屡次扰边，终究不敢深入，且常被节度使击退，唐室兵威，复远震塞外。但方镇渐强，国势偏重，终成尾大不掉的弊害，玄宗不知预防，反以为四夷震慑，天下太平，乐得恣情声色，自博欢娱，为此一念，遂令内嬖迭起，废后守嫡的变端，一件一件的发生出来。正是：

忧勤方致兴平兆，逸豫终为祸乱媒。

开元十二年，废皇后王氏，这是玄宗第一次失德。究竟王后何故被废，待小子下回表明。

本回历叙开元初年诸相绩，姚有为，宋有守，固皆良相也。然姚以救时自喜，才具非不可观，而机械迭出，终非正道，即如病殁之后，犹计赚张说，史传上虽未明载，而姚崇神道碑，明明为说所作，稗乘未尝无据，生张说不及死姚崇，泉下有知，崇且自夸得计，然亦何若生前之推诚相与，使人愧服之为愈也。故论相体者终当以宋璟为正，次为苏颋，次为源乾曜张说。说以宰相巡边，有文事兼有武略，不可谓非一时杰士，开元初政，彬彬可观，何尝非三数良相，奔奏御侮之效乎？乃知"为政在人"之非虚语也。

第十回

信妾言皇后被废

丛敌怨节使遭戕

却说王皇后受册以后，始终未产一男。玄宗生性渔色，与王皇后不甚恩爱，不过因她是患难夫妻，预平内乱，所以强示优崇，俾正后位。当时后宫有一赵丽妃，本潞州娼家女，容止妖冶，歌舞俱娴。玄宗为诸王时，曾至潞州，纳入此女，大加宠爱，即位后册为丽妃。父元礼，兄常奴，皆因妃干进，得任美官。妃生子嗣谦时，后宫刘华妃已生子嗣直，长嗣谦一两岁，论起理来，无嫡可立，应该立长，玄宗宠爱丽妃，竟于开元二年，立嗣谦为皇太子，这已是根本上的错误。**论断明允**。赵丽妃外，尚有皇甫德仪，刘才人等，也因姿色选入，颇邀上宠。皇甫德仪生子嗣初，刘才人生子琚，子以母贵，幼即封王，嗣初系玄宗第五子，受封鄂王，琚系玄宗第八子，得封光王。还有陕王嗣昇，母妃杨氏，排行第三，就是将来的肃宗皇帝。鄫王嗣真，钱妃所出，排行第四，第六子名叫嗣玄，封鄄王，第七子早殇。这八子生日，均在玄宗未即位时。到即位后，选入武攸止女，武女生得聪明秀媚，杏脸桃腮，差不多与武则天相似，**武氏常生尤物，莫非关系风水不成？**入宫时仅十余龄，偏已了解风月，善承意旨，引得这位玄宗皇帝，特别爱怜，居然与她朝欢暮乐，形影相依，所有赵丽妃、皇甫德仪、刘才人等，统觉相形见绌，渐渐失宠。玄宗册封武氏为惠妃，惠妃恃宠生骄，不但轻视赵丽妃等，就是入谒正宫，也是勉强周旋，动多失礼。王皇后看不过去，免不得当面呵斥，她遂隐怀忿恨，尝在玄宗面前，撒娇弄痴，泣诉王后如何妒悍，如何泼辣。玄宗正爱恋惠妃，怎肯令他人得罪娇姿？当下激动怒气，趋入正宫，便大声痛骂王后，且说要即日废去。王后泣下道："妾不过得罪宠妃，并未尝得罪陛下。就使陛下不念结发旧情，独不记妾父阿忠，即仁皎小名。脱紫半臂易斗面，为陛下作生日汤饼么？"语见《王后本传》，想是睿宗被幽时候。玄宗听到此言，也不禁良心发现，把怒气销了一半，因把废后问题，又搁置了好几年。

唯惠妃日思夺嫡，满望产一麟儿，当可上觊后位，镇日里祈祷神佛，果然雨露有灵，红潮不至，十月满足，生下一儿，面目很是韶秀，酷肖乃母，不但惠妃喜出望外，就是玄宗也得意极了。三朝命名，叫作嗣一。名中寓意，已作长儿。哪知鞠育年余，竟尔夭逝，玄宗非常悲痛，追封悼王。接连又值惠妃怀娠，格外注意，参茶补品，几不知服了多少，待至分娩，又得一男，貌秀而丰，仿佛图画中婴儿，玄宗命名曰敏，总道他丰颐广额，定可延年，不意甫及周岁，又染了绝症，无药可医，呜呼哀哉，乃复追封为怀哀王。既而惠妃又生一女，貌亦甚丽，数月即殇，追号上仙公主。三次生而不育，造化小儿亦恶作剧。至四次成孕，复幸生子，取名为清，那时玄宗及惠妃，喜中带忧，只恐生而不育，复蹈覆辙，凑巧宋王妃元氏入宫贺喜，见玄宗面带愁容，问明情由，玄宗即以实告，元氏遂替他设法，请出居藩邸，愿代抚养，且自己甫生婴孩，可以哺乳。玄宗大喜，惠妃也很赞成。时宋王宪即成器改名。虽徙封宁王，藩邸仍旧，乃将乳儿送至宁邸，由元妃亲为乳哺，视若己生，后来竟得长成，受封寿王。嗣惠妃又生一男二女，男名为琦，女号咸宜公主，太华公主，亦皆成年。后文自有交代。惠妃既得生男，越加骄恣，与王皇后更不相容，时常在玄宗前，搬弄是非，诬成后罪。玄宗已着了色迷，禁不住惠妃絮聒，郁愤交并，又欲废后，偶然记起故人姜皎，可与密谋，因复召入京师，令为秘书监，与商废后事情。皎以后无大过，必欲废立，只好将她无子一事，作为话柄，尚可塞谤。玄宗亦以为然。及皎退出，竟与同僚谈及秘谋，顿时辗转相传，都下共知。玄宗闻他漏泄机关，不觉大怒，严词谴责。张嘉贞迎合上意，劾皎妄谈休咎，构成罪状，乃请制惩皎，杖配钦州。皎且悔且恨，行至半途，得病身亡。皎未能谏正君失，不死何为？王皇后得此消息，愈不自安，只因平日抚下有恩，除武惠妃外，却无一人谈及后短，所以玄宗尚在踌躇，又悬宕了两年。

后兄守一，常欲为后划策，补救事前，因思前时姜皎传言，只为无子一事，倘或幸产一男，便可免废，于是今日祈神，明日祷佛，也作儿女子态，应该速死。寺僧明悟，乘机迎合，谓皇后应祭南北斗，取霹雳木刻天地文，及皇上名字，合佩身上，便可得子，将来并可追步则天皇帝。守一喜得秘诀，急忙入告皇后。皇后也不明好歹，当即照行。偏有人通知武惠妃，惠妃便禀明玄宗，无非将巫蛊厌胜等罪，加在皇后身上。玄宗即骤入中宫，把皇后身上一搜，果有证物，害得皇后有口难分，没奈何说出守一转告，是为求子起见。玄宗早欲废后，苦无罪案可援，此次得了证据，还管什么真伪，便手敕颁发有司，大致说是："皇后王氏，天命不祐，华而不实，且有无将之心，不可以承宗庙，母仪天下，其废为庶人。"又将守一赐死。可怜王后弄巧成拙，贬入冷宫，怏怏成病，不久亦亡。后宫思慕后德，多半哀恸。玄宗亦觉自悔，乃以一品礼敛葬。

武惠妃既陷死皇后，遂想继立，玄宗恰亦有意，令群臣集议。御史潘好礼独上书谏阻，略云：

> 臣闻诸礼，父母仇不共天，春秋子不复仇，不子也。陛下欲以武惠妃为后，何以见天下士？妃再从叔祖非他，三思也，从父非他，延秀也；二人皆干纪乱常，天下共嫉。夫恶木垂荫，志士不息，盗泉飞溢，廉夫不饮；匹夫匹妇尚相择，况天子乎？愿慎选华族，以称神祇之心。春秋宋人夏父之会，"无以妾为夫人"，齐桓公誓葵丘曰："无以妾为妻。"此圣人明嫡庶之分也。分定则窥竞之心见矣。今太子非惠妃所生，而妃固有子，若一俪宸极，则储位将不安，古人所为谏其渐者，良有以也，愿陛下详察之！

玄宗此时，尚非全然昏昧，且朝中宰相，亦多说武惠妃不当为后，所以惠妃痴心妄想，仍归无效。

唯玄宗侈心已生，喜功好大，张说自朔方还朝，适张嘉贞坐弟赃罪，左迁幽州刺史。说代秉大政，迎合上意，建议封禅。又恐突厥乘间入寇，特用兵部郎中裴光庭计议，遣中书直省袁振，慰谕突厥毗伽可汗，征召番臣，从驾东封。毗伽可汗与阙特勒暾欲谷环坐帐下，置酒宴振，且与语道："吐蕃狗种，奚契丹本突厥奴，犹得尚主，独我国求婚，屡不见赐，究是何意？"振许为奏请，乃遣大臣阿史德颉利发入贡，<u>阿史德系突厥姓，颉利发，乃突厥官名。</u>扈驾东巡。玄宗先幸东都，备齐法驾，于开元十三年仲冬启跸，百官四夷从行，有司辇载供具，数百里不绝。及驾至泰山，亲祀昊天上帝于山上，令相臣祀五帝百神于山下。次日，祭皇地祇于社首，又次日御幄受朝，大赦天下，封泰山神为天齐王。张说多引亲近属吏，办理供张，礼毕加赉，往往超入五品，但不及百官。中书舍人张九龄，劝谏不纳，而且扈从士卒，仅得纪勋，毫无赐物，因此多有怨言。<u>如此之财，何必张皇。</u>玄宗还朝，也知国用匮乏。进计臣宇文融为户部侍郎，从事搜括，不顾民生，岁入得增缗钱数百万。玄宗目融为奇才，大加宠信。独张说阴加裁制，遇融建白，往往沮抑不行。融遂勾通御史中丞李林甫，共劾说引用术士，徇私纳贿，应亟加罢斥云云。玄宗敕源乾曜诣御史台，彻底查讯。乾曜尝奏阻封禅，与说不合，更因说不自检束，迹有可疑，遂加重复奏。玄宗再令高力士视说，说正惶惧得很，见力士到来，故意的蓬头垢面，席稿待罪，且乞力士代为缓颊，悄悄地赠他珍物。俗语说得好："得人钱财，替人消灾。"力士既得好处，乐得卖些人情，复旨时极陈张说苦状，并言说为功臣，不宜重谴，玄宗乃止罢说相职。令为集贤院学士，专修国史。

先是左史刘知几，领国史几三十年，著有《史通》四十九篇，评论今古，尝言作史须兼三长，一曰才，二曰学，三曰识，时人推为名论。著作郎吴兢，襄辑史事，《则天实录》实出兢手。及说修国史，知几坐子太乐令贬罪，贬为安州别驾，抑郁而终。说追览《则天实录》，中有宋璟激动张说，使辩证魏元忠事。说不禁愤叹道："刘五太不肯相借。"原来刘有兄弟五人，刘最幼，因叫他刘五，吴兢时适在座，起身答道："这是兢所编成，史草具在，不可使明公枉怨故人。"说遂求兢改易数字，兢正色道："若徇公请，是史非直笔，何足取信后世？况明公肯受善言，犯颜敢谏，直声已足传播，何必掠美沽名呢？"<u>夹叙此事，所以传吴兢，并及刘知几。</u>说乃罢议，令仍旧草。玄宗虽已罢说政事，仍然器重，遇有大事，往往遣人咨问。适吐蕃使臣至都，呈入国书，用敌国礼，玄宗恨他不臣，意欲发兵进讨，左丞相源乾曜，素来是唯唯诺诺，没甚主见，新任同平章事李元纮、杜暹，但知清洁自守，也不甚熟悉边情，玄宗乃召张说入议。说面奏道："吐蕃无礼，原宜讨伐，但近与吐蕃连兵十年，甘凉河、鄯诸州，不胜疲敝，他果悔过求和，请陛下大度包荒，姑听款服，俟边困少纾，

养精蓄锐，再图挞伐未迟。"玄宗听了，意殊未怿，淡淡的答了一语，只说待与王君
㚟熟商，再定进止。说不便申谏，叩首而出，殿外遇着源乾曜，便与语道："君㚟有
勇无谋，贪功心急，若入议边事，必主用兵，我言定不见用，但恐边衅一开，师劳财
匮，君能发不能收，不但君㚟自误，且从此误国呢。"*张说智料，原是足取。*乾曜不加
可否，唯含糊答应，算作了事。*圆滑得很，也是投时利器。*

　　看官道君㚟是何等人物？他是个瓜州人氏，投入右骁卫将军郭知运麾下，知运与
他同籍，倚为心膂，*此处叙入君㚟籍贯，并非别寓褒贬，实为下文㚟父被虏张本。*累功至
右卫副将。知运尝屯兵河陇，以勇略闻名，颇为戎夷所惮。开元九年，病殁军中，
君㚟即起代知运，得为河西陇右节度使，判凉州都督事。玄宗因欲讨吐蕃，特召他入
朝，果然不出张说所料，一经入议，便请发兵，玄宗即将西征全权，委与君㚟，君㚟
即日还镇，调集边旅，定期出征。吐蕃闻唐军大集，出发有期，先遣部酋悉诺逻，入
寇大斗拔谷，转攻甘州，焚掠乡聚。君㚟独勒兵不战，暂避寇锋。可巧天下大雪，寒
冰四沍，吐蕃兵不堪辙冻，逾积石山，取道西归，君㚟乃发兵追袭，令秦州都督张景
顺为先锋，自为中军。妻室夏氏，亦有勇力，环甲持兵，作为后应，道出青海，履冰
西渡，望见前面有驼车数十乘，载有辎重，料知为虏兵后队，当即一鼓齐上，掩击过
去。吐蕃辎重兵，多半老弱，怎能抵敌？霎时间如鸟兽散，所有驼车，尽被唐军夺
去。唐军再行前进，那虏兵已逾大非山，飞奔而去，眼见得不便穷追，奏凯而回。
当下张皇报绩，由玄宗加授君㚟为大将军，兼封晋昌县伯，以君㚟父寿为少府监，听
令居家食俸，不必莅事。就是君㚟妻夏氏，也得封为武威郡夫人，一面召君㚟夫妇入
觐，亲加慰劳，赐宴广达楼，厚加金帛。待君㚟谢恩还镇，吐蕃酋悉诺逻等，又攻陷
瓜州，毁坏城墙，掳去刺史田元献，及君㚟父寿，分兵攻玉门军及常乐。常乐令贾师
顺，登城固守，吐蕃将莽布支招降不听，屡用强弩射死虏目，莽布支乃撤围退去。君
㚟闻警，亟率众援玉门，悉诺逻纵俘还报，传语君㚟道："将军尝以忠勇许国，何不
一战？"君㚟因父寿被虏，不敢纵击，只好登城西望，涕泗滂沱。*贪功之报。*悉诺逻
因出兵多日，粮食将尽，也即退归。

　　是时西突厥别部突骑施，*突骑施部曾为默啜所灭，见前文。*有一头目苏禄，善事抚
循，颇得众心，因闻默啜已死，遂纠众得三十万，复雄西域，自为可汗，开元中遣使
入朝，玄宗曾授苏禄为右武卫大将军，进封顺国公，寻且加号忠顺可汗。且以蕃将阿

史那怀道女，许嫁苏禄，号为交河公主。苏禄鬶马安西，传公主教，赍给都护杜暹，暹怒叱道："阿史那女，敢宣教么？"喝左右笞责来使，把他逐出。苏禄引为大辱，遂阴结吐蕃，诱令入寇。于是吐蕃赞普，复与苏禄合兵，入攻安西。都护杜暹，已入为同平章事，副都护赵颐贞，摄行大都护事，开城出走，击却虏兵。苏禄以行军失利，且闻暹已入相，无可报怨，随即退还。吐蕃赞普也收兵自归。王君㚟欲报父仇，亟率精骑数千人，驰赴肃州，邀击赞普，哪知赞普早已远去，空费了一番跋涉，免不得神丧气沮，怏怏而回。还次甘州南巩笔驿，总道是太平无忌，毫不设备，偏来了瀚海州司马护输等，突入驿馆，来杀君㚟，君㚟猝不及防，竟被刺死，舁尸而去。及部众闻变往追，才将遗尸夺还，看官道君㚟何故被刺？原来凉州附近，有回纥、契苾、思结、浑四部番民，杂居成族。回纥部长承宗，受职瀚海都督，契苾部长承明，受职贺兰都督，思结部长归国，受职卢山都督，浑部长大得，受职皋兰都督。至君㚟为河陇节度，四都督耻受节制，屡与君㚟龃龉。君㚟竟奏白玄宗，说他共蕃叛谋。玄宗方信任君㚟，立命将四都督流徙岭南。瀚海司马护输等，本是承宗旧部，因欲为承宗复怨，乃刺死君㚟。玄宗闻报，很是痛惜，特赠荆州大都督，饬地方官护丧还葬，且诏令张说撰墓志铭，御书镌碑。说曾料他有勇无谋，未知碑文上如何说法？可惜此文失考，我未曾见。再命右金吾卫大将军信安王祎，系太宗子吴王恪孙。为朔方节度使，另调朔方节度使萧嵩，为河西节度副大使，互相援应，共备吐蕃。嵩引刑部员外郎裴宽为判官，与君㚟判官牛仙客，同掌军政。又奏调建康军使张守珪为瓜州刺史，修筑故城，板干甫立，吐蕃兵猝至，城中相顾失色，莫有斗志。守珪故示镇定，竟在城上置酒作乐，谈笑自如。虏疑有他计，立刻引退。那时守珪恰纵兵奋击，斩虏首至数百级，余众俱抱头窜去。守珪遂修复城市，招抚流离，瓜州复成巨镇，有制以瓜州为都督府，即授守珪为都督。萧嵩复纵反间计，伪说与吐蕃将悉诺逻通谋，吐蕃赞普弃隶缩赞，信为实情，诱杀悉诺逻。悉诺逻为吐蕃名将，被杀后军士懈体，吐蕃因此渐衰。后来嵩任河西节度使，与陇右节度使张忠亮大破吐蕃兵于渴波谷，进拔大莫门城。左金吾将军杜宾客，又在祁连城下，击败吐蕃兵，擒住虏将。瓜州都督张守珪，暨沙州刺史贾师顺，复破吐蕃大同军。信安王祎，亦乘势克复石堡城，城当河右要冲，四面悬崖，非常险固，前为吐蕃陷没，留兵据守，屡扰河西，经祎出兵规复，分屯要害，拓地千里，令虏不得前，河陇遂安。玄宗闻捷大喜，改称石堡城为振武军。吐蕃屡败生畏，乃奉表谢罪，乞累世和亲。玄宗意尚未许，适陕王嗣昇，改名为浚，徙封忠王，嗣昇即肃宗，见上文。兼河北道行军元帅，开府置官。僚属皇甫惟明，入白他事，因奏言与吐蕃和亲，足息边患，玄宗乃命惟明与内侍张元方，出使吐蕃，并赐书金城公主，谕令倾城内附。弃隶缩赞厚待唐使，且遣使悉腊，随惟明等入朝，奉上誓表，且贡方物。金城公主又请给《毛诗》《春秋》《礼记》正字，玄宗亦准令颁给，并与吐蕃划境定界，以赤岭为两国分域，立碑证信。时已在开元二十一年了。小子有诗叹道：

自古外交无善策，议和议战两无成。

许婚虽是羁縻术，何竟华夷作舅甥？

吐蕃款附，又发兵讨奚契丹，欲知行军详情，俟至下回续叙。

武则天后，又有武惠妃，则天害死王皇后，惠妃亦谮死王皇后，吾不知王武何仇，累遭残噬若此？玄宗亲见武后遗毒，且手定宫阙，诛死诸武，乃独恋恋于一武攸止遗女，听信谗言，甘忘结发，色之害人大矣哉！抑有可怪者，高宗好色而喜功，玄宗以孙绳祖，殆亦与高宗相似，河陇连兵，日久不已，虏既有心求和，正可因势利导，罢兵息民。张说进谏，可从不从，王君㚟贪功希宠，反误信之，君㚟自误而杀身，玄宗被误而妨国。厥后赖有二三良将，屡次却虏，而虏众始不敢前，然劳师费饷，已不知凡几矣。况虏终未灭，仍与修和，是何若早从说言之为愈乎？至若高宗初政有永徽，玄宗初政有开元，高宗信许敬宗言而封泰山，玄宗亦信张说言而封泰山，两两相对，祖孙从同，无惑乎其有初鲜终也。史家尝称玄宗为英武，其然岂其然乎？

第十一回

张守珪诱番得虏首
李林甫毒计害储君

却说忠王浚为河北道行军元帅，原是为征讨奚契丹起见，契丹本联络突厥，常来扰边，自默啜既死，乃叩关内附。贝州刺史宋庆礼，复建筑营州城，开屯田八十余所，招安流散，市邑寖繁。契丹酋长李失活，传弟娑固，娑固传从父弟郁干，郁干复传弟吐干，吐干与牙将可突干不合，为可突干所逐，奔入辽阳，唐廷封他为辽阳郡王，吐干遂久处不归。可突干立失活从弟李邵固为主，仍修朝贡。计自开元四年至十三年，这十年间，契丹主已五易，都算与唐通好，岁贡不绝。玄宗一意羁縻，当将宗室所出女儿外嫁契丹各主，就是奚部长李大酺，与失活同时入附，也得妻唐室宗女。大酺传弟鲁苏，与李邵固并得袭封，且乞许婚。玄宗以从甥女陈氏为东华公主，出嫁邵固，加封他为广化王。又以成安公主女韦氏。**成安公主系中宗幼女，曾嫁韦捷。**出嫁鲁苏，加封他为奉诚王。两主当然感恩，不敢怀贰。开元十五年，邵固遣可突干入贡，同平章事李元纮，待以非礼，可突干怏怏而去。张说语人道："可突干久专国政，众心归附，今不以礼貌相待，失望而回，恐从此生怨，不肯再来了。"果然隔了两年，可突干欲叛中国，为邵固所阻，竟将邵固弑死，另立屈烈为王，且胁同奚众，降附突厥，背叛唐室。邵固妻陈氏，及奚王李鲁苏夫妇，相继奔唐，玄宗乃令幽州长史，知范阳节度使赵含章，发兵往讨，又命中书舍人裴宽，给事中薛侃，就关内河东河南北分道，广募勇士，充当兵弁。旋有制拜忠王浚为河北大元帅，以御史大夫李朝隐，京兆尹裴伷先为副，统领十八总管，出击奚契丹。浚与百官相见光顺门。张说退语同僚道："我看忠王姿貌，绝类太宗图像。这却是社稷幸福呢。"张说料事颇明，可惜尚是小智。既而浚竟不行，但命朔方节度使信安王祎，为河北道行军副元帅，与赵含章出塞讨虏，击破可突干，收降奚众，班师献俘。

可突干收合余烬，复来寇边，幽州长史薛楚玉，系薛讷弟。遣副总管郭英杰、吴克勤等，率兵万骑，及所降奚众，与可突干交战都山下。奚众首鼠两端，先行散走，唐军为敌所乘，英杰克勤败死。玄宗闻败，调张守珪为幽州节度使，令讨契丹。守珪素娴将略，既至幽州，整练士卒，壁垒一新。可突干数次入寇，俱被击退，因遣使诈降。守珪使管记王悔，持节往抚。悔至可突干营帐，见他目动言肆，料无诚意，遂以假应假，敷衍一番。可巧契丹牙官李过折，与可突干阴生嫌隙，竟邀悔密谈衷曲，且言可突干已通使突厥，将引兵杀悔。悔本具口才，密劝过折转图可突干，功成后当代请册封，包管有王爵相酬。过折喜甚，乘夜勒兵，入斩可突干，及屈烈王，杀死可突干党羽数十人，自率余众入降。当由王悔还报守珪，守珪亲至紫蒙州，慰抚过折。过折呈上可突干屈烈首级，经守珪验收，即飞使持首，驰报唐廷。玄宗封过折为北平郡王，兼松漠州都督，过折奉表申谢。过了数月，可突干余党涅礼，为可突干复仇，击杀过折，屠害全家。只一子剌乾，脱身走安东。唐封剌乾为左骁卫将军，且遣使诘责涅礼。涅礼上言："过折残虐，众情不安，所以致戕，并非由自己主使，此后仍当敬事天朝。"玄宗明知涅礼诡言，但也未免厌兵，不得已将错便错，仍令涅礼为松漠都督。涅礼戕杀过折，理应声讨，乃仍令代任，上国声威，不宜如此。观此可见玄宗有初鲜终之失。彼此暂从安息，静过了两三年。

时源乾曜、杜暹、李元纮等，均已罢相，改任户部侍郎宇文融，及兵部侍郎裴光庭，同平章事，召河西节度萧嵩为中书令，遥领河西。宇文融以理财邀宠，广置诸使，竟为聚敛，百姓怨苦不堪，融反矜功恃能，既登相位，即语人道："我若居此数月，可保海内无事，国库充盈了。"嗣是借权怙势，妒功忌能，横行了两三月，已是怨声载道，朝野侧目。信安王祎积有军功，得蒙上宠，融暗加忌嫉，乘祎入朝，嗾使御史李寅劾祎，弹章未上，偏泄风声，祎亟入白玄宗，先陈融嗾使状。玄宗还将信将疑，到了次日，寅奏果入，免不得龙颜动怒，立降天威，遂贬融为汝州刺史，褫寅官阶。已而国用不足，又复思融，意欲再行召入，会有飞状告融，贪赃纳贿，隐没官钱，乃再流岩州，病死途中。

还有将军王毛仲，讨逆有功，累擢显职。加封至霍国公，兼开府仪同三司。这开府仪同三司一职，自开元后，唯王仁皎、姚崇、宋璟得兼此缺，毛仲系官奴出身，也居然得此美官，怎能不趾高气扬，睥睨一切？**小身不堪重载。**玄宗尝赐给宫女为室，他自己亦娶了一妻，统是国色天姿，不同凡艳，生下一女，及笄而嫁。吉期将届，玄宗召问毛仲有何需给？毛仲顿首道："臣万事已备，但少贵客。"玄宗微哂道："朕知道了。卿所不能延致，只有宋璟一人，朕当为汝召客。"届期令宰相以下诸达官，尽往毛仲家与宴。璟方起任礼部尚书，不便违命，迟迟到了日中，才往贺喜，堂中已开盛筵，满座称觞。毛仲见璟到来，极表欢迎，并恭恭敬敬地奉上卮，璟接卮后，西向拜谢，甫饮半杯，遽称腹痛，告别而出。**刚操可敬，但亦唯如宋璟资格，方可免祸，否则不免为汉灌夫了。**毛仲挽留不住，只好由他回去。但因此愈加骄恣，尝求为兵部尚书，未蒙上允，遂有怨言。内侍高力士、杨思勖，出入宫禁，方得贵幸，毛仲盛气相陵，视若无睹。力士等因愤愤不平，屡加媒蘖。会毛仲妻产子三日，玄宗命力士赍给赐物，且授儿五品官。毛仲抱儿示力士道："是儿岂不可作三品官么？"力士还白玄宗，并添了几句坏话。玄宗怒道："此贼非经朕抬举，怎得富贵？况前时讨逆，他亦非真心相助，今乃为区区婴儿，敢怨朕么？"力士复接奏道："北门奴官，统是毛仲私党，若不早除，必生大患。"玄宗立即书敕，贬毛仲为瀼州别驾，四子一律夺官，贬置恶地。毛仲惘惘出都，到了零陵，又有敕使到来，迫令自缢。**只是两妻可惜。**嗣是宦官势盛，力士思勖，权倾内外，免不得积久成毒了。**隐伏下文。**

玄宗既诛死毛仲，益重视宋璟，再进为尚书右丞相，用张说为左丞相，源乾曜为太子太傅，御赋三杰诗，分赐三人。**乾曜未足称杰，张说亦有愧焉。**同平章事裴光庭病逝，玄宗问中书令萧嵩，令举荐正士。嵩引进尚书右丞韩休，乃拜休黄门侍郎，同平章事。休京兆人，为人峭直，不慕荣利。嵩见他平居慎默，总道是恬静易制，所以荐引上去，哪知他既登相位，刚正敢言，不但萧嵩有过，常为折正，就是玄宗有失，亦必力争。嵩未免悔恨，玄宗颇嘉他忠直，每事优容。有时游猎苑中，或大张宴乐，稍稍流连，必顾左右道："韩休知否？"已而谏疏即至，果是韩休署名，玄宗即为停罢宴猎。既而揽镜自照，默然不乐。左右乘间入请道："自韩休入相，陛下多戚少欢，近且天颜日瘦，难道堂堂天子，反为相臣所制，何不即日逐他呢？"宵小惯入闲言。玄宗叹道："我貌虽瘦，天下必肥，我用休为相，为社稷计，非为一身计哩。"宋璟闻休善谏，尝窃叹道："我不意韩休入相，竟能如是，这真可谓仁且勇了。"璟为开元十年致仕，退居东都，越五年寿终，年七十五，追赠太尉，予谥文贞。璟本邢州南和人，耿介有大节，出仕以后，从未阿附权贵。及入相玄宗，朝野倚为元老。玄宗待遇宋璟，与姚崇相同。姚宋出入殿中，玄宗必起座迎送。至姚宋后，无论如何宠遇，总没有这般敬礼，所以唐朝三百年间，前称房杜，后称姚宋，总算是君臣一德呢。宋璟籍贯，于此处补叙，再将房杜姚宋互述，重贤之意自明。

张说、源乾曜，先后病殁，韩休与萧嵩，因屡有争议，一并罢去，亦相继告终，玄宗乃用京兆尹裴耀卿为侍中，知制诰兼工部侍郎张九龄为中书令，吏部侍郎李林甫为礼部尚书，同中书门下三品。耀卿与九龄友善，同秉国政，独李林甫阴柔奸狡，与二人志趣不同，因此积不相容，遂生出许多阴谋诡计，搅乱唐朝。林甫系长平肃王叔良曾孙，叔良即太祖第六子，祎长子。小字哥奴，素性狡猾，为舅氏姜皎所爱。皎与源乾曜通姻，乾曜子蹭，为林甫求司门郎中，乾曜摇首道："郎官应得才望，哥奴岂堪任郎中么？"林甫多方运动，得任国子司业。宇文融为御史中丞，引与同列，因累任刑吏二部侍郎。侍中裴光庭妻，系武三思女，林甫尝与有私。高力士也尝往来裴宅，及光庭去世，裴妻武氏，素性明目张胆，与林甫结成不解缘，事见《林甫本传》，并非诬渎。乃托力士代他吹嘘，荐林甫为相。力士因相位重大，不易荐引，特替他想出一法，打通内线，期得如愿。看官阅过上文，应早知后宫专宠，是武惠妃，惠妃图后不成，乃改谋易储，寿王清系妃所出，年已渐长，宠逾诸子，渐渐有夺储的现象，力士趁这机会，进白惠妃，但说林甫愿保护寿王，但乞妃为内援，令登相位，必可尽力。惠妃正欲得一外助，遂竭力撺掇玄宗，进相林甫。玄宗唯言是从，竟擢林甫为黄门侍郎，同中书门下三品。林甫乃极力助妃，阴伺太子及诸王过失，以便进谗。

会寿王纳妃杨氏，寿王妹咸宜公主，下嫁杨洄，玄宗令诸子一律更名。太子嗣谦，改名为瑛，长子嗣直，改名为琮，三子嗣升，前改名为浚，至是又改名为玙，四子嗣真，改名为琰，五子嗣初，改名为瑶，六子嗣玄，改名为琬，八子潐，改名为琚，寿王清，亦改名为瑁，此外尚有十余子，如璲、琦、璥、璘、玢、环、瑝、玼、珪、珙、瑱、璿等，偏旁初皆从水，至是尽易新名。太子瑛及弟鄂王瑶，光王琚，均因生母失宠，有怨望语。林甫偶有所闻，遂告驸马都尉杨洄，令入白惠妃。惠妃乘玄宗入宫，即向前跪下，乞请退居闲室。玄宗惊问何故？惠妃未曾出言，先已泪下，呜咽许久，才断断续续的说道："太子阴结党羽，将害妾母子，且指斥陛下。妾想太子久已正位，关系国本，若使太子不安，宁可将妾废置，陛下也免得受谤哩。"以退为进，确是狡妇口吻。

玄宗听到此言，忍不住拍案道："岂有此理？他本非嫡出，明日便当废去。"惠妃又进言道："鄂王光王，也与太子同党，若太子一动，二王亦将生变，不如俯从妾言为是。"再激动玄宗数语，并牵及二王，刁极恶极。玄宗益怒道："瑶琚也这般不肖，当一并废去。"惠妃见玄宗已经中计，反带哭带劝，请玄宗息怒保身。看官！你想这溺爱不明的玄宗皇帝，尚能逃得出艳妃掌中么？当下扶起惠妃，替她拭泪，也好言慰解一番。是夕，便与惠妃同寝。一宵无话，次日视朝，即面谕宰相，拟废太子及鄂光二王。张九龄抗奏道："陛下践祚将三十年，太子诸王，不离深宫，日受圣训，天下皆庆陛下享国长久，子孙蕃昌，今三子皆已成人，不闻大过，陛下奈何轻信蜚言，遂欲废黜呢？从前晋献公听信骊姬，杀太子申生，三世大乱。汉武帝信江充言，罪戾太子，京城流血。晋惠帝用贾后谗，废愍怀太子，中原涂炭。隋文帝纳独孤后语，黜太子勇，改立炀帝，遂失天下。古人有言：'前车覆，后车鉴。'陛下必欲出此，臣不敢奉诏。"言亦痛切。玄宗默然无语，面有愠色。九龄却毫不改容，徐徐引退。及散朝后，惠妃密使宫奴牛贵儿，走白九龄道："有废必有兴，公若肯援助，相位可长处了。"九龄怒叱道："宫闱怎得与外事？休再向我饶舌！"及牛贵儿别去，九龄即详达玄宗，玄宗乃暂置前议。

武惠妃深恨九龄，遂与李林甫串同一气，内外排击。玄宗本因九龄文雅，大加赏识，至此为宠妃奸相，日夕浸润，也不免冷淡起来。会平卢讨击使安禄山，为张守珪所遣，讨奚契丹叛党。禄山恃勇轻进，为虏所败，守珪奏请正法，禄山临刑大呼道："公欲灭奚契丹，奈何杀壮士？"守珪听了，暗暗称奇，乃更执送京师，听候发落。欲诛竟诛，稍一因循，便留大患，守珪不为无咎。九龄览到移文，即援笔批答道："昔穰苴诛庄贾，孙武斩宫嫔，军法如山，何容瞻徇！守珪军令若行，禄山不宜免死。"及玄宗亲自按囚，见禄山状貌魁梧，不忍加诛，且于九龄有不足意，竟下诏特赦。九龄固争道："失律丧师，不可不诛，且禄山貌有反相，不杀必为后患。"玄宗冷笑道：

"卿勿以王夷简识石勒，事见《晋史》。枉害忠良。"九龄知不可争，方才退出。既而上《千秋金鉴录》，累述前代兴废源流，共书五卷。玄宗虽赐书褒美，也不过表面敷衍罢了。原来玄宗生日，号作千秋节，群臣统献宝镜。九龄谓取镜自照，徒见形容，取人作鉴，乃见吉凶，因此有《金鉴录》的撰述。玄宗已渐渐入迷，哪里还知借古证今呢？

朔方节度牛仙客，自判官累次递升，李林甫欲引为臂助，屡向玄宗前说项。玄宗拟召为尚书，张九龄又谏阻道："尚书系古时纳言，不宜轻授，仙客恐难当此任。"林甫面驳道："仙客具宰相才，何止尚书。"玄宗遂加封仙客陇西县公，将加大用。林甫又引萧炅为户部侍郎，萧本无学术，尝读伏腊为伏猎，中书侍郎严挺之，语九龄道："何来伏猎侍郎，混杂省中？"九龄因劾炅不学，出为岐州刺史。林甫怨九龄兼怨挺之。会挺之妻被出，转嫁蔚州刺史王元琰，元琰坐赃犯罪，下三司按鞫，挺之却替他营救。林甫谓挺之私祖元琰，应使连坐。玄宗转问九龄，九龄道："元琰纳挺之出妻，还有什么情谊？想是赃罪未实，所以秉公辨诬。"玄宗微哂道："世间恐无此好人，朕闻挺之虽然离婚，近复与前妻有私，因此出来帮忙。"想是林甫捏造出来，但挺之不自远嫌，亦应使人动疑。九龄不便再言，只好转浼裴耀卿，代救挺之。耀卿乃代为申请，林甫乃上言："耀卿九龄，俱系朋党。"于是耀卿调任左丞相。九龄调任右丞相，并罢政事，贬挺之为洺州刺史，流王元琰至岭南，升任林甫兼中书令，召入牛仙客为工部尚书，同中书门下三品。制敕既颁，林甫顾语僚吏道："九龄尚得为右丞相么？"又语诸谏官道："今明主在上，群臣乐得将顺，何苦多言。且诸君不见立仗马么？食三品料，一鸣即斥去，追悔何及？"台官乃相戒勿言。补阙杜进，独上书言事，被黜为下邽令，自是言路闭塞。仙客由林甫引进，当然唯唯诺诺，不敢发言。

监察御史周子谅，本九龄引进，因见林甫专政，仙客阿私，遂觉愤愤不平，当即呈上弹文，明劾仙客，暗斥林甫，说得异常激烈，且引谶书为证。玄宗大怒，召入子谅，搒掠殿下，绝而复苏。再命加杖朝堂，流戍瀼州。可怜子谅杖创累累，途次又受监吏虐待，勉强行至蓝田，不胜痛楚，宛转毕命。林甫又构陷九龄，说他所举非才，且或有主使等情，乃更贬九龄为荆州长史。九龄籍隶曲江，夙长文事，态度风雅，品行端方，既以直道见斥，仍然随遇而安，无戚戚容。晚年以文史自娱，不谈朝政，卒年六十八，追赠荆州大都督，谥曰文献。玄宗虽信任林甫，疏斥九龄，但心中犹尝忆及，每用人进士，必问左右道："风度可似九龄否？"后因安禄山叛乱，玄宗奔蜀，乃悔不用九龄言，为之泣下，并遣使致祭曲江。开元后，世人都称九龄为曲江公。九龄弟九皋，官至岭南节度使，子拯亦仕至太子赞善大夫，均有令名，这且慢表。

且说李林甫既排去九龄，遂与驸马都尉杨洄密商，乘势易储。洄因入谮太子及鄂王光王，与太子妃兄驸马薛锈，阴构异谋，势将起事。玄宗查无证据，几不复问。洄不禁情急，忙向林甫问计。林甫授他密谋，令转告惠妃。惠妃大喜，即遣人召太子二王，诡称宫中有贼，请即衷甲入防。太子二王，不知是诈，竟依言进去。惠妃亟白玄宗，只说他串同谋反，衷甲入宫。玄宗遣内侍往探情状，果如妃言，恼得不可名状，立召林甫入商。林甫淡淡的答道："这系陛下家事，非臣所宜豫闻。"想是从许敬宗处学来。玄宗乃立书手谕，废瑛瑶琚并为庶人，流薛锈至瀼州，寻且赐三子自尽。锈本尚玄宗女唐昌公主，诀别至蓝田，亦由中使传敕，勒令自杀。瑛琚好学有才识，无罪致死，远近呼冤。瑛舅家赵氏，妃家薛氏，瑶舅家皇甫氏，连坐谴谪，共数十人。唯瑶妃家韦氏，因妃贤得免。小子有诗叹道：

> 父子由来冠五伦，如何一日杀三人？
> 可怜龙种遭残戮，不及民家骨肉亲。

太子瑛既死，武惠妃与李林甫遂谋立寿王瑁为太子，究竟瑁得立与否，容至下回说明。

契丹屡易酋长，国是未安，可突干秉权揽政，且敢弑其主李邵固，堂堂上国，声罪致讨，宜也。忠王浚奉制不行，偏师出击，转胜为败，至张守珪遣使招房，以夷攻夷，渠魁虽得受诛，而例诸堂堂正正之师，已相去远矣，且守珪后遣安禄山，轻进失律，可诛不诛，致诒后患。张九龄力谏玄宗，请杀禄山，而玄宗正信任李林甫，疏斥张九龄，养狼子以启他日之忧，用贼臣以速目前之祸，内外勾结，骨肉自戕，天下事之可长太息者，敦有过于此乎？本回逐节叙明，而标目先揭明之曰："张守珪诱番，李林甫毒计。"书法之严，上绍麟经，固不可徒以小说家目之也。

第十二回

却隆恩张果老归山

开盛宴江梅妃献技

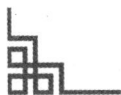

却说李林甫连结武惠妃，潜死太子瑛及瑶、琚二王，遂谋立寿王瑁为太子。林甫一再劝立寿王，玄宗意尚未决，看官道是何因？原来玄宗本非昏主，不过为色所迷，内惑宠妃，外信奸相，凭着一时怒气，竟将三子同时赐死，究竟父子骨肉，天性相关，事后追思，未免生悔。可巧武惠妃染成大病，差不多与发狂相似。满口谵语，无非是三庶人索命，三庶人就是瑛瑶琚，当时曾有此号。玄宗也有所闻，不敢径立寿王，且召巫祝代为祈禳，改葬三庶人。烦扰多日，始终无效，甚至白日见鬼，所有宫娥彩女，统是大惊小怪，进退彷徨。好容易自秋经冬，惠妃病势，忽轻忽重，忽呆忽痴，诊过了多少名医，服过了若干药饵，徒落得花容惨淡，玉骨支离。到了残冬，死期已至，呻吟了好几夜，一阵阴风，四肢挺直，貌美心凶的妃子，至此已魂销躯壳，随了三庶人的冤魂，到森罗殿前对簿去了。事见《唐书·太子瑛传》，并非随手捏造。玄宗非常悲悼，用皇后礼殓葬惠妃，谥为贞顺皇后。

越年已是开元二十六年，虽是照常朝贺，玄宗总少乐多忧，几乎食不甘味，寝不安席。高力士日夕侍侧，探问情由。玄宗叹道："汝系我家老奴，难道尚未识我意？"力士道："莫非因储君未定，致此忧劳。"玄宗道："这也是一桩系心的条件。"尚不止此，暗伏后文纳杨妃事。力士道："圣上何必如此劳心，但教推长而立，何人敢有争言。"惠妃已死，乐得巴结别人。玄宗道："甚是甚是，朕意决了。"次日颁制，立忠王玙为皇太子，改名为绍，嗣又改名为亨。

储嗣已定，内廷总算平靖，边塞又启纷争。突骑施可汗苏禄，自得妻交河公主后，吐蕃突厥也俱给女为妻。苏禄得三国女，并立为可敦，生下数子，俱为叶护，用度日繁，不免苛敛，渐致诸部离心，旋且病疯瘫症，半身不遂，未便治事。这是色欲所致。部下大首领莫贺达干都摩支，竟夜攻苏禄，把他杀死。都摩支立苏禄子吐火仙为可汗，达干不服，复与吐火仙相攻，且遣使告唐节度使盖嘉运，请协击吐火仙。盖嘉运出兵掩击，将吐火仙擒住，并取交河公主而还。玄宗命立交河公主弟昕为西突厥十姓可汗。达干闻报，大怒道："平苏禄系是我功，怎得另立阿史那昕，阿史那本突厥姓。乃诱诸部落叛唐。有制令嘉运再行招谕，且封达干为突骑施可汗。达汗阳奉阴违，至昕到塞外，竟遣人杀昕，自为十姓可汗。后为安西节度使夫蒙灵察，讨诛达干，西突厥乃亡，突骑施部亦寝衰。

唯吐蕃自赤岭定界，和好数年，彼此尽撤边戍。吐蕃畜牧遍野，边将孙海，妄觊边功，奏称虏可袭取。玄宗令内侍赵惠琮往探虚实，惠琮至凉州，与海同谋，矫诏令河西节度崔希逸，袭夺吐蕃牲畜。吐蕃乃大发兵寇河西，幸由希逸预备，因得击退。玄宗闻得矫诏，逮还赵惠琮孙海，海即伏诛，惠琮病毙，希逸调任河南尹，亦怅悒而终。吐蕃复屡寇安戎城，进陷石堡城。剑南节度使王昱，拒战败绩，贬死高要，再调盖嘉运为陇右节度经略吐蕃，亦不能却敌，改任皇甫惟明，方得胜仗。唯攻石堡城，仍不能克。吐蕃转寇安戎城，赖有监察御史许远坚守，无隙可乘，方引兵退去。安戎改名平戎，会金城公主病殁吐蕃，唐廷有制发哀，吐蕃亦遣使请和，玄宗未许，因此尚相持不下。

是时尚有幽州将赵堪及白真陀罗，伪传节度使张守珪命，使平卢节度使乌知义，邀击叛奚余党。知义不从，白真陀罗竟矫称制敕，迫令出兵，累得知义没法，不得已发兵往击，先胜后败。守珪袒庇知义，讳败为功。及中使牛仙童，奉命往勘，守珪重贿仙童，归罪白真陀罗，逼令自缢。仙童返报，当然替守珪掩饰，哪知众宦官闻他得贿，无从分肥，竟把隐情告发。玄宗杖毙仙童，贬守珪为括州刺史。守珪疽发背上，亦即殒命。乌知义夺官，竟擢安禄山为平卢军使，兼营州都督。未几，又升任平卢节度使。禄山本营州杂胡，旧姓康，母阿史德氏，曾为女巫，居突厥中，至轧荦山祷子，山上有战斗神，祷后果即怀娠，及产，光照穿庐，野兽尽鸣，母以为得自神佑，遂取名轧荦山，一作阿荦山，戾气所钟，亦呈异兆。远近传为瑞兆。范阳节度使张仁愿，曾遣人搜他庐帐，被匿不获。荦山父未几身死，母再嫁番目安延偃。荦山随母至安家，因冒姓为安，改名禄山。嗣因部落离散，乃与安氏子思顺逃至幽州，投入张守珪麾下。叙禄山履历，补前回所未及。守珪应诛不诛，解送京师，玄宗特加赦宥，仍令归守珪调遣。应前回。禄山感守珪恩，格外效力。珪因令为养子，且擢为副将，嗣是荐为平卢兵马使。至守珪被贬，御史中丞张利贞，采访河北，禄山百计谀媚，兼多馈赂，利贞还朝，遂盛称禄山材能，玄宗乃累次加擢，竟拜方面。李林甫素无学术，猜忌儒将，因劝玄宗信任禄山。禄山亦阴结林甫，自固兵权。玄宗内倚林甫，外倚禄山，自以为天下无患，益启幸心。

先是汾晋间有一方士，须发垂白，神气清癯，常踯躅道旁，能数日不食。自言姓张名果，生唐尧时，曾为侍中，尧时无侍中位号，显见有诈。嗣后隐居中条山上，约阅数千年。相州刺史韦济，闻张果名，探验属实，因上表奏闻。玄宗令通事舍人裴晤往征，至恒山得见张果，促令入都。果仆地竟死，死后复苏，再仆再起。晤乃不敢催逼，还白玄宗。玄宗更遣中书舍人徐峤，赍奉玺书，优礼往迎，乃偕至都中，乘肩舆入宫。玄宗问神仙术，果答语多半诡秘，大旨在"息心养气"四字，乃令留居集贤院，累日辟谷，进以美酒，饮酣乃寝，鼾睡数昼夜。时有术士邢和璞师夜光二人，一能知人殀寿，一能伺鬼起居。玄宗令和璞推算张果，茫然莫辨。再令果密坐，令夜光视察踪迹，竟不见果所在。玄宗益以为奇，密语高力士道："朕闻饮堇无苦，方为奇士。"乃召果入见，令力士取堇漉酒，持饮张果。果饮了三大杯，颓然道："这非佳酒。"语毕即卧。顷见果齿皆燋缩，又复瞑目回顾，令左右取过铁如意，将齿击堕，收藏囊中，又从囊内取药敷断，不到一时，齿竟重生，粲然骈洁。玄宗惊叹不置，意欲以玉真公主嫁果，尚未明言，玉真公主即四十一回中之崇昌公主，系睿宗女，因赐居玉真观，故改号玉真。果退宿集贤院，与秘书少监王迥质，太常少卿萧莘道："俗语有言，娶妇得公主，平地升公府，人以为可喜，我以为可畏呢。"两人听他语出不伦，正在暗笑，忽由中使到院，传达御敕道："朕妹玉真公主，愿适先生，幸先生勿却！"果不禁大噱道："皇上以果为仙，果实非仙，若视果为尘俗中人，也可不必。果从此辞，请为转奏！"中使还报，玄宗尚欲挽留，果一再恳辞还山，乃命图形集

唐玄宗宠幸番将

贤院，授银青光禄大夫，号通玄先生，赐帛三百四，给扶侍二人，送至恒山蒲吾县，未几遂殁，相传以为尸解，后世称为张果老，列入八仙，这也不必细表。张果也可谓奇人。

单说玄宗自遣归张果，遂未免迷信神仙，且云梦见玄元皇帝，即老子，高宗时尊老子为太上玄元皇帝。谓："遗像在京城西南百余里。"因遣使求访，至盩厔楼观山间，果得遗像，迎至兴庆宫。嗣由参军田同秀上言，亦说："玄元皇帝梦示，曾在尹喜故宅，藏置灵符。"玄宗又遣使往求。看官试想！这尹喜系周朝人，曾为函谷关令，老子骑青牛过函谷关，虽有此事，究竟留符与否，史册上未曾载及。况且年湮代远，即有符箓，亦早毁灭，哪里还肯留着？这可见是同秀行诈，明明是假置灵符，欺君罔上。至朝使得符还都，李林甫以下诸臣，遂以灵符呈瑞，表上尊号。玄宗因下诏改元，称开元三十年为天宝元年，受尊号为开元天宝圣神文武皇帝，且建玄元皇帝新庙，亲自祭飨。又享太庙，祀天地，大赦天下，赐文武官阶爵秩，改称侍中为左相，中书令为右相，左右丞相改为仆射，东都北都，皆称为京，州称为郡，刺史称为太守。

长安令韦坚，系太子妃兄，颇工心计，尝与监察御史杨慎矜，户部员外郎王鉷，善治租赋，称为理财好手，玄宗因命为陕郡太守，领江淮租庸转运使。坚遂大兴土工，凿通蓝田县北的浐水，引入后苑望春楼下，汇成一潭。又南达漕渠，铲去淤塞，所有民间邱墓，一律毁掘。自京城至江淮，水道无阻，导入运船数百艘，齐集望春楼下。玄宗亲御望春楼，遍览运船，但见连檣数里，相续不绝。各舟都张锦为帆，遍榜郡名，各陈珍宝，已觉得光怪陆离，斑斓夺目。更有一艘最大的运船，作为前导，船头坐着陕尉崔成甫，头包红抹额，身着锦半臂，领着美妇百人，统是丽饰华装，丰容盛鬋，口中随着成甫唱歌，依声相和，一片娇喉宛转，清脆可听。歌词却很俚俗，取名为得宝歌，歌云：

> 得离弘宝野，弘农得宝邪。潭裹舟船闹，扬州铜器多。三郎当殿坐，听唱得宝歌。

玄宗也不甚细辨，但觉得耳鼓悠扬，眼帘热闹，不由得心花怒开，非常愉快。再由韦坚进谒，跪奉许多珍品，没一件不是精致，愈觉称心；遂留坚侍宴，并召群臣畅饮竟日，至夜才罢。次日，即加坚左散骑常侍，所有僚属吏卒，褒赏有差，赐新潭名为广运潭。可巧突厥内乱，朔方节度使王忠嗣，乘乱攻克左厢诸部，又兼回纥、葛逻禄二部，攻入右厢，扫灭突厥。两下里又传捷报，正是喜上加喜，内外胪欢。

原来突厥毗伽可汗，自遣阿史德入贡，随驾东巡后，阿史德得了厚赐，仍然归国。嗣是屡遣使求婚，唐廷惯用敷衍手段，羁縻突厥，忽毗伽为大臣梅录啜毒死，国人共立毗伽子伊然可汗。伊然嗣立未几，又复病死，弟骨咄立，遣使入朝，玄宗册为登利可汗。登利尚幼，母婆匐预政，与小臣饫斯达干私通，滥杀大臣。登利叔父判阙特勒，入攻婆匐，婆匐遁去，登利被戕，另立登利季弟，寻又为骨咄叶护所杀，**叶护，系突厥官名，见前。**骨咄叶护自为可汗。回纥、拔悉密、葛逻禄三部，并起兵攻杀叶护，推拔悉密酋长为颉跌伊施可汗。回纥、葛逻禄酋长，自为左右叶护。突厥余众，独立判阙特勒子为乌苏米施可汗。唐廷传谕招降乌苏，乌苏不从，于是唐节度使王忠嗣，受命往讨，并约同拔悉密、回纥、葛逻禄三部，左右进攻。乌苏不能抵敌，穷蹙走死，弟白眉特勒继立，号为白眉可汗。忠嗣进击白眉，连破突厥右厢十一部，会拔悉密颉跌伊施可汗，与回纥、葛逻禄三部，互有违言。回纥酋长骨力裴罗，与葛逻禄部众，击毙颉跌伊施，乘胜攻杀白眉，传首唐廷。玄宗册封裴罗为怀仁可汗，怀仁遂南据突厥故地，在乌德鞬山下，设牙建帐，渐渐地强大起来。嗣且吞并拔悉密、葛逻禄等部，统有十一部落，各置都督，威振朔方。**回纥之强自此始。**唯突厥自后魏开国，至是灭亡，所有乌苏子葛腊哆，默啜孙勃德支，伊然小妻登利遗女，及毗伽可敦婆匐，先后率众降唐。**了结突厥，简而不漏。**玄宗亲御花萼楼，传见降众于楼下，封婆匐为宾国夫人，葛腊哆为怀恩王，勃德支等各有岁给。一面宴集群臣，赋诗记盛，尽兴而散。

向来花萼楼中，本为玄宗叙会兄弟处，至开元季年，申岐诸王，相继谢世，宁王宪享年六十余，玄宗格外厚待，每遇宁王生日，必亲至宁邸，奉觞称寿，或且留宿邸中，叙谈竟夕。平居无事，辄有馈遗，四方所献美酪异馔，无不分饷。宪有所献替，亦必委曲上陈，屡邀听用。至天宝前一年，病殁邸中，玄宗失声号恸，停乐辍朝，且语群臣道："朕兄让德，世所罕闻，吴太伯后，能有几人？非特加大号，不足褒美。"乃追谥为让皇帝。长子琎已受封汝阳王，固辞不许，宁王妃元氏，已先逝世，追赠为恭皇后，葬桥陵旁，桥陵即睿宗墓，见前。号为惠陵。从花萼楼庆宴，补叙宁王殁世，无非表扬让德。寿王瑁由元氏乳养，因得成人，两次发丧，均令守制以报私恩。玄宗慨手足凋零，两年不登花萼楼，至突厥已亡，残众入降。乃复御花萼楼庆宴，易悲为乐，才辍哀思。迷应前事，以终玄宗友爱之笃。并令朔方节度使王忠嗣，兼河东节度使，忠嗣修城筑堡，买马屯兵，塞外数千里，得以无患。边民谓："张仁愿后，安边将帅，要算这王忠嗣了。"不没良将。

　　玄宗自遣归张果，又召入方士李浑、上元翼等，研究长生术，尝遣使至太白山，向金星洞中采玉版石，宝仙洞中求妙宝真符，其实统是虚伪，毫不足信。玄宗也捣起鬼来，只说空中闻着神语，有"圣寿延长"四字，并在宫中筑坛，炼药置坛上，及夜欲收，复闻神语，谓："药不须收，自有神明守护。"云云。李林甫等遂上表祝贺，且自请舍宅为观，上下相欺，无一诚意。就是术士所进丹药，无非是金石水银，试服下去，不但未能延年，反把那一腔欲火，引导起来，遂鼓动生平淫兴，想物色几个娇娃，寻欢纵乐。历代方士，多借此以诱人主。当下命高力士出使江南，搜访美女。力士沿途考察，少有当意，辗转至闽中莆田县，方得了一个丽姝，急忙选归。这丽姝叫作江采苹，父名仲逊，家世业医，采苹生年九岁，能诵《二南》，且语父道："我虽女子，当以此诗为志。"及年将及笄，更出落得丰神楚楚，秀骨姗姗；更兼文艺优长；能诗善赋，一经选入，大见宠幸，凡长安大内、大明、兴庆三宫，及东都大内、上阳两宫，所蓄佳丽，不下数千，均不及采苹秀媚。采苹常自比谢女，不喜铅华，淡装雅服，自饶风韵，素性喜梅，所居阑槛，悉值数株。玄宗署名梅亭，梅开赋赏，至夜分尚徘徊花下，不忍舍去。玄宗因她所好，戏称她为梅妃。妃尝撰萧、兰、梨园、梅花、凤笛、玻盂、剪刀、绮窗八赋，无不工妙。

　　一日，玄宗召集诸王，设宴梅亭。梅妃亦侍坐上侧，饮至数巡，玄宗令妃吹白玉笛，抑扬宛转，不疾不徐。诸王齐声叹美。吹毕，又命起作惊鸿舞，轻盈弱质，往复回环，仿佛是越国西施，依稀是汉宫飞燕。诸王目眩神迷，赞不绝口。至妃已舞罢，翠鬟绿鬓，一丝不乱，唯面上稍带微红，粉白相间，绝似一枝迎岁早梅，娇艳可爱。玄宗笑语诸王道："朕妃子乃是梅精，吹白玉笛，作惊鸿舞，岂不是满座生辉吗？"随命梅妃破橙醒酒，且令她遍赐诸王。妃一一取给，轮至汉邸，是回叙梅妃事，本据曹邺《梅妃传》，所称汉邸，考诸唐宗室诸王传中，当时无封汉王者，或谓即广汉王禑，未知孰是。汉王已有醉意，起身接橙，不觉一脚踢着了梅妃绣鞋。想是爱她双弓。梅妃大怒，顿时回宫。玄宗未知情由，待久不至，命内侍连番宣召，报称鞋珠脱缀，缀就当来。待至酒阑席散，始终不至。玄宗亲往视妃，妃正睡着，闻御驾还视，急忙起床，拽衣相迎，只托言胸腹作痛，因此违命，玄宗也就此罢了。唯汉王因梅妃退回，料知惹怒，恐她转白玄宗，必至加谴，当下与驸马杨洄商量，求他设法。洄授以密计，汉王甚喜，次日即入宫请罪，直供不讳，但只说是酒后失检，实出无心。玄宗始悟梅妃怀诈，反慰谕汉王，表明大度。待汉王谢恩出去，杨洄即入见玄宗，玄宗与语梅妃事，言下有不足意。梅妃虽然动怒，却未说出汉邸无礼，尚是厚道。洄见玄宗烦恼，乘机劝幸温泉宫，自己伴驾出游，沿途凑趣，荐引一个美人儿，由高力士奉旨密召，这一番有分教：

> 赢得娥眉争旧宠，从教燕婉刺新台。

欲知所召美人，究竟是谁，待至下回再详。

　　好大喜功之主，往往信神仙，近声色，汉武帝尝先行之，唐玄宗殆有甚焉。吐蕃退而张果来，突厥亡而江妃进，两不相因之事，而遍若相因，盖安则思侠，不得不慕长生，骄则思淫，不得不求少艾。古人有言："出则无敌国外患者，国恒亡。"夫无敌国外患，而尚有亡国之痛者，非由淫侠致之耶？但张果虽为畸士，而独拒公主之下降，慨然还山，奇诡而不失之正，江妃虽为嬖妾，而独恨汉王之蹑履，愤然还宫，褊急而尚知守贞。以视汉之文成五利，及飞燕合德等，盖较胜一筹矣。至杨妃进而自紊帷墙，并滋浊秽，内乱起而外乱乘之，此鼙鼓之所以动地而来也。故本回叙张果、江妃两事，尚无贬词，以存当时之实迹云。

第十三回

梅悴杨荣撒娇絮阁

罗钳吉网党恶滥刑

却说高力士奉玄宗命，往召美人，这人为谁？乃是寿王瑁的妃子杨氏。杨氏小字玉环，弘农华阴人，徙居蒲州永乐县的独头村。父名玄琰，曾为蜀州司户。玉环生自任所，幼即丧父，寄养叔父玄珪家，玄珪曾为河南府士曹。开元二十二年十一月，嫁与寿王瑁为妃。**正名定分，系是玄宗子妇。**高力士到了寿邸，传旨宣召杨妃入宫。寿王瑁不知何因，只因父命难违，没奈何召出妻室，令随力士进谒。杨妃也已瞧透三分，半忧半喜，忧的是惨别夫婿，喜的是得觐天颜，当下与寿王叙别，乘车至温泉宫。力士先驱导入，杨妃下车后随。玄宗正待得心焦，适遇力士复旨，即传杨妃进见。杨妃轻移莲步，趋至座前，款款深深地拜将下去，口称臣妾杨氏见驾。玄宗赐她平身，即令宫婢将妃挽起，此时已是黄昏，宫中烛影摇红，阶下月光映采，玄宗就在灯月下，定睛瞧着杨妃，但见肌态丰艳，骨肉停匀，眉不描而黛，发不漆而黑，颊不脂而红，唇不涂而朱，果然倾国倾城，正是胡天胡帝。当下设席接风，令她侍宴。杨妃不敢违慢，谢过了恩，侍坐右侧。玄宗婉问杨妃技艺，妃答言粗晓音律，遂命高力士取过玉笛，命妃吹着。清音曼艳，逸韵铿锵，似觉梅妃所吹，尚不及她纯熟。玄宗击节称赏，且手书霓裳羽衣曲，教她度入新声。这曲系玄宗登女儿山，遥望仙乡，有感而作，本是按腔引谱，调宫叶商，经杨妃阅过此曲，立刻心领神会，依曲度腔，字字清楚，声声宛转，喜得玄宗不可名状，亲斟美酒三杯，赐给杨妃。杨妃逐杯接饮，连饮连干，脸上越现出桃花，愈加媚艳。玄宗又亲授金钗钿合，作为定情赐物，杨妃含羞拜受。宴毕，各乘酒兴，携手入内，续成一套鱼水同欢的艳曲。**实是一出扒灰记。**玉肌相触，柔若无骨，龙体原已酥麻，妇人家也存势利，竟不管什么名分，居然翁媳联床，同作好梦。一宵欢会，迟至日上三竿，方才起身。杨妃对镜理妆，由玄宗取出金步摇，系是镇库宝物，代为插鬓，曲予恩荣；一面嘱杨妃自作表文，乞为女道士，赐号太真，随驾还入大内，令处南宫中，即称南宫为太真宫。名为修道，实是纵欢。旋即另册左卫郎将韦昭训女，为寿王瑁妃。寿王瑁亦无可奈何。

杨妃性情聪颖，善迎上意，玄宗遂加宠爱，待遇如惠妃例。尝语宫人道："朕得杨妃，如得至宝，这是朕生平第一快意呢。"遂特制新曲，名为得宝子。梅妃见玄宗新得宠妃，未免介意，玄宗亦渐渐地疏淡梅妃。看官试想！天下有两美同居，能不争宠的道理么？况且杨妃以媳侍翁，本来是希宠起见，连夫婿尚且不顾，怎肯容一梅妃？于是你嘲梅瘦，我诮环肥，起初还是姿色上的批评，后来竟互相谗谤，甚至避路而行，毕竟梅妃柔缓，杨妃狡黠，两人互争胜负，结果是梅输杨赢。杨妃得册为贵妃，梅妃竟被迁入上阳东宫。玄宗初意，尚恐廷臣奏驳，嗣见宰相李林甫以下，统做了立仗马，噤口无声，乃竟加封杨妃为贵妃。仪制与册后相同。册妃这一日，追赠妃父玄琰为兵部尚书，母李氏为陇西郡夫人，叔父玄珪擢登光禄卿，从兄铦拜殿中少监，从弟锜为驸马都尉，尚帝女太华公主，公主为武惠妃所出，母素得宠，所以公主下嫁，奁资巨万，赐第与宫禁相连。尚有再从兄钊，本系张易之子，易之伏诛，妻即改适杨家，钊随母过去，遂为杨氏子，及年长，不学无术，为宗党所轻视。钊乃赴蜀从军，得官新都尉，杨玄琰在蜀病故，钊就近往来，托名照顾，暗中竟与玄琰中女通奸。玄琰有数女，长适崔氏，次适裴氏，又次适柳氏，玉环最幼，姊妹皆有姿色，唯中女已寡，所以与钊私通。自玉环骤得宠幸，怀念三姊，因请命玄宗迎入京师，各赐居第。唯钊与玉环，已是疏族，且兼钊产自张氏，本非杨家血统，因把他搁置不提。

钊已任满，贫不能归，赖剑南采访支使鲜于仲通，常给用费，并向剑南节度使章仇兼琼处，**章仇复姓，名为兼琼。**替他吹嘘。兼琼正虑林甫专国，难保禄位，意欲内结杨氏，作一奥援，可巧仲通将钊荐入，遂辟为推官，令献春彩至京师，厚给蜀货，作为赆仪。钊大喜过望，昼夜兼行。既至长安，即将所携蜀货，分遗诸妹，说是章仇公所赠。至玄琰的中女家，馈遗更厚，就便下榻，重叙旧欢。诸杨乃共誉兼琼，并上言钊善樗蒲，得蒙玄宗召见。**樗蒲为牧猪奴戏，奈何得遇主知？** 钊仪容秀伟，言辞敏捷，奏对时颇称上意，因命供役春官，出入禁中，嗣复改任金吾兵曹参军。章仇兼琼立蒙召入，授任户部尚书。兼琼入掌户部，每遇杨氏取给，无不立应，就是中外所献的器服珍玩，均呈入贵妃，先令择用。岭南经略使张九章，广陵长史王翼，因所献精美，得贵妃欢心。遂加九章官三品，翼为户部侍郎。

一日，玄宗至翠华西阁，偶见梅枝憔悴，不禁感念梅妃，便命高力士带着戏马，至上阳宫宣召梅妃。妃乘马随至，到了阁前，乃下马入见。玄宗见她面庞清瘦，腰围减损，早已动了惜玉怜香的念头，待至梅妃下拜，忙亲自扶住，意欲好言温存，偏一时无从说起。还是梅妃先开口道："贱妾负罪，将谓永捐，不期今日又得睹天颜。"玄宗方说道："朕未尝不纪念爱卿。只爱卿近日略觉花容有些消瘦了。"梅妃含泪道："好景难追，怎得不瘦？"玄宗道："虽是消瘦，却越见得清雅了。"梅妃道："总是肥的较好哩。"**中含醋意。** 玄宗微笑道："各有好处。"随命宫女进酒，与梅妃同饮。两下里追叙旧情，不知不觉的已是入夜。酒意已酣，加餐少许，便同梅妃进房，重整鸾凤。俗语说得好："寂寞更长，欢娱夜短"，况两情隔阂，几已一年，此次离而复合，更觉蜜意浓情，加添一倍，喁喁到了残更，方各睡熟。正在酣寝的时候，忽闻兽环声响，惊醒睡魔，玄宗即怒问道："何人敢来胡闹？"道言未绝，外面已娇声答道："天光早明，皇上为何尚未视朝？"玄宗听是杨妃声音，不由得转怒为惊，披衣急起。见梅妃亦已醒寤，忙替她披上霞裳，和衣抱入夹幕内。暂令躲避。**胆怯至此，如何治国。** 一面开了阁门，放入贵妃。贵妃趋进，见玄宗坐在床上，便盛气诘问道："陛下恋着何人，至此时尚未临朝？"玄宗道："朕……朕稍有不适，未能御殿，特在此静睡养神。"贵妃冷笑道："陛下何必戏妾，妾已知陛下爱恋梅精，因此日高未起。"玄宗道："她……她若为朕所爱恋，何至废置楼东。"贵妃道："藕断丝连，人情皆是，如陛下未曾同梦，妾请今日召至，与妾同浴温泉。"玄宗道："此女久已放弃，怎容复召？"贵妃又道："这也何妨！快请饬内侍传来。"玄宗但顾着左右，无词可答。贵妃从床下一望，见有凤舄一双，越发动怒，便指示玄宗道："这是何物？"玄宗瞧着，也觉着忙，侧身一动，又从怀中掉下翠钿一朵，被贵妃拾起，取示玄宗道："这又是何物？"玄宗越难答辩，不觉两颊发赤。贵妃竖着柳眉，振起珠喉道：“凤舄翠钿，明是妇人遗物，不知陛下如何欢娱，遂致神疲忘晓，妾料满朝大臣，待朝已久，到了红日高升，尚未见陛下出朝，总道为妾所迷，妾实担当不起。”提出光明正大的名目，挟制玄宗，若非出自妒口，几不啻一周姜后了。玄宗无法支吾，索性倒身复睡，闭目无言。贵妃催逼愈甚，玄宗亦动恼道：“今日有疾，不能视朝，难道贵妃尚未闻知么？”这数语越激动贵妃怒意，索性把手中翠钿，掷付玄宗，转身出阁去了。玄宗见贵妃已去，又欲呼出梅妃，再叙情愫，不意屡呼不应，起身至夹幕中亲视，已悄无一人，慌忙顾问左右，左右亦懵然莫解。正在着急的时候，忽有一小黄门入内，报称已送回梅妃。玄宗问道：“何人叫你送去？”小黄门道：“杨娘娘在此争闹，奴婢恐万岁为难，所以从阁后破壁，悄地里将梅娘娘送还。”玄宗竟大怒道：“朕不教你送去，你为何擅敢主张？”说至此，竟拔出壁上宝剑，把小黄门剁死。冤哉枉也。随即穿戴冕服，出去视朝。

可巧陇右节度使皇甫惟明，入朝献捷，由玄宗慰劳数语，暗伏下文。余无他事，就此退朝。玄宗入内，又往杨贵妃宫中，贵妃竟不出迎，直待玄宗蹑入，才算起身行礼，且冷语道：“陛下何不向上阳宫去？”玄宗不待说毕，便截住道：“卿休再说此事！”贵妃撒娇道：“妾情愿退出宫外，让梅精在此专宠，免受臣僚讥评。”玄宗又再三劝慰，哪知贵妃越唠唠叨叨，带哭带语，闹个不休，当下触怒天颜，竟遣出贵妃，令高力士送还少监杨铦宅中。铦正自朝退食，蓦闻贵妃回来，顿吃了一大惊，没奈何迎入贵妃、高力士，问明缘由。力士述及大略，铦蹙眉道：“妹子生性娇痴，竟遭谪谴，此后将怎么区处？”高力士微笑道：“离合亦人生常事，但教有人出力，自可回天。”明是卖能。铦知他言中寓意，遂托他转圜，哀求至再，几乎要跪将下去，力士忙应允道：“我看圣上很宠贵妃，此刻不过一时生恼，叫我送回，一二日后，心回意转，由我从中进言，管教破镜重圆，幸请勿虑！”铦喜道：“全仗！全仗！”至力士别去，终觉心下未安。杨锜、杨钊等，闻这消息，统捏了一把冷汗，前来探问。至杨铦与他说明，都想埋怨贵妃，偏贵妃已哭得似泪人儿一般，不便再进怨词，只好相对哭着。就是贵妃三姊，也一齐趋至，见着大众凄惶，不暇细问，就扑簌簌地坠下泪来。众人惧祸聚哭，还有何心下餐？午膳时各胡乱吃了一碗半碗，贵妃竟一粒不沾，便即撤席。待至日昃，忽由内监颁到御膳，并衣物米面百余车，说是由皇上特赐。铦拜受毕，由内监与他密语道：“这是高公奏请，因有此赐。"铦非常感谢，至送别内监，便入语众人，料知玄宗尚未忘情，彼此少慰。夜餐期届，列席团坐，已不同午席情景，把酒言欢，有说有笑。贵妃亦饮酒数杯，至起更后，大家方才散归。

这一夜的杨贵妃，原是悔恨交并，无心安睡。那玄宗闷坐宫中，比贵妃还要懊怅，举止失常，饮食无味。内侍从旁供奉，并未有失，偏事事不合上意，动受鞭笞。到了夜静更阑，还是东叱西骂，呼叫不休。力士已出言尝试，经玄宗许给特赐，早瞧透玄宗心情，待至鼍鼓频催，鸡声已唱，玄宗尚不愿就寝。力士侍立在旁，因乘间请召还贵妃。玄宗遂令力士开安兴坊，越过太华公主家，用轻车往迎贵妃还宫。贵妃原是慰望，杨铦益觉心喜，当下拜谢力士，嘱贵妃整装随去。时已天晓，力士引贵妃入内殿，玄宗已眼巴巴的瞧着，一见贵妃进来，正似一日不见，如隔三秋，心下非常快慰。贵妃敛衽下拜，涕泣谢罪，玄宗亦自认错误，扶掖入宫。午后即召梨园弟子，共入演戏，并传贵妃三姊，一并列座。玄宗呼三姊为姨，仔细端详，均与贵妃相差不多。次姨不施脂粉，自然美艳，更觉出人头地。演戏至晚，才命停止，留三姨入宫赐宴。玄宗上坐，三姨与贵妃，分坐两旁。五人开怀畅饮，酒过数巡，统有些放肆起来。玄宗目不转睛的瞧着次姨，次姨亦秋波含媚，故卖风骚，而且语不加检，言多近谑。玄宗恨不得抱她入怀，一亲芗泽，只因列坐数人，勉强抑制。好容易饮至更深，三姨方拜谢而去。玄宗挈贵妃入寝，是夕恩爱，更倍曩时。越宿下诏，封大姨为韩国夫人，次姨为虢国夫人，又次为秦国夫人。三夫人并承恩泽。出入宫掖，势倾朝野。铦、锜亦日邀隆遇，时人号为五杨。

五杨宅中，四方赂遗，日夕不绝。官吏有所请求，但得五杨援引，无不如志。五家并峙宣阳里中，甲第洞开，僭拟宫掖。每筑一堂，费辄巨万。虢国尤为豪荡，另辟新居，所造中堂，召工圬墁，约钱二百万缗。圬工尚求厚赏，虢国给绛罗五百匹，尚嫌不足，且嗤以鼻道："请取蝼蚁蜥蜴，散置堂中，一一记数，若失一物，不敢受值。"据此数语，已可见她的豪费了。越觉骄盈，越易败亡。杨钊善承意旨，入判度支，一岁领十五使，宠眷日隆。且屡奏帑藏充牣，古今罕比。玄宗率群臣往观，果然财帛山积，便赐钊紫衣金鱼。钊复请雪张易之兄弟罪案，有制谓："易之兄弟，迎庐陵王有功，应复官爵，子孙袭荫。"钊可谓不忘其本。钊以图谶有金刀二字，乞请改名，乃赐名国忠，并加授御史大夫，权京兆尹，富贵与铦锜相埒。五杨中又添入一杨，当时都中有歌谣道："生男勿喜女勿悲，生女也可壮门楣。"这正为诸杨写照呢。

且说陇右节度使皇甫惟明，入朝献捷，看官道这胜仗从何处得来？原来唐廷与吐蕃失和，吐蕃又屡次入寇，皇甫惟明，调任陇右，屡破吐蕃将莽布支军，先后斩俘数万级，乃献捷京师。惟明入谒数次，密劾李林甫弄权误国，函应罢黜。哪知玄宗正信任林甫，无论什么弹劾，全然不信。权阉高力士，尝劝玄宗裁抑林甫，毋畀大权，险些儿遭了重谴，还是力士叩头认罪，方得获免，何况如皇甫惟明，疏而不亲呢？**君子不以人废言，如高力士之劾李林甫，亦必叙入，不肯少漏。**

时牛仙客已死，刑部尚书李适之，进任左相，兼领兵部尚书，驸马张垍，系张说次子，曾尚玄宗女宁亲公主，入任兵部侍郎。林甫因二人升官，不由己荐，未免加忌。二人自结主知，也不愿巴结林甫，积久成隙，几同仇敌。林甫使人讦发兵部铨曹罪案，收逮六十余人，令法曹吉温、罗希奭等，锻炼成狱，悉加重典，当时号为罗钳吉网，无一幸免。但李适之自经此狱，面上很觉削色，越与林甫不和。租庸转运使韦坚，进补刑部尚书，御史中丞杨慎矜，兼代租庸转运使。坚为适之党，慎矜为林甫党，皇甫惟明本系太子故友，当然与坚相往来，林甫就此设谋，暗嘱慎矜上书告变，竟说惟明与坚，谋立太子。玄宗信以为真，即令林甫委吏鞫治。林甫仍遣慎矜等作为问官。看官试想！此时的韦坚及皇甫惟明，尚能辩明冤枉吗？慎矜诬假作真，妄定谳案，还亏玄宗顾及太子，不欲显布罪状，但贬坚为缙云太守。皇甫惟明为播州太守，亲党连坐，约数十人。太子因坚为妃兄，未免惶惧，表请与妃离婚。玄宗搁过不提，太子妃才得保全。李适之虽未株连，自知相位不固，乐得上书辞职，有制罢适之为太子少保，不令预政。既而将作少匠韦兰，兵部员外郎韦芝，均为兄坚讼冤。李林甫入白玄宗，挑动上怒，竟谪兰芝两人至岭南，再贬坚为江夏别驾，寻且流徙临封。适之亦坐党谪守宜春。

一波未平，一波又起。左骁卫兵曹柳勣，诬告赞善大夫杜有邻，妄称图谶，交构东宫，指斥乘舆。于是权相李林甫，复奉玄宗诏敕，指令京兆法曹吉温，来鞫是狱。**危哉太子！**一干人犯，齐集法庭，讯将起来。柳勣是杜有邻女夫，有邻长女嫁柳勣，次女为太子良娣。勣性疏狂，喜结交名士，尝与淄川太守裴敦复友善，敦复转荐诸北海太守李邕，邕遂与定交。勣因妇翁得官赞善，乃入都探亲，有邻素嫉勣狂诞，白眼相待，以致勋怀恨在心，无端诬告，吉温是个杀人不眨眼的人物，索性把翁婿二人，一股脑儿坐罪，杖毙狱中，妻子流远方。有邻枉死，可为择婿不慎者鉴。唯勋亦杖死，诬告何益？太子亦出良娣为庶人。林甫再牵藤摘瓜，复遣罗希奭往按李邕，及裴敦复。李裴怎肯自诬？偏经这助桀为虐的罗希奭，不分皂白，擅加刑讯，又将二人先后杖毙。当遣人密报林甫，已经了结李裴，林甫更凶恶得很，当即奏请分遣御史，赐皇甫惟明韦坚等自尽，且令希奭顺道往宜春，按视李适之。适之料知难免，仰药自杀。连玄宗旧臣王琚，因与李邕向来交往，也平白地牵连进去，由邺郡太守任内，贬为江华司马，活活地被希奭逼死。林甫又恐王忠嗣入相，复设法陷害，先说他沮挠军计，继且说他密谋兴兵，拥立太子。昏聩糊涂的唐玄宗，竟召忠嗣入都，令三法司审讯。忠嗣部将哥舒翰，随至都中，登殿鸣冤，情愿将自己官爵，赎忠嗣罪。玄宗尚未肯信，欲起入禁中，急得翰连忙磕头，声泪俱下。玄宗也被感悟，乃诏三法司道："吾儿向处深宫，怎得与外人通谋？这定是蜚语构陷，朕岂肯遽信么？"三司又奏言："拥兵入阙，或出谣传，沮挠军心，确有实据，仍请依法论罪。"玄宗终为所惑，贬忠嗣为汉阳太守。最可怪的是杨慎矜，倚附林甫，害死韦坚等人，得转任户部侍郎，后来渐为林甫所嫉，竟嗾使中丞王鉷。密奏一本，谓："慎矜系隋炀后裔，与术士史敬忠交通，妄谈谶纬，谋复祖业。"一个大逆不道的罪名，加置慎矜身上，不怕慎矜不死，兄弟同罪，妻子长流。慎矜自诒伊戚，原不足惜，但小人凶终隙末，更堪愤叹。玄宗尚林甫为大忠臣，且将天下的岁贡，尽作赏赐。林甫越加专恣，内引杨国忠，外进安禄山，定要将唐室江山，葬送他二人手中。小子有诗叹道：

> 不是奸臣不引奸，爪牙遍布庙堂间，
> 罗钳吉网凶残甚，冤狱谁怜积血斑。

欲知林甫何故引用二人，容待下回申叙。

天宝以后，玄宗之昏瞀甚矣，以子妇而册为贵妃，名分何在？以贼臣而拜为首相，刑赏必乖。天下无不妒之妇人，况如淫悍之杨玉环乎？天下更无不奸之国贼，况如阴狡之李林甫乎？絮阁一段，是极写玉环之妒，兴狱一段，是极写林甫之奸。而且玉环进，则五杨俱贵，赌博无行之杨国忠，亦庆弹冠。林甫专，则群小同升，残虐好杀之吉温罗希奭，亦得逞志。女子小人，有一于此，且致乱亡，兼而有之，尚能不乱且亡耶？君子以是知玄宗之不终。

第十四回

洗禄儿中菁贻羞

写幽怨长门拟赋

　　却说李林甫专权用事，引进杨国忠、安禄山，一是因杨妃得宠，不得不引为党援，一是因禄山善谀，不能不替他扬誉。禄山既任平庐节度使，复兼范阳节度使，权力日盛，且欲邀功固宠，屡出兵侵掠奚、契丹。契丹酋已换了李怀秀，奚酋亦换了李延宠，两酋均归附唐廷，未尝入寇。玄宗授怀秀为松漠都督，封崇顺王，且以外孙独孤氏为静乐公主，出嫁怀秀。就是延宠亦得封怀信王，兼饶乐都督，尚玄宗甥女宜芳公主。自被安禄山侵掠，激成怨怒，各将公主杀死，背叛朝廷。禄山乃发兵数万，分讨奚、契丹，侥幸得了胜仗，逐去二李，露布告捷。当由玄宗改封别酋楷洛为恭仁王，代松漠都督，婆固为晤信王，代饶乐都督。奚、契丹总算告平。

　　禄山遂启节入朝，玄宗召见，慰劳有加。禄山奏道："臣生长蕃戎，仰蒙皇上恩典，得极宠荣，自愧愚蠢，不足胜任，只有以身许国，聊报皇恩。"玄宗喜道："卿能委身报国，还有何言？"时太子侍玄宗侧，玄宗令与禄山相见，禄山却故意不拜，殿前侍监等，即喝问道："禄山见了殿下，何故不拜？"禄山复佯惊道："殿下何称？"玄宗微哂道："殿下就是皇太子。"禄山复道："臣不识朝廷礼仪，皇太子究是何官？"*所谓大奸若愚。*玄宗道："朕百年后，当将帝位付托，所以叫作太子。"禄山方谢道："愚臣只知有陛下，不知有皇太子，罪该万死。"说毕，乃向太子拜了

101

数拜。玄宗以为朴诚，反加赞美。至禄山退出，即下敕令暂留都中，兼官御史大夫。禄山见玄宗已入彀中，便不待召命，随时进见。玄宗从未相拒，每见必多方询问。禄山但装出一种戆直态度，有几句令人可爱，有几句令人可笑。

既而复献入鹦鹉一架，玄宗问从何来？禄山扯个谎道："臣前征奚、契丹，道出北平，梦见先臣李靖、李勣，向臣求食，臣因为他设祭，皇太子尚且未知，如何晓得二李？此鸟忽从空中飞至，臣以为祥，取养有年，今已驯扰，方敢上献。"玄宗道："宫中亦有鹦鹉，但不及此鸟修洁。"鹦鹉也善迎意旨，竟学作人言道："谢万岁恩奖。"玄宗大喜，便顾左右道："贵妃素爱鹦鹉，可宣她出来，一同玩赏。"左右领旨即去。俄顷有环珮声自内传出，那鹦鹉复叫道："贵妃娘娘到了。"禄山举目一瞧，但见许多宫女，簇拥一个绝世丽姝，冉冉而来，又故意退了数步，似欲作趋避状。玄宗命他留着，乃拱立阶下。杨贵妃见了玄宗，行过了礼，玄宗即指示鹦鹉道："此鸟系安卿所献，爱妃以为何如？"贵妃仔细一瞧，便答道："鹦鹉并非少有，只白鹦鹉却不易得，况又是熟习人言呢？"玄宗道："爱妃既喜此鹦鹉，可收蓄宫中。"贵妃大悦，即命宫女念奴，收去养着，一面问安卿何在？玄宗乃命禄山谒见贵妃，禄山才趋前再拜，偷眼瞧那杨贵妃，镂雪为肤，揉酥作骨，丰艳中带着数分秀雅，禁不住目眙神迷。贵妃亦顾视禄山，腹垂过膝，腰大成围，看似痴肥，恰甚强壮，也不由得称许道："好一个奇男子。"以肥对肥，宜乎相契。玄宗道："他在边疆，屡立战功，近日入朝，朕爱他忠诚，特命他留侍数月。"贵妃便接入道："妾闻边境敉平，将帅无事，何妨留侍一二年。"你的乳头，想已发痒了。玄宗点首，即命左右设宴勤政殿，召集诸杨，及亲信大臣侍宴。

已而群臣毕集，筵席早陈，玄宗挈贵妃手，诣登勤政楼。禄山在后随着，香风阵阵，触鼻而来，几乎未饮先醉。及至楼上，玄宗但命杨铦、杨锜登楼，令百官列坐楼下。禄山不闻禁阻，乐得随着贵妃履迹，徐步上楼。玄宗一面传召三姨，一面令在御座东间，特设金鸡幛，中置一榻，备陈酒肴。禄山暗思此席特设，定为三姨留下位置。未几三姨俱至，却与玄宗合坐一席，自己正患无坐处，忽由玄宗面谕，赐坐金鸡幛内，相对侍饮。当下喜出望外，便谢恩趋座。更幸珠帘高卷，仍得觑视群芳，于是带饮带赏，暗地品评，这一个是双眉含翠，那一个是两鬓拖青；这一个是秋水横波，那一个是桃花晕颊，就中妖冶丰盈，总要算那贵妃玉环。正在出神的时候，蓦闻声乐杂奏，音韵迭谐，按声细瞧，便是贵妃及三姨，各执管笛琵琶等器，或吹或弹，集成雅乐，自己也不觉技痒起来，便起身离座，步至御席前启奏道："臣愚不知音律，但觉洋洋盈耳，真是盛世元音，唯有乐不可无舞，臣系胡人，胡旋舞略有所长，今愿献丑。"也是卖技。玄宗道："卿体甚肥，也能作胡旋舞么？"禄山闻言，即离席丈许，盘旋起来。起初尚觉有些笨滞，到了后来，回行甚疾，好似走马灯一般，须眉都不可辨，只见一个大肚皮，辘辘圆转，毫不迁缓。约旋至百余次，方才站定，面不改容。玄宗连声赞好，且指他大腹道："腹中有什么东西，如此庞大？"禄山随口答道："只有赤心。"玄宗益喜，命与杨铦、杨锜，结为异姓兄弟。铦与锜当然应命，各起座与禄山相揖，叙及年齿，禄山最小，便呼二杨为兄。虢国夫人却搀入道："男称兄弟，女即姊妹，我等亦当行一新礼。"韩国、秦国，恰也都是赞成，便俱与禄山叙齿，以姊弟兄妹相呼，禄山很是得意。及散席后，百官谢宴归去，诸杨亦皆散归，独禄山尚留侍玄宗，相随入宫。玄宗爱到极处，至呼禄山为禄儿。禄山乘势凑趣，先趋至贵妃面前，屈膝下拜道："臣儿愿母妃千岁！"石榴裙下，应该拜倒。玄宗笑道："禄儿！你的礼教错了。天下岂有先母后父的道理了"禄山慌忙转拜玄宗道："胡俗不知礼义，向来先母后父，臣但依习惯，遂忘却天朝礼仪了。"浑身是假。玄宗不以为怪，反顾视贵妃道："即此可见他诚朴。"贵妃也熟视禄山，微笑不答。已有意了。禄山见她梨涡微晕，星眼斜溜，险些儿把自己魂灵，被她摄去，勉强按定了神，拜谢出宫。

嗣是蒙赐铁券，嗣是进爵东平郡王，将帅封王，自禄山始。禄山屡入宫谢恩，满望与贵妃亲近，好替玄宗效劳，偏偏接了一道诏敕，令兼河北道采访处置使，出外巡边，那时没法推辞，离都还镇。他却想出一法，佯招奚、契丹各部酋长，同来宴叙，暗地里用着莨菪酒，把他灌醉，阬杀数十人，斩首进献，复请入朝报绩。玄宗只道他诚实不欺，准如所请，且命有司预为筑第，但务壮丽，不计财力。至禄山到了戏水，杨氏兄弟姊妹均往迎接，冠盖蔽野。玄宗亦自幸望春宫，等着禄山。及禄山入谒，再四褒奖，并赐旁坐。禄山献入奚俘千人，悉予赦宥，令充禄山差役，且令杨氏弟兄，导禄山入居新第，所有器具什物，无不毕具，大都是上等材料制成，金银器几占了一半，且尝戒有司道："胡人眼光颇大，勿令笑我。"禄山既入新第中，置酒宴客，乞降墨敕请宰相至第。玄宗即具手诏，谕令李林甫以下，尽行赴宴。林甫正手握大权，群臣无敢抗礼，独禄山既邀盛宠，得与林甫为平等交。林甫佯与联欢，有时冷嘲热讽，如见禄山肺肠，禄山很是惊讶。不敢向林甫自夸，所以林甫入宴，格外敬待。林甫也自恃多才，无所畏忌，所以未尝构陷禄山。同流合污。玄宗又每日遣令诸杨，与他选胜游宴，侑以梨园教坊诸乐，禄山尚不甚惬望。他此次入朝，无非为了杨贵妃一人，所以于贵妃前私进珍物，百端求媚。贵妃亦辄有厚赐。两情相洽，似漆投胶，前此称为假母子，后来竟成为真夫妻。

一日，为禄山生辰，玄宗及杨贵妃，赏赉甚厚。过了三日，贵妃召禄山入禁中，用锦绣为大襁褓，裹着禄儿，令宫人十六人，用舆抬着，游行宫中。宫人且抬且笑，余人亦相率诙谐。玄宗初未知情，至闻后宫喧笑声，才询原委，左右以贵妃洗儿对。玄宗始亲自往观，果然大腹胡儿，裹着绣褓，坐着大舆，在宫禁中盘绕转来，玄宗也不觉好笑，即赐贵妃洗儿金银钱，且厚赏禄山。至晚小宴，玄宗与贵妃并坐，竟令禄山侍饮左侧，尽欢而罢。自此禄山出入宫掖，毫无禁忌，或与贵妃对食，或与贵妃联榻，通宵不出，丑声遍达，独玄宗并未过问。看官至此，恐不能不作一疑问：玄宗自宠信贵妃，几乎寝食不离，如影随形，难道贵妃与禄山通奸，他却熟视无睹么？原来此中也有一段隐情。玄宗本看上虢国夫人，尝欲召幸，只因贵妃防范甚严，一时无从下手，此番禄山入朝，贵妃镇日里玩弄禄儿，无暇检察，便乘隙召进虢国夫人，与她作长夜欢。虢国水性杨花，乐得仰承雨露，当时杜工部曾咏此事云："虢国夫人承主恩，平明骑马入宫门。却嫌脂粉污颜色，淡扫蛾眉朝至尊。"这数语虽有含蓄，已露端倪。其实是我淫人妻，人淫我妻，天道好还，丝毫不爽哩。仿佛暮鼓晨钟。

禄山与贵妃，鬼混了一年有余，甚至将贵妃胸乳抓伤。贵妃未免暗泣，因恐玄宗瞧破，遂作出一个诃子来，笼罩胸前。宫中未悉深情，反以为未肯露乳，多半仿效。禄山却暗中怀惧，不敢时常入宫。户部郎中吉温，本因李林甫得进，因见杨国忠、安禄山两人，相继贵幸，遂转附国忠，计逐林甫心腹御史中丞宋浑，并与禄山约为兄弟，尝私语禄山道："李丞相虽似亲近三兄，但总不肯荐兄为相，兄若荐温上达，温当奏兄才堪大任。俟隙排去林甫，尚怕相位不入兄么？"禄山闻言甚喜，遂互相标榜，期达志愿。玄宗也欲进相禄山，只因禄山是个武夫，不便入相，但命他再兼河东节度使。禄山遂荐温为副使，并大理司直张通儒为判官，一同赴任。既至任所，以吉温张通儒为腹心。委以军事，尚有部将孙孝哲，系是契丹部人，素业缝工，为禄山仆役，禄山身躯庞大，非孝哲缝衣，不合身裁。并因孝哲母有姿色，尝为禄山所爱，入侍胡床，供他肉欲。孝哲竟呼禄山为父，尤能先事取情，得禄山欢心。禄山遂大加宠昵，拔为副将。他如史思明、安守忠、李归仁、蔡希德、牛廷玠、向润容、李廷望、崔乾佑、尹子奇、何千年、武令珣、能元皓能音耐，能氏系出长广。田承嗣、田乾真、阿史那承庆等，统是禄山部下将校，以骁悍闻。孔目官严庄，掌书记高尚，稍有材学，投入戎幕，做了禄山参谋，因此文武俱备，阴蓄异图。庄与尚且援引图谶，怂恿禄山作乱。禄山乃挑选同罗、奚、契丹降众，得壮士八千余人，作为亲军。胡人向称壮士为曳落河，一可当百，矫健绝伦。禄山故态复萌，又欲出攻奚契丹，立威朔漠，然后南向。当下调集三镇兵士，共得六万，用奚骑二千为向导，竟出平卢。不意途中遇雨，弓弩筋胶，俱已脱黏。那奚骑背地叛去，暗与契丹兵联合，来袭禄山。禄山猝不及防，被杀得七零八落，只率麾下二十骑，走入师州，才得保全性命。当时若即身死，何至有后文乱事。

　　既而收集散众，再行出塞，誓雪前耻。且奏调朔方节度副使李献忠，同击奚、契丹。献忠系突厥人，原名阿布思，突厥灭亡，叩关请降。玄宗优礼相待，赐姓名李献忠，累迁至朔方节度副使。献忠颇有权略，不肯出禄山下。禄山调他北征，明是借公报私，献忠亦恐为禄山所图，仍复名阿布思，叛归漠北。禄山乃按兵不进，嗣闻阿布思为回纥所破，乃复诱降阿布思余众，兵力益强。阿布思遁入葛逻禄部，由葛逻禄叶护，执送京师，当然伏诛。玄宗反归功禄山，颁敕奖叙。禄山尚念主恩，不忍遽叛，且因李林甫狡猾逾恒，非己所及，更不敢轻事发难。可巧林甫与杨国忠有隙，骤致失宠，竟尔忧忿成疾，卧床不起，于是朝局一变，遂激成禄山的叛乱来了。兔起鹘落。

　　林甫本善遇国忠，只因户部侍郎京兆尹王鉷，骄恣陵人，与国忠未协。鉷为林甫所荐，国忠怨鉷，免不得并怨林甫。天宝十一载，天宝三年，改年为载。鉷弟户部郎中銲，与友人邢縡，密谋作乱。高力士带领禁军，捕缚伏诛。国忠遂入白玄宗，请并惩王鉷兄弟。玄宗尚不欲罪鉷，林甫亦替他解辩，经国忠一再力争，复浼左相陈希烈，严行奏参。乃有制令希烈国忠，一同鞫治。两人罗列鉷銲罪状，复奏玄宗。玄宗瞧着，亦不禁动怒，立赐鉷死，且毙銲杖下，令国忠兼京兆尹，寻即擢为御史大夫，兼京畿采访使。林甫因不能救鉷，衔恨国忠。适南诏王阁罗凤，陷入云南郡，剑南节度使鲜于仲通，屡讨屡败。国忠纪念前恩，替他回护。应前回。林甫乘间入奏，请遣国忠出镇剑南。这南诏本乌蛮别种，地居姚州西偏，蛮语称王为诏。失时曾有六诏，一名蒙巂，二名越析，三名浪穹，四名邆睒，五名施浪，六名蒙舍，蒙舍在南，所以称作南诏。南诏最强，并合五诏，曾遣使入朝。唐廷赐名归义，封为云南王。鲜于仲通素性褊急，失蛮夷心，阁罗凤乃称臣吐蕃。吐蕃号为东帝，与他合兵，入寇唐边。国忠所长，只有赌博，若要他去出兵打仗，全然没有经验，忽接奉一道诏敕，叫他出去防边，看官！你想他怕不怕，忧不忧呢？延宕了好几日，没奈何硬着头皮，入朝辞行，面奏玄宗道：“臣此次出使，闻由宰相林甫奏请，林甫意欲害臣，所以将臣外调，此后欲见陛下，未卜何年。”说至此，竟从眼眶中流下泪来。*想是从妹子处学来。*玄宗也为黯然，即面慰道：“卿暂行赴蜀，处置军事，稍有头绪，即当召卿还朝，令为宰辅。”国忠乃叩谢而去。林甫时已得疾，闻知此语，益加烦闷，遂逐日加剧。玄宗遣中官往问起居，返报病已垂危，乃亟召国忠还都。国忠甫行入蜀，得了诏命，星夜回来，及入都中，即诣林甫家问疾，谒拜床下。林甫流涕道：“林甫今将死了，公必继起为相，愿以后事托公。”国忠谢不敢当，汗流覆面。别后数日，林甫即死。

自林甫在相位十九年，固宠市权，妒贤忌能，诛逐贵臣，杜绝言路，口似蜜，腹似剑，玄宗反倚为股肱，自己深居禁中，耽恋声色，政事俱委诸林甫，所有从前姚、宋以后诸将相，从没有这般专宠。但姚崇尚通，宋璟尚法，张嘉贞尚吏，张说尚文，李元纮、杜暹尚俭，韩休张九龄尚直，各有所长，均堪节取。到了林甫专国，尚刻尚诈，尚私尚威，养成天下大乱。继任又是杨国忠，才具不及林甫，骄横与林甫相似，凡林甫所引用的人士，统行换去，且阴嗾安禄山，令阿布思部落降众，诣阙诬告林甫，说是林甫生前，曾与阿布思串同谋反，经玄宗饬吏按问，林甫婿谏议大夫杨齐宣，惧为所累，证成是狱，乃削林甫官爵，剖棺出尸，抉含珠，褫金紫，改用小棺殡葬，如庶人礼。子孙皆流岭南黔中，亲近及党与坐戍，共五十余人。*虽是国忠恣行报复，然奸狡如林甫，也应受此罚。*嗣是国忠威焰日盛，颐指气使，公卿以下，莫不震慑。

又改称吏部为文部，兵部为武部，刑部为宪部，国忠以右相兼任文部尚书，选人无论贤不肖，各依资递补，与自己亲昵的人，必调任美缺，与自己疏远的人，辄委置闲曹。官吏趋附，门庭如市。或劝陕郡进士张彖道：“君何不谒见杨右相，自取富贵？”彖喟然道：“君等倚杨右相如泰山，我看去实一冰山呢。若皎日一出，冰山立倒，恐君等必将失恃了。"遂出都赴嵩山，隐居终身。

国忠调入鲜于仲通，令为京兆尹，仲通为国忠撰颂，镌立省门。玄宗改定数字，仲通别用金填补，说得国忠功德巍巍，世莫与伦。那时玄宗又以为得一贤相，仍不问朝政，专在宫中拥着贵妃姊妹，调笑度日，贵妃自禄山出镇，用志不纷，一心一意地媚事玄宗，惹得玄宗愈加恩爱。贵妃要什么，玄宗便依她什么，贵妃喜啖生荔枝，荔枝产出岭南，去长安约数千里，玄宗特命飞驿驰送，数日得达，色味不变。唯梅妃自西阁一幸，好几年不见玄宗，南宫独处，郁郁不欢，忽闻岭南驰到驿使，还疑是赍送梅花，旋经询问宫人，是进生荔枝与杨妃，越觉心神懊怅，镇日唏嘘，默思宫中侍监，只有高力士权势最大，诸王公俱呼他为翁，驸马等直称他为爷，就是东宫储君，亦与他兄弟相称，此时已升任骠骑大将军，很得玄宗亲信，若欲再邀主宠，除非此人先容，不能得力，乃命宫人邀入高力士，仔细问道："将军尝侍奉皇上，可知皇上意中，尚记得有江采苹么？"力士道："皇上非不记念南宫，只因碍着贵妃，不便宣召。"梅妃道："我记得汉武帝时，陈皇后被废，曾出千金赂司马相如，作《长门赋》上献，今日岂无才人？还乞将军代为嘱托，替我拟《长门赋》一篇，入达主聪，或能挽回天意，亦未可知。"力士恐得罪杨妃，不敢应承，只推说无人解赋。且答言娘娘大才，何妨自撰。梅妃长叹数声，乃援笔蘸墨，立写数行，折成方胜，并从箧中凑集千金，赠与力士，托他进呈。力士不便推却，只好持去，悄悄地呈与玄宗。玄宗展开一看，题目乃是《楼东赋》。赋云：

玉槛尘生，凤衾香殄。懒蝉鬓之巧梳，闲缕衣之轻绿，苦寂寞于蕙宫，但凝思乎兰殿。信漂落之梅花，隔长门而不见。况乃花心飏恨，柳眼弄愁，媛风习习，春鸟啾啾，楼上黄昏兮，听凤吹而回首，碧云日暮兮，对素月而凝眸。温泉不到，忆拾翠之旧游；长门深闭，嗟青鸾之信修。忆太液清波，水光荡浮，笙歌赏宴，陪从宸流，奏舞鸾之妙曲，乘画鹢之仙舟。君情缱绻，深叙绸缪，誓山海而常在，似日月而无休。奈何嫉色庸庸，妒气冲冲，夺我之爱幸，斥我乎幽宫。思旧欢之莫得，想梦著乎朦胧。度花朝与月夕，羞懒对乎春风。欲相如之奏赋，奈世才之不工；属愁吟之未尽，已响动乎疏钟。空长叹而掩袂，踟蹰步于楼东。

玄宗瞧罢，想起旧情，也觉怃然，遂取出珍珠一斛，令力士密赐梅妃。梅妃不受，又写了七绝一首，托力士带回，再呈玄宗。玄宗又复展览，但见上面写着：

> 柳叶双眉久不描，残妆和泪污红绡，
>
> 长门自是无梳洗，何必珍珠慰寂廖。

玄宗正在吟玩，忽有一人进来，见了诗句，竟从玄宗手中夺去，究竟何人有此大胆，且看下回便知。

安禄山一大腹胡耳，无潘安貌，乏陈思才，独以大诈似愚之伎俩，欺惑玄宗，玄宗耽情声色，聪明已蔽，应为所迷，而杨贵妃亦从而爱幸之，何也？盖妒妇必淫，淫妇必妒，以年垂耆老之玄宗，忽据一玉貌花容之子妇，即令爱宠逾恒，能保其能相安乎？饥则思攫，宁必择人？洗儿赐钱，丑遗千载，而玄宗尚习不加察，日处宫中，为淫乐事；外政尽决于李林甫，林甫死而杨国忠又入继之。一人乱天下不足，更加一人，李杨乱于外，梅杨讧于内，梅李去而杨氏盛，虽荣必落，杨氏杨氏，亦何必争宠耶？梅妃较贞，不脱争春习态，吾尚为之深惜云。

第十五回

恋爱妃密誓长生殿
宠胡儿亲饯望春亭

却说玄宗方吟玩诗句，有人进来，从手中夺去，玄宗急忙顾视，原来乃是杨贵妃。**别人怎敢？** 贵妃瞧毕，掷还玄宗，又见案上有一薛涛笺，笺上写着《楼东赋》一篇，从头至尾，览了一周，不禁大愤道："梅精庸贱，乃敢作此怨词，毁妾尚可，谤讪圣上，该当何罪？应即赐死！"玄宗默然不答。贵妃再三要求，玄宗道："她无聊作赋，情迹可原，卿不必与她计较。"贵妃瞋目道："陛下若不忘旧情，何不再召入西阁，与她私会？"玄宗见贵妃提及旧事，又惭又恼，但因宠爱已惯，没奈何耐着性子，任她絮聒一番。贵妃虽无可奈何，心下却好生不悦，嗣是朝夕侍奉，动多谯诃。玄宗也不去睬她，好似痴聋一般。**做阿翁的，原应痴聋，做夫主恰不宜出此。**

一日，复在便殿宴集诸王，各奏音乐，嗣宁王琎，**即宁王宪子，见前回。** 颇善吹笛，特取过紫玉笛儿，吹了一套凌波曲。**曲亦由玄宗自制。** 杨贵妃正在侍宴，听他依声度律，宛转缠绵，不由得情牵意动，待至罢宴撤席，诸王别去，玄宗暂起更衣，贵妃独坐，见宁王琎所吹的紫玉笛儿，搁置席旁，便轻轻取过，把玩许久，也按着原调，吹弄起来。玄宗闻贵妃吹笛，即出来听着。眼中瞧见紫玉笛，又转惹恼，便语贵妃道："此笛由嗣宁王吹过，口泽尚存，汝何得便吹？"贵妃恰毫不在意，直待吹完原曲，方慢慢地把笛放下，《杨太真外传》中，说是吹宁王紫玉笛，按此时宁王宪早薨，应属嗣宁王琚，琚年轻，故贵妃为之移情，玄宗为之介意。起座冷笑道："玉笛非凤爲可比，凤爲上被人勾蹋，陛下尚搁置不问，奈何怨人责妾呢？"玄宗听了，乘着酒后余性，便勃然道："汝连日骞傲，出言不逊，难道朕不能撵汝么？"贵妃怎肯受责，也抗声道："尽管撵逐，尽管撵逐。"逼得玄宗无可转词，遂着内侍张韬光，送贵妃至杨国忠第中。

国忠不觉着忙，没法摆布，适值吉温入报军务，国忠遂与他商量。温愿乘间进言，当下趋入便殿，奏罢边事，又从容说道："闻陛下新斥贵妃，臣愚以为未合。贵妃系一妇人，原无识见，有忤圣意，罪合当死，但既蒙爱宠，应该就死宫中，陛下何惜宫中一席，畀她就戮，乃必令她外辱呢。"玄宗不禁点首。及退朝回宫，左右进膳，即撤御前肴馔，使张韬光赍赐贵妃。贵妃对使涕泣道："妾罪该当万死，蒙圣上隆恩，从宽遣放，未遽就戮，自思一再忤旨，不合再生，今当即死，无以谢上，妾除肤发外，皆上所赐，今愿截发一缕，聊报皇恩。"语至此，遂引刀自翦青丝一绺，付与韬光，且泣语道："为我归语圣上，呈此作永诀物。"后来平康里中，求媚恩客，往往翦发为赠，想即从贵妃处学来。韬光领诺，随即回宫复旨。

玄宗正苦岑寂，欲再召梅妃入侍，适值梅妃有疾，不能进奉，因此抑郁异常。及韬光返报，将妃发搭在肩上，跪述妃言。玄宗瞧着一绺青丝，黑光可鉴，更不禁牵动旧情，乃即令高力士召入贵妃。贵妃毁妆入宫，拜伏认罪，并无一言，只有呜咽涕泣。玄宗大为不忍，亲手扶起，立唤侍女，替她梳妆更衣，重整夜宴，格外亲爱。

自后益加嬖幸，且屡与贵妃幸华清宫，赐浴温泉。温泉在骊山下，向筑宫室，环山建造，有集灵台、朝元阁、及飞霜、九龙、长生、明珠等殿，统是规模宏敞，气象辉煌。杨国忠、杨铦、杨锜，及三国夫人，一并从幸。车马仆从，充溢数坊，锦绣珠玉，鲜华夺目。而且杨氏五家，各自为队，队各异饰，分为一色，合为五色，仿佛似云锦縈霞，山林成绣，沿途遗钿堕爲，不可胜数，香达数十里。既至华清宫，辄张盛宴，到了酒酣面热，大家散坐。贵妃肌体丰硕，常觉香汗淋漓，玄宗因命往浴。宫中有池，叫作华清池，系温泉汇聚的区处，每当贵妃浴毕，临风小立，露胸取凉，别人原是回避，独有玄宗是见惯司空，不必禁忌，往往用手扪贵妃乳，且随口赞道："软温新剥鸡头肉"，贵妃似羞非羞，似嗔非嗔，更现出一种妖媚态度。看官！你想玄宗到了此时，尚有不堕入情网么？贵妃又乘着初浴，特舞霓裳羽衣曲，罗衣散绮，锦毅生香。玄宗大悦，时适盛夏，遂留华清宫避暑。

转瞬间已是七夕，秦俗多于是夜乞巧，在庭中陈列瓜果，焚香祷告。贵妃亦趁势固宠，特请玄宗至长生殿，仿行乞巧故事。玄宗当然喜允，待至月上更敲，天高夜静，遂令宫女捧了香盒瓶花等类，导着前行，一主一妃，相偕徐步，悄悄地到了殿庭，已有内侍张着锦幄，摆好香案，分站东西厢，肃容待着。玄宗饬宫女添上香盒瓶花，焚龙涎，爇莲炬，烟篆氤氲，烛光灿烂，眼见得秋生银汉，艳映玉阶。**点染浓艳。** 贵妃斜躭香肩，倚着玄宗，低声语道："今日牛女双星，渡河相会，真是一番韵事。"玄宗道："双星相会，一年一度，不及朕与妃子，得时时欢聚哩。"言下瞧着贵妃反眼眶一红，扑簌簌地吊下泪来，**全是做作。** 顿时大为惊讶，问她何事感伤。贵妃答道："妾想牛女双星，虽然一年一会，却是地久天长，只恐妾与陛下，不能似他长久哩。"玄宗道："朕与卿生则同衾，死则同穴，有什么不长不久？"贵妃拭着泪道："长门孤寂，秋扇抛残，妾每阅前史，很是痛心。"玄宗又道："朕不致如此薄幸，卿若不信，愿对双星设誓。"**正要你说此语。** 贵妃听着，亟向左右四顾，玄宗已觉会意，便令宫女内监，暂行回避，一面携贵妃手，同至香案前，拱手作揖道："双星在上，我李隆基与杨玉环，情重恩深，愿生生世世，长为夫妇。"贵妃亦敛衽道："愿如皇言，有渝此盟，双星作证，不得令终。"**要挟之至。** 复侧身拜谢玄宗道："妾感陛下厚恩，今夕密誓，死生不负。"**说一死字，也是预谶。** 玄宗道："彼此同心，还有何虑？"贵妃乃改愁为喜，即呼宫女等入内，撤去香花，随驾返入离宫，这一夜间的枕席绸缪，自在意中，不消细说。

玄宗本擅词才，乘着避暑余闲，迭制歌曲，令贵妃度入新腔，无不工妙，既而暑气已消，还入大内，按日里酣歌淫舞，沈醉太平，好容易由秋及春，园吏入报沉香亭畔，木芍药盛开，引得玄宗笑容满面，又要邀同爱妃，去赏名花。原来禁中向有牡丹，呼为木芍药，玄宗择得数种，移植兴庆池东沉香亭前，距大内约二三里。玄宗乘马，贵妃乘辇，同至沉香亭中，诏选梨园弟子，诣亭前奏乐。乐工李龟年善歌，手捧檀板，押众乐进奉，拟奏乐歌。玄宗谕龟年道："今日对妃子赏名花，怎可复用旧乐？快去召学士李白来。"龟年领旨，忙去传召李白，哪知四处找寻，毫无踪迹。急得龟年东奔西跑，专向酒肆中寻访。看官可知道李白的出身么？他本是唐朝宗室，表字太白，远祖曾出仕隋朝，坐罪徙西域，至唐时还寓巴西。白生时，母梦见长庚星，因命名为太白。十岁即通诗书，既长隐岷山，不愿入仕，嗣复与孔巢父、韩准、裴政、张叔明、陶沔五人，东居徂徕山，号为竹溪六逸，且与南阳隐士吴筠，亦为诗酒交。筠被召入都，白亦从行。礼部侍郎兼集贤学士贺知章，见白文字，叹为谪仙中人，乃进白玄宗。玄宗召见金銮殿，与谈世事，白呈入奏颂一篇，大惬上意，立命赐食，亲为调羹，即命留居翰苑，随时供奉。白以酒为命，终日沉醉，每至酒肆，即入内痛饮，龟年寻了多时，方遇着这位李学士，急忙传宣诏旨，促他应召。白已吃得酩酊大醉，手中尚持杯不放，并向龟年说道："我醉欲眠君且去。"说毕，竟凭几欲卧。恰是高品。龟年再呼不应，只好用那强迫手段，令随身二役，将李白拥出肆外，搀上了马，驰至沉香亭来。及已至亭畔，始将他从马上扶下，左推右挽，入见玄宗。玄宗已与贵妃畅饮多时，才见李白入谒，且看他两眼朦胧，醉态可掬，料知不能行礼，索性豁免仪文，即命旁坐。白尚昏沉未醒，作支颐状，乃命内侍用水噀面，喷了数次，方将白的醉梦，惊醒了一小半，渐渐地睁开双目。顾见帝妃上坐，乃离座下拜，口称死罪。玄宗道："醉后失仪，何足计较！朕召卿至此，特欲借重佳章，一写佳兴，卿且起来，不必多礼。"白始谢恩而起。玄宗仍命坐着，且述明情意，饬龟年送过金花笺，磨墨蘸毫，递笔令书。白不假思索。即援笔写道：

云想衣裳花想容，春风拂槛露华浓。若非群玉山头见，会向瑶台月下逢。

玄宗瞧着这一首，已赞不绝口，便命李龟年传集乐工，弹的弹，敲的敲，吹的吹，唱的唱，一齐倡和起来，果然好听得很。那时白又续成两首，但见是：

一枝红艳露凝香，云雨巫山枉断肠。借问汉宫谁得似？可怜飞燕倚新妆。此诗固寓有深意。

名花倾国两相欢，常得君王带笑看。解释春风无限恨，沉香亭北倚栏杆。

玄宗喜道："人面花容，一并写到，更妙不胜言了。"随即顾贵妃道："有此妙诗，朕与妃子，亦当依声属和。"遂令龟年歌此三诗，自己吹笛，贵妃弹琵琶，一唱再鼓，饶有余音。又令龟年将三诗按入丝竹，重歌一转，为妃子侑酒。乃自调玉笛谐曲，每曲一换，故作曼声，拖长余韵。贵妃持玻璃七宝杯，酌西凉州葡萄酒，连饮三次，笑领歌意。曲既终，贵妃起谢玄宗，敛衽再拜。玄宗笑道："不必谢朕，可谢李学士。"贵妃乃亲自斟酒，递给李白。白起座跪饮，顿首拜赐。玄宗道："卿系仙才，此三诗可名为何调？"白答道："臣意可称为清平调。"玄宗喜道："好好，就照称为清平调便了。"随饬内侍用玉花骢马，送白归集贤院，自己亦挈妃还宫。自是白才名益著，玄宗亦时常召入，令他侍宴。

适渤海呈入番书，满朝大臣，均不能识。独白一目了然，宣诵如流。玄宗大悦，即命白亦用番字，草一副诏。白欲奚落杨国忠、高力士两人，乞请国忠磨墨，力士脱靴。玄宗笑诺，遂传入国忠、力士，一与磨墨，一与脱靴。看官试想！这国忠是当时首相，力士是大内将军，怎肯受此窘辱？只因玄宗有旨，不便违慢，没奈何忍气吞声，遵旨而行。白非常欣慰，遂草就答书，遣归番使。玄宗赐白金帛，白却还不受，但乞在长安市中，随处痛饮，不加禁止。玄宗乃下诏光禄寺，日给美酒数罍，不拘职业，听他到处游览，饮酒赋诗，唯国忠、力士，始终衔恨。力士乘间语贵妃，劝他废去清平调。贵妃道："太白清才，当代无二，奈何将他诗废去？"力士冷笑道："他把飞燕比拟娘娘，试想飞燕当日，所为何事？乃敢援引比附，究是何意？"贵妃被他一诘，反觉不好意思，沉脸不答。**力士耻脱靴事，具见《李白列传》，唯渤海番书，正史未详，此处从稗乘采入。**原来玄宗曾闻飞燕外传，至七宝避风台事，尝戏语贵妃道："似汝便不畏风，任吹多少，也属无妨。"贵妃知玄宗有意讥嘲，未免介意。至李白以飞燕相比，正惬私怀，偏此次为力士说破，暗思飞燕私通燕赤凤事，正与自己私通安禄山相似，遂疑李白有意讥刺，不由得变喜为怒。自此入侍玄宗，屡说李白纵酒狂歌，失人臣礼。玄宗虽极爱李白，奈为贵妃所厌，也只好与他疏远，不复召入。李白亦自知为小人所诼，恳求还里。玄宗赐金放还。白遂浪迹四方，随意游览去了。**暂作一束。**

且说杨国忠揽权得势，骄侈无比，所有杨氏童仆，亦皆倚势为虐，叱逐都中。会当元夕夜游，帝女广宁公主，与驸马都尉程昌裔，并马观灯。杨家奴亦策骑游行，至西市门，人多如鲫，拥挤不堪，公主前导，吆喝而过，行人都让开一路，由他驰驱。独杨家奴当先拦着，不肯少退。两下里争执起来，杨奴竟挥鞭乱扑，几及公主面颊。

虢国夫人游春图

公主向旁一闪，坐不住鞍，竟至坠下。程昌裔慌忙下马，扶起公主，那杨氏奴不管好歹，也将昌裔击了数鞭。两人俱觉受伤，即由公主入内泣诉。玄宗虽令杨氏杖杀家奴，但也责昌裔不合夜游，把他免官，不听朝谒。**玄宗也算是两面调停。**杨氏仍自恃显赫，毫不敛迹。国忠尝语僚友道："我本寒家子，一旦缘椒房贵戚，受宠至此，诚未知如何结果。但我生恐难致令名，不如乘时行乐，且过目前哩。"**人生第一误事，便是此意。**虢国夫人，素与国忠有私，至是居第相连，昼夜往来，淫纵无度。每当夜间入谒，兄妹必联辔同行，仆从侍女，前呼后拥，约得百余骑，炬密如昼，或有时兄妹偕游，同车并坐，不施障幕，时人目为雄狐。国忠子暄举明经，学业荒陋，不能及格，礼部侍郎达奚珣，畏国忠势盛，先遣子抚伺国忠入朝，叩马禀明。国忠怒道："我子何患不富贵，乃令鼠辈相卖么？"遂策马径驰，不顾而去。抚忙报父珣，珣惶惧得很，竟置暄上等，未几，即擢为户部侍郎。

会关中迭遭水旱，百姓大饥，玄宗因霪雨连绵，恐伤禾稼。国忠却令人取得嘉禾入献玄宗，谓天虽久雨，与稼无害。玄宗信以为真，偏扶风太守房琯，上报灾状，国忠即遣御史推勘，复称琯实诬奏，有旨谴责。于是相率钳口，不敢言灾。高力士尝侍上侧，玄宗顾语道："霪雨不已，莫非政事有失么？卿亦何妨尽言。"力士怅然道："陛下以权假宰相，赏罚无章，阴阳失度，怎能不上致天灾，但言出即恐遇祸，臣亦何敢渎陈？"**台臣不敢言，而阉人反进说论，虽似持正，实属反常。**玄宗也为愕然，但始终为了贵妃，不敢罢国忠相职，国忠以是益骄。

唯安禄山出兼三镇，蔑视国忠，国忠遂与他有隙，亦言禄山威权太盛，必为国患。玄宗不从。陇右节度使哥舒翰，先时同禄山入朝，禄山胡人，翰系突厥人，互有违言，致生意见。适翰出击获胜，收还九曲部落，杨国忠遂奏叙翰功，请旨封翰为西平郡王，兼河西节度使。看官不必细猜，便可知国忠的用心，是欲与翰联络，共排这大腹胡哩。国忠既恃翰为助，又屡言禄山必反，玄宗仍然未信。国忠道："陛下若不信臣言，试遣使征召禄山，看他果即来朝否？"玄宗乃召禄山入都。禄山奉命即至，竟出国忠意外，于是玄宗愈不信国忠。禄山至长安，正值玄宗至华清宫，乃转赴行宫朝谒，且泣诉玄宗道："臣是胡人，不识文字，陛下不次超迁，致为右相国忠所嫉，臣恐死无日了。"玄宗慰谕道："有朕作主，卿可无虞。"待禄山趋退，意欲授他同平章事，令太常卿张洎草制。国忠闻信，忙入阻道："禄山目不知书，虽有军功，岂即可升为宰相？此制若下，臣恐四夷将轻视朝廷呢。"玄宗乃命泊改草，止授禄山为尚书左仆射，赐实封千户。禄山不得入相，闻为国忠所阻，益滋怨恨，因自请还镇，且求兼领闲厩群牧等使，并吉温为副。玄宗一一允从。禄山得步进步，并奏言所部将士，前时出征奚、契丹，功效甚多，应不拘常格，超资加赏。乃除拜将军五百余人，中郎将二千余人。所求既遂，即辞回范阳。玄宗亲御望春亭，设宴饯行，特赠御酒三杯，赐给禄山。禄山跪饮毕，叩首道谢。玄宗道："西北二虏，委卿镇驭，卿无负朕望！"禄山答道："臣蒙皇上厚恩，愧无可报，一日在边，一日誓死，决不令二虏入侵，有烦圣虑。"寇尚可御，似你却不易防，奈何？玄宗大喜，自解御衣，代披禄山身上。禄山又喜又惊，慌忙谢恩而去，疾驱出关，舍陆乘舟，沿河直下。万夫挽纤相助，昼夜兼行数百里，数日抵镇，方语诸将道："我此次入都，非常危险，今得脱险归来，可为万幸。但笑那国忠日欲杀我，终不能损我毫发，我命在天，国忠亦何能为呢？"俨然王莽口吻。部将一律称贺，因置酒大会，犒壮士，选良马，日夕经营，不遗余力。那深居九重的玄宗皇帝，总道他赤心可恃，毫不见疑。

禄山且遣副将何千年入奏，请以蕃将三十二人，代易汉将，玄宗仍欲照行。同平章事韦见素，方为国忠所荐，得参政务，因亟至国忠第中，语国忠道："禄山久有异志，今又有此请，明明是要谋反了。"国忠顿足道："我早料此贼必反，怎奈主子不听我言，屡说无益，日前东宫进言。也一些儿没有成效，奈何奈何！"见素道："且再行进谏何如？"国忠点首，约于次日入朝，同时谏诤，见素乃归。翌晨与国忠进见，甫经开口，玄宗即问道："卿等疑禄山么？"见素因极言禄山逆迹，明白显露，所请万不可从。玄宗全然不理。国忠料不能阻，缄口无言。及退朝，顾语见素道："我原说是无益的事情。"见素想了一番，便道："有了有了。禄山出都时，高力士曾奉命送行，返白皇上，说禄山为命相中止，心甚快快。据愚见想来，与其令禄山在外，得专戎事，不若召禄山入内，给以虚荣，一面令贾循镇河东，吕知诲镇平卢，杨光翙镇范阳，势分力减，狡胡便不足忧了。"国忠鼓掌称善，且语见素道："我前此为了此事，曾奏黜张泊兄弟，我想命相改草，他人无一预闻，为何禄山得知？这定是张泊兄弟，暗中转告。可惜均出守建安，泊出守卢溪，尚是罪重罚轻呢。"借两人口中，补述前时情事。见素道："亡羊补牢，尚为未晚，请公即日奏行。"国忠遂与见素联名上疏，当蒙玄宗批准，即令草制。哪知制已草就，留中不发，但遣中使辅璆琳，赍珍果往赐禄山，嘱令觇变。璆琳得禄山厚赂，还言禄山竭忠奉国，毫无二心。玄宗遂召语国忠道："朕知禄山不反，所以推诚相与，卿等乃以为忧，自今日始，禄山由朕自保，免致卿等愁烦了。"国忠逡巡谢退，随将韦见素的秘计，搁置不行。小子有诗叹道：

狼子由来具野心，如何反望效忠忱？
主昏不悟嗟何及，大错轻成祸日深。

玄宗既信任禄山，自谓高枕无忧，越发纵情声色。看官欲知宫中后事，待下回再行说明。

语曰："当断不断，反受其乱。"如玄宗之待杨贵妃及安禄山，正中此弊。贵妃一再忤旨，再遭黜逐，设从此不复召还，则一刀割绝，祸水不留，岂非一大快事！何至有内盅之患乎，唯其当断不断，故卒贻后日之忧。禄山应召入朝，尚无叛迹，设从此不再专阃，则三镇易人，兵权立撤，亦为一大善谋，何至有外乱之逼乎？唯其当断不断，故卒成他日之变。且有杨妃之专宠，而国忠因得入相，有国忠之专权，而禄山因此速乱，追原祸始，皆自玄宗恋色之一端误之。天下事之最难割爱者，莫如色，为色所迷，虽有善断之主，亦归无断，甚矣哉色之为害也！

第十六回

勤政楼童子陈箴
范阳镇逆胡构乱

却说杨贵妃蛊惑玄宗，经长生殿密誓后，愈得宠幸，就是三国夫人，也连同邀宠，每届赏赐，不可胜计。韩国夫人得照夜玑，虢国夫人得镍子帐，秦国夫人得七叶冠，均是希世奇珍，得未曾有。又赐贵妃虹霓屏，贵妃转赠国忠，屏系隋朝遗物，雕刻前代美人形像，各长三寸许，面目如生，所有服玩衣饰，都用众宝嵌成，水晶为底，非常精致，巧夺天工。国忠得此异宝，安放内厅楼上，尝与亲旧眷属等玩赏，无不啧啧称羡。

一日，国忠独坐楼上，看着屏上众美人，不觉神志痴迷，昏昏欲睡。才经就枕，忽见屏上诸美人，都走下屏来，各述名号，或说是裂缯人，或说是步莲人，或说是浣纱人，或说是当垆人，或说是解珮人，或说是拾翠人，或说是许飞琼，或说是薛夜来，或说是赵飞燕，或说是桃源仙子，或说是巫山神女，如此等类，不胜枚举。国忠似历历亲见，只是身不能转动，口不能发声。诸美女各用物列坐，少顷有纤腰美女十余人，亦从屏上走下，自称楚章华宫踏摇娘，联袂作歌，声极清脆。但听歌中有二语云："三朵芙蓉是我流，大杨造得小杨收。"歌罢，有一女指国忠道。"床上庸奴，行将就毙，尚敢妄想我么？"言已，俱趋回屏上。这都是国忠幻梦，休作真看。国忠方似梦初醒，吓得冷汗遍体，急奔下楼，令家人将屏掩藏，封锁楼门，不敢再登，复转告贵妃。贵妃亦不欲再见，听令藏着。

已而国忠进位司空，长子暄得尚延和郡主，拜银青光禄大夫太常卿兼户部侍郎，季子昢得尚玄宗女万春公主，贵妃堂弟秘书少监鉴，得尚承荣郡主，杨氏一门，共计一贵妃，二公主，三郡主，三夫人，真是贵盛无比，震古铄今。又加赠杨玄琰为太尉齐国公，玄琰妻李氏为梁国夫人，都中特建杨氏家庙，由玄宗亲制碑文，御书勒石。玄珪进拜工部尚书，韩国夫人外孙女崔氏，为太子长男豫妃，虢国夫人子裴徽，尚太了女延光公主，徽妹为让帝宪季子妻，秦国夫人子柳潭，尚太子女和政公主，潭兄澄子尚长清县主，崔裴柳三家，俱与帝室联为甥舅，真个是乔松施荫，萝茑皆荣。

会秦国夫人病殁，杨铦亦死，国忠为诸杨翘楚，无论军国大事，均听国忠裁决，玄宗绝不过问，唯日与杨贵妃及韩、虢二夫人，征歌逐舞，连日不休。一日，正与杨妃偕宴，适蓬莱宫中的园史，献入柑子一百五十余枚，内有一颗，乃是联合生成，玄宗见了，很是惊喜，便语贵妃道："这柑子的原种，是从江陵进来，味颇甘美，朕特命留种，在蓬莱宫中栽植，生成了好几株，一向只有花无实，就使结了几颗，也甚寥寥，今秋却得了若干，并有这个合欢实，岂非奇事？"说着，即将合欢实取了，递与贵妃，便道："此果可好么？"贵妃正接果玩赏，玄宗又说道："草木也知人意，朕与妃子同心一体，所以结此合欢实，应该二人同食，并应祯祥。"随命左右取过小刀，亲自剖开，半给贵妃，一半自食。玄宗以为祯祥，我谓剖分而食，便是合而复离之兆。此外一百余枚，遍赐宰臣。国忠即上表称贺，玄宗益喜，更命画工写合欢柑橘图，传示后世，徒自增丑。一面赐民大酺。玄宗亲御勤政楼，大集妃嫔及诸王，并宰相以下诸大臣，张杂乐，设百戏，任民纵观，侈然有与民同乐的意思。

当时教坊中有王大娘，善戴百尺竿，竿上加一木山，状如瀛州方丈，使一小儿手持绛节，出入自如，信口作歌。王大娘舞竿不已，却正与小儿的歌声节奏，两两相应。玄宗拍手称赏，随命左右宣刘晏登楼。晏字士安，曹州人氏，幼甚颖慧，八岁即献颂行在，玄宗目为神童，授秘书省正字，至是尚止十龄，也在楼下看戏，一闻召命，立即上楼。玄宗命他即事题诗，贵妃插入道："不如令咏王大娘戴竿。"晏即应声道："楼前百戏竞争新，唯有长竿妙入神。谁谓绮罗翻有力，犹自嫌轻更着人。"此诗也不过尔尔。贵妃笑道："出口成章，不愧神童。"遂将晏抱置膝上，亲为理发。玄宗也握手问道："朕命汝为正字，汝究竟正得几字？"晏即答道："别字都正，只有一朋字未正。"借端讽谏，颇寓特识。玄宗称善。待发已理讫，即命赐牙笏锦袍，且面奖道："汝他年必能自立，勿自傍人门户呢。"晏叩首拜谢。

玄宗又传李供奉吹笛，李供奉就是李暮，他本是吹笛能手，因闻玄宗善制新曲，尝在华清宫外，窃听曲声，得将新曲尽行领会，惟妙惟肖。玄宗偶与高力士微服外游，适值李暮吹笛，腔调与宫中相同，不由得惊诧起来。原来玄宗洞晓音律，所谱新曲，往往托为神女相传，得诸梦境，除上文所述霓裳羽衣，及凌波各曲外，尚有紫云回，尚有春光好，尚有荔枝香，种种曲调，都是玄宗自制，称为秘曲。此次闻李暮所吹，无非是自制新声，遂令力士挨户查访。既知李暮下落，即召他入见，命为宫内供奉。暮悉心研究，益尽所长，所以玄宗命他登楼奏技，一经吹出，回环转变，响遏行云。嗣又进马方期，鼓方响，李龟年吹觱栗，张野狐拍箜篌，雷海青弄铁拨，贺怀智敲檀板，俱是乐工中的名角，擅胜一时。杨贵妃也兴高采烈，击磬节音。玄宗更敲了数通羯鼓，算做收场。大众散去，玄宗当即还宫。

此后除宴赏外，往往寻出消遣的法儿，或弈棋斗胜，或掷骰赌采，一日，与诸王弈棋，玄宗稍不经心，误下棋子数枚，势将败北。贵妃正在观弈，手中抱着一只白猫，叫作雪猧儿，看着玄宗着急，即纵猫入枰，霎时将棋子爬乱。玄宗不觉大喜，暗地里深感贵妃。越日与贵妃掷骰，贵妃已占胜色，玄宗将要输了，唯掷得重四，尚可转败为胜，一面掷，一面连呼重四，那骰子辗转良久，方才摆定，玄宗一瞧，果然两个四点，便大笑道："似朕的呼卢，技术如何？"贵妃自然奉承数语。玄宗又回顾高力士道："此重四殊合人意，可赐以绯。"力士领旨，便将骰子第四色，都用胭脂点染，如今骰子上四色成红，便从此始。玄宗虽尚风雅，但不配为天下主

当玄宗掷成重四时，架上的白鹦鹉，也连声喝采，待至呼卢已毕，玄宗因事外出，贵妃忽向鹦鹉道："雪衣女！你也晓得凑趣吗？"原来这白鹦鹉本产自广南，为安禄山所得，转献宫中，贵妃爱他如宝，呼为雪衣女。自此鸟入宫后，经贵妃随时教导，洞晓言词，益解人意，因闻贵妃与语，似赞非赞，随即答道："雪衣女得承恩宠，已是有年，今日尚能侍奉，他日恐不能再侍了。"贵妃惊问何故？他却自说梦得恶兆，为鸷鸟所搏。贵妃道："梦兆不足凭信，你若心怀不安，我便教你多心经，可以转祸为福。"鹦鹉答道："谢娘娘厚恩！"贵妃乃令侍女添香，庄诵多心经。鹦鹉随听随学，经贵妃念了十多遍，鹦鹉也居然上口，自能念诵了。贵妃每日早起，命

鹦鹉念经，稍有错误，即与教正。鹦鹉念得纯熟非常，约过了两三月，玄宗与贵妃闲游别殿，令鹦鹉随辇同行。鹦鹉兀立辇竿上面，突有飞鹰下掠，搏击鹦鹉，鹦鹉连呼救命，侍从慌忙救护，鹰虽飞去，鹦鹉已经受伤，迟至半日，竟尔死了。贵妃很是痛悼，好似丧女一般，玄宗也为叹惜，命将鹦鹉瘗后苑中，呼为鹦鹉冢。可见多心经原是无用，村媪俗妇，奈何不悟？自后贵妃闲着，尝追念鹦鹉，暗中堕泪，两颊生红，愈觉娇艳可爱。宫婢侍女，却故意摹效，用红粉搽抹两颊，号为泪妆。

贵妃有肺渴疾，常含着玉鱼儿，取凉润津。一日，偶患齿痛，玉鱼儿也含不得，闷闷地倚坐窗前。玄宗见她颦眉泪眼，愈增怜爱，每语贵妃道："朕恨不能为妃子分痛呢。"后人传杨妃韵事，除醉酒出浴泪妆外，尚有病齿图留贻世间，曾有名士题眉云："华清宫，一齿痛；马嵬坡，一身痛；渔阳鼙鼓动地来，天下痛。"这真是说得沉痛呢。

天宝十四载六月，玄宗与贵妃幸华清宫避暑，至秋还宫，适安禄山表请献马，共三千匹，每匹执鞚夫二人，且遣蕃将二十二人部送。玄宗意欲准请，忽又接到河南尹达奚珣密奏，说："禄山包藏祸心，不可不防。"乃遣中使冯神威，赍着手诏，往谕禄山，略言："献马宜俟冬令，官自给夫，无烦本军。十月间卿可自来，朕在华清宫特凿汤池，与卿洗尘。"云云。禄山接到手诏，竟踞坐胡床，并不下拜，但问道："圣上安否？"神威答一"安"字。禄山又道："马不许献，亦属无妨，十月内我自当来京，何必召我。"说至此，即令左右引神威至馆舍，竟不复见。越数日即行遣还，亦无复表，神威返见玄宗道："臣几不得见大家。"大家二字，就是宫中对着皇上的通称。玄宗还似信非信。看官阅过上文，应知禄山早蓄反意，不过禄山还有一些天良，自思皇恩不薄，拟俟宫车晏驾后，再行起事，怎奈右相杨国忠，屡次激动禄山反谋，先翦禄山羽翼，竟将前日互相往来的吉温，也视同仇家，贬为澧阳长史，又令京兆尹，围捕禄山故友李超等，送诣御史台狱，一并处死。禄山子庆宗，尚宗女荣义郡主，留传京师，每遇国忠举动，必密报禄山。禄山忍无可忍，遂于天宝十四载十一月中，潜与严庄、高尚、阿史那承庆等密谋，佯称奉到密敕，令入朝讨杨国忠。诸将无敢异言，遂大阅兵马，调集本部及奚、契丹兵，共十五万人，鼓行而南。

这时玄宗全不预防，还亲至华清宫，督令凿池，待禄山到来，与他洗尘，贵妃当然随往。会当梅花开放，泄漏春光，玄宗挈贵妃赏梅，引动清兴，先令贵妃吹了一套玉笛，然后亲击羯鼓一通，统用着春光好的音调。先是玄宗在内殿庭中，击鼓催花，桃杏齐放，所以此次赏梅，也照样击鼓，欲催梅花盛开，以便留玩。鼓声已止，正与贵妃小饮，忽见一人跟跄趋入道："安禄山反了！请陛下火速遣兵，北讨反贼。"玄宗惊道："有此事么？恐系谣言。"国忠道："河北郡县，统已降贼，北京留守杨光翙，已被他赚去，还好说是不反么？"玄宗尚沉吟不答。贵妃在旁插嘴道："陛下待禄山甚厚，几似家人父子一般，他若恃宠生骄，习成狂肆，或未可知。至如造反一事，妾想他未必敢然。他子庆宗，尚主留京，他若造反，难道连儿子都不管么？"三人所言，各有私意。原来贵妃尝记念禄山，每当外国贡献方物，遇有奇珍，必遣密使私赠，因此禄山造反，尚欲出言回护。玄宗随答道："我也疑是谣传，或因有人加忌，诬架禄山呢。"国忠见他一倡一和，气得面色发青。玄宗令他出外探明，方才趋出。

过了一日，太原守吏，详报禄山反状，东受降城，亦报禄山已反。国忠又从内侍辅璆琳处，搜得禄山逆书，约为内应，报知玄宗。玄宗方知禄山真反，便与国忠商议讨逆。国忠反有矜色，且夸口道："臣早知他必反，但谋反只一禄山，将士未必心愿，臣料他不出旬日，便传首入都了。"谈何容易？玄宗转忧为喜，遂命国忠拘住辅璆琳，讯实杖毙，一面派使至东京河东，招募勇士。是时承平日久，人民不识兵革，猝闻范阳叛乱，远近震骇。禄山引兵渡河，到处瓦解，警报连达行宫，玄宗又未免忧烦。可巧安西节度使封常清入朝，即由玄宗传见，询及讨贼方略。常清大言道："今太平已久，所以人不知兵，望风怕贼。唯事有顺逆，势有奇变，臣愿走马东京，开府库，募骁勇，拨马渡河，决取逆胡首级，归献阙下。"又是一个狂人。玄宗大喜，即授常清为平阳平卢节度使，募兵东征。常清即日辞行，乘驿至东京，募得兵六万名，堵截河阳桥，控制叛军。

禄山至博陵，部将何千年，正诱执杨光翙，往见禄山。禄山将光翙杀死，令田承嗣、安忠志、张孝忠为前锋，直指藁城。常山太守颜杲卿，力不能拒，乃与长史袁履谦，出城往迎，禄山赐杲卿金紫，令仍守常山。杲卿阳受伪命，暗中却秣马厉兵，为讨贼计，且遣使告知从弟真卿，连兵相应。真卿系颜师古五世从孙，与杲卿同五世兄，时任平原太守，既接兄书，又修城浚濠，招丁壮，实仓廪，锐志讨贼。那禄山总道他是白面书生，不足深虑，但檄真卿募兵防江津。真卿遣司兵李平，绕出间道，持着伪檄，入奏玄宗。玄宗闻河北郡县，统已附贼，尝长叹道："二十四郡，乃无一义士么？"**何人为君，乃令至此？** 至李平入奏，乃大喜道："朕不识颜真卿作何状，独能为国效忠呢？"遂慰遣李平，令归报真卿，讨贼立功，定当厚赏，自挈贵妃还朝，斩禄山子庆宗，赐荣义郡主自尽。**郡主却是枉死。** 召朔方节度使安思顺为户部尚书，进朔方右厢兵马使兼九原太守郭子仪为朔方节度使，授右羽林大将军王承业为太原尹，特置河南节度使，领陈留等十三郡，即以卫尉卿张介然充任，命程千里为潞州长史，凡郡县当贼冲道，悉置防御使。更特简第六子荣王琬为元帅，左金吾大将军高仙芝为副，统诸军东征，出内府钱帛，就京师募兵十一万，旬日毕集，号为天武军。其实统是市井乌合，不堪一战。高仙芝带领五万人，出发京师，玄宗偏令宦官边令诚监军，往屯陕州。**宦官监军自此始。**

安禄山渡河南行，攻陷灵昌郡，进逼陈留郡。河南节度使张介然，甫至陈留，禄山已率兵到来，太守郭纳，竟开城出降。剩下一个赤手空拳的张介然，如何抵敌？眼见得束手被擒，完结性命。禄山才闻庆宗被杀，不禁恸哭道："我何罪？乃杀我子。"**背主造反，尚说无罪，一何可笑！** 遂将陈留降卒，尽行屠戮，聊泄怨恨，更引兵向荥阳。太守崔无诐麾众拒守，众闻鼓声，自坠如雨，被禄山乘势陷入，杀死无诐，再驱铁骑至武牢，与封常清对垒。常清手下，统是新近招募，未经训练，怎禁得蕃朔健奴，怒马入阵？顿时纷纷败下，奔回东京。叛骑追至城下，四面鼓噪，常清出战又败，退守城内，又被叛骑突入，巷战又败，只好环墙西走。**连用三又字，见得常卿毫不中用。** 河南尹达奚珣迎降禄山，留守李憕及御史中丞卢弈，采访判官蒋清，均为所执。弈责禄山忘恩负义，且顾语贼党道："为人当知顺逆，我死不失节，尚有何恨，看汝等能横行几时？"禄山怒喝左右，将弈剐死，并杀李憕、蒋清，枭三人首，令部将段子光，持首谕河北诸郡，复进兵逼陕。封常清已奔陕会高仙芝，语仙芝道："贼势甚盛，锐不可当，常清连日血战，均被杀败，看来此处亦不可保，不如退据潼关，屯兵固守，尚可保全长安哩。"仙芝从常清言，遂趋还潼关，缮完守备。禄山令部将崔乾佑入陕，自己还驻东京，拟僭称帝号，且遣党羽张通晤为睢阳太守，向东略地。郡县官多望风降走，唯嗣吴王祗**即信安王祎弟。** 方守东平，与济南太守李随，励众拒贼。单父尉贾贲，奉吴王祗令，募集吏民，诱斩通晤，山东少安。

玄宗以祗为灵昌太守，兼河南都知兵马使。又授第十三子颖王璬为剑南节度使，第十六子永王璘为山南节度使。二王暂不出阁，但令江陵长史源洧副璘，蜀郡长史崔圆副璈，代行职权。唐廷常命诸王出镇，往往奉诏不行，有名无实。这也是当时一大误处。一面且下诏亲征，令太子监国。偏杨国忠吃一大惊，忙与韩、虢二夫人商议道："太子素嫉我家，若一旦监国，我等兄妹，都危在旦夕了，奈何奈何！"虢国夫人道："不如入白贵妃，留住御驾，不令亲征，方保万全。"**看你等果能万全否？**国忠道："快去快去！"虢国夫人遂邀同韩国夫人，入宫告知贵妃。贵妃乃脱去簪珥，口衔黄土，匍匐至玄宗前，叩首哀泣。玄宗惊问何事？贵妃流泪道："兵凶战危，陛下奈何自冒不测？妾受恩深重，怎忍远离左右？自思身为妇女，不能随驾出征，情愿碎首阶前，仰酬圣眷。"说罢又伏地大哭。看官！你想此时的玄宗，尚能不为所迷么？小子有诗叹道：

> 无端衔土阻亲征，身命关怀社稷轻。
>
> 试问翠华西幸日，可曾随驾保残生？

究竟玄宗果否亲征，且至下回分解。

前半回历叙唐宫乐事，见得玄宗情恋爱妃，凡骄侈淫佚诸事，无乎不备，而祸乱即因是乘之。盈廷大臣，不闻一言匡正，独得一垂髫童子，以"朋"字未正为戒，玄宗非不知赞赏，而卒未悟杨氏之萦私结党，是毋乃所谓天夺之魄、自速祸乱者欤？杨国忠与安禄山，皆小人之尤，气类相求，宜欢好无间，乃始则亲近之，继则构害之，中以危法，冀其速败，彼狼子野心，宁肯忐忐觍觍，拱手就戮，始信君子能用君子，小人必不能容小人也。河北河南，相继沦没，玄宗下命亲征，令太子监国，委靡之余，忽能奋发，未始非阴阳消长之机，而国忠复商令贵妃，衔土哀阻，卒致寝事。呜呼玄宗！身为人主，乃受制于一妇人之手，其欲不致危乱也得乎？危而犹存，乱而不亡，吾犹为玄宗幸矣。

第十七回

失潼关哥舒翰丧师
驻马嵬杨贵妃陨命

却说玄宗因贵妃哀请，竟为所动，遂将亲征命令，停止不行。适监军宦官边令诚，自潼关回来，奏称封常清虚张贼势，摇动军心，高仙芝弃陕地数百里，且偷减军士粮赐，顿时恼动玄宗，即命令诚赍敕驰往，就军中立斩封高二人。看官阅过前回，应知常清仙芝，原非良将，但令诚所奏却是多半虚诬，先是常清战败，屡遣使表陈贼势，猖獗可畏，幸勿轻视，玄宗已疑他情虚畏罪，故事张皇，及常清与令诚相见，毫无馈遗，令诚引为恨事；又尝向仙芝前，有所干请，仙芝亦未肯照行，为此种种情由，遂轻身诣阙，诬害两人。至赍敕驰往潼关，先令常清出关听敕，宣读未终，即将他一刀杀死；再进关会晤仙芝。仙芝正欲问及朝事，令诚即开口道："大夫亦有恩命。"仙芝乃下阶跪伏，听宣诏敕。令诚朗声读毕，仙芝道："我遇贼即退，罪固当死，但谓我偷减粮赐，我何尝有这等事情。上有天，下有地，究竟是冤诬我呢！"令诚瞋目道："你敢违旨么？"仙芝道："我原说是应死，不过死也要死得明白，冤枉事究须声明。"令诚道："既已愿死，何必多言。"遂将仙芝绑出，斩首了事。纲目书杀不书诛，正因他死非其罪。将士相率呼冤，只因敕命煌煌，不敢反抗，没奈何含忍过去。

令诚使将军李承光，暂摄军篆，过了数日，前陇右兼河西节度使哥舒翰，受命为兵马副元帅，统兵六万，来到潼关。翰本因疾入朝，留养京师，玄宗欲借他威名，且闻他与禄山未协，因迫令统军出征。授御史中丞田良邱为行军司马，起居郎萧昕为判官，蕃将火拔归仁等，各率部落随行。翰抱病未瘳，不能治事，悉把军务委任良邱。良邱又不敢专决，使李承光管辖步兵，王思礼管辖骑兵。二人争长，兵权不一，再经翰用法严苛，待下少恩，于是潼关二十万官军，统皆灰心懈体了。**为下文失关张本。**

是时安禄山尚留据东京，僭称大燕皇帝，改元圣武，用达奚珣为侍中，张通儒为中书令，高尚严庄为中书侍郎，分兵四出，威胁大河南北等郡。平阳太守颜真卿，已捕诛禄山部将段子光，收李憕、卢奕、蒋清首级，编蒲为身，棺殓埋葬，发丧受吊，厉兵讨贼。**段子光为禄山所遣，事见前回。**景城河间博平诸郡县，俱杀死伪官，响应真卿。常山太守颜杲卿，与真卿遥为犄角，彼此通书商议，拟连兵断贼归路，牵制禄山，免致西轶。贼将高邈、何千年至常山，被杲卿擒住，河北十七郡，同时归附。唯范阳、北平、密云、渔阳、汲邺六郡，尚属禄山。杲卿又密使人入渔阳，招降贼将范循，循迟疑未决。郏城人马燧，潜劝范循道："禄山负恩悖逆，终当破灭，君若举范阳归国，覆他巢穴，这是最大的功劳，此机不宜坐失哩。"循意亦少动。不料为别将牛润容所闻，遽报禄山，禄山召循至东京，把他枭首，**循若有意归国，何必赴召，这真叫作该死。**遂令骁将史思明、蔡希德等，率大兵往攻常山。杲卿正缮城凿濠，为守备计，猝遇贼兵到来，未免着忙，急发使诣太原，乞请援师。太原尹王承业拥兵不救，累得杲卿势孤援绝，拒战数昼夜，终被贼兵攻入。杲卿及长史袁履谦，巷战力尽，相继被执，由思明解送洛阳。禄山怒责杲卿道："汝前为范阳功曹，我荐汝为判官，不到几年，超至太守，何事负汝，乃敢造反？"杲卿亦张目骂道："汝本营州牧羊奴，天子擢汝为三道节度使，恩幸无比，何事负汝，乃敢造反？我世为唐臣，禄位皆为唐有，岂因汝奏荐，便从汝反么？今日为国讨贼，不幸被执，恨不能生啖汝肉，怎得谓反？臊羯狗，要杀便杀，毋庸多言。"**义声卓著。**禄山大怒，命将杲卿、履谦等，缚住柱上，一并磔死。二人骂不绝口，舌被割，胫被截，到死方休。颜氏一门，死义共三十余人。

思明既克常山，复引兵进击诸郡，诸郡均不能守，复为贼有。独饶阳太守卢全诚，始终不受伪命，登陴固守，为思明所围。朔方节度使郭子仪，方收云中，拔马邑，开东陉关，出讨逆贼。唐廷命进取东京，子仪表荐兵马使李光弼，具有将才，可当方面，乃有诏授光弼为河东节度使。子仪分朔方兵万人，给与光弼，光弼遂领兵出井陉，进攻常山。常山为史思明所陷，留部将安思义居守，思义闻光弼到来，召集团练兵三千人，及部下番兵，登城守御。光弼射书谕降，为团练兵所得，竟将思义执住，送交光弼军前。光弼问思义道："汝自知当死否？"思义不答。光弼又道："汝久历行阵，看我此次出兵，能破思明否？汝为我计，应该如何？汝策可取，当不杀汝。"思义道："大夫远来疲敝，猝遇大敌，恐未易抵挡，不如按兵入守，量胜后进，窃料胡骑虽锐，未能持重，一不得利，气沮心离，那时方可与战，不患不胜了。"光弼甚喜，亲与解缚，即移军入城。思义复进言道："思明今在饶阳，去此不过二百里，昨晚羽书已去，料他必前来相援，公当速行筹备，毋致仓皇。"光弼乃安排弩矢，分弓弩手为二队，千人乘城，千人在城下待命，自与将士环甲以待，入夜更番守着，天尚未晓，外边已有鼓角声，继而喊声震地，史思明带着健骑二万人，直抵城下，光弼遣步卒五千，开东门出战，贼锋锐甚，鏖战不退。城上一声鼓响，千矢齐发，射毙贼兵多名，贼势稍却。光弼复令城下待命的弓弩手，分作四队，从东门驱出，接连发矢，与飞蝗相似，思明虽然凶悍，到此也未免惊慌，敛兵退去。未几有村民告知光弼，谓有贼兵五千，自饶阳来至九门，光弼即遣步骑各二千人，偃旗息鼓，掩击过去，把贼兵杀得一个不留。思明退入九门，分兵截常山粮道，郭子仪亲援光弼，合兵攻思明。思明开城搦战，大败亏输，贼众齐溃。贼将李立节，中箭毙命，蔡希德遁去。思明自知难支，奔至赵郡去了。

子仪光弼，纵兵追击，直抵赵郡，思明立脚不住，又转趋博陵。博陵城坚濠广，思明集众固守，子仪光弼，进攻不克，收兵退回。贼将蔡希德又还救思明，范阳贼将牛廷玠，也率万余人助思明，思明乃驱兵复出，蹑击唐军。子仪等方至恒阳，固垒不战，思明顿兵已久，俱有倦志，乃退至嘉山。哪知子仪光弼，分左右翼杀来，一时堵截不住，纷纷溃走，唐军大杀一阵，斩首四万级，捕获千余人，连思明都中矢落马，散发跣足，匆匆走脱，还守博陵。唐军大振，河北十余郡，均杀贼守将，奉款乞降。*中兴名臣，应推郭李，故起兵讨贼，备详战事。*是时真源令张巡，方克复雍邱，击退贼守令狐潮，平原太守颜真卿，时任河北采访使，进拔魏郡，击败贼守袁知泰。北海太守贺兰进明，与真卿合兵，受职河北招讨使，攻克信郡。颍川太守来瑱，前后破贼甚众，贼呼为来嚼铁。河南节度使，改任高祖孙嗣虢王巨，亦引兵解南阳围。平卢贼将刘客奴等通书颜真卿，愿取范阳自赎。真卿遣判官贾载，助给衣粮，并遣子为质，一面请命朝廷，特授客奴为平卢节度使，赐名正臣。<small>总括一段，简而不漏。</small>禄山闻各处警信，惊惶得了不得，便召高尚严庄入詈道："汝等教我造反，以为计出万全，今前阻潼关，兵不得进，北路一带，尽成敌国，又不得退，尚好说是万全么？"高严两人，无词可答，怀惭而退，好几日不敢复见。可巧田乾真自潼关退还，入劝禄山道："自古帝王创业，均有胜负，怎能一举即成？尚庄皆佐命元勋，一旦严谴，诸将谁不懈体，那时进退两难，真正失计呢。"禄山乃悟，复召入尚庄，置酒款待，和好如初。因复令崔乾佑自陕进兵，又遣孙孝哲、安神威等继进，待再攻潼关不下，才归范阳。计议已定，仍在洛阳待着。

潼关元帅哥舒翰，曾两却贼兵，副使王思礼密语翰道："禄山造反，以诛杨国忠为名，若公留兵三万人守关，自率精锐还长安，入清君侧，这也是汉挫七国的秘计呢。"<small>指汉诛晁错事。</small>翰摇首道："若照汝言，是翰造反，并不是禄山造反呢。"<small>此说还是有理。</small>时户部尚书安思顺，与禄山同宗，前曾奏言禄山必反，所以免坐。翰独与他有隙，伪为贼书，献诸阙下。书中系结思顺为内应，不由玄宗不惧，且因翰疏陈思顺七罪，即令赐死。国忠欲营救思顺，正苦无法，又闻王思礼密谋，益加悯惧，遂募万人屯灞上，令亲信杜乾运为将，托名御贼，实是防翰。翰知国忠私意，表请灞上军拨隶潼关，并诱乾运议事，枭首以徇。于是国忠愈加怨恨，遂日促翰出关讨贼。翰上言："禄山为逆，未得人心，应持重相待，不出数月，贼势瓦解，一鼓可擒"云云。玄宗颇以为然。偏国忠日进谗言，但说翰逗留不进，坐误军机，玄宗乃遣使四出，诇敌虚实，俄有中使返报，贼将崔乾佑，在陕兵不满四千人，又皆羸弱无备，应急击勿失。<small>想是国忠授意。</small>于是玄宗遂疑及翰，促他出兵。翰上书道："禄山用兵已久，岂肯无备？臣料他是羸师诱我，我若往击，正堕贼计。况贼兵远来，利在速战，官军据险，利在坚守，总教灭贼有期，何必遽求速效？现在诸道征兵，尚多未集，不如少安毋躁，待贼有变，再行出兵。"这书达到唐廷，又有郭子仪、李光弼联名奏陈，亦请自率部军，北取范阳，捣贼巢穴，令贼内溃，潼关大军，但应固守敝贼，不宜轻出等语。<small>郭李所见更是妥当。</small>玄宗迭览两疏，意存犹豫。国忠独进言道："翰拥兵二十万，不谓不众，就使不能复洛，亦当复陕，难道四五千贼兵都畏如蛇蝎么？若今日不出，明日不战，老师费财，坐待贼敝，臣恐贼势反将日盛，官军且将自敝呢。"这一席话，又把玄宗哄动，一日三使，催翰出关。国忠不忌翰，不致速死，玄宗不促翰，不致出奔。翰窘迫无计，只好引军东出，临行时抚膺恸哭，害得全军丧胆，未战先慌。这便是败亡预兆。行至灵宝西原，望见前面已扎贼军，南倚山，北控河，据险待着。翰令王思礼率兵五万，充作前锋。别将庞忠等，引兵十万接应，自率亲兵三万，登河北高阜，扬旗擂鼓，算做助威。那贼将崔乾佑，带着赢卒万人，前来挑战，东一簇，西一群，三三五五，散如列星，忽合忽离，忽前忽却，官军见他行伍不齐，全无军法，都不禁冷笑起来。先哭后笑，都是无谓。当下麾军齐进，甫及贼阵，乾佑即偃旗退去。思礼督军力追，庞忠继进，渐渐地走入隘道，两旁都是峭壁，不由得胆战心惊，正观望间，只听连珠炮响，左右山下，统竖起贼旗，木头石块，一齐抛下，官军多头破血流，相率伤亡。思礼亟令倒退，偏庞忠的后军，陆续进来，一退一进，顿致前后相挤，变成了一团糟。崔乾佑煞是厉害，又从山南绕至河北，来击哥舒翰军。翰在山阜遥望，见思礼、庞忠两军，未曾退归，那贼兵又鼓噪而至，料知前军失手，忙用毡车数十乘，作为前驱，自率军从高阜杀下，拦截乾佑来路。乾佑见翰军前拥毡车，不宜发矢，竟用草车相抵，乘风纵火。看官试想！毡是引火的物件，一经燃着，哪里还能扑灭？并且贼军据着上风，翰军碰着逆风，风猛火烈，烟焰飞腾，霎时间天黑如晦，翰军目被烟迷，自相斗杀，及至惊悟，又被贼军捣入，阵势大乱，尸血模糊。一半弃甲入山，一半抛戈投河。翰率麾下百余骑，西奔入关，关外本有三堑，阔二丈，深一丈，专防贼兵冲突，自官军陆续奔回，时已昏夜，黑暗中不辨高低，多半陷入堑中，须臾填满，后来的败兵，践尸而过，几似平地。翰检点兵士，只剩得八千多人，不禁大恸，忽由火拔归仁入报道："贼兵将到关下了。"翰惶急道："现在兵败势孤，不堪再战，我只有到关西驿，收集散卒，再来保关，君且留此御贼，待我重来协守。"言毕即行。归仁留居关上，竟通使乾佑，愿执翰出降。乾佑乃进屯关下，专待归仁出来。归仁竟率百余骑，至关西驿，入语翰道："贼兵到了，请公上马！"翰上马出驿，归仁率众叩头道："公率二十万众出征，一战尽覆，尚何面目再见天子？且公不闻高仙芝、封常清故事么？今为公计，只有东行一策，还可自全。"翰叹道："我身为大帅，岂可降贼？"说至此，便欲下马。归仁喝令随骑，竟将翰足系住马腹，策鞭拥去。余众不肯从降，亦被缚住，驱出关外，往降乾佑。适值贼将田乾真，来接应乾佑军，即囚翰等送洛阳。禄山召翰入见，狞笑道："汝常轻我，今果何如？"翰匍伏道："臣肉眼不识圣人。"*一念贪生，天良尽丧。* 禄山大喜，命翰为司空，及见火拔归仁，却怒叱道："汝敢叛主，不忠不义，留汝何用？"立命左右将他推出，一刀两段。*禄山此举，颇快人意，但自问果无愧否？* 遂令崔乾佑留据潼关，促孙孝哲、安神威等西功长安。

玄宗闻潼关紧急，方拟遣将往援，蓦闻潼关败卒，驰走阙下，报称哥舒翰败没状，不由得魂飞天外，忙召宰相杨国忠等商议。有说宜调兵亲征，有说宜征兵勤王，独国忠提出幸蜀两字，称为上策。*原是三十六策的上策。* 议至日暮，尚未决定，忽又有候吏入报道："今日平安火不至，莫非有急变不成？"玄宗益觉惊惶。看官道平安火是何物？原来唐朝制度，每三十里设一烽堠，日晓日暮，各放烟一次，叫作平安火。此火不燔，显见得是不平安呢。玄宗再问国忠，国忠道："臣尝兼职剑南节度使，早令副使崔图，练兵储粮，防备不测，目下远水难救近火，且由车驾暂幸西蜀，有恃无恐，然后征集各道将帅，四面蹙贼，管保能转危为安呢。"*狡兔原善营窟，可惜猎犬不容。* 玄宗踌躇半晌，方道："且至明日再议！"国忠等依次散归。

韩、虢两夫人，闻知消息不佳，已在国忠第中，等待国忠还商，国忠慌慌张张地回来，见了两妹，便连声道："走！走！走！"两夫人问为何事？国忠道："潼关失守，贼兵将要入都，此时不走，还待何时！"两夫人急着道："走到哪里去？"国忠道："我已劝皇上幸蜀，蜀中是我故乡，饶有家产，且有险可守，不怕贼兵飞至，我等仍然不失富贵，怎奈皇上尚依违两可，未肯照行。"虢国夫人应声道："赴蜀原是上策，皇上不从，何弗令贵妃劝导？"这一句话，把国忠提醒，便要两夫人乘夜入宫。约至夜半，两夫人回来，报称皇上已应允赴蜀，定于明日晚间起程，但事关秘密，嘱勿漏泄风声。国忠道："这个自然，今夜已迟，彼此安寝，明晨各摒挡行李罢！"两夫人唯唯而去。

国忠睡了半夜，一闻鸡声，即已起床，命仆役整顿行装，自己草草盥洗，便即入朝。到了朝堂，寂无一人，待至许久，方有几个官吏到来，问及军谋，国忠佯作不知。既而内监出来，召国忠入内殿，国忠奉召进去，密谈多时。玄宗乃出御勤政楼，下亲征诏，命京兆尹魏方进为御史大夫，兼置顿使。少尹崔光远为京兆尹，充西京留守。内官边令诚掌宫闱管钥。又命剑南道预备储峙，只说新授节度使颍王璬，将启节至镇。一班王公大臣，见了这等诏敕，统私自疑议，未识玄妙。及玄宗还宫，移仗北内，傍晚又有密诏传出，独给龙武大将军陈玄礼，令他整缮六军，厚赐钱帛，选闲厩马九百余匹，夜半待用。外人都莫明其妙。到了翌晨，尚有大臣入朝，至宫门前，漏声依然，卫仗亦照常陈列。俄而宫门大启，宫人一拥出来，多半是乱头粗服，备极仓皇，及问明情由，都说皇上贵妃等不知去向，于是内外抢攘，立时大乱。原来是日黎明，玄宗已率同贵妃，及皇子妃主皇孙，并杨国忠兄妹，同平章事韦见素，御史大夫魏方进，龙武大将军陈玄礼，宫监将军高力士等，潜出延秋门，向西径去。

行过左藏，国忠请将库藏焚去，免为贼有。玄宗愀然道："贼若入都，无库可掳，必屠掠百姓，不如留此给贼，毋重困吾赤子。"及出都行过便桥，国忠又命将桥焚毁，玄宗又道："士民各避贼求生，奈何绝他去路？"乃回顾高力士道："你且留此，带着数人，扑灭余火，再行赶来。"**玄宗尚有仁心，所以得保首领。**力士领旨，把火扑灭，仍将桥梁留着，然后西行扈跸。玄宗行至咸阳望贤宫，令中使驰召县令，促令供食，哪知县令早已逃去，没人肯来供应。日已过午，玄宗以下，均未得食，国忠自购胡饼，献与玄宗。玄宗乃命人民献饭，立给价值，人民乃争进粗粝，杂以麦豆。皇子皇孙等用手掬食，须臾即尽。当由玄宗量给价钱，好言抚慰，大众皆哭，玄宗亦挥泪不止。有一白发老翁，曳杖前来，走至御前，伏地陈词道："小民郭从谨，敢献刍言，未知陛下肯容纳否？"玄宗道："汝且说来！"从谨道："禄山包藏祸心，已非一日，从前陛下误宠，致有今日，小民尚记得宋璟为相，屡进直言，天下赖以安平，近年朝无良相，谀臣幸进，阙门以外，陛下皆无从得知，小民伏居草野，早知祸在旦夕，所恨区区愚诚，无从得达，今日才得睹天颜，一陈鄙悃，但已自觉无及了。"玄宗太息道："朕也自悔不明，已追悔无及哩。"随命从谨起来，遣令归家。从行军士，尚未得食，乃令散诣村落，自去求食。待至日昃，军士复集，乃得再进。夜半始达金城馆驿，驿丞早逃，暗无灯火，大众疲倦得很，席地就寝，也不管什么尊卑上下了。**玄宗本不知尊卑上下，应该有此结局。**

次日早起，适王思礼自潼关奔回，报明哥舒翰降贼，玄宗即授思礼为陇右河西节度使，指日赴镇，收合散卒，徐图东讨。思礼退见陈玄礼，密与语道："杨氏误国致乱，奈何尚在君侧？我早劝哥舒翰表诛国忠，渠不见从，遂致受擒，将军何不为国除奸呢？"玄礼点首。思礼遂辞玄宗，仍然东去。玄宗启行至马嵬驿，正挈贵妃入驿休息，但听得驿门外面，喊杀连天，吓得玄宗面色如土，贵妃更银牙乱战，粉脸成青，亟命高力士往外查明。至力士还报，才知杨国忠父子，与韩国夫人，已被禁军杀死。玄宗大惊道："玄礼何在？"御史大夫魏方进在侧，便道："由臣出探，究为何事？"言毕趋出，见外面禁军，已将国忠首级，悬示驿门，并把肢体脔割，不由得愤愤道："汝等如何擅杀宰相？"道言未绝，那军士一拥而上，又将方进砍成数段，同平章事韦见素，出视方进，也为乱军所殴，血流满地。旋闻有数人出阻道："勿伤韦相公！"见素方得退入驿中，报知玄宗，玄宗正没法摆布，那外面仍然喧扰不休。高力士请玄宗自出慰谕，玄宗乃硬着头皮，扶杖出门，慰劳军士，令各收队。军士仍围住驿门，毫不遵旨，惹得玄宗焦躁起来，令力士出问玄礼。玄礼答道："国忠既诛，贵妃不宜供奉，请皇上割恩正法。"力士道："这恐不便入请。"军士听了，都哗然道："不杀贵妃，誓不扈驾。"一面说，一面有殴力士意。力士慌忙退还，向玄宗陈述。玄宗失色道："贵妃常居深宫，不闻外事，何罪当诛？"力士道："贵妃原是无罪，但将士已杀国忠，贵妃尚侍左右，终未能安众心。愿陛下俯从所请，将士安，陛下亦安了。"玄宗沉吟不语，返入驿门，倚杖立着。京兆司录韦谔，系韦见素子，亦扈驾在侧，即趋前跪奏道："众怒难犯，安危只在须臾，愿陛下速行处决。"玄宗尚在迟疑，外面哗声益甚，几乎要拥进门来。韦谔尚跪在地上，叩头力请，甚至流血。玄宗顿足道："罢了！罢了！"道言未绝，力士踉跄趋入道："军士已闯进来了，陛下若不速决，他们要自来杀贵妃了。"*一层紧一层，我为玄宗急煞。*玄宗不禁泪下，半晌才道："我也顾不得贵妃了。你替朕传旨，赐妃自尽罢！"力士乃起身入内，引贵妃往佛堂自缢。韦谔亦起身出外，传谕禁军道："皇上已赐贵妃自尽了。"大众乃齐呼万岁。小子曾记白乐天《长恨歌》中有四语道：

> 翠华摇摇行复止，西出都门百余里。
> 六军不发无奈何，宛转蛾眉马前死。

欲知贵妃死时情状，待至下回叙明。

　　哥舒翰之所为，不谓无罪，但守关不战，待贼自敝，未始非老成慎重之见，况有郭李诸将，规复河朔，固足毁贼之老巢，而制贼之死命者乎。国忠忌翰，促令陷贼，潼关不守，亟议幸蜀，陷翰犹可，陷天子可乎？唯国忠之意，以为都可弃，君可辱，而私怨不可不复，身命不可不保，兄弟姊妹，不可不安。自秦赴蜀，犹归故乡，庸讵知王思礼等之窃议其旁，陈玄礼等之加刃其后耶？杨玉环不顾廉耻，竞尚骄奢，看似无关治乱，而实为乱阶，蛊君误国，不死何待？历叙之以昭大戒，笔法固犹是紫阳也。

第十八回

唐肃宗称尊灵武

雷海青殉节洛阳

却说杨贵妃迭闻凶耗，心似刀割，已洒了无数泪痕；及高力士传旨赐死，突然倒地，险些儿晕将过去，好容易按定了神，才呜咽道："全家俱覆，留我何为？但亦容我辞别皇上。"力士乃引贵妃至玄宗前，玄宗不忍相看，掩面流涕。贵妃带哭带语道："愿大家保重！妾诚负国恩，死无所恨，唯乞容礼佛而死。"玄宗勉强答道："愿妃子善地受生。"说到"生"字，已是不能成语。力士即牵贵妃至佛堂，贵妃向佛再拜道："佛爷佛爷！我杨玉环在宫时，哪里防到有这个结局？想是造孽深重，因遭此谴，今日死了，还仗佛力，超度阴魂。"说至此，伏地大恸，披发委地。力士闻外面哗声未息，恐生不测，忙将贵妃牵至梨树下，解了罗巾，系住树枝。贵妃自知无救，北向拜道："妾与圣上永诀了。"阅至此，也令人下泪。拜毕，即用头套入巾中，两脚悬空，霎时气绝，年三十有八，系天宝十五载六月间事。力士见贵妃已死，遂将尸首移置驿庭，令玄礼等入视。玄礼举半首示众人，众乃欢声道："是了是了。"玄礼遂率军士免胄解甲，顿首谢罪，三呼万岁，趋出敛兵。玄宗出抚贵妃尸，悲恸一场，即命高力士速行殡葬，草草不及备棺，即用紫褥裹尸，瘗诸马嵬坡下。适值南方贡使，驰献鲜荔枝，玄宗睹物怀人，又泪下不止，且命将荔枝陈祭贵妃，然后启行。先是术士李遐周有诗云："燕市人皆去，函关马不归。若逢山下鬼，环上系罗衣。"

第一句是指禄山造反，第二句是指哥舒翰失关，第三句是指马嵬驿，第四句是指玉环自缢，至此语语俱验。国忠妻裴柔，与虢国夫人母子，潜奔陈仓，匿官店中，被县令薛景仙搜捕，一并诛死，这且不必絮述。

且说玄宗自马嵬启跸，将要西行，命韦谔为御史中丞，充置顿使，甫出驿门，前驱又逗留不进。玄宗复吃一大惊，遣韦谔问明情由，将士齐声道："国忠部下，多在蜀中，我等岂可前往，自投死路？"韦谔道："汝等不愿往蜀，将到何处？"将士等议论不一，或云往河陇，或云往灵武，或云往太原，或竟说是还都。谔还白玄宗，玄宗踌躇不答。谔进言道："若要还京，当有御贼的兵马，目今兵马稀少，如何东归？不如且至扶风，再定行止。"玄宗点首。谔因传谕众人，颇得多数赞成，乃扈驾前进。不意一波才平，一波又起，沿途人民，东凑西集，都遮道请留，提出"宫殿陵寝"四大字，责备玄宗。玄宗且劝且行，偏百姓来得越多，一簇儿拥住玄宗，一簇儿拦住太子，且哗然道："至尊既不肯留，小民等愿率子弟，从殿下东行破贼，若殿下与至尊，一同西去，试问偌大中原，何人作主？"玄宗乃传谕太子，令暂留宣慰，自己策马径行。<u>保全老命要紧，连爱子也不及顾了。</u>众百姓见太子留着，乃放玄宗自去。

太子尚欲上前随驾，语百姓道："至尊远冒险阻，我怎忍远离左右？且我尚未面辞，亦当往白至尊，面禀去留。"众百姓仍拦住马头，不肯放行。太子拟纵马前驱，冲出圈外，忽后面有两人过来，竟将太子马缰挽住，且同声道："逆胡犯阙，四海分崩，不顺人情，如何恢复？今殿下从至尊西行，若贼兵烧绝栈道，中原必拱手授贼了。人心一离，不可复合，他日欲再至此地，尚可得么？不如招集西北边兵，召入郭子仪、李光弼诸将，并力讨贼，庶或能克复二京，削平四海，社稷危而复安，宗庙毁而复存，扫除宫禁，迎还至尊，才得为孝，何必拘拘定省，徒作儿女子态度呢。"<u>唐室不亡，幸有此议。</u>太子闻言瞧着，一个是第三子建宁王倓，一个是东宫侍卫李辅国，正欲出言回答，又有一人叩马谏道："倓等所议甚是，愿殿下勿违良策，勿拂众情。"太子又复注视，乃是长子广平王俶，乃语俶道："你等既欲我留着，亦须禀明至尊，你可前去奏闻。"俶应声前行，驰白玄宗。玄宗叹道："人心如此，就是天意。"遂命将后军二千人，及飞龙厩马，分与太子，且宣谕道："太子仁孝，可奉宗庙，汝等善事太子便了。"又语俶道："汝去返报太子，社稷为重，不必念我。我前待西北诸胡，多惠少怨，将来必定得用，我亦当有旨传位呢。"俶叩谢而退，归语太子。太子即宣慰百姓，留图规复，百姓欢然散去。

看看天色将暮，广平王俶道："日薄西山，此地怎可久驻？应择定去向，方可依居。"建宁王倓道："殿下尝为朔方节度大使，将来按时致启，倓尚略记姓名，今河陇兵民，多半降贼，未便轻往，不若朔方路近，士马全盛，河西行军司马裴冕，曾在该处，他是衣冠名族，必无二心，若前去依他，徐图大举，方为上策。"大众统以为然，遂向北进行。途次遇着潼关败卒，误认为贼，竟与他交战起来，及彼此说明，两下已死伤了若干。乃收集残卒，策马渡过渭水，连夜驰三百余里。士卒器械，亡失过半。道出新平安定，守吏统已遁去，不便休息。及驰至彭原，太守李遵开城出迎，献上衣服及糗粮，拨助兵士数百人。太子不欲入城，复北行至平凉，阅监牧马，得数百匹。又募兵得五百余名，众心少定，乃发使往候玄宗。

玄宗已至扶风，士卒饥怨，语多不逊，陈玄礼不能制。**玄礼曾教猱升木，无怪其不能制驭。**适成都贡入春彩十余万匹，到了扶风。玄宗命陈列庭中，召将士入谕道："朕近年衰老，任相非人，以致逆胡作乱，势甚猖狂，不得已远避贼锋，卿等仓猝从行，不及别父母妻孥，跋涉至此，不胜劳苦，这皆为朕所累，朕亦自觉无颜。今将西行入蜀，道阻且长，未免更困，朕多失德，应受艰辛，今愿与眷属中官，自行西往，祸福安危，听诸天命，卿等不必随朕，尽可东归。现有蜀地贡彩，聊助行资，归见父母及长安父老，为朕致意，幸好自爱，无烦相念！"语至此，那龙目内的泪珠，已不知流落多少。将士均不禁感泣，且齐声道："臣等誓从陛下，不敢有贰。"玄宗哽咽良久，方道："去留听卿！"乃起身入内，命玄礼将所陈贡彩，悉数分给将士。将士乃相率效死，各无异言。**虽是玄宗权术，但亦可见人心向背之由来。**

玄宗即于次日动身，离了扶风，向蜀进发。行至散关，使颖王璬先行，寿王瑁继进。辗转到了河池，剑南节度副使兼蜀郡长史崔圆，奉迎车驾。且陈蜀土丰稔，兵马强壮等状。玄宗大喜，面授崔圆同平章事，相偕入蜀。到了普安，才接到平凉来使，由玄宗问明情形，即面谕道："朕早欲传位太子，一切举措，但教择当而行，朕自不为遥制。且朕在蜀平安，你可归报太子，勿劳记念！"来使领旨自去。忽由侍郎房琯，驰入谒见，伏地泣奏道："京城已被陷没了。"玄宗长叹数声，又问陷没后情形。琯对道："自陛下出都，京内无主，非常扰乱，臣与崔光远边令诚等，日夜弹压，秩序少定。过了十日，贼兵入都，臣等赤手空拳，如何对敌？本拟一死报恩，但念陛下入蜀，未知安否，所以奔赴行在，来见陛下一面，死也甘心。"都城情事，略借房琯口中叙过。玄宗道："如何卿只自来？"琯又道："崔光远、边令诚等，闻有通贼消息，余人亦首鼠两端，无志远行。"玄宗道："张均兄弟，奈何不来？"琯答道："臣曾邀与俱来，他也心存观望，不愿来此。"玄宗见力士在侧，便顾语道："汝说验否？"力士不禁惭赧，俯首无言。原来玄宗出奔，朝臣多未与闻，当奔至咸阳时，玄宗与力士测议，何人当来？何人不来？力士道："张均、张垍，世受厚恩，且连戚里，料必先来。垍尚玄宗女宁亲公主，已见前文。房琯为禄山所荐，且素系物望，陛下不令入相，未免怏怏，恐未必肯来呢。"玄宗摇首不语。至房琯驰谒，所以顾语力士，驳他前说，嗣复语力士道："汝只知其一，不知其二。从前陈希烈罢相，朕尝有相垍意，嗣由国忠荐入韦见素，乃令垍仍原职，朕已料他阴怀怨望，无意前来了。"力士愧谢。玄宗即进房琯同平章事。

琯请玄宗下诏讨贼，玄宗乃令太子为天下兵马元帅，领朔方、河北、河东、平卢节度使，规复东西二京。永王璘充山南、东道、岭南、黔中、江南、西道节度都使，盛王琦充广陵大都督，领江南东路，及淮南、河南等路节度都使。丰王珙充武威都督，领河西陇右安西北庭等处节度都使。琦珙皆玄宗子，后皆不行，唯永王璘出镇江陵，招兵买马，侈然自豪。暗伏下文。那太子亨太子凡四易名。且不待命至，竟先做起皇帝来了。语中有刺。太子至平凉后，朔方留后杜鸿渐，六城水陆运使魏少游，节度判官崔漪，支度判官卢简金，盐池判官李涵，相与谋议道："平凉散地，不足屯兵，唯灵武兵食完富，可以有为，若迎请太子到此，北收诸城兵，西发河陇劲骑，南向收复中原，确是万世一时的机会呢。"谋议既定，乃使涵奉笺太子，并将朔方士马兵粮总数，列籍以献。河西司马裴冕，驰抵平凉，正值李涵到来，遂同见太子，共劝他移节朔方。太子大喜，留冕为御史中丞，令涵转报杜鸿渐等，率兵来迎。鸿渐得报，遂留少游葺治行辕，自与崔漪率兵千人，驰抵平凉，进见太子，面陈机要，请太子即日启节。太子乃与裴冕、鸿渐等，同至灵武，但见宫室帷帐，俱仿禁中，膳食服御，备极富丽。太子慨然道："祖宗陵寝，悉被蹂躏，皇上又奔波川峡，我何忍安居耽乐呢？"遂命左右撤除重帷，所进饮食，概从减省。即此一念，已足致兴。军吏等盛称俭德，相率悦服。既而裴冕杜鸿渐等，复联名上笺，请太子遵马嵬命，即皇帝位，玄宗在马嵬时，虽有传位之言，并非正式下诏，裴冕等贪佐命功，因有此请，不足为训。太子不许。冕等一再上笺，尚不见允，乃同谒太子道："将士皆关中人，岂不日夜思归？今不惮崎岖，从殿下远涉沙塞，无非攀龙附凤，图建微功。若殿下只知守经，不知达权，将来人心失望，不可复合，前途反觉日危了。乞殿下勉徇众请，毋拘小节！"语虽近是，究竟勉强。太子乃即于七月甲子日，就灵武城南楼，即位称尊。群臣舞蹈楼前，齐呼万岁，是谓肃宗皇帝。遥尊玄宗为上皇天帝，大赦天下，即改本年为至德元年，即日改元，何其急急。命裴冕为中书侍郎，同平章事。杜鸿渐、崔漪，并知中书舍人事，改关内采访使为节度使，徙治安化，令前蒲关防御使吕崇贲充任，陈仓令薛景仙，升授扶风太守，兼防御使，陇右节度使郭英义，调任天水太守，兼防御使。朝局草创，诸事简率，廷臣不满三十人，武夫却骄慢异常，大将管崇嗣入朝，背阙踞坐，谈笑自若。监察御史李勉，上章弹劾，始将崇嗣系治，肃宗特旨宥免，且语左右道："我有李勉，朝廷始见尊重了。"

越数日，方接玄宗制敕，令充天下兵马元帅，肃宗不便遵行，乃遣使赍表入蜀，奏陈即位情形。至此才行奏闻，毋乃太迟。灵武距蜀千里，往返需时，肃宗既已称尊，也不管玄宗允否，当然亲裁大政，且特召故人李泌，入备咨询。泌字长源，世居京兆，幼时即以才敏著名，及长，上书言事，洞中时弊。玄宗欲授泌官职，泌固辞不受，乃令与太子游，联为布衣交。太子常称为先生，不呼泌名，偏杨国忠专相，恨他书词激切，奏徙蕲春，历久得归，隐居颍阳。此次肃宗北行，已发使敦请，泌义无可辞，乃应征就道，到了灵武，肃宗已是即位了。泌入见时，只好称臣，肃宗欢颜相待，令他旁坐，彼此问答多时，即欲任为右相。泌又固辞道："陛下屈尊待臣，视如宾友，比宰相更贵显得多了，臣有所知，无不上达，何必定要受职呢？"肃宗乃待以客礼，一如为太子时，出与联辔，寝与对榻，每事必咨，所言皆从，仿佛与刘备遇孔明，苻坚遇王猛相类。特叙此以志得人。泌遂替肃宗拟草，颁诏四方，说得非常痛切。

河西节度副使李嗣业，发兵五千。安西行军司马李栖筠，发兵七千，陆续驰达灵武。郭子仪、李光弼、颜真卿等，前闻潼关失守，俱引兵退还。平卢节度使王元臣败死，常山赵郡，又复失守，贼将令狐潮再图雍邱，还亏张巡控御有方，才得却敌。颜真卿闻肃宗新立，用蜡丸藏表，从间道遣达灵武。肃宗授真卿工部尚书，兼御史大夫，仍领河北采访使，亦用蜡丸传达，附以敕书。真卿颁下诸郡，又遍传河南江淮，诸道方知肃宗嗣位，渐有固志。郭子仪率兵五万入卫肃宗，留李光弼居守井陉，肃宗见了子仪，喜出望外，立授子仪为灵武长史，同平章事。又命李光弼留守北都，亦加同平章事官衔。灵武威声，自是渐振。到了九月初旬，韦见素、房琯、崔涣等，自蜀中奉传国宝，及传位诏册，来至灵武，由肃宗出城恭迎。原来玄宗自颁诏讨贼后，即由普安赴巴西，太守崔涣迎谒，奏对称旨，立命为同平章事。继由巴西赴成都，正值灵武使至，玄宗问明使人，欣然喜道："我儿应天顺人，我复何忧？"当下令改制敕为诰，所有臣僚章奏，俱称太上皇。军国重事，先取皇帝进止，然后上闻。俟克复两京，当不预政。随命韦见素、房琯、崔涣三相，为禅位奉诏使。三相见了肃宗，宣敕传位，且奉上宝册。肃宗辞谢道："近因中原未靖，权总百官，岂敢趁着患难，即思承袭帝统？"诸臣固请领受，乃将册宝奉置别殿，朝夕拜谒，如定省礼。*未免虚文。*留韦见素等辅政，待遇房琯，格外从厚。琯词气激昂，好似有绝大才识，肃宗视为奇才，竟欲把收复两京的责任，尽委琯身。这也所谓以言取人，未免多失呢。*也为后文伏笔。*

且说贼将孙孝哲等，奉安禄山伪命，由潼关进陷长安，崔光远、边令诚等，开门纳贼，孝哲入都，收捕妃主皇孙数十人，及百官内侍宫女数百人，悉数囚系，乃遣人驰报禄山。禄山大喜，遣张通儒为西京留守，仍命崔光远为京兆尹，使安忠顺率兵屯苑中，归孝哲节制，并特授孝哲二札，一是唐室大臣，若肯归降，当酌量授官；二是查明杨贵妃兄妹下落，若得收捕，立送洛阳。这二札去后，隔日即得复报，唐故相陈希烈，及张均、张垍等，一律投诚。杨氏家眷，自贵妃国忠以下，统在马嵬驿伏诛，禄山听了，不禁悲愤交集道："杨国忠是该死的，但如何害我阿环姊妹？我此来夺了长安，满拟将她姊妹数人，尽行充入后房，俾我得畅意取乐，不意将她屠戮，此恨何时得消呢？"又忽忆着爱子庆宗，前被赐死，益发愤怒，遂传命孝哲，除陈希烈、张均兄弟已经投降，应即令来洛授官外，所有在京皇亲国戚，无论皇子皇孙，郡主县主，及驸马郡马等，悉行处斩，致祭爱子庆宗。孝哲本是一个杀星，既接禄山命令，遂把拘住的妃主皇孙，并搜得驸马郡马数人，统牵至崇仁坊，设起安庆宗灵位，将妃主等人，一一剖心致祭，惨无人道。再把杨国忠、高力士余党，捉一个，杀一个，还有王公将相，扈驾出奔，留有家眷在京，尽行捕戮，连襁褓婴儿，也杀得一个不留。*这场惨劫，统是杨氏一门酿成。*一面掠取左藏，得了许多金帛，大为满意，因日夕纵酒，不愿西出。禄山命陈希烈、张均、张垍，并为同平章事，自己也无心西进，乐得居住东京，恣情声色，图个眼前快活，所以玄宗父子，一西一北，安然过去，并没有什么追兵。**大是幸事。**

禄山且想着那梨园子弟，教坊乐工，及驯象舞马等物，前时曾供奉玄宗，此刻正好取至洛阳，自备玩赏，因即遣使至长安，令孝哲等如数取到。禄山遂在凝碧池旁，大张筵饮，宴集百官。凝碧池在洛阳苑中，也是一个名胜地，时当仲秋，金风拂地，玉露横天，池水不波，碧漪如画。禄山兴高采烈，居然服了衮冕，由文武官员，拥至席间，高踞上坐。庆绪、庆恩两子，侍坐两旁，各官员左右分席，依次坐下。先命乐工大吹大鼓，奏过一番军乐，然后看醴上陈，飞觞痛饮。禄山连尽数觥，乃令各乐工各自奏技，于是凤箫龙笛、象管鸾笙、金钟玉磬、羯鼓琵琶、箜篌方响、手拍等一齐发声，或吹或弹，或敲或击，真个是繁音缛节，悦耳动人。禄山用箸击案道："奏得好！奏得好！"**恐怕是对牛弹琴。**各官员趁势贡谀，起座说道："臣等想天宝皇帝，不知费着多少心力，教成此曲，今日却留与主上受用，这真是洪福齐天呢。"**反衬雷海青之骂。**禄山掀髯笑道："我当年入宫侍宴，也曾听过好几次雅乐，只是前番尚受拘束，不比今日这般快意，可惜李三郎有美人儿陪着，我却还不及他哩。"各官员又道："主上要选美人儿，很是容易，况且段娘娘德容兼备，也是一个贤内助，比那杨家姊妹，更好得多了。"禄山摇首道："未必未必。"看官听着！禄山婢妾段氏，颇有姿色，为禄山所宠爱，少子庆恩，便是段氏所出，因此各伪官乐得奉承。**插此数语，无非为下文伏线。**禄山语虽如此，心中却是甚喜，便要梨园子弟，及舞马驯象等，相继歌舞。蓦听得一片泣声，传入耳中，不由得惊讶道："何处来的哭声？"言未已，竟有一人大哭起来。禄山怒甚，便令卫军当场查明。卫军查得乐工中人，多半带着泪痕，有一人执着琵琶，却俯首大恸，便将他抓至席前，听禄山发落。禄山张目道："朕在此开太平盛宴，你这乐工，敢无故啼哭，真正可恶！"那乐工竟抗声道："安禄山！你本是失机边将，罪应斩首，幸蒙圣恩赦宥，拜将封王，你不思报效朝廷，反敢称兵作乱，屠戮神京，逼迁圣驾，眼见得恶贯满盈，不日就遭天戮了。还说什么太平筵宴？"说罢，将手中的琵琶，掷将过去。当被禄山亲军一格，砰然落地。那乐工向西再哭，已被那卫军缚住，用刀乱砍，霎时间血肉模糊，肢体解散，把一个大唐忠魂，送入地府中去了。看官道此人何名？原来就是雷海青。**画龙点睛。**小子记得古诗云：

昔年只见安金藏，此日还看雷海青；

一样乐工同气烈，满朝愧此两优伶。

雷海青既被杀死，禄山尚怒气未息，竟愤然起座，大踏步走出去了。各伪官扫兴而散。当时感动了一个文士，也赋诗志悼云：

万古伤心生野烟，百官何日再朝天？

秋槐叶落空官里，凝碧池头奏管弦。

欲知此诗为何人所作，试看下回便知。

肃宗未奉父命，遽尔即位，后来宋儒多严词驳斥，谓其乘危篡位，以子叛父，语虽未免太过，但肃宗亦未免太急。灵武之与剑南往返不过两月，何勿因裴冕、杜鸿渐等之劝进，遣使请命，待册嗣位？况玄宗出发马嵬，已有传位之言，不过因途次仓猝，未曾决定，彼时若禀命而行，当然允准，岂一二月间之时期，竟不及待耶？况古来嗣君承统，大都越岁改元，肃宗草率即位，即改称至德元年，而入蜀之使，迟迟后发，是其居心之僭窃，不问可知。纲目直书即位，本回且特书称尊，示无父也。雷海青一乐工耳，长安之陷，不闻有一烈士，独海青奋不顾身，甘心殉国，忠肝义胆，自足千古，宁得以乐工少之耶？《唐书·忠义传》，置诸不录，实为一大阙文，得此篇以彰之，其庶足扬名而示后钦？阅者于此等处着眼，方不负著书人苦心。

第十九回

结君心欢瞒张良娣
受逆报刺死安禄山

　　却说唐朝一代，专用诗赋取士，所以诗人辈出，代有盛名。玄宗年间，第一个有名诗人，要算李太白。**见前文。**李白以下，就是杜甫及王维。甫字子美，系襄阳人，著作郎杜审言孙，曾献《郊天》《飨庙》及《祭太清宫赋》三篇，玄宗叹为奇才，命为参军。至禄山造反，避走三川，肃宗继立，羸服奔行在，为贼所得，同时与太原人王维，并陷贼中。杜甫乘隙先逃，走往凤翔，维服药下痢，佯作喑疾，不受伪命。禄山重他才名，硬迫为给事中，他仍寓居古寺中，托词养疴。既闻雷海青尽忠，很是悼痛，所以作诗记感，后来贼乱荡平，维隶名贼籍，几不免死，亏得这一首诗，传达肃宗，肃宗说他不忘故主，情有可原，更兼维弟王缙，已受职侍郎，情愿舍官赎兄，乃将维赦罪授职，累迁至尚书右丞，这真是仗诗救命哩。**不没王维，并插入杜甫，即善善从长之意。**

　　闲文少表。且说肃宗既正名定位，做了大唐天子，便定计讨贼，拟授建宁王俶为元帅。李泌入谏道："建宁王素称英毅，不愧将才，但广平是兄，建宁是弟，若建宁功成，难道使广平为吴太伯么？"肃宗道："广平原是冢嗣，名义自在，岂必以元帅为重？"泌答道："广平未正位东宫，今天下艰难，众心所属，都在元帅。若建宁大功得成，陛下虽欲不为储贰，那时帮辅建宁的功臣，尚肯袖手旁观么？太宗上皇，已有明证，请陛下三思？"肃宗点头道："先生言是，朕当变计。"及李泌退出，建宁王俶迎谢道："先生所奏，正合我心。"泌却步道："泌只知为国，不知植党，王不必疑泌，亦不必谢泌，但能始终孝友，便是国家的幸福了。"言已自去。越日有诏传出，令广平王俶为天下兵马元帅，统率诸将东征。俶既受命，表请简选谋臣，肃宗属意李泌，因恐泌不肯受，踌躇了好多时，乃召泌入语道："先生白衣事朕，志节高超，朕亦深佩，唯日前与先生同出视军，曾闻军士窃议，黄衣为圣人，白衣为山人，朕方待先生决谋定策，岂可令军士滋疑？还请先生暂服紫袍，借杜众惑。"泌不得已受命。肃宗即亲赐金紫，由泌接受而出，肃宗复取过纸笔，写了数语，盖上国宝，藏入袖中，俟泌服紫入谢，不禁微笑道："既已服此，岂可无名？"遂从袖中取出手敕，递与李泌。泌接敕审视，乃是授职侍谋军国元帅府行军长史，当即拜辞道："臣不敢任职，请陛下另委！"肃宗道："朕本不敢相屈，但时艰方亟，全仗大才匡济，待乱事平定，任行高志便了。"泌乃拜受。嗣是肃宗呼泌为卿，有时仍呼为先生，以示优宠，肃宗任用李泌，也可谓煞费苦心。遂就禁中置元帅府。俶入侍，泌留府中。泌入侍，俶留府中。军书旁午，毫不积压。泌又入请道："诸将畏惮天威，在陛下前敷陈军事，或不能畅达意见，万一小差，为害甚大，自后诸将奏请，乞先令与臣及广平熟议，然后上闻，免致错误。"肃宗准奏，遇有文牍关系军情，悉令送府。泌随到随阅，看系急报，虽夜间禁门已闭，亦必隔门通进，稍缓乃待天明，禁门钥契，统委俶与泌掌管，宫府联络，政令一新。

　　肃宗命豳王守礼子承寀为敦煌王，与蕃将仆固怀恩，出使回纥，借兵入援。又悬赏招徕朔方番夷，令从官军讨逆。泌乃劝肃宗转幸彭原，预待西北援师。肃宗依言移跸，既至彭原，廨舍狭隘，里面作为行宫，外面即作为元帅府。当时肃宗有一侍妾，母家姓张，系睿宗皇后胞妹的孙女，肃宗为太子时，纳为良娣，因韦坚一案，与韦妃绝婚，见前文。张良娣遂得专宠。玄宗西奔，肃宗挈良娣随行，辗转到了灵武，良娣日侍左右，夜寝必居前室。肃宗与语道："暮夜可虞，汝宜在后，不宜在前。"良娣道："近方多事，倘有不测，妾愿委身当寇，殿下可从帐后避难，宁可祸妾，不可及殿下。"未几产生一男，才阅三日，即起缝战士衣。肃宗以产后节劳为戒，良娣道："今日不应自养，殿下当为国家计，毋专为妾忧。"看似忠义过人，及阅到后文，才知她小忠小信，都为固宠乞怜起见，妇人之可畏如此。看官试想！似张良娣之灵心慧舌，哪得不动人爱怜？况且良娣姿色，也是一时无两，更兼与肃宗患难相依，事事能先承旨意，无怪肃宗格外钟情，恩爱得了不得呢。又是一个祸根。及玄宗遣使传位，并赐张良娣七宝鞍，良娣大喜，偏李泌入见肃宗，乘间进谏道："今四海分崩，当以俭约示人，良娣不应乘此，请撤除鞍上珠玉，付库吏收藏，留赏有功。"肃宗正倚重李泌，没奈何依着泌言。蓦闻廊下有哭泣声，当即惊问何人？但见建宁王倓，趋至座前，叩首答道："祸乱未已，臣方引为深忧，今陛下从谏如流，眼见承平有日，陛下可迎还上皇，同入长安，臣不禁喜极而悲呢。"事亲有隐无犯，倓未免太露锋芒。肃宗不答。倓与泌先后趋出，只张良娣好生不乐，对着肃宗，未免怏怏。肃宗瞧破良娣心思，再三慰谕，并与良娣饮博为欢，替她解恨，此后饮博两事，几成惯习，至移跸彭原，往往日夕纵博，声达户外。所有四方奏报，多致停壅。泌在元帅府中，与行宫只隔一墙，当然闻知，免不得入宫切谏。肃宗虽然面允，却恐良娣失欢，潜令干树鸡为子，树鸡即木菌，亦名木纵，南楚人，谓鸡为枞，故转语称枞为鸡。不令有声。既而肃宗语泌道："良娣祖母，就是朕祖母昭成太后的妹子，上皇亦颇爱良娣，朕欲使她正位中宫，卿意以为可否？"泌对道："陛下在灵武时，因群臣公同劝进，不忍违反众情，乃践登天位，并非为一身一家计。若册后事宜，应俟上皇迎归，亲承大命，方为合礼。"肃宗乃止。张良娣竭力侍奉，满望肃宗指日册封，得正后位，偏偏李泌常来唐突，恨不得力加撵逐，拔去那眼前钉，平时侍居帷阃，辄有微言冷语，讥评李泌，还幸肃宗信泌尚深，君臣得无嫌隙，相好如初。

　　李泌以外，要算房琯最得主眷。会北海太守贺兰进明，遣参军第五琦入蜀白事，琦主张理财济饷，由玄宗特旨拔擢，命为江淮租庸使，创榷盐法，充作军用，且至彭原面奏肃宗，请将江淮租赋，购易轻货，溯江沿汉，运给军需，肃宗很是奖勉。独房琯劾琦聚敛，不应重任。肃宗怫然道："军需方急，无财必散，卿欲黜琦，财从何出？"说得房琯无词可对。贺兰进明，也从北海入觐，肃宗命为岭南节度使，兼御史大夫。琯独加一摄字，进明探悉情形，并闻第五琦为琯所劾，未免恨上加恨，遂乘入谢肃宗时，力斥琯大言无当，非宰相才，一或误用，必蹈晋王衍覆辙。肃宗颇以为是，渐与房琯相疏。琯本意气自豪，怎肯受人奚落？当下拜表陈词，慷慨愿效，请自将兵收复两京。肃宗览到琯疏，也觉得眉飞色舞，即日批准，特加琯招讨西京，兼防御蒲潼两关兵马节度使，一切参佐，准他自选。琯用户部侍郎李楫为司马，给事中刘秩为参谋，克日起行。楫与秩皆白面书生，未娴军旅，琯独视为奇才，尝语人道："贼军里面，虽有许多曳落河，我有一个刘秩，已足抵敌，况更有李楫呢？"*想两人亦素好大言，所以与琯投契。*于是分部兵为三军，使裨将杨希文将南军，从宜寿进发，刘贵哲将中军，从武功进发，李光进将北军，从奉天进发。琯居中军，兼程前进，到了便桥，憩宿一宵。北军亦倍道趋至，两军同进陈涛斜，与贼将安守忠相值，两阵对圆，琯用牛车二千乘，作为前驱，两旁用步骑夹着，往突敌阵，总道是无坚不破，无锐不摧，哪知贼军中却拥出许多劲卒，手中统执着火具，顺风抛来，霎时间尘焰蔽天，咫尺莫辨，各牛未经战阵，骤睹此状，不禁大骇，纷纷倒退。步马各兵，禁遏不住，反被牛车蹴踏，陆续倾跌，眼见得人畜大乱，未战先奔，贼兵趁势杀入，官军或死或伤，共四万余人。琯收集败兵，不满万人，悔愤得了不得。可巧南军到来，遂欲督军再战，聊报前败。南军统将杨希文，见两军败绩，已先夺气，部下兵弁，亦相率惊心。琯全未觉察，反严申军令，有进无退，违令立斩。*前愚后愤，怎得成功。*杨希文与刘贵哲，面面相觑，暗生异心，等到两军对仗，不上数合，已相率披靡。贼兵一拥而进，顿将房琯困在垓心，琯麾军冲突，都被杀退。李楫刘秩，到此都无谋无勇，只是据鞍发颤，束手待毙。琯自己也是文人，但能挥动令旗，不能运动刀斧，一着错误，四面楚歌，也只好拼死了事。正在危急万分，突有一将跨马杀入，带着若干残军，来救房琯，琯改忧为喜，乃招呼部众，随着来将，杀出重围。看官道来将为谁？原来就是北军统将李光进。光进保护房琯，且战且行，奔走了好几十里，方得脱离险地，后面才不见贼兵。房琯检点残卒，只北军尚有数千人，南军中军，多已不知去向，便惊问光进道："杨刘二将，到哪里去了？"光进冷笑道："他两人已解甲降贼，还要说他做甚？"*叫房琯如何对答？*琯懊丧异常，没奈何率同光进等，回至彭原，此时也管不得肃宗诘责，只好趋跄入见，肉袒请罪。

　　肃宗接到败报，本已愤怒得很，还是李泌先为缓颊，才算格外包容，特加恩宥。临行时问了数语，嘱令招集散兵，再图进取。琯意外得免，始谢恩出去。*言不顾行，实不副名，曾自觉汗颜否？*肃宗正要退朝，忽由吴郡太守兼采访使李希言，遣吏呈入军报，乃是永王璘起兵江淮，公然造反了。肃宗叹道："璘为朕弟，自幼失母，*母为郭顺仪，早殁。*经朕抚养成人，奈何背朕造反呢？"乃一面表奏上皇，一面敕璘归蜀，觐见上皇。看官！你想璘已决计造反，还肯敛兵赴蜀么？璘出镇江陵时，谏议大夫高适，曾谏阻玄宗，玄宗不从。及璘至江陵，见租赋山积，顿蓄异图。有子名偒，曾受封襄成王，好刚使气，劝父潜据江南，如东晋故事。璘遂引私党薛镠等为谋主，季广琛等为将军，潜募勇士数万人，分袭吴郡及广陵。吴郡太守李希言，侦知消息，<u>立遣使驰报彭原</u>，自率军出屯丹阳，防璘袭击，璘接到还蜀诏敕，掷置地上道："我兄未奉上命，僭号河北，我难道不好称帝江东么？"演述璘语，见得肃宗即位，兄弟尚且不服，何况天下？遂领兵进击丹阳。李希言闻警，忙遣副将元景曜等，前往拦截。景曜与战失利，反去降璘，江淮大震。希言再向彭原告急，肃宗即召高适计议，命为淮南节度使，且调前颍川太守来瑱，为淮南西道节度使，令与江东节度使韦陟，合军讨璘。江南事甫经调将，河北诸郡，又报陷没。贼将尹子奇史思明，先后攻陷河间景城。河间太守李奂被杀，景城太守李暐，投水自尽。颜真卿遣将往援，复遭陷没。贼将康没野坡，且进攻平原，真卿力不能支，也弃郡南走。乐安清河博平诸郡，均为贼有。唯饶阳太守李系，及裨将张兴，死守孤城，贼不能克，思明召集各郡兵士，并力合攻。张兴力举千钧，尚选抛巨石，压毙贼兵数百，恼得思明督众猛扑，接连数昼夜，尚自守住，及至粮尽援穷，太守李系，窘迫自焚，城中无主乃乱，始被攻入。张兴力屈被擒，思明劝他归降，兴慨然道："我是大唐忠臣，万无降理，但为汝等计，亦应去逆效顺。试思主上待遇禄山，恩如父子，何人可及？禄山不知报德，反且兴兵指阙，涂炭生民，大丈夫不能翦除凶逆，乃北面为叛贼臣，自居何等？譬如燕巢幕上，怎能久安？若能乘间取贼，转祸为福，长享富贵，岂非上策？"思明哪里肯从，反叱兴不明顺逆。兴始痛詈思明，思明大怒，把兴锯死，不略张兴，具见阐扬。因还踞博陵。

尹子奇率五千马贼，渡河略北海，意欲南取江淮，适敦煌王承寀，到了回纥，得回纥优待，并妻以可敦女妹，令与仆固怀恩，先行反报，愿为援助。回应本回前文。随即遣部将葛逻支，领二千骑兵，奄至范阳城下。尹子奇乃引兵北返，还救范阳。这时候的安禄山，也发兵攻入颍水，执住太守薛愿，长史庞坚，送至洛阳，不屈遇害。肃宗迭闻警耗，很是忧惧，便召问李泌道："贼势如此，何时可定？"泌从容答道："臣观贼势虽强，并无大志，依臣所料，不过二年，便可削平。"肃宗惊喜道："有这般容易么？"泌又答道："贼中骁将，不过史思明、安守忠、田乾真、张忠志、阿史那承庆数人，今陛下若令李光弼出井陉，郭子仪入河东，臣料思明、忠志二贼，不敢离范阳、常山，守忠、乾真二贼，不敢离长安，我用两帅，足絷四贼，禄山潜踞洛阳，随身只有承庆，若陛下出军扶风，与子仪、光弼，互出击贼，贼救首，我击贼尾，贼救尾，我击贼首，使贼往来奔命，自致劳顿，我常以逸待劳，贼至暂避，贼去尾追，不攻城，不遏路，待至来春天暖，命建宁王为范阳节度，与光弼南北掎角，直取范阳，覆贼巢穴，贼退无所归，留不得安，然后大军四面蹙贼，禄山虽狡，恐亦必为我所擒了。"确是妙算，不比房琯大言。肃宗大喜，即命建宁王倓职掌禁兵，李辅国为司马，预备北征，用一李辅国助倓，倓其死乎？令郭子仪、李光弼分道行事，自己在彭原过年，拟于来春即往扶风，且改称扶风为凤翔郡。

　　时光易过，腊尽春回，至德二载元日，肃宗在行宫中，向西遥觐上皇，然后亲御行幄，草草受贺。过了数日，正拟启驾南行，忽接了一个极大的好音，安禄山被李猪儿刺死了。禄山自盘踞洛阳，纵情酒色，累得两目昏眊，不能视事，身又病疽，因致烦躁异常。左右使令，稍不如意，即加鞭挞。阉竖李猪儿，被挞尤多，几乎不保性命。嬖妾段氏见禄山多病，恐有不测，意欲趁禄山在日，立亲生子庆恩为太子，将来可以专政，免受嫡子庆绪压制，愁眉泪眼，容易动人，禄山竟为所惑，竟有废嫡立庶的意思。禄山负恩忘义，宜有杀身之祸，但祸源亦起自内嬖，可见小星专宠，必致危亡。庆绪颇有所闻，很觉惧，便与严庄密商，求一救死的良策。庄却故意说道："君要臣死，不得不死，父要子亡，不得不亡，叫我如何相救？"庆绪越发着忙，便道："我是嫡子，应该承立，难道庆恩夺我储位，我便束手就死么？"严庄冷笑道："从古以来，废一子，立一子，那被废的能有几个保全性命，这也是没奈何的事情。"庆绪急得泪下，又道："如兄说来，竟是没法了。"庄又道："死中求生，亦并非一定没法。"庆绪道："兄快教我！"庄遂与附耳道："束手就死，死是定了，若要不死，这手是万不可束的。试思主子与唐朝皇帝，名是君臣，实同父子，为何兴动干戈，以臣逐君，以子攻父？可见天下到了万不得已的事情，总须行那万不得已的计策，时不可失，幸勿再自束手了。"即将禄山行为，引作一证，这便叫作眼前报。庆绪听着，低头一想，便道："兄为我计，敢不敬从！"庄又道："不行便罢，欲行还须从速。机会一失，便是死期。"庆绪迟疑道："可惜一时觅不到能手。"庄复道："欲要行事，何勿召李猪儿？"庆绪喜甚，便密召猪儿入室，自与严庄同问道："汝受过鞭挞，约有几次？"猪儿泣道："前后受挞，记不胜记了。"庄又逼入一步道："似你说来，不死还是侥幸的。"猪儿道："怕不是吗？"庄遂召猪儿入耳厢，与他私语多时，猪儿竟满口承允，便出来别过庆绪，一溜烟似地走了。

是夕就去行事，也是禄山该死，因为心中烦躁，屏退左右，兀自一人睡着。猪儿怀着利刃，奋然径入，寝门外虽尚有人守住，都已坐着打盹，况猪儿是禄山贴身侍监，向来自由进出，就是模糊看见，也不必盘诘。猪儿挨开了门，悄步进去，可巧外面更鼓冬冬，他即趁声揭帐，先将禄山枕畔的宝刀，抽了出来。禄山忽觉惊醒，将被揭开，口中喝问何人？猪儿心下一急，转念他双目已盲，何如立刻下手，便取出亮晃晃的匕首，直刺他大腹中。禄山忍痛不住，亟伸手去摸枕畔宝刀，已无着落，遂摇动帐竿道："这定是家贼谋逆呢。"国贼为家贼所杀，是应该的。道言未绝，那肚肠已经流出，血渍满床，就在床上滚了几转，大叫一声，顿时气绝。猪儿已经得手，刚要趋出，门外的侍役，已闻声进来，双手不敌四拳，正捏了一把冷汗。忽见严庄与庆绪，带兵直入，来救猪儿，猪儿喜甚，便语侍役道："诸位欲共享富贵，快快迎谒储君，休得妄动！"大众乃垂手站立，严庄命手下抬开卧榻，就在榻下掘地数尺，用毡裹禄山尸，暂埋穴中，且戒大众不得声张。"一朝权在手，便把令来行，"捏称主子病笃，立庆绪为太子，择日传位，一面密迫段氏母子，一同自尽。越日又传出伪谕，太子即位，尊禄山为太上皇，重赏内外诸将官，大小各贼，怎知严庄等诡计，总道是事出真情。庆绪嗣位，在洛的伪官，统来朝贺，各处亦争上贺表。又越日方说禄山已死，下令发丧。那时从床下掘出尸身，早已腐烂，草草成殓，丧葬了事。相传禄山是猪龙转世，从前侍宴唐宫，醉后现出猪身龙首，玄宗虽是惊诧，但以为猪龙无用，无杀害意，终致酿成一番大乱，几乎亡国。禄山僭称伪号，一年有余，也徒落得腹破肠流，毙于非命。小子有诗叹道：

> 天公假手李猪儿，刳刃胸前血肉糜；
> 臣敢逐君子弑父，谁云冥漠本无知？

禄山死信，传达彭原，肃宗以下，还道天下可即日太平，遂无意北征，竟演出一出杀子戏来了。欲知详情，请阅下回。

　　杨贵妃之后，复有张良娣，唐室女祸，何迭起而未有已也。顾杨妃以骄妒闻，一再忤旨，而仍得专宠，王之不明，人所共知。若张良娣则寝前御寇，产后缝衣，几与汉之冯婕妤、明之马皇后相类，此在中知以上之主，犹或堕其彀中，况肃宗且非中知乎？爱之怜之，因致纵之，阴柔狡黠之妇寺，往往出人所不及防，否则杨妃祸国，覆辙不远，肃宗虽愚，亦不应复为良娣所惑也。安禄山惑于内嬖，猝致屠肠，虽由逆报之相寻，亦因妇言而启衅。传有之曰："谋及妇人，宜其死也。"观唐事而益信矣。

第二十回

统三军广平奏绩
复两京李泌辞归

却说肃宗既宠张良娣，又因良娣在灵武时，产下一儿，取名为侗，即封兴王，子以母贵，也得肃宗钟爱，与他子不同。张良娣恃宠生骄，竟欲把两三岁的小儿，作为将来的储贰，第一着欲陷害广平王，第二着欲陷害建宁王。府司马李辅国，本是飞龙厩中的阉奴，以狡猾得幸，及见良娣专宠，复曲意奉承，讨好良娣。良娣正好引为帮手，构陷二王。建宁王侗，素性任侠，看不上良娣等人，尝私语李泌道："先生举侗掌兵，俾尽臣子微忱，侗很是感激。但君侧有一大害，不可不除。"泌问为谁？侗说是张良娣。泌摇首道："此非人子所宜言，愿王忍耐为是。"侗不以为然，有时入见肃宗，必劝肃宗勿信内言，并请速立太子。**别人可请，侗不宜请。**肃宗听过了好几次，乃乘李泌入见，便垂问道："广平为元帅逾年，今欲命建宁专征，又未免名分相等，朕欲即立广平为太子，卿意以为何如？"泌答道："军事倥偬，应即区处，若陛下家事，总须禀命上皇，否则陛下即位的苦心，何从分说呢？"肃宗道："卿言亦是，容朕三思后行。"泌退回元帅府中，转告广平王侗。侗即入谒，凑便陈请道："陛下尚未奉晨昏，臣何敢入当储贰？"肃宗慰谕数语，乃将建储事暂行搁起。**李泌奏阻建储，或谓储位未定，因启张李狡谋，然试问从前已立之太子，亦如何废死？以此答泌，殊非正论。**

　　至禄山已死，肃宗以首逆既殄，大乱可平，索性把建宁专征的问题，也搁着不提。俶有志靖乱，一再进谏，且直陈道："陛下若听信妇寺，恐两京无从收复，上皇无从迎还了。"语太激烈，适致杀身。看官！你想这数句言论，叫肃宗如何忍受得住？还有张良娣、李辅国二人，得闻此言，怎能不恨到极点，互肆毒谋？当下由良娣先入，辅国继进，一倡一和，只说俶时有怨言，尝恨不得为元帅，谋害广平。此时的肃宗，正将俶叱退，余怒未息，怎禁得火上添油？凭着一腔怒气，立下手谕，把俶赐死。俶是个傲气的人，要死就死，竟仰药自尽。至李泌得知此事，意欲入谏，已是无及，可惜一个贤王，死得不明不白，含冤地下。广平王俶，怀了兔死狐悲的观念，密与李泌商量，欲去辅国及良娣，泌劝阻道："王不惩建宁的覆辙么？能尽孝道，自足致福。良娣妇人，不足深虑，但教委曲承顺，包管前途无碍了。"始终劝人以孝，李长源不愧正人。俶闻言乃止。

　　只肃宗信谗杀子，尚未觉悟，忽由太原递到贼警，史思明自博陵，蔡希德自太行，高秀岩自大同，牛廷玠自范阳，共引贼十万名，入寇太原，肃宗才惊讶道："我道禄山已死，可无后患，哪知贼势越发猖獗哩。"说罢，急召泌入议。泌奏道："太原有李光弼，才足拒贼，请陛下勿忧！但陛下宜速幸凤翔，示意进取，方能振作士气，驯致中兴。"肃宗点首道："朕当择日起程了。"言未已，又接睢阳警报，伪河南节度使尹子奇，受安庆绪命，率妫、檀二州贼兵，及同罗奚众，共十三万人，进逼睢阳，肃宗又惊慌起来，泌又道："睢阳太守许远，忠义过人，当能死守。且张巡方移守宁陵，巡远亲如兄弟，宁陵睢阳，相隔不远，互相援应，谅可支持，俟郭子仪收复河东，再去援他未迟。"肃宗道："两处无虞，朕即当往幸凤翔，劳卿整顿军装，待朕下令启行。"泌乃退出。越数日，报称军装已备，请即启跸，肃宗逐日延宕，专候两路消息，借决行止。

　　已而太原驰入捷书，李光弼用诈降计，令贼缓攻，暗中窟地道至贼营，出贼不意，内外攻击，俘斩万余人，思明退去，余贼可无虑了。肃宗方决幸凤翔，启行诏下，又接睢阳捷报，张巡自宁陵援睢阳，与许远合兵，共得六千八百人，远守巡战，连擒贼将六十余，杀贼二万，贼将尹子奇夜遁，睢阳已解围了。本回宗旨，在收复两京，此外战事，只可用虚写法，否则宾主不分，如何醒目？肃宗大喜，遂启驾至凤翔。陇右河西西城安西各兵士，依次来会。江淮租赋，也陆续解到。原来永王璘叛乱后，经广陵太守李成式，招降叛将季广琛，叛党解散。永王璘溃走鄱阳，为江西采访使皇甫侁擒住，诛死了事。了过永王璘。江淮复安，运道无阻。

李泌遂请如前策，北攻范阳。肃宗道："大兵已集，正应捣贼腹心，卿反欲迂道西北，往攻范阳，岂非忽近图远么？"泌答道："现时所集各兵，统是西北戍卒，及诸胡部落，性多耐寒畏暑，若用他锐气，克复两京，原是易事，但贼率余众，遁归巢穴，关东地热，春气已深，各军必困倦思归，贼却得体兵秣马，静俟各军去后，再行南来，岂不可虑？所以臣请先行北伐，用兵寒乡，扫除贼穴，永绝祸根，贼进退失据，一鼓聚歼，不但两京可取，天下也从此太平了。"彼时肃宗若用泌言，不致有思明之乱。肃宗道："朕非不从卿计，唯朕定省久虚，急欲先复西京，迎还上皇，聊申子道，不能再待北伐，幸卿原谅！"泌乃趋出。

适郭子仪遣使奏捷，逐去贼将崔乾佑，平定河东。肃宗遂进子仪为司空，兼天下兵马副元帅，出攻西京。子仪即遣子郭旰，及兵马使李韶光，大将军王祚济河，进破潼关贼兵，斩首五百级，正拟乘胜入关，忽由安庆绪遣到援兵数万，截击郭旰。旰与战人败，死亡万余人。李韶光、王祚先后战死，蕃将仆固怀恩，保旰渡渭，退守河东。天下不如意事，重迭而来，节度使王思礼，调镇关内，贼将安守忠等入寇，思礼遣将出战，为贼所败，退保扶风。守忠追蹑至太和关，去凤翔仅五十里，凤翔大骇，飞诏郭子仪入援。子仪星夜奔赴，中途遇着贼将李归仁，奋力杀退，至西渭桥，与王思礼合军，进屯潏西。贼将安守忠、李归仁，也联兵驻清渠，彼此相隔里许，相持七日。子仪等持重不战，守忠想了一个诱敌计，假意退兵，那时子仪亦堕贼计中，督兵追击，约行数里，才见贼骑倚山背水，摆成一字长蛇阵，子仪令攻贼中坚，不意贼兵首尾，分作两翼，夹击官军，官军不能相顾，四散奔逃。子仪亟率仆固怀恩等，断住后路，让败军先走，自己随战随退，还保武功。为子仪留身份，故不肯大书败状。随即单身诣阙，乞请自贬，乃降为左仆射。

是时山南东道节度使鲁炅，困守南阳，屡为贼将田承嗣等所围，粮尽援绝，突围走襄阳。河东节度副使，兼上党长史程千里，出击贼将蔡希德，马踬被擒。灵昌太守许叔冀，为贼困住，拔众走彭城，睢阳数次却贼，数次受围，贼将尹子奇誓破此城，城中兵少食尽，势亦垂危。再作总括语，均见笔法。肃宗屡闻败警，焦灼得了不得，且因贼兵逼近，无暇他顾，只好委任郭子仪，决计再攻西京，当下大犒将士，一一慰勉。且特语子仪道："功成与否，在此一举，愿卿竭忠尽智，无负朕望。"子仪道："此行不捷，臣必捐生。但有两大要事，请陛下施行。"肃宗问是何事？子仪一一说出，一是请元帅广平王俶，亲自督师，一是请征兵回纥，同往击贼。肃宗准如所请，遂令广平王调集朔方西域等军，大举出征，一面驰使回纥，乞即发兵入援。

回纥怀仁可汗子磨延啜，嗣父登位，号葛勒可汗，有意和唐，立遣太子叶护等，率精兵四千余人，驰至凤翔。当由肃宗引见，厚礼款待。且令广平王俶，与叶护相见，约为兄弟。叶护大喜，称俶为兄，于是共得兵十五万人，号称二十万，出指长安。到了城西香积寺旁，连营为阵。李嗣业统前军，王思礼统后军，郭子仪统中军，长安贼亦倾寨出战，共约十万人，与官军南北对垒。贼将李归仁拨马舞刀，出来挑战，前军各奋力接仗，战不多时，那归仁故态复萌，佯作败退状，驰回本阵。官军乘胜追上，直薄贼垒，谁料归仁翻身出来，把刀一麾，贼阵中有名悍卒，统持着大刀阔斧，恶狠狠地截杀官军。官军猝为所乘，自相惊乱。李嗣业在后督战，见部下逐渐溃退，不禁大愤道："今日不委身饵贼，我军尚有生望么？"说着，即将铁甲卸去，持了一柄纯钢铸的长刀，纵马向前，大呼奋击，刀光过处，贼头纷纷落地。归仁舞刀来迎，嗣业刀长手快，乱劈过去，喝一声着，已将归仁头盔劈落。归仁披发逃回，贼亦随却。嗣业再接再厉，身先士卒，杀入贼阵。回纥叶护，也率众随上，趁势捣贼，贼众遂乱。*力写嗣业*。郭子仪知贼多诈，令仆固怀恩带领锐卒，防护辎重，果然贼后军抄至官军阵后，前来掩袭。怀恩驱军杀出，一阵横扫，好似风卷残云，立将贼兵驱尽。子仪、思礼两军，一齐出击，那嗣业带着前军，与回纥健卒，已洞穿贼垒，从前面杀到后面，会集全师，再行夹攻。自午至酉，斩首六万级，安守忠、李归仁等，到此也不能再战，弃甲曳兵，逃回城中。入夜尚嚣声不止。广平王俶，见全师大胜，鸣金收军。仆固怀恩叩马进言道："贼今夜必弃城出走，请元帅下令穷追。"俶摇首道："军力已疲，不宜轻进。"怀恩又道："战尚神速，可进即进，大帅如虑各军劳苦，怀恩愿率三百骑，追缚贼首，归献麾下。"*余勇可贾*。俶复道："将军战了一日，也未免吃力，且回营休息，明日再议！"怀恩不便再争，怏怏而退。

各军俱归宿营中，到了次日，俶正升帐发令，已有侦骑来报，贼将安守忠、李归仁，与张通儒、田乾真等，均已弃城遁去。俶乃整军入城，百姓扶老携幼，争来迎接，夹道欢呼，喜极而泣。至俶入城安民，回纥叶护，向俶请求，欲如前约。原来

李嗣业袒呼决阵

肃宗召见叶护时，曾与面约，谓克复西京，土地人民归唐，金帛子女归回纥。回纥援兵只有四千，何足平贼，况欲借外力以平内乱，后患亦多，肃宗遽以是为约，何其愦愦？叶护见京城已复，当然如约要求，俶无法推辞，只好向叶护下拜道："今始得京师，若遽行俘掠，东京必望风生怖，为贼固守，不可复取了。愿至东京后，始遵前约。"说亦谬误。叶护下马答拜道："当为殿下径往东京。"言已，复上马出城，驻营待命。俶留京抚阅三日，军民胡羌，罗拜道旁，相率叹美道："广平王真华夷共主呢。"亦属过誉。

　　捷报到了凤翔，肃宗大喜，百官入贺，即日遣中使啖庭瑶入蜀，奏白上皇，表请东归。一面命左仆射裴冕入西京，祭告郊庙，宣慰百姓。且调嗣虢王巨留守西京，令广平王俶东出平洛，唯行军长史李泌，召还行在，不必东行。泌驰还凤翔，入谒肃宗，肃宗慰劳数语，即接说道："朕已表请上皇东归，朕当退居东宫，仍循子职。"泌忙答道："上皇未必来了。"肃宗惊问何因？泌答道："陛下正位改元，已经二载，今忽奉此表，转使上皇心疑，怎肯即归？"肃宗爽然道："朕知误了，今且奈何？"泌从容道："陛下放心，臣当另草大臣贺表，请上皇东归便了。"肃宗即命左右取过纸笔，嘱泌草表。泌不假思索，一挥即就，捧呈肃宗过目。肃宗瞧着，系是群臣署名，略说："自马嵬请留，灵武劝进，及今收复京师，皇上无日不思定省，请上皇即日回銮，以就孝养"云云。结末数语，尤说得情词迫切，悱恻动人。肃宗不觉泣下，立命中使奉表入蜀，且留泌宴饮，同榻寝宿。泌乘间乞归道："臣已略报圣恩，今请许作闲人。"肃宗道："朕与先生同忧，应与先生同乐，奈何思去？"泌答道："臣有五不可留，愿陛下听臣归去，赐臣余生。"肃宗问道："何谓五不可留？"泌答道："臣遇陛下太早，陛下任臣太重，宠臣太深，臣功太高，迹亦太奇，有此五虑，所以不可复留。"这也是知彼知己之论。肃宗笑道："夜已深了，先生且睡，缓日再议。"泌又道："陛下与臣同榻，臣且尚不得请，况异日在御案前呢。陛下若不许臣去，便是要杀臣了。"语足惊人，然确是阅历有得之言。肃宗惊诧道："先生何疑朕至此？朕非病狂，何至妄杀先生？"泌凄然道："陛下不欲杀臣，臣尚得求去，否则臣何敢再言？且臣恐杀身，并非疑及陛下，就是这五不可呢。臣思陛下待臣甚厚，臣且未得尽言，他日天下既安，臣未必常邀圣眷，那时还好尽言么？"肃宗道："朕知道了。先生屡欲北伐，朕不肯从，所以介意。"泌答道："非为此事，乃是建宁一事哩。"肃宗道："建宁过听小人，谋害乃兄，欲夺储位，朕不得已赐死，先生岂尚未闻么？"泌又道："建宁若有此心，广平王当必怀怨，今广平每与臣言，痛弟含冤，一再泪下，且陛下前日，欲用建宁为元帅，臣请改任广平王，建宁果欲夺嫡，应恨臣切齿，为什么视臣为忠，益加亲善呢？"肃宗听到此语，也忍不住泪，且泣且语道："先生言是，朕亦知悔了。但事成既往，朕不愿再闻。"泌又道："臣非咎既往，乃欲陛下警戒将来。从前天后错杀太子弘，次子贤内怀忧惧，作《黄台瓜辞》，中有二语云：'一摘使瓜好，再摘使瓜稀，'陛下已经过一摘了，幸勿再摘！"肃宗愕然道："朕不至再有此事。先生良言，朕当书绅。"泌又说道："陛下能时常留意，何必多存形迹，此事已蒙俞允，臣愿毕了，只请陛下准臣还山。"肃宗道："且待东京收复，朕还都再议。"泌乃无言。看官听着！这番密陈，虽是泌明哲保身，但也为广平王起见，他恐张李再行构难，诬害广平，所以殷勤陈情，启沃主心，这真是苦心调停，保全不少哩。应该赞扬。

　　转眼间由秋经冬，睢阳急报，似雪片相似。肃宗促邻郡速援，且特饬同平章事张镐，出任河南节度使，驰援睢阳。幸喜平洛大军，沿途顺手，屡献捷音，华阳弘农，次第平复，并献入俘囚百余人，肃宗命一律斩首。监察御史李勉入谏道："今元恶未除，海内枭桀，多半为贼所胁污，闻陛下龙兴，方思革面洗心，沐浴圣化，若概从骈戮，恐反驱令从贼，诛不胜诛了，愿陛下三思！"肃宗乃下诏特赦，远近闻风归附。贼将张通儒等，败奔至陕，安庆绪悉发洛阳兵众，令严庄为统帅，往援通儒，步骑合计十五万，共拒官军。郭子仪等长驱直进，到了新店，前面正遇着大队贼兵，依山列营，气势颇盛。子仪颇以为忧，即与回纥叶护商议，令率回纥兵绕出山后，袭击贼背。叶护依计而行，子仪乃麾兵攻贼，贼仗着锐气，由高趋下，猛扑官军。官军前队多伤，逐步倒退。蓦闻得山上鼓响，有数十支硬箭，射入贼中。贼众回首惊顾道："回纥兵到了！"随即骇走，子仪与回纥叶护，先后夹攻，杀得贼兵东倒西歪，尸骸遍野。严庄、张通儒等，落荒东走，连陕城也不及顾了。子仪遂请广平王俶，乘胜入陕城，再命仆固怀恩等，分道追贼，如入无人之境。严庄奔入洛阳，狼狈得很，庆绪本视酒如命，每日深居简出，狂饮不休，一切军务，全靠严庄主持。庄既败还，庆绪当然惊惶，急与庄商议对敌。庄已垂头丧气，想不出什么法儿，好多时献上一策，乃是一个"走"字。庆绪依计而行，遂聚集党羽，夤夜出奔，唐将哥舒翰、程千里等，从前陷入贼中，至此一并杀死，便匆匆出后苑门，逃向河北去了。

捷书到陕，广平王俶，率大军驰入东京，回纥兵争先拥进，肆行劫掠，可怜洛阳城内的百姓，前次已遭贼蹂躏，此番复遇夷掠夺，儿啼女散，家尽财空，骚扰了两昼夜。回纥兵心尚未足，纵掠如故，郭子仪看不过去，请命广平王，召入父老，募集罗锦万匹，酬谢回纥，才算休兵。**这皆是肃宗父子贻害百姓，可叹！**肃宗日夜望捷，既得好音，便拟启跸回京。李泌又固请还山，肃宗不许。适值啖庭瑶自蜀驰归，呈上上皇手诰，竟欲终老剑南，不愿东归，肃宗未免忧虑。越数日，赍奉群臣贺表的使臣，亦自成都遣还，报称上皇览表，甚是喜慰，命食作乐，下诰定行期。肃宗遂召语李泌道："使我父子重见，全出先生大力，曷胜感慰！"泌下拜道："两京收复，上皇归来，臣报德已毕了。但望陛下加恩，赐臣骸骨！"肃宗尚欲挽留，经泌伏地力请，乃怆然道："先生请起！朕暂允先生归山。"泌乃起身趋出，草草整装，便即陛辞。肃宗亲送出城，洒泪而别。一肩行李，两袖清风，飘然南行去了。到了衡山，地方官已经奉敕为泌筑室山中，并送给三品俸禄，泌乃山居自乐，不问世事。小子有诗叹道：

> 范蠡沼吴甘隐去，张良兴汉托仙游，
> 功成身退斯为智，唐室更逢李邺侯。

李泌去后，肃宗即遣韦见素入蜀，奉迎上皇，一面启跸还都。临行时接得张镐急报，又未免触动悲怀，究竟为着何事？且至下回说明。

本回事实，最为杂沓，若一一分叙，便如断烂朝报相等，毫无趣味。著书人以广平出征，及李泌归隐为纲，而此外各事，俱随笔销纳，既不病繁，亦不嫌略。盖广平出征，两京始得收复，此为最大要件，不得不格外从详。李泌之出，关系甚大，不特收复两京，出自泌之参赞，即如迎还上皇，保全广平，何一非泌之力乎？外有郭子仪，内有李泌，而肃宗始得中兴，故叙述武事，处处注重郭子仪，叙述文谟，处处注重李泌，握其要而众具毕张，阅此可以知行文之法焉。

第二十一回

与城俱亡双忠死义
从贼堕节六等定刑

却说河南节度使张镐，曾奉敕往援睢阳，因调集各军，不免稍需时日。当时尝飞檄谯郡太守闾邱晓等，星夜往援，哪知闾邱晓等，均不奉命，坐听睢阳失守，张巡、许远，先后殉义，及镐率军至睢阳城下，城已被陷三日了。镐召闾邱晓至军，严词诘责，捶毙杖下，当即遣使飞报凤翔。肃宗未免痛悼，因登程还京，一切赠恤，俟到京后再议，但遥敕镐查明张许家属，速即奏报。看官欲知张许殉义情事，待小子本末叙明。阐扬忠义，应从详叙。张巡南阳人，凤谲武略，登进士第，出为县令。禄山乱起，陷入河南，谯郡太守杨万石降贼，胁巡为长史，使西迎贼军。巡至真源，率吏哭玄元皇帝庙中，起兵讨逆，得壮士千人，西诣雍邱。适雍邱令令狐潮出迎贼众，遂入城拒守。令狐潮引贼兵四万，来夺雍邱，巡孤军出战，杀退贼兵。潮与巡有旧交，屡诱巡降，巡以大义相责，始终不从。潮连番进攻，城中矢尽，巡缚草为人，被服黑衣，夜缒城下，共计千余。潮因暮夜昏皇，不便出战，但令射箭，巡将草人扯起，得矢十余万，得复射贼。嗣令壮士缒城出袭，服饰如草人，贼笑不设备，竟被壮士突入，大破贼寨。潮屡退屡进，巡使郎将雷万春，登陴守御，贼用飞弩迭射，连中雷颊，共计六箭。雷直立不动，贼疑为木人，哗然噪动，但听城上大声道："黠贼，认得我雷将军否？"仿佛《三国演义》中之张翼德。贼大惊骇。巡乘势杀出，擒贼将十四人，斩首百余级，潮乃遁去。

既而河南节度使嗣虢王巨，出驻彭城，命巡为先锋使。巡闻宁陵围急，移军往援，始与睢阳太守许远相见。远系许敬宗曾孙，天性忠厚，晓明吏治。颇能为乃祖干蛊。既见巡，恍如旧识，互叙年齿，乃同年所生，远长数月，巡因呼远为兄，誓相援应。还有城父令姚誾，亦与联合，贼将杨朝宗率马步二万，袭击宁陵，巡远合军与战，杀贼万余人，投尸汴水，河为不流。有诏擢巡为河南节度副使。至德二载，禄山刺死，庆绪遣将尹子奇，带领蕃胡各骑兵，猛扑睢阳。巡率军援远，血战二十余日，锐气不衰。远以材不及巡，专治军粮战具，一切攻守事宜，均归巡主张。巡连败子奇，所获车马牛羊，悉分给兵士，秋毫不入私囊，诏拜巡为御史中丞，远为侍御史，誾为吏部郎中。子奇三战三北，益兵进攻，巡不依古法，临危应变，奇出不穷，尝欲射死子奇，苦不能识，乃削蒿为矢，射入贼营。贼以为城中矢尽，喜白子奇，子奇遂亲自督攻，巡将南霁云，觑定子奇，抽矢搭弓，射将下去，正中子奇左目。子奇痛不可忍，伏鞍而逃。巡自城中杀出，杀贼无算，余贼保护子奇，又复遁去。

巡因将士有功，遣使白嗣虢王巨，请给赏物。巨只给空白告身三十纸，还统是营中末职，经巡遗书责巨，巨全然不睬，且命将睢阳积谷，运去三万斛，转给濮阳济阴。远遣使固争，终不见从，反说远不受节制，静候严参。远拗他不过，只好眼睁睁地由他运去。济阴得粮即叛，接应子奇，子奇目创已愈，遂征兵远近，得悍贼数万，再攻睢阳。此次来报前恨，百方攻扑，迭用云梯钩车木驴等物，俱为巡破毁，毫不见效。子奇乃不敢复攻，但穿壕立栅，困住孤城。城中守兵，本来只数千人，自经子奇迭攻，或死或伤，减去十成之八，只有六百人尚能防御。更因积粮被巨运去，无食可依，起初每人每日，给米一勺，后来米已食尽，但食茶纸树皮，不得已遣南霁云等，突围出去，或飞报行在，或告急邻郡，时许叔冀在谯郡，尚衡在彭城，俱不肯出援。霁云乞师不应，愤投临淮，御史大夫贺兰进明，正代任河南节度使，在临淮驻着，霁云入见，备述睢阳苦况，请速济师。进明道："今日睢阳已不知存亡，兵去何益？"霁云道："睢阳若陷，霁云当以死谢大夫，且睢阳既拔，即及临淮，唇齿相依，怎得不救？"进明道："事从缓商，君远来疲乏，姑且留宴。"霁云尚望进明出师，忍气待着。少顷，堂上陈筵，堂下奏乐，进明延霁云入座，霁云不禁流涕道："睢阳兵士，不食月余，霁云何忍独食？食亦何能下咽？大夫坐拥强兵，不愿分兵救患，忠义何存？愿大夫熟察！"说至此，竟将指插入口中，忍痛啮下，呈示进明道："霁云奉命乞援，不能代伸主将苦衷，抱歉何似！愿留一指示信，方可归报。"旁座见霁云忠愤，也为泣下。独进明麻木不仁，奈何？进明道："我亦知君忠勇，但往救睢阳，势已无及，不如留在我处，徐图立功。"霁云道："霁云若忍负张公，便是不忠不义，大夫留我何益。"言毕，竟醉酒地上，向各座拱手，抢步下堂，上马径去。路过佛寺，见浮屠矗立，浮屠即塔。抽矢射中上层砖瓦，且指誓道："我若破贼，必灭贺兰，这矢就是记恨哩。"还至宁陵，与城使廉坦，同率步骑三千人，冒围入城。贼因霁云突围外出，日夜防有援兵，至是悉众阻截，由霁云拼死冲突，杀开一条血路，驰入睢阳，回顾手下，已仅得千人。巡见霁云，知进明等俱不肯发兵，也未免惶急，将吏无不痛哭，且议突围东奔。巡语许远道："睢阳为江淮保障，若弃城他去，贼必乘胜南下，是江淮将尽为贼有了。况我众饥羸，未能远走，在城固死，出城亦死，我想行在虽远，去使谅可达到，将来总有复音，不如坚守待命。"远亦赞成巡议，可奈满城无粮，嗷嗷待哺，米尽食茶纸，茶纸尽食马，马尽食雀鼠，雀鼠又尽，至煮铠弩皮以食。巡妾霍氏，情愿杀身饷士，巡听令自刎，烹尸出陈，指语大众道："诸君累月乏食，忠愤曾不少衰，我恨不割肉啖众，怎肯顾惜一妾，坐视士饥？"将士等相向泪下，巡强令啖食，远亦杀奴童哺卒，区区数人，不足一饱，以连日饿殍枕藉，所余只四百人，亦皆饿病不支，巡西向再拜道："臣力竭了，生不能报陛下，死当为厉鬼杀贼。"贼众见城守寥寥，即四面登城，陷入城内，巡远及姚訚、南霁云、雷万春等，陆续受擒，各被推至子奇面前。子奇问巡道："君每战必眦裂齿碎，究为何意？"巡愤然道："我志吞逆贼，怎得不裂眦碎齿？"子奇怒道："你待怎么？"遂用刀扒视巡齿，只存三四枚，也不觉失声道："可敬可敬！君能从我，当共图富贵。"巡骂道："我为君父而死，死何足恨？尔等甘心附贼，贼虺不如，宁能长存人世么？"子奇尚欲存巡，用刀置巡项，迫令快降，巡终不屈。又胁降南霁云，霁云未应。巡呼道："南八霁云小字。男儿，一死罢了，岂可为贼屈？"霁云笑道："我不欲遽死，思有所为，公素知我，我敢不死么？"乃与姚訚、雷万春等三十六人，同时遇害。许远被解送洛阳，洛阳已为唐军所破，转送偃师，亦以不屈见杀。睢阳称为双忠，建祠尸祝，号为双忠庙，至今尚存。大节千秋！肃宗闻进明等，不肯出援，乃改任张镐，兼江南节度使，闾邱晓为谯郡太守，卒以道远不及，且为闾邱晓所误，终致双忠毕命，徒自流芳，这也是可悲可叹呢。

　　肃宗自凤翔入西京，百姓欢跃，争呼万岁。御史中丞崔器，令前时从贼诸官，均免冠徒跣，至含元殿前，顿首请罪，就是东京降贼诸官吏，如陈希烈、张均、张垍、达奚珣等，亦均由广平王收送西京，俱至朝堂听候惩处，肃宗命改系狱中。唯汲郡人甄济，武功人苏源明，屡经禄山胁迫，始终不受伪命，有诏特擢济为秘书郎，源明为考功郎中，兼知制诰。回纥太子叶护，自东京还师，入觐宣政殿，面陈军中马少，愿留兵沙苑，自归取马。再来助讨范阳，扫清余孽。肃宗大喜，即封他为忠义王，所有回纥部兵，各赐锦绣缯器，并愿岁给绢二万匹，使就朔方军领受，叶护拜辞而去。已而广平王俶郭子仪皆还西京，肃宗封子仪为代国公，食邑千户，且面加慰谕道："国家再造，皆由卿力。"子仪顿首拜谢，诏令再往东都，经略北讨。张镐与鲁炅、来瑱嗣、吴王祇、李嗣业、李奂五节度，出略河东河南各郡县，大半平定。贼将严庄，料知无成，背了安庆绪，潜行来降。肃宗命为司农卿。尹子奇为张镐所败，败走陈留，陈留人袭杀子奇，举城降官军。肃宗很是喜慰，乃修复宗庙，整缮宫殿，专待上皇还都。

　　至十二月间，上皇已到咸阳，由肃宗备齐法驾，带同百官，往望贤宫迎接上皇。上皇在宫南楼，开轩俯瞩，肃宗改服紫袍，下马趋进，拜舞楼下。上皇降楼抚慰，父子相对泣下，因见肃宗服紫，即向索黄袍，亲披肃宗身上。肃宗顿首固辞，<small>何必做作。</small>上皇道："天数人心，已皆归汝，使朕得保养余年，就是汝的孝思了，何必多辞。"肃宗乃受，请上皇登殿，受百官朝贺毕，命尚食进膳，尝而后进。是夕侍宿行宫，翌晨奉上皇启驾，肃宗亲自执靮，前行数步，经上皇谕止，方乘马前导，不敢自当驰道。上皇顾左右道："我为天子五十年，不足言贵，今为天子父，才算是真贵了。"<small>慢着！尚有张氏在内。</small>既至西京，御含元殿慰抚官民，寻诣长乐殿九庙神主，恸哭多时，<small>恐是哭杨贵妃。</small>乃往幸兴庆宫，就此居住。肃宗再请避位，退居东宫，<small>还要如此，多令人笑。</small>上皇不许，出传国玺授与肃宗。肃宗涕泣受宝，始出御丹凤楼，颁诏大赦。唯与禄山同反，及李林甫、王𫓧、杨国忠子孙，不在免例。立广平王俶为楚王，加郭子仪司徒，李光弼司空，其余扈驾立功诸臣，俱进阶赐爵有差。追赠死节诸臣，如李憕、卢弈、蒋清、张介然、颜杲卿、袁履谦、张巡、许远、姚訚、南霁云、雷万春等，各依原官增阶，子孙赐荫。郡县来年租庸，三分减一。近时所改郡名官名，一律复旧。以蜀郡为南京，凤翔为西京，西京为中京，册封张良娣为淑妃，皇子南阳王系以下，肃宗有十四子，次子名系。各令迁封。拜李辅国为殿中监，晋封成国公。时韦见素、裴冕、房琯等，均已罢相，改用苗晋卿为侍中，王屿为中书侍郎，李麟同中书门下三品，内外腾骧，翕然同声。唯张巡得追封扬州大都督，许远亦追封荆州大都督。巡子亚夫，远子玫，一并授官。当时颇多异议，有说巡死守睢阳，杀身无补，有说巡忍残人命，与其食人，宁可全人。不责奸臣，但责忠臣，是何居心？巡友李翰，乃为巡作传，且附表上呈，略云：

巡以寡击众，以弱制强，保江淮以待陛下之师，师至而巡死，巡之功大矣。而议者或罪巡以食人，愚巡以守死，善遏恶扬，录瑕弃功，臣窃痛之！巡所以固守者，待诸军之救，救兵不至而食尽，食既尽而及人，乖其素志，设使巡守城之初，已有食人之计，捐数百生命以全天下，臣犹曰功过相掩，况非其素志乎？今巡死大难，不睹休明，唯有令名，是以荣禄。若不时纪录，恐远而不传，使巡生死不遇，可悲孰甚？臣敬撰《巡传》一卷献上，乞遍列史官，以昭忠烈而存实迹，则不胜幸甚！

此外尚有张澹、李纾、董南史、张建封、樊晃、朱巨川等，亦皆为巡辩白，群议始息。既又訾及许远，谓远不与巡同死，有幸生意。巡季子去疾，亦为所惑，后来上书斥远，谓："远有异心，使父巡功业隳败，负憾九泉，臣与远不共戴天，请追夺远官以刷冤耻"等语。亏得尚书省据理申驳，略言："远后巡死，即目为从贼，他人死在巡前，独不可目巡为叛么？且贼人屠城，尝以生擒守吏为功，远为睢阳守吏，贼不遽杀，便是为此，有何可疑？彼时去疾尚幼，事未详知，乃有此议，其实两人忠烈，皎若日星，不得妄评优劣。"议乃得寝。前叙两人详迹，此更述及当时正论，无非阐表双忠。这且搁下不提。

且说御史中丞崔器，既令两京从贼诸官，请罪系狱，又与礼部尚书李岘，兵部侍郎吕諲，奉制按问。器与諲俱主张严办，上言从贼诸臣，皆应处死。独李岘用侍御史李栖筠为详理判官，拟酌量轻重，分等治罪。三人争议累日，请旨定夺。肃宗从李岘议，乃定罪名为六等，最重处斩，次赐自尽，次杖一百，次三等流贬。张均、张垍列在处死条内。肃宗意欲宥此二人，转奏上皇，拟降敕特赦。上皇道："均、垍世受国恩，乃甘心从贼，且为贼尽力，毁我家事，怎可不诛？"肃宗叩头再拜道："臣非张说父子，哪有今日，若不能保全均、垍，倘他日死而有知，何面目再见张说？"语至此，俯伏流涕。上皇命左右扶起肃宗，复与语道："我看汝面，饶了张垍死罪，流戍岭外。张均逆奴，无君无父，定不可赦，汝不必申请了。"肃宗乃涕泣受命。看官道肃宗何故要赦此二人？肃宗系杨良媛所出，当杨氏初孕时，正值太平公主用事，专与玄宗为仇，时张说正官侍读，得出入东宫，玄宗密语说道："良媛有孕，恐太平公主闻知，又要当作一桩话柄，说我内多嬖宠，在父皇前搬弄是非，不如用药堕胎，免得他来借口。"张说道："龙种岂可轻堕？"玄宗道："欲全一子，转害自身，实属不值，我意已决，幸为我觅一堕胎药，勿泄勿忘。"说乃趋出，自思此事实为难得很，堕了胎有损母子，不堕胎有碍储君，现只好取药二剂，一安胎，一堕胎，送将进去，由他取用，听凭天数罢了。*便是他狡猾处。*计划已定，遂挟药二剂以入，但说统是堕胎药。玄宗接药后，趁那夜静无人的时候，在密室亲自取煎，给杨氏服了下去，腹中毫无动静，反安安稳稳地睡了一宵，次日也不见什么变动，原来所服的是那剂安胎药了。玄宗哪里晓得，只道是一剂无效，须进二剂，因再照昨夜办法，仍在夜间密煎。他因连夜辛苦，就隐几假寐，朦胧睡去，忽见有一金甲神，就药炉前环绕一周，用戈拨倒药炉，不由得突然惊寤，急起身看时，药炉果已倾翻，炭火亦已浇灭，益觉惊异不置。次日又密告张说，说拜贺道："这便是天神呵护哩！臣原说龙种不宜轻堕，只恐有妨尊命，因特呈进二药，取决天命，不瞒殿下说，一剂是安胎药，一剂是堕胎药，想前日所服的是安胎药了。昨夜所煎的是堕胎药，天意不使堕胎，乃遣神明拨倾此药。殿下能顺天而行，不特免祸，且足获福呢。"玄宗乃止。果然肃宗生后，太平公主以谋逆赐死，玄宗即得受禅。杨良媛进位贵嫔，复生一女，即宁亲公主。及年已长成，下嫁说子张垍，这便是肃宗母子，暗中报德的意思。

　　肃宗生平所最恨的是李林甫，所最亲的是张说父子，即位后尝欲发林甫墓，焚骨扬灰，还是李泌极谏，谓恐上皇疑及韦妃绝婚，特地修怨，反滋不安，肃宗方才罢议。*补叙张说父子关系，因插入李林甫事，笔法聪明。*独想念均、垍兄弟，尝欲拔出贼中，仍令复官，且追痛生母已殁，只遗自己及女弟二人，女弟宁亲公主，既嫁与张垍，越应该设法保全，俾得夫妇完聚，可巧玄宗在蜀，已称上皇，并令百官共议杨贵嫔尊称，得追册为元献皇后。*肃宗生母，得册为后，亦就此补叙。*肃宗因上皇顾念生母，势必兼及张氏一家，所以均、垍拟辟，特向上皇前从宽，偏是上皇不许，但只赦张垍一人，仍然长流，那时爱莫能助，只好付诸一叹罢了。后来垍死流所，宁亲公主竟改嫁裴颖，唐朝家法，原是不管名节，毋庸细表。单说当时从贼诸官，罪名已定，斩达奚珣等十八人，赐陈希烈等七人自尽，张均列入在内。此外或杖或流贬，分别处分，一班寡廉鲜耻的官吏，至此才知懊悔，但已是无及了。嗣有人从贼中自拔来降，谓安庆绪奔邺郡，尚有唐室故吏随着，初闻陈希烈等遇赦，统自恨失身贼庭，及闻希烈等被诛，乃决计从贼，不敢归唐。肃宗听说，悔叹不已。后儒以为背主事贼，行同枭獍，不杀何待，有什么可悔呢？小子有诗叹道：

> 犬马犹存报主恩，胡为人面反无知？
> 大廷赏罚应持正，怎得拘拘顾尔私。

肃宗既核定赏罚，再拟调兵讨贼，忽报贼将史思明、高秀岩等，遣使奉表，情愿挈众投诚，究竟是否真降？容小子下回续叙。

张巡许远，为唐室一代忠臣，不得不详叙事实，为后世之为人臣者劝。南霁云、雷万春等，皆忠义士，一经演述，须眉活现，所谓附骥尾而名益显者欤？张均、张垍，丧心附逆，死有余辜，此而不诛，何以对死事诸臣于地下乎？玄宗不许末减，尚知彰善瘅恶之义，而肃宗乃以张说私恩，必欲保全均、垍，为私废公，殊不足取。况均、垍为唐室叛臣，即不啻为张说逆子，说不忠唐则已，说而忠唐，即起地下而问之，亦以为必杀无赦。信赏必罚，乃可图功，为国者可以知所鉴矣。

第二十二回

九节度受制鱼朝恩
两叛将投降李光弼

却说史思明自围攻太原，被李光弼击退后，还守范阳，庆绪封他为妫川王，兼范阳节度使。范阳本安氏巢穴，凡禄山所得两京珍宝，多半运往，堆积如山。思明恃富生骄，便欲取范阳为己有，不服庆绪节制。庆绪又失去洛阳，走保邺郡，李归仁等有众数万，溃归范阳，沿途剽掠，人物无遗。思明乘势招徕，并将他所掠各物，一一截住，势益富强。庆绪在邺，四面征兵，蔡希德、田承嗣、武令珣等，先后趋集，复得六万人，独思明不发一卒，亦不通一使，庆绪知他怀贰，特遣阿史那承庆、安守忠、李立节三人，率五千骑诣范阳，借征兵为名，嘱令侦袭。思明闻两人入境，已料他不怀好意，即与部下密商。一个乖似一个。判官狄仁智道："大夫为安氏臣，无非惮他凶威，勉承奔走，今安氏失势，唐室中兴，大夫何不率众归唐，自求多福呢？"裨将乌承玭亦道："庆绪似叶上露，不久必亡，大夫奈何与他同尽？不如归款唐廷为是。"思明也以为然，遂设伏帐外，自率众数万出迎。既见承庆守忠，即下马行礼，握手道故，备极殷勤。承庆等如何下手，只好随入城中。思明即引承庆等入厅，张乐设宴，饮至半酣，掷杯为号，伏兵突入，竟将承庆等三人拿下，一面收截来骑甲兵，给赏遣散。乃令部将窦子昂奉表唐廷，愿将所部十三郡，及兵十三万人归降。并令伪河东节度使高秀岩，亦拜表投诚。肃宗大喜，召见子昂，慰抚交至，即敕封思明为归义王，仍兼范阳节度使，子七人皆除显官。**封赏太急。**授秀岩云中太守，诸子亦得列职。且遣内侍李思敬，与前信都太守乌承恩，驰往宣慰，使率部众讨庆绪。思明受了册封，立斩安守忠、李立节两人，表明诚意。只阿史那承庆与有旧交，释置不问。承恩遍历河北，宣布诏旨。沧瀛安深德棣等州皆降，唯相州尚属安氏，河北大势，也统算平复了。

未几为至德三载，上皇加肃宗尊号，称为光天文武大圣孝感皇帝。肃宗也加奉上皇尊号，称为圣皇天帝。**父子天性相关，何必虚名施报。**大赦改元，仍以载为年，称至德三载为乾元元年。立淑妃张氏为皇后，命李辅国兼太仆卿，两人内外勾结，势倾朝野，且屡引子以母贵的成语，讽示肃宗。肃宗以兴王佋虽为后出，究竟年幼序卑，不便立储，尝语考功郎中李揆道："朕意欲立俶为太子，卿意何如？"揆再拜称贺道："这是社稷幸福，臣不胜大庆呢。"肃宗乃改封楚王俶为成王，越数日即立为太子，更名为豫。

同平章事张镐，素性简澹，不事中要，后与辅国，皆不喜镐，尝有谗言。会镐上言："史思明因乱窃位，人面兽心，万不可恃。新任滑州刺史许叔冀，狡猾多诈，临难必变。"肃宗以为过虑，不切事机，遂罢为荆州防御使，所有兼任河南节度使一缺，易委崔光远接任。**崔曾将西京献贼，奈何不诛，反加重任？**不到半年，史思明逆迹昭著，竟复叛唐自主，且称起大圣燕王来了。自张镐罢去后，接连是李光弼奏请，谓："思明凶狡，必将叛乱，应令乌承恩就便预防。"肃宗还是未信。光弼又上第二次密奏，劝肃宗用承恩为范阳副使，且赐阿史那承庆铁券，令图思明。肃宗乃依计照行。看官！你道光弼何故要重用承恩？原来承恩父名知义，曾任平卢节度使，思明尝居知义麾下，感他厚待，因此承恩守信都，城为思明所陷，承恩陷入贼中，思明待以客礼，纵令南还。及承恩奉敕宣慰，思明格外恭敬，视若上宾。承恩有所陈请，思明多曲意相从。光弼侦知情事，因欲就承恩身上，诱取思明。肃宗从光弼言，授承恩为范阳节度副使，且令转赐阿史那承庆铁券。

承恩秘而未发，但出私财联络部曲，且数着妇人衣，诣诸将营，劝令效忠唐室。诸将或转告思明，思明当然生疑，遂延承恩入宴，留宿府中，阴令心腹二人，伏住床下，一面命承恩少子，夜入省父，承恩私语少子道："我受命除此逆胡，当授我为节度使。"语尚未毕，那床下即冲出两人，大呼而去，承恩自知谋泄，慌得脚忙手乱，门外已有胡兵拥入，立将承恩父子拿下，并搜承恩行囊，得铁券及光弼文牒，一并献与思明。思明责承恩道："我有何负汝，乃欲害我？"承恩无词可答，只好说是李光弼主谋。思明乃集将佐吏民，西向大哭道："臣率十三万众归降朝廷，何事负陛下，乃欲杀臣？"随即喝令左右，榜杀承恩父子，并索得承恩党与二百余人，尽行杀死。独承恩弟承玭，为思明部下裨将，得脱身走太原，思明遂囚住中使李思敬，且令狄仁智、张不矜草表，请诛光弼。表既草就，不矜持示思明，及将入函，复由仁智削去。不料事又被泄，由思明召入二人，诘问罪状，且顾语仁智道："我用汝垂三十年，今日罪当斩首，乃汝负我，非我负汝。"仁智厉声道："人生总有一死，得尽忠义，死也值得。若从大夫造反，不过虚延岁月，将来死且遗臭，何如速死为愈呢？"久居贼中，不染贼习，却是个好男儿。思明怒起，喝令侍从将仁智捶死，不矜亦随毙杖下，另遣他人草表，传达唐廷。肃宗乃颁敕慰谕，统推在承恩一人身上，谓非朝廷与光弼意。看官！你道史思明是个小儿，肯听唐朝皇帝的诳言吗？益使悍贼轻视？更可笑的，是命九节度出讨安庆绪，反差一个宦官鱼朝恩，去做观军容使，监制这九节度，这真是越弄越错了。一折便下，笔如潮流。

九节度使为谁？就是朔方节度郭子仪，河东节度李光弼，泽潞节度王思礼，淮西节度鲁炅，兴平节度李奂，滑濮节度许叔冀，镇西兼北庭节度李嗣业，郑蔡节度季光琛，河南节度崔光远，这九节度麾下的马兵步兵，合将拢来，差不多有五六十万。肃宗本拟令子仪为统帅，只因光弼与子仪，功业相等，难相统属，所以不置元帅，特创一个观军容使的名目，令宦官鱼朝恩充职。朝恩晓得沈兵法，不知他如何运动，得此美差，赫赫威灵的九节度使，竟要这阉奴前来监督，叫他们如何服气呢？评论得当。子仪先引兵至河东，至获嘉县，破贼将安太清，太清走保卫州，安庆绪尽发邺中部众，亲自带领，往救太清。子仪用埋伏计，诱贼近垒，呼起伏兵，一阵攒射，顿将庆绪击走，遂拔卫州。庆绪奔还邺城，子仪乃会集九节度兵马，陆续围邺，庆绪大惧，急向思明处求援，情愿把位置让与思明。思明遂自称大圣燕王，出兵陷魏郡，留驻观变。光弼在军中倡议道："思明既得魏郡，尚按兵不进，明明是待我懈弛，恰好来掩我不备呢。为今日计，且由我军与朔方军，同逼魏城，与他一战，我料他鉴嘉山覆辙，必不敢轻出。这边尚有七路大军，足下邺城，邺城拔，庆绪死，再合全师攻思明，思明虽狡，也无能为了。"确是万全计策。偏鱼朝恩硬来作梗，定要他同攻邺城，说是兵多易下，再击思明不迟。各节度又多模棱两可，没一个出来作主，徒落得你推我诿，势若散沙。自乾元元年十月围邺，直至二年正月，尚未得手。镇西节度李嗣业，忍不住一腔烦恼，遂亲自扑城，城上箭如雨下，突将嗣业臂上，射中一箭。嗣业不以为意，把箭拔去，哪知箭镞有毒，侵入肌骨，霎时间暴肿起来，痛不可忍，乃收兵回营，越宿竟致谢世。

兵马使荔非元礼，代统士卒，仍然留军围城，郭子仪等筑垒再重，穿堑三重，且决漳水灌入城中，城中井泉皆溢。贼兵多迁居高处，更因粮食已尽，一鼠且值钱四千，并淘马矢以食马，急得庆绪不知所措，但日望思明进援。思明煞是厉害，闻邺城危急万分，乃引兵趋救，却又一时不到城下，但遣轻骑挑战，官军出击，便即散归，官军回营，又复趋集，闹得官军日夜不安。思明更选壮士数队，扮作官军模样，四处拦截官军粮运，每见舟车运至，即上前焚掠，官军防不胜防，遂致各营乏食，均有归志。**实是号令不专之弊。**思明乃引众直抵城下，与官军决战。李光弼、王思礼、许叔冀、鲁炅四路兵马，先出交锋，鏖战了两三时，杀伤相当。鲁炅中流矢退还，子仪等乃出兵继进，甫经布阵，忽觉大风卷至，拔木扬沙，霎时天昏地暗，咫尺不辨，两军互相惊诧，彼此骇散，贼兵北溃，官军南奔，甲仗辎重，抛弃无算。子仪走回河阳，忙将桥梁拆断，保住东京，哪知东京留守崔圆，河南尹苏震等，已经遁去。士民骇奔山谷，途中如织，那诸节度的溃兵，反乘势剽掠，吏不能止，唯李光弼、王思礼整军退归，沿途无犯，但百姓已吃苦得够了。子仪入东京，已剩了一座空城，幸诸将继至，得数万人，大众以东京空虚，必不可守，不如退保蒲陕。独都虞候张用济道："蒲陕荐饥，不若守河阳，河阳得守，东京自无虞了。"子仪乃使都游奕使韩游环，率五百骑趋河阳，用济以步卒五千继进，协同守御，果然思明遣伪行军司马周挚，来夺河阳，被用济率兵杀退。更筑南北两城，分兵戍守，贼兵始不敢进窥了。九节度上表请罪，肃宗一律赦免，唯削夺崔圆、苏震官阶，且令子仪为东畿、山东、河东诸道元帅，权知东京留守，主持战守事宜。

子仪因新遭败衄，未敢急进，那史思明得收整士卒，驻扎邺南，安庆绪因官军溃去，遣将出搜官军各营，得余粟六七万石，遂与孙孝哲、崔乾佑等，谋拒思明。偏张通儒等以庆绪负义，各有违言。思明复遣使责庆绪，庆绪窘蹙，只好向思明乞和，甚至上表称臣。思明封还表文，愿各略去君臣礼节，改称兄弟。庆绪大悦，因请歃血同盟。思明狡黠得很，阳为允许，即邀庆绪至营设誓。庆绪便冒冒失失地带着四弟，及骑兵三百，出城诣思明营。思明盛张军备，高踞胡床，传庆绪入见。庆绪才知有变，奈已不能退回，只好低首趋入，屈膝下拜道："臣不能负荷先业，弃两都，陷重围，幸蒙大王忆念上皇，远垂救援，使臣应死复生，臣虽摩顶至踵，尚难报德。"说至此，蓦听案上猛拍一声，且厉叱道："失去两都，还是小事，尔为人子，敢杀父夺位，神人共愤，天地不容，我为太上皇讨贼，岂受尔谄媚么？"**强盗也讲正理么？但禄山之死，假手于子，庆绪之死，假手于臣，逆报昭彰，千古不爽。**庆绪听着，魂已出壳，又闻思明一声呼叱，即有数壮士走近身前，把自己抓了出去。俄见四个阿弟，也被他陆续牵至，还有孙孝哲、崔乾佑、高尚诸人，一股脑儿绑缚起来，正是懊悔不及。忽又有人传出号令，庆绪兄弟赐死，孙孝哲崔乾佑高尚处斩，当由似虎似狼的兵役，应声动手，一面用绳勒项，一面开刀枭首，不到一刻，那庆绪以下的逆魂凶魄，仍做了同帮，向森罗殿上对簿去了。**全力写照，为大逆不道者戒。**统计禄山父子僭位，三年而灭。

思明即勒兵入邺城，授张通儒等官阶，收降安氏遗众，留子朝义统兵居守，自率众还至范阳，僭称大燕皇帝，建元顺天，立妻辛氏为皇后，子朝义为怀王，周挚为相，李归仁为将，改范阳为燕京，称州为郡。郊天遇暴风，不得成礼，铸顺天通宝钱，仅得一文，余皆无成。思明不肯罢休，复分军四出，渡河南下。这时候的唐肃宗，方宠暱张皇后，信任李辅国，辅国入司符宝，出掌禁兵，所有制敕，必经辅国押署，然后施行。宰相百司，有事陈请，必须先白辅国，后达肃宗。辅国骄横专恣，无人敢违。苗晋卿、王玙、李麟等，皆不合辅国意，相继罢去，改用京兆尹李岘，中书舍人李揆，户部侍郎第五琦，同平章事。揆见辅国，执子弟礼，尊为五父。**辅国排行第五。**唯李岘入白肃宗谓制敕应由中书颁行，且劾辅国专权乱政，须加裁抑。肃宗疑信参半，但令制敕归中书掌管，已是得罪辅国。岘入相才经匝月，即被辅国诬害，贬为蜀州刺史。鱼朝恩与李辅国，本是同党，自邺还京，屡谮郭子仪，辅国也从旁怂恿，不由肃宗不信，因将子仪召还，改任李光弼为朔方节度使兵马元帅。子仪待下，宽而有恩，光弼却务从严整，接任后整肃军纪，壁垒一新。**宽严各有利弊，但不能用宽，毋宁尚严。**当下持节出巡，遍阅河上诸营，尚未告毕，接到河北贼警，史思明留子朝清守范阳，自率众从濮阳入寇，思明子朝义出白皋，伪相周挚出胡良，贼将令狐彰出黎阳，四路渡河，拟会集汴州。光弼急驰至汴，语节度使许叔冀道："大夫守住此城，以十五日为期，我当调兵急救，幸勿有误。"叔冀许诺，光弼即去。

及思明进攻汴州，叔冀与战不利，竟竖起降旗，投顺思明。也不出张镐所料。思明乘胜西进，直抵郑州。光弼正在东京调兵，迭接警耗，便与留守韦陟商议。陟请暂弃东京，退守潼关。光弼道："贼乘胜前来，势必甚锐，东京原不易守，但无故弃地五百里，贼势不益张么？不若移军河阳，北连泽潞，可进可退，表里相应，使贼不敢西侵，这便是猿臂的形势哩。公好辨礼，我好谈兵，今日为拒贼计，公却逊我一筹，直言莫怪。"陟不能答，乃令陟率东京官属，西行入关，牒河南尹李若幽，使率吏民出城，至陕避贼，自领军士运油铁诸物，径诣河阳。道经石桥，天已昏暮，望见前面已有贼骑游弋，光弼步步为营，秉炬前进，贼骑不敢驰突，便即引去。夜半入河阳城，有众二万，刍粟仅支十日，经光弼按阅守备，部分士卒，才及天晓，均已办就。即此已见长才。思明陷郑州逾滑州，径抵东京城，城内虚无一人，遂引兵攻河阳，令骁将刘龙仙，至城下挑战。光弼登城俯视，见龙仙坐在马上，举足加鬣，满口谩骂，乃旁顾诸将道："何人敢取此贼？"仆固怀恩挺身请行，光弼道："公系大将，近且受封大宁郡王，区区草寇，何必劳公！"怀恩新近加封，即借此叙过。言未已，有裨将白孝德应声道："末将愿往！"光弼问须带兵若干？孝德道："何必带兵，看孝德一人一骑，即可往取贼首。"光弼道："来贼虽是轻躁，却颇勇悍，总须用兵为助。"孝德道："多兵转不易取了。待孝德先出，大帅选精骑五十名为后应，且在城上鼓噪助威，管教贼首取献。"已有成算。光弼大喜，抚孝德背道："好壮士！好壮士！"孝德抢步下城，跃马径出，两手持着两矛，越濠而前。龙仙见只一人一骑，毫不在意，俟孝德将近，方欲动手，孝德即摇手相示，龙仙疑非与敌，乃持刀不动，谩骂如故。孝德复驰上数步，与龙仙相距，不过十步左右，便即停住，瞋目问道："来将可识我么？"龙仙问是何人？孝德道："我乃大唐将官白孝德。"龙仙道："是何狗彘？"道言未绝，孝德已跃马突进，口中大呼杀贼，手中双矛并举，向龙仙脑前刺入。龙仙急忙闪避，胁下已经受创，忍痛返奔。城上鼓声骤起，城下五十骑，亦渡濠继进，龙仙越觉着忙，环走堤上，被孝德骤马追上，用矛猛刺，贯入龙仙胸中。龙仙堕落马下，孝德即下马枭取首级，复腾身上马，举首示贼道："何人再来受死！"贼众辟易。孝德却从容揽辔，与五十骑返入城中，献上首级。光弼慰劳有加，记上首功。

思明既失了龙仙，一时不敢攻城，但出良马千余匹，每日在河渚洗澡，循环不休。光弼却命索军中牝马，得五百匹，纵浴河旁，贼马为牝马所引，渡河而来，被官军尽驱入城。思明又失了千余匹良马，叫苦不迭。乃另生一计，移军河清县，断截光弼粮道。光弼也出军至野水渡，抵制思明，相持一日，光弼夜还河阳，留兵千人，使部将雍希颢守栅，且嘱道："贼将高庭晖李日越，皆万人敌，今夜必来劫营，汝只守着，不必与战，他若请降，汝可与俱来。"*语真奇突*。言毕即行。希颢莫明其妙，只好遵令固守。往至天晓，果见一贼将纵马前来，带着数百骑驰近栅前。希颢顾语左右道："来将不是高庭晖，必是李日越，我等应奉元帅令，从容待着，看他如何？"于是裹甲息兵，吟笑相视。来将到了栅下，瞧着官军非常整暇，不禁奇异起来，便喝问官军道："司空在否？"希颢答道："昨夜已回城了。"来将又问道："留兵若干？统将何人？"希颢道："留兵千人，统将是我雍希颢。"来将沉吟不答。希颢却问道："汝系姓李，还是姓高？"来将答言李姓。希颢笑道："想是李日越将军了。司空有命，知将军夙抱忠心，不过暂为贼迫，今特令我待着，迎接将军。"来将踌躇半晌，顾语左右道："今失李光弼，得雍希颢，我若回去，必死无疑，不如归顺唐朝罢。"从骑均无异言。来将便即请降，希颢开栅相见，问明名号，正是李日越，当下引见光弼。光弼喜甚，特别优待，任以心腹。日越甚是感激，愿作书招降高庭晖。光弼道："不必不必，他自然会来投诚的。"*又是奇语*。诸将闻言，越觉惊疑。连日越亦暗暗称奇，不知他葫芦里卖什么药。哪知过了数日，高庭晖果率部众来降，光弼待遇甚优，与日越相同，俱为奏给官阶。诸将见光弼收降二人，概如所料，还道他与有密约，遂入帐问明光弼，欲释所疑。光弼道："我与高李素不相识，何来密契？不过揆情度理，容易招降。我闻思明尝嘱部下，谓我只能凭城，不能野战，今我出野水渡，以为我已失计，必遣日越等袭我。日越不得与我战，势不敢归，自然请降。庭晖才勇，出日越上，闻日越得我宠任，也必前来投诚，谋占一席，今果如我所料，也算是侥幸成功哩。"*说来似无甚奇异，但非知彼知己，乌能得此？*诸将统是拜服。及问明高李二人，所言适符，自是诸将益敬服光弼，唯命是从。*将帅能服众心，全仗才智*。

思明愤激得很，复进攻河阳。光弼令郑陈节度使李抱玉守南城，自屯中潭。伪相

李光弼策降二将

周挚攻南城，被抱玉用诱敌计，出奇兵击退，改攻中潬。光弼令镇西行营节度使荔非元礼，用劲卒拒战，元礼出守栅中，坐视贼众填堑，按兵不动。光弼瞧着，即驰问元礼道："贼兵已近，奈何坐视？"元礼道："司空欲战呢，还是欲守呢？"光弼道："自然欲战。"元礼道："如果欲战，贼已为我填濠，何必出去拦阻呢？"光弼不觉省悟道："甚善甚善，我一时见不到此，愿公努力！"为将者能独出己意，又能善用人谋，方为良将。言讫自去。元礼俟堑已填就，即开栅纵兵，鼓噪奋击，杀贼无数。周挚见不可敌，复改趋北城，思明又派兵益挚，自攻南城，遥为声援。光弼登城遥望，见贼众如墙前进，旁顾左右道："贼兵多而不整，不足畏虑，待至日中，保为诸君破贼哩。"乃命诸将出战，两下里搏击多时，看日色已将亭午，尚是胜负不分。光弼召问诸将道："贼阵何方最坚？"诸将答称西北隅。光弼即令骁将郝廷玉往击，又问次为何方？诸将答称西南隅。光弼又令蕃将论廷贞往击。两将奉命前去，光弼亲出督阵，下令军中道："视我令旗进军，我飐旗若缓，任尔择利。否则有进无退，违者立斩。又用短刀置靴中，语诸将道："战是危事，我为国三公，不可死诸贼手，万一不利，诸君死敌，我亦自刭，不令诸君独死哩。"于是摇旗指麾，再出搏战。忽见廷玉奔还，即命左右往取廷玉首级，廷玉语使人道："马适中箭，非敢擅退。"使人返报，光弼即命易马再进。有顷，复见仆固怀恩父子，倒退下来。复饬使人往取首级，怀恩见使人提刀驰来，乃与子场硬着头皮，大呼向前。光弼把手中令旗，连飐不休，诸将拼命齐进，再接再厉，十荡十决。这一场鏖战，有分教：

上将功成歌虎拜，贼军胆落效狼奔。

贼众大溃，周挚遁去。官军斩得贼首千余级，俘虏五百人，驱示南城，思明亦仓皇窜走。光弼再进攻怀州，究竟怀州能否得手，请看官再阅下回。

禄山思明，狡黠相等，禄山且负唐廷，何论思明？叛而来归，万不足恃，为肃宗计，亟宜召他入朝，诱离巢穴，思明来则姑留京以羁縻之，否则责其抗命，仍加挞伐可也，九节度中，郭李最为忠智，若令郭攻邺城，李攻范阳，余七节度分隶两人，则号令既专，责成有自，安庆绪似釜底游鱼，不亡何待？史思明虽较强盛，以光弼制之，亦觉有余，何致有相州之溃耶？乃内宠李辅国，外任鱼朝恩，舆尸失律，理有固然。藉非然者，河阳一役，光弼仅有众二万人，粮食亦第支十日，卒之击退贼军，大获胜仗，是可知分听生乱，专任有成，何肃宗之始终不悟也？本回叙九节度之溃，及史思明之败，两两相对，余蕴曲包，而安庆绪之见杀于思明，尤为形容尽致，贼党相残，逆报不爽，作者之寓意，固深且远矣。

第二十三回

迁上皇阉寺擅权
宠少子逆胡速祸

却说怀州守将，便是安庆绪部下的安太清。庆绪被思明杀毙，他乃投降思明，思明令为河南节度使。光弼督兵攻怀州，途次接得诏敕，进光弼为太尉，兼中书令，光弼受诏，遣还中使，仍进薄怀州城下。太清出战败退，告急思明。思明率众来援，由光弼留兵围城，自率兵逆击，至沁水旁，与思明相遇，麾军奋斗，杀贼三千余人。思明遁去，转袭河阳城，又为光弼侦知，还兵截杀，斩贼首千五百余级。思明复遭一挫，只好退回洛阳。光弼乃得专攻怀州。安太清系百战余生，颇有能耐，拒守至三月有余，尚是无懈可击。光弼决丹水灌城，仍不能拔，再命郝廷玉潜挖地道，穿入城中，内应外合，方将怀州攻破，生擒太清，献俘阙下。肃宗祭告太庙，改乾元三年为上元元年，大赦天下。增光弼实封千五百户，前敌各官，进秩有差。一面奉上皇至大明宫，称觞上寿，且邀上皇妹玉真公主，及上皇旧嫔如仙媛，一并侍宴，并召梨园旧徒，奏乐承欢。哪知上皇反触景生悲，暗暗堕泪，勉强饮了数杯，便即托词不适，返驾兴庆宫。为这一事，遂令宫中又生出许多纠葛来了。文似看山不喜平。

先是上皇奔蜀，时常悼念杨妃，乐工张野狐随驾同行，辄进言劝解。上皇泪眼相顾道："剑门一带，鸟啼花落，水绿山青，无非助朕悲悼，叫朕如何排解呢？"及行斜谷口，适霖雨兼旬，车上铃声，隔山相应，留神细听，仿佛是三郎郎当，郎当郎

175

当的声音，玄宗特采仿哀声，作了一出《雨霖铃曲》，聊寄悲思。后来自蜀东归，道过马嵬，至杨妃瘗葬处，亲自祭奠，流泪不止。既还居兴庆宫，即命肃宗下敕改葬，偏李辅国从中阻挠，说是亡国妇人，幸免戮尸，何足赐葬，乃遣李揆入奏上皇，但托称龙武将士，深恨杨氏，今若改葬故妃，恐反令将士反侧不安。上皇乃止，唯密遣高力士往马嵬坡，具棺改葬。力士就原坎觅尸，肌肤俱已消尽，只剩了一副骷髅，**两语足唤醒世人痴梦**。独胸前所佩的锦香囊，尚属完好，乃将囊取留，拾骨置棺，另埋别所。又因当时有一驿卒，曾拾杨妃遗袜一只，归付老母，老母尝出袜示人，借此索钱，已赚得好几千缗。力士闻知，也向她赎出，携袜与囊，一并归献。上皇得此两物，越加唏嘘，特命画工绘杨妃肖像，悬置寝室，朝夕相对，终日咨嗟。嗣又忆及梅妃江采苹，饬内外一体访查，且特悬赏格，如觅得梅妃，授官三秩，赐钱百万，不意亦竟无下落。有内侍进梅妃肖像，上皇即题诗像上："忆昔娇妃在紫宸，铅华不御得天真。霜绡虽似当时态，争奈娇波不顾人。"题毕，命模像刊石。嗣因暑月昼寝，仿佛见梅妃到来，含涕语道："昔陛下蒙尘，妾死乱军中，有人哀妾惨死，埋骨池东梅株旁。"语尚未毕，突被外面一阵风声，惊醒梦魇，便起床往太液池边，令高力士等检寻尸骨，终无所得。继思梅亭外面，曾有汤池，莫非瘗在此处，乃移驾过视，尚存梅花十余株，命中使启视，果然得尸，裹以锦裀，盛以酒糟，附土三尺许，尸骨胁下，刀痕尚在。上皇忍不住大恸，左右亦莫能仰视，当下命以妃礼易葬，由上皇自制诔文，哭奠一番，方才回宫。**美人薄命，江杨同辙，事俱依曹邺《梅妃传》中，尝见《隋唐演义》，谓梅妃复会上皇，意欲为美人泄忿，反至荒谬不经。**

嗣是上皇闲居宫中，不是追悼梅妃，就是追念杨妃，肃宗颇曲体亲心，时往省视，凡从前扈从诸人，仍令随侍，就是歌场散史，曲部遗伶，也一律召还，供奉上皇，俾娱老境。怎奈上皇只是不乐，即如大明宫中的庆宴，一场喜事，变作愁城，肃宗亦未免介意。张皇后与李辅国，平素不为上皇所喜，遂乘此互进蜚言，谓上皇别有隐衷，不可不防，惹得肃宗亦将信将疑。会张后子兴王佋病殁，后因悲生怨，反归咎上皇，说他老而不死，无故哀泣，遂致殃及我儿，**仿佛村妇口角，亏作者摹仿出来**。如是与辅国日夜筹商，尝欲设法泄恨。可巧上皇御长庆楼，父老经过楼下，仰见上皇，都拜伏呼万岁，上皇命赐酒食，且召将军郭英义等，上楼赐宴。李辅国借端发难，遂入白肃宗道："上皇居兴庆宫，日与外人交通，陈玄礼、高力士等，谋不利陛下，今六军将士，皆灵武功臣，均因是生疑，臣多方晓谕，彼皆未释，不敢不据实奏闻。"肃宗沉吟良久，万道："上皇慈仁，不应有此。"辅国又道："上皇原无此意，恐群小蒙蔽上皇，或致生事，陛下为天下主，当思为社稷计，防患未萌，岂可徒徇匹夫愚孝？且兴庆宫逼近民居，垣墙浅露，亦非至尊所宜安养，不若大内深严，奉居上皇，既可远避尘嚣，尤足杜绝小人，荧惑圣听。"*自己是小人，反说人家是小人，想是以己之腹，度人之心。*肃宗不禁泪下，且徐徐道："上皇爱居兴庆宫，奈何遽请迁居？"言未已，突见张后出来，即从旁接口道："妾为陛下计，亦是奏迁上皇，可免后虑，愿陛下采纳良言！"肃宗仍然摇首。*尚有父子情，但不能正言折服，终太优柔。*张后忿然道："今日不听良言，他日不要后悔。"*泼悍之至。*说罢，即返身入内，肃宗依然未决。辅国退出，遍嗾六军将士，令他伏阙吁请，乞迎上皇居西内。肃宗只是下泪，不答一词。*堂堂天子，反效儿女子态，专知哭泣，是何意思？*辅国反出语将士道："圣上自知从众，汝等且退。"将士等乃起身散去。

肃宗为了此事，乃忧闷成疾。辅国竟诈传诏敕，把兴庆宫的厩马三百匹，取了二百九十匹，只剩十匹，然后令铁骑五百人，待着睿武门外，自趋入兴庆宫，矫称上语，迎上皇游西内。上皇驰马出宫，高力士后随，至睿武门，忽见铁骑满布，露刃而立，上皇惊问何事？那骑士却应声道："皇上以兴庆宫湫隘，特迎上皇迁居西内。"上皇尚未及答，辅国即走近上皇驾前，来持御马。惹得上皇大骇，险些儿坠下马来。高力士赶前一步，向辅国摇手道："今日即有他变，亦须顾全礼义，怎得惊动上皇？"辅国回叱道："老翁太不解事。"力士不禁大怒道："李辅国休得无礼！五十年太平天子，辅国意欲何为？"这三语驳斥辅国，那辅国才觉禁受不起，慢慢儿地走开。力士又代上皇宣诰道："太上皇劳问将士，无事且退，不必护驾。"各骑士见辅国气馁，也不敢倔强，便各纳刀下拜，三呼万岁而退。力士复叱辅国道："辅国可为太上皇引马！"辅国只好上前，与力士相对执辔，导上皇入西内，居甘露殿中，辅国乃退。殿中萧瑟得很，但剩老太监数人，器具食物，都不甚完备，尘封户牖，草满庭除。*比华清宫何如？*上皇不觉唏嘘，执力士手道："今日若非将军，朕且为兵死鬼了。"力士从旁劝慰，上皇复道："我儿为辅国所惑，恐不得终全孝道，但兴庆宫是我旧地，我本欲让与皇帝，皇帝不受，我乃暂住，今日徙居，还是我初志呢。"*无聊语，聊以自慰。*待至午餐，膳人进食，多是冷赦残羹，不堪下箸。上皇命膳人撤肉，且嘱："自今日始，不必进肉食，我当茹素终身。"愤极。草草食罢，直至酉刻，始有老宫婢数人，拨来侍奉，且将上皇随身衣物，搬取了来，既见上皇，相向号泣。上皇亦流涕道："不必如此，我闻皇帝有疾，想此事非他主使哩。"嗣是与高力士闲步庭中，看侍婢扫除尘秽，芟薙草木，粗粗整理，才得少安。

辅国因矫旨移徙上皇，也恐肃宗见责，先托张后奏闻，再率六军将士，趋入内殿，素服请罪。肃宗被他挟迫，反用好言抚慰道："卿等为社稷计，防微杜渐，亦何必疑惧。"上皇处尚可任权阉矫制，对诸他人将如何？辅国等欢跃而出。时颜真卿已入任刑部尚书，却不忍坐视无言，遂率百僚上表，请问上皇起居。辅国竟诬为朋党，奏贬为蓬州长史，且把高力士、陈玄礼等，一齐劾奏，说他潜谋叛逆，私引凶徒。里面又有张皇后浸润，竟勒令陈玄礼致仕，流力士至巫州，遣如仙媛至归州安置，迫玉真公主出居玉真观，另选后宫百余人，侍奉西内，令万安咸宜二公主，皆上皇女。入视服膳。看官！你想上皇至此，安心不安心呢？肃宗为张后辅国所制，竟不向西内问安，但遣人侍候上皇起居，只传言上疾未愈，就是对外事件，本令郭子仪出统诸道兵马，北攻范阳，又被鱼朝恩阻挠，事不果行。

到了仲冬时候，淮西节度副使刘展，竟造起反来，大扰江淮。江淮一带，虽经永王璘变乱，不久即平，尚无大害。乾元二年，襄州将康楚元、张嘉延，及张维瑾、曹玠等先后作乱，影响延及江淮，但也迭起迭亡，无碍大局。至刘展一反，竟横行江淮间，所过残破，蹂躏数州。溯源竟委。展初为宋州刺史，与御史中丞王铣，同领淮西节度副使。铣贪暴不法，展刚愎自用，节度使王仲昇，奏铣不法，将他诛死，并使监军邢延恩入陈展罪，亦请捕诛。延恩以展有威名，恐不受命，特向肃宗献策，请除展江淮都统，俟他释兵赴镇，中道逮捕云云。肃宗乃命延恩赍敕授展，哪知展已瞧破机关，谓须先得印节，然后启程。延恩没法，驰至江淮都统李峘处，说明原委，令峘暂交印信，转给与展。展乃上表谢恩，即带宋州兵七千，驰赴广陵。延恩无从下手，计划全然失败，天子无戏言，怎得为欺人计？延恩固误，肃宗尤误。急忙奔回广陵，联络李峘，并约淮东节度使邓景山，发兵拒展。展说峘反，峘说展反，彼此移檄州县，弄得大众疑惑，无所适从。但江淮都统的符节，已入展手，反似展奉敕赴任，理直气壮。兵民多不直李峘，未曾与展接仗，先已溃奔。峘奔宣城，延恩奔寿州，展长驱入广陵，遣将攻邓景山。景山复败，部兵亦溃。展乃连陷升、润、苏、湖、濠、楚等州，江淮几无干净土。景山与延恩，惶急得很，一面奏请调平卢兵援淮南，一面遣使促平卢节度田神功，愿以淮南子女玉帛，作为酬劳。神功正屯兵任城，立选精骑南下，到了彭城，才接诏敕，令他讨展，他却名正言顺，与展开仗。展连战皆败，弃城东走，神功得入广陵及楚州，纵兵大掠，复遣将分道追展，且约景山延恩等三面夹攻。展穷蹙至金山，为神功部将贾隐林追及，一箭中目，趁手杀死。三路兵搜剿余党，依次荡平。只平卢军沿途掳掠，计十余日，饱载而归。**兵亦与强盗相等，苦哉南人！**当时北方糜烂，南方本尚宁谧，至此百姓始受荼毒，前遭刘展，后遇神功，两次掠劫，当然十室九空了。**刘展乱事，贻害不小，故叙述特详。**还有阴忮贪贼的鱼朝恩，与李辅国狼狈为奸，镇日里蛊惑肃宗，范阳当攻不攻，是为朝廷所误，东京尚不可攻，偏朝恩定要肃宗下敕，催李光弼即速进兵。光弼上言贼锋尚锐，未可轻进，偏鱼朝恩责他逗挠，日遣中使督促。光弼不得已，会集朝恩等攻东京，择险列营。仆固怀恩自恃功高，因光弼屡加裁抑，有不满意，独引部下出阵平原，光弼使语怀恩道："依险列阵，可进可退，若列阵平原，败且立尽，思明未可轻视哩。"怀恩不从，正龃龉间，史思明骤马出城，悉众来犯，怀恩立足不住，便即退后。顿时牵动后军，连光弼也支持不住，只好返奔。思明乘势进击，杀死官军数千人，军资器械，多被夺去。光弼渡河，走保闻喜，河阳、怀州，复为贼陷，唐廷闻得败状，上下震惊，忙增兵屯陕。神策节度使卫伯玉，自东京败还，到了陕城，急收集溃卒，与新军协力固守，不到数日，即有贼兵进攻，统将就是史朝义。伯玉引军出击，大破贼兵，朝义再却再进，伯玉三战三胜。思明闻朝义屡败，不禁愤愤道："竖子何足成大事？不如令他速死！"当下命朝义筑三角城，欲贮军粮，限一日告毕。到了傍晚，思明亲往按视，见城虽筑就，尚未泥垩，更痛詈朝义，叱他延缓，并令工役立刻加泥，须臾竣事，思明乃返，还是怒气勃勃，且行且语道："俟克陕州，定斩此贼。"看官！你道思明欲杀朝义，果止为攻陕一事么？说来也有一段隐情，差不多与禄山相似。

思明除夕生，禄山元日生，两人生年，只隔一日，又是同种同乡，同投军伍。禄山渐贵，思明尚未显达，土豪有女辛氏，尚未字人，偶见思明面目魁梧，暗生羡慕，便请诸父母，愿嫁思明。**不去私奔，还算贞女。**父母以思明微贱，不欲相攸，偏该女拼生觅死，硬欲嫁他，也只得听女自便。思明既娶得辛女，当然欢爱，唯前时已有私遇，怀妊未产，未几即生一子，取名朝义。思明得禄山荐举，积功至将军，辛氏亦生子朝清，思明因自负道："自我得辛氏为妻，官得累擢，又庆添丁，想是我妻福命过人，所以有此幸遇哩。"嗣是益宠辛氏，并爱朝清，渐渐地嫉视朝义。只朝义素性循谨，待士有恩，朝清淫酗好杀，士卒多乐附朝义，怨恨朝清，所以思明僭称帝号，已立辛氏为后，独至建储一事，始终未决。及朝义攻陕屡败，遂决议除去朝义，立朝清为太子。三角城竣，即于次日下令，再命朝义攻陕，阅日未克，便当斩首，并在鹿桥驿待报，这令一下，朝义原是自危，就是朝义部下，亦皆恐惧。部将骆悦、蔡文景，密白朝义道："陕城岂一日可下？悦等与王，明日就要骈首了。"朝义道："奈何奈何？"悦复道："主子欲废长立幼，所以借此害王，今日只好强请主子，收回成命，或可求生。"朝义俯首不答。悦与文景齐声道："王若不忍，我等将降唐去了。"<u>好似严庄之说庆绪，唯口吻却是不同。</u>朝义急得没法，不得已语二人道："君等须好好入请，毋惊我父！"

悦等遂率部兵三百，待夜入驿，托言有要事禀报，径入思明寝所，四顾不见思明，便叱问寝前卫士。卫士已缩做一团，不敢遽答。悦与文景，立杀数人，才有人说他如厕，指示路径。悦等驰入厕所，仍然不见思明，忽闻墙后有马铃声，亟登墙了望，见有一人牵马出厩，正在跨鞍。悦部下周子俊，弯弓发矢，正中那人左臂，堕落马下。子俊即逾垣出视，悦等亦相继跃出，到了马前，仔细一瞧，正是思明。当将他两手反剪，捆绑起来。<u>随笔叙来，确是夜景。</u>思明受伤未死，便问由何人倡逆。悦大声道："奉怀王命！"思明道："我早晨失言，应有此事，但为子岂可弑父？为臣岂可弑君？尔等难道未知么？"悦复道："安氏子为何人所杀？况足下杀人甚多，岂无报应？"<u>答语妙甚。</u>思明太息道："怀王怀王，乃敢杀我么？但可惜太早，使我不得至长安。"悦不与多言，竟牵思明至柳泉驿，令部兵守着，自还报朝义道："大事成了。"朝义道："惊动我父否？"悦答言未曾，遂令许季常往告后军。季常即许叔冀子，叔冀正与周挚驻军福昌，一闻季常入报，叔冀却不以为意，<u>既可叛唐，何妨叛思明。</u>挚惊仆地上，<u>也是个没用家伙。</u>季常驰还，悦即劝朝义道："一不做，二不休，大义灭亲，自古有的。"<u>弑父也足称大义吗？</u>朝义已不知所为，支吾对答，悦遂至柳泉驿，缢杀思明，借毡裹尸，用橐驼载还东京。路过福昌，托思明命，召周挚出见，挚还疑思明未死，贸然出迎，甫至悦军中，即由悦指麾部兵，把他拿下，一刀两段。当下遣使奉迎朝义，共至东京。朝义即日称帝，改元显圣，令部将向贡阿史那玉，率数百骑往范阳，令图朝清。朝清尚未知思明死耗，既见贡玉，便问及思明安否？贡伪说道："闻主上将立王为太子，特令贡等促王入侍，请王即日启行！"朝清大喜，即命治装。贡与玉退出后，密令步骑入牙城，专俟朝清出来，便好动手。偏朝清得微察密谋，竟擐甲登城楼，召贡诘问。贡潜伏隐处，但遣玉陈兵楼下，与相辩答。朝清怒起，拈弓在手，射毙玉军数人，玉返马佯奔，那朝清不识好歹，下楼出追，才经百余步，贡在朝清背后，骤马发箭，立将朝清射倒。玉还马再战，杀退朝清左右，便将朝清擒住，复与贡突入城中，揭示朝义檄文，一面搜获朝清母辛氏，与朝清一并杀讫。辛氏愿嫁思明得为皇后，当时似具慧眼，哪知却如是收场。朝清本不得志，见了朝义榜示，及贡玉各军，或俯首迎降，或袖手避去。独张通儒闻变，召集部下，前来拒战，终因士卒离心，为乱军所杀，范阳乃定。朝义遣部将李怀仙为幽州节度使，留守燕京。但朝义所部节度使，多系禄山旧将，思明僭号时，已多是阳奉阴违，此次朝义嗣立，更不愿受命，眼见得势处孤危，不久将灭了。

　　肃宗仍令各道节度使，进攻朝义，且加李辅国为兵部尚书，执掌全国军务。看官！你想国家军政，何等重大？岂可为阉奴所玩弄吗？那肃宗还是昏聩糊涂，在大明宫建设道场，讽经祷福，号宫人为佛菩萨，北门武士为金刚神王，召大臣膜拜围绕，一面去尊号及年号，以建子月为岁首，子月朔日，受百官朝贺，如元日仪。会张后生一婴女，肃宗非常钟爱，暇辄怀抱。山人李唐入见，肃宗正抱弄幼女，顾语唐道："朕颇爱此女，愿卿勿怪！"唐答道："太上皇思见陛下，想亦似陛下垂爱公主呢。"因机讽谏，唐颇怀忠。肃宗不觉泣下，但尚惮着张后，不敢诣西内，直至残腊相近，方往朝一次。越年，河东军乱，杀死节度使邓景山，自推兵马使辛云京为节度使。未几，绛州行营又乱，前锋将王元振，又杀死都统李国贞。镇西北庭行营兵，复杀死节度使荔非元礼，自推神将白孝德为统帅。警报络绎不绝，肃宗乃封郭子仪为汾阳王，知诸道节度行营，兼兴平定国等副元帅。子仪奉命至绛州，召入王元振，数罪正法。辛云京闻风生畏，也查出乱首数十人，一并按诛，河东诸镇始皆奉法。肃宗得子仪奏报，心下稍慰，但为张后、李辅国所使，反害得无权无柄，一切举动，不得自由，免不得抑郁寡欢，时患不豫。上皇寂居西内，种种怅触，尤觉得少乐多忧，凄然欲尽。曾记上皇尝自吟道：

刻木牵丝作老翁，鸡皮鹤发与真同。

须臾舞罢寂无事，还似人生一世中。

是时上皇已七十八岁了，年力衰迈，禁不住忧病相侵。忽有一方士从西方来，自言能觅杨太真，欲知他如何觅法，且至下回再表。

先圣有言，身修而后家齐，家齐而后国治，国治而后天下平，此实千古不易之至论，试证诸本回而益恍然矣。玄宗纳子妇为妃，便生出许多祸乱，后来且受制于子妇，不能修身齐家者，宁能治国平天下乎？肃宗嬖悍妻，任权阉，为子不孝，为夫不义，为君不明，是亦一不能修齐，即不能平治之明证也。即如安史之亡，虽由逆报昭彰，万不能避，然安禄山之死，死于妇人，史思明之死，亦未始不死于妇人。废长立幼之议起，而摧胸击颈之祸作。身不修，家不齐，必至杀身覆家而后止，遑问治国平天下耶？

第二十四回

弑张后代宗即位

平史贼蕃将立功

　　却说西蜀来一方士，入见上皇，自言姓杨名通幽，法号鸿都道士，有李少君术，李少君系汉武时人。能致亡灵来会。上皇大喜，即命在宫中设坛，焚符发檄，步罡诵咒，忙乱了好几日，杳无影响。通幽入禀上皇道："贵妃想是仙侣，不入地府，待臣神游驭气，穷幽索渺，务要寻取仙踪，才行返报。"上皇自然照允。通幽乃命坛下侍役，不得妄动，亦不得喧哗，自己俯伏坛前，运出元神，往觅芳魂，约阅一日，并不见他醒悟，仍然伏着，又阅一日，还是照旧，直至三日有余，方霍然起身，自觉精力尚疲，又盘坐了一歇，始从袖中摸了一摸，然后趋至坛下，入谒上皇。上皇即问他有无觅着？通幽道："臣已见过贵妃了，取有信物，可以作证。"说至此，即从袖中取出两物，乃是金钗半支，钿盒半具，呈与上皇。上皇接过一瞧，乃是初召杨妃时，作为定情的赐物，但不过缺了一半，便问从何处取来？通幽道："说来话长，待臣详奏。"从通幽口中，叙出情事，方有来历，不然，有谁见通幽四觅耶？上皇赐他旁坐，通幽谢座毕，乃坐谈道："臣运出元神，游行霄汉，遍觅上界仙府，并无贵妃踪迹，转入地府中，又四觅无着，再旁求四虚上下，东极大海，逾蓬壶岛，才见仙山缥缈，仙阙迷离，下有洞户东向，双扉阖住，门上恰署有'玉妃太真院'五字。臣因贵妃生时，曾号太真，正好叩门入见，当有双鬟启户出视，问明由来，再行入报。俄有碧衣侍

183

女，出导臣入，再诘所从。臣答言为太上皇传命，碧衣女却说是：'玉妃方寝，令臣少待。'言已自去。是时云海沉沉，洞天日晚，琼户重阍，悄然无声。臣静候多时，才由碧衣女传宣，命臣入谒。但见侍女七八人，拥一仙子登堂，冠金莲，披紫绡，佩红玉，曳凤舄，云鬟半軃，睡态犹存，臣料她定是贵妃，便上前致命。贵妃亦向臣答揖，且问上皇安否？次问及天宝十四载后时事，臣一一答讫，贵妃叹息数声，令碧衣女取出金钗钿盒，折半授臣，且语臣道：'为谢太上皇，谨献是物，聊寻旧好。'臣接受钗钿，复问贵妃在日，与太上皇有无密词？贵妃乃徐徐道：'天宝十载，侍驾避暑，曾于七夕夜间，在长生殿中乞巧，与上皇对天密誓，有"世世愿为夫妇"一语，此语只有上皇知晓，可作凭信。'"上皇听到此言，不禁泫然道："确有此事，此外尚有他语否？"通幽复道："贵妃又说为此一念，恐再堕下界，重结后缘。唯上皇为孔升真人后身，不久即当重聚，好合如初。幸为转达圣躬，毋徒自苦。"上皇流涕道："我情愿速死，如贵妃言，且得重聚，真是早死一日好一日了。"通幽起拜道："臣恐蹈新垣平覆辙，新垣平亦汉武时人。故不避嫌疑，依言详述。"上皇道："这有何妨，不过卿为朕劳苦了。"遂命左右取出金帛，赐给通幽。通幽谢赏而退，仍还西蜀去了。

究竟此事是真是假，也无从辨明。恐未必全真。唯上皇自迁居西内，久不茹荤，及经通幽奏陈后，更辟谷服气，累日不食。看官试想！一个肉骨凡胎，哪能时常绝粒？辟谷不过美名，祈死实是真相。况且老病缠绵，悲怀莫诉，形同槁木，心如死灰，眼见得是要与世长辞了。临崩前一日，尚吹紫玉笛数声，调极悲咽，相传有双鹤下庭，徘徊而去。次日已气息奄奄，召语侍儿宫爱道："我本孔升真人，降生尘世，今将重皈仙班，当与妃子相见，亦复何恨。"又指示紫玉笛道："此笛非尔所宝，可转给大收，系代宗豫小字。尔可为我具汤沐浴，俟我就枕，慎勿惊我。"宫爱乃奉上香汤，侍上皇沐浴更衣，安卧榻上，方才退出。是夕宫爱闻上皇有笑语声，尚不敢入视，黎明进见，上皇双目紧闭，四肢俱僵，已呜呼哀哉了。统计玄宗在位四十三年，居蜀二年有余，还居大内又五年，寿七十八岁而崩，后来尊谥为大圣大明皇帝，所以后世沿称为唐明皇。补语断不可少。

肃宗已好几月不朝上皇，暮闻上皇升遐，不免悲悔交集，号恸不食，病且转剧，乃只在内殿举哀，令群臣临太极殿，奉梓宫至殿中治丧。蕃官追怀上皇遗德，剺面割耳，多至四百余人，越日，命苗晋卿摄行冢宰，且诏太子豫监国。适楚州献上宝玉十三枚，群臣表贺，且上言太子曾封楚王，今楚州降宝，宜应瑞改元，乃改上元三年为宝应元年，仍以建寅为正月，下诏特赦，放还流人。高力士自巫州遇赦，还至朗州，闻上皇已崩，悲不自胜，甚至呕血数升，不久即殁。享年亦七十九岁。**力士虽是宦官，还算瑕瑜互见，特书死以表其忠。**肃宗病笃，宫中又发生内乱，原来张后辅国，本是内外勾结，互相为援。后来辅国专权，连张后也受他挟制，以此积不能容，致成嫌隙。**女子小人，往往如是。**后见肃宗疾亟，召太子入语道："李辅国久典禁兵，制敕皆从彼出，且擅事逼迁上皇，为罪尤大。**自己本与同谋，至此反欲抵赖。**他心中所忌，只有我与太子，今主上弥留。辅国连结程元振等，阴谋作乱，不可不诛。"太子流涕道："皇上抱病甚剧，不便入告。若骤诛辅国，必致震惊，此事只好缓议罢。"后乃答道："太子且归！待后再商。"太子趋出，后更召越王系入议，且与语道："太子仁弱，不能诛贼臣，汝可能行否？"系是肃宗次子，初封南阳，后徙封越，本来是痛恨辅国，至是听着后言，竟满口承认下去。乃即命内监段恒俊，就阉寺中挑选精壮，得二百人，授甲殿后。**欲以阉奴除阉奴，已是失策。**

不料为程元振所闻，竟告知辅国。元振曾为飞龙厩副使，与辅国同类相关，联为指臂，当下号召党徒，至凌霄门探听消息。适值太子到来，意欲入门，辅国、元振，即上前拦住道："宫中有变，殿下断不可轻入。"太子道："有什么变端？现有中使奉敕召我，说是皇上大渐，我难道就畏死不入吗？"元振道："社稷事大，殿下还应慎重。"说着，即指麾党羽，拥太子入飞龙殿，环兵守着。自与辅国诈传太子命令，号召禁兵，闯入宫中，搜捕越王系段恒俊等，将他系狱。张后闻变，忙奔至肃宗寝室内，冀避兵锋。不意辅国胆大妄为，竟带兵数十人，突入帝寝，逼后出室。后哪里肯行，哀乞肃宗救命。肃宗已死多活少，经此一急，顿时气壅，喘吁吁地说不出话。可恨辅国目无君上，遽将张后两手扯住，拖出寝门，**比曹阿瞒，还要厉害。**一面捕张后左右，共数十人，同牵至冷宫中，分别拘禁，内侍宫妾，相率骇散。肃宗第六子兖王偘，闻乱入宫，巧巧碰着李辅国，问为何事起变？辅国诬言皇后谋逆。偘止驳斥数语，又被辅国麾兵执住。更可怜那在位七年，**改元四次。**享寿五十二岁的肃宗皇帝，独自卧在床上，又惊又骇，又悲又恼，喘急多时，无人顾问，竟就此了结残生。**宠任妇寺，应该如此。**辅国自往探视，见肃宗已是死去，遂出来嘱托党徒，分头行事，勒毙张皇后，杀死张后左右数十人。外如越王系、兖王侗、段恒俊等，一股脑儿牵出开刀，不留一人，张后尚有一子，年仅三龄，取名为侗，已封定王，辅国欲斩草除根，复亲往搜捕，哪知这身在襁褓的小儿，因无人照管，已是骇死，不劳顾问了。**全尸而死，还算幸事。**

辅国乃与元振同入飞龙殿，请太子素服，出九仙门，与宰相等相见，述及肃宗晏驾事。摄冢宰苗晋卿，年逾七十，素来胆小，不能有为。新任同平章事元载，由度支郎中升任，专知刻剥百姓，趋媚权要，当然不敢发言。彼此唯唯诺诺，一听辅国处分。于是至两仪殿，发肃宗丧，奉太子即位枢前。越四日始御内殿听政，是为代宗。辅国竟自命为定策功臣，越加专恣，且语代宗道："大家**注见前。**但居禁中，外事自有老奴处分。"代宗听了，也觉心下不平，但因他手握兵权，不便指斥，只好阳示尊礼，呼为尚父，事无大小，俱就咨询，就是群臣出入，亦必先诣辅国处所。辅国侈然自大，呼叱任情，未几且加职司空，兼中书令。程元振亦升任左监门卫将军。追尊生母吴氏为皇后，加谥章敬。吴氏幼入掖庭，得侍肃宗，当代宗怀妊时，曾梦金甲神用剑决胁，醒后顾视胁下，尚隐隐有痕。后生代宗，玄宗因得生嫡皇孙，亲视洗澡，保姆因儿体孱弱，另取他宫儿以进。玄宗谛视，有不悦状，保姆乃叩头实陈。玄宗道："快取本儿来！"及见嫡孙，欣然道："你等以为体弱，我看他福过乃父哩。"遂召入肃宗，一同欢宴，且顾语高力士道："一日见三天子，也可为乐事了。"唯吴氏有德无寿，殁时年止十八，至此始追册为后，且追复玄宗废后王氏位号，并玄宗子瑛瑶琚三人，皆复故封。废肃宗后张氏，及越王系兖王侗皆为庶人，封长子适为鲁王，次子邈为郑王，三子回为韩王。适为代宗侍女沈氏所出，自安禄山陷入长安，沈氏不及出奔，被掳至东京。及东京克复，得与代宗相见，仍留居行宫，未及西归。至史思明再入东京，沈氏竟不知去向。代宗遣使四访，仍无下落，乃将后位虚悬，但册韩王回母独孤氏为贵妃，所有肃宗旧侍，如知内省事朱光辉，内常侍啖庭瑶，及山人李唐等三十余人，均远流黔中。李辅国素恨礼部尚书萧华，因贬华为峡州司马。程元振暗忌左仆射裴冕，因出冕为施州刺史。唐廷只知有李程，不知有代宗。

既而李程两人，亦互争权势，程元振密白代宗，请裁制辅国，乃解辅国行军司马，及兵部尚书兼职，且把他迁居外第。辅国始有戒心，上表逊位，有诏罢辅国兼中书令，进爵博陆王。**宦官封王，旷古未闻。**辅国入谢，愤咽陈词道："老奴死罪，事郎君不了，愿从地下事先帝。"竟称代宗为郎君，彼心目中岂尚有天子耶！代宗虽听不下去，表面上尚虚与周旋，好言慰谕。辅国乃悻悻出去。后来与元振商得一策，密遣牙门将杜济，入辅国第，刺杀辅国，截去右臂，并枭首掷坑厕中。杜济返报，代宗令他潜避，佯下敕令有司捕盗，一面刻木代首，合尸以葬，赠官太傅，唯谥法却是一个"丑"字。看官听说！代宗本来嫉视辅国，只因张后生前，常有易太子意，代宗时怀恐惧，及辅国擅杀张后，为代宗除一障碍，代宗反感念辅国，所以不欲明诛，但加暗杀，这无非是私心自用呢。代宗不明诛辅国，显然失刑，况去一辅国，存一元振，亦何分优劣乎？元振再超任骠骑大将军，独揽政权，且召郭子仪入朝，意图构害。子仪闻命即至，请自撤副元帅及节度使职衔，有旨准奏。徙封鲁王，适为雍王，特授天下兵马元帅，令统军讨史朝义。且遣中使刘清潭，至回纥征兵。先是回纥太子叶护，归国取马，拟再来助讨范阳，偏葛勒可汗，不肯再发兵马，反上言请婚。肃宗方倚重回纥，即将幼女宁国公主，许嫁葛勒可汗，且亲送女至咸阳，慰勉再三。公主泣道："国家多难，以女和蕃，死且不恨。"语毕即行。既至回纥，尊为可敦，并献马五百匹，及貂裘白毡等，作为谢仪。有诏册封葛勒为英武威远毗伽可汗，葛勒拜受，唯太子叶护，因与肃宗立有旧约，愿自领兵助攻范阳。葛勒可汗仍然不从，父子间致启违言，惹得葛勒动怒，竟将叶护逼死，后来颇也自悔，遣王子骨啜特勒，宰相帝德等，率骑兵三千，与九节度等同攻相州。即邺城。九节度败溃，骨啜等亦奔还京师，由肃宗厚赐遣还。葛勒可汗，复为少子移地健乞婚，肃宗乃取仆固怀恩女，遣嫁移地健。俄而葛勒可汗病终，宁国公主，以无子得还，移地健嗣立，号牟羽可汗，以怀恩女为可敦，使大臣莫贺达干等入朝，并问公主起居。

及代宗即位，远敕未颁，史朝义计诱回纥，诈称唐室两遇大丧，中原无主，请回纥入收府库，可得巨赏。牟羽可汗信为真言，即引兵南行，途次正与刘清潭相值。牟羽即问清潭道："唐室已亡，怎得有使？"清潭答道："先帝虽弃天下，今嗣皇即广平王，曾与可汗兄叶护，共收两京，且曾岁给贵国缯绢，难道已忘怀么？"牟羽无言可驳，乃偕清潭入塞，沿途见州县空虚，烽障无守，复有轻唐意，免不得嘲笑清潭。清潭密报唐庭，代宗乃遣怀恩往抚，再命雍王适统兵至陕，迎劳回纥可汗。雍王适到了陕州，回纥兵亦至，列营河北，适与御史中丞药子昂，兵马使魏琚，元帅府判官韦少华，行军司马李进，共诣回纥营，与牟羽可汗相见。牟羽踞坐胡床，令适拜舞。药子昂趋进道："雍王系嫡皇孙，两宫在殡，礼不当拜舞。"*此语亦未免失辞。*回纥将车鼻，在旁诘问道："唐天子与可汗，曾约为兄弟，雍王见我可汗，当视如叔父，怎得不拜舞哩？"子昂固拒道："雍王为大唐太子，将来即为中国主，岂可向外国可汗拜舞么？"车鼻不应，竟麾令军士，拥子昂等四人至帐后，各鞭百下，乃令随适回营。少华与琚，不堪痛苦，是夕竟殁。*也是国耻。*

诸道节度使，陆续会集，闻雍王为回纥所辱，拟袭击回纥，为雪耻计。雍王以贼尚未灭，不应轻启衅端，乃含忍而止。回纥见官军大集，气亦少夺，乃愿同讨贼。于是仆固怀恩，引回纥兵为前驱，郭英乂、鱼朝恩为后殿，出发陕州。雍王适在陕居守，遥作声援。各军向东京进发，泽潞节度使李抱玉，与河南等道副元帅，俱率兵来会，直抵东京北郊，遂分军拔怀州，合阵横水。贼众数万，立栅固守。怀恩遣骁骑及回纥兵，绕道南山，出栅东北，与大军前后夹击，得将贼栅冲破，毙贼甚多。史朝义自领精兵十万，出城援应，列阵昭觉寺旁，官军连击不动。镇西节度使马璘道："事已急了，不出死力，如何破贼？"说着，即一马当先，奋突贼阵。贼前队多盾牌手，由璘用长槊拨去两牌，骤马径入。官军随势拥进，贼众披靡，奔至石榴园老君庙，方拟小憩，又被官军赶到，大杀一阵。贼无心再战，自相践踏，尸满山谷。官军斩首六万级，捕掳二万人。朝义领轻骑数百，东走郑州，怀恩进克东京，乘胜夺河阳城，留回纥可汗屯河阳，令子右厢兵马使玚，及朔方兵马使高辅成，率步骑万余，追击朝义，至郑州再战再捷。朝义又东走汴州，伪陈留节度使张献诚，闭门不纳，朝义转趋濮州，渡河北奔。是时官军依次北向，东京乏人居守，回纥兵自河阳入东京，肆行杀掠，纵火连旬，可怜东京居民，三次遭劫，徒落得庐黔垣赭，家尽人空。*乱世人民，真是没趣。*怀恩也不遑顾及，闻前军得胜，也亲往追贼。朝义且战且奔，滑州卫州，均被怀恩克复。伪睢阳节度使田承嗣等，来援朝义，与怀恩子玚鏖战半日，又复败退，偕朝义同走莫州。官军争传露布，且遍檄两河，令贼党自拔来降。伪邺州节度使薛嵩，向李抱玉处投诚，举相卫洺邢四州来降。伪恒阳节度使张忠志，向辛云京处投诚，举恒赵深定易五州来降。承嗣与朝义居莫州城，勉强支过残年。越年，唐廷已改元广德，且饬各军进讨，加怀恩为河北副元帅。怀恩乃令兵马使薛兼训郝廷玉等，会同田神功辛云京两节度，进围莫州。史朝义屡出拒战，无一胜仗。官军锐气未衰，淄青节度使侯希逸，又复踵至，眼见得斗大孤城，不日可下，田承嗣自知不支，劝朝义亲往幽州，发兵还救。朝义乃率锐骑五千，自北门突围夜走。承嗣即投款官军，把朝义母妻子女，作为贽敬，一股脑儿献至军前。官军收得俘虏，也不及入城，再向前追蹑朝义。

朝义踉跄北走，一口气跑至范阳城下，但见城门紧闭，城上已竖起大唐旗帜，这一吓非同小可，险些儿跌下马来。嗣见城楼上立着一将，却是面熟得很，仔细一想，记得是范阳兵马使李抱忠，便呼抱忠与语道："汝等为何叛我？须知食我禄，当为我尽忠，我因莫州被围，特率轻骑到此，发兵往援，汝等若尚知君臣大义，应即洗心悔过，共支大局。"言未已，那抱忠已应声道："天不祚燕，唐室复兴，今我等已经归唐，岂得再为反复？大丈夫耻以诡计相图，愿早择去就，自保生全。"朝义闻言，半晌才说道："我今日尚未得食，可能饷我一饱否？"抱忠应诺，令人馈食城东。朝义与部骑食讫，远远听有喊杀声，恐是唐军追至，急急地奔往广阳。广阳亦闭门不纳，谋投奚、契丹。部骑已陆续散去，范阳留守李怀仙，遣兵追还。朝义料难保全，遂缢死医巫闾祠下。怀仙取朝义首，赍献长安。总计史氏父子，僭号凡四年而亡。**比安氏较多一年。**李怀仙、薛嵩、田承嗣、张忠志，次第至怀恩军营，请随军效力。怀恩恐贼平宠衰，仍奏留四人复职。代宗已是厌兵，竟如所请。薛嵩为相卫邢洺贝磁六州节度使，田承嗣为魏博德沧瀛五州节度使，李怀仙仍守故地，为卢龙节度使。张忠志本是奚人，特赐姓名为李宝臣，仍统恒赵深定易五州，且称他部军为成德军，令为成德军节度使。一面下诏大赦，凡东京及两河伪官，既已反正，不究既往。于是叛臣许叔冀以下，均得以意外免死，侥幸全生。**遗祸无穷。**小子有诗叹道：

> 姑息由来足养奸，况经事虏衅天颜。
> 未明功罪徒施惠，贼子何堪帝宠颁。

还有回纥部众，所过抄掠，尚未肯敛兵归国，后来如何处置，且至下回再详。

张后有可杀之罪，辅国非杀张后之人，此二语实为确评。况张后之谮杀建宁，谋迁上皇，无一非辅国与谋，设当时无辅国其人，吾料张后孤掌难鸣，亦未必果能遂恶也。纲目书杀不书弑，汪克宽尝驳斥之，张天如亦谓张后谋诛辅国，事虽不成，英武却非帝所及。然后辅国之逼死张后，当乎否乎？宦官而可杀后也，是赵盾之于晋君，公子归生之于郑伯，《春秋》何必书弑乎？宜清高宗之斥纲目为失当也。代宗不能诛贼，反感其有杀后之功，拜相封王，宠赍无比，厥后入程元振言，乃遣人刺死之；功罪不明，已可概见。至若史朝义僭踞东京，已成弩末，既不必借兵回纥，亦无庸特任亲王，但令郭李为帅，已足荡平河朔，一误不足，且于贼将之乞降，仍令握兵任重，所有伪官，悉置不问，天下亦何惮而不再反也？呜呼代宗！呜呼唐室！

第二十五回

避寇乱天子蒙尘

耀军徽令公却敌

却说回纥可汗纵兵四掠，人民骇散，市落为墟。泽潞节度李抱玉，方受命兼辖陈郑，拟遣官属劝阻，无人敢往。独赵城尉马燧请行，燧闻回纥兵入境，先遣人纳赂渠帅，约无暴虐。渠帅因贻一令旗，与燧面约道："如有犯令，请君自加捕戮，决无异言。"燧取旗弹压，回纥兵相顾失色，愿遵约束。会唐廷论功行赏，特册回纥可汗为英义建功毗伽可汗，可敦为毗伽可敦，且自可汗至宰相，共赐实封二万户，以下亦封赏有差。回纥可汗，始满意而去。代宗乃大赉群臣，如正副元帅，及各道节度，悉赠官阶。唯山南东道节度使来瑱，本已召入为兵部尚书，兼同平章事，偏程元振与瑱未协，说他与贼通谋，竟坐流播州，旋且赐死。瑱旧时部曲，大为不平，特推兵马使梁崇义为统帅，唐廷却不能讨，乃命崇义为山南东道节度留后。*留后之名自此始。*崇义为瑱讼冤，乞为改葬，有诏许改葬事，瑱始得还正首邱。

代宗因乱事敉平，始封玄宗于泰陵，肃宗于乔陵，嗣分河北诸州为五部，各专责成。幽、莫、妫、檀、平、蓟六州，归幽州管辖；恒、定、赵、深、易五州，归成德军管辖；相、贝、邢、洺四州，归相州管辖；魏、博、德三州，归魏州管辖；沧、棣、冀、瀛四州，归淄青管辖；怀、卫二州及河阳，归泽潞管辖，各设节度使。*历叙疆域，为后文各节度争乱伏案。*余节度使各仍旧境。仆固怀恩以功进尚书左仆射，兼中

191

书令，坐镇朔方，令护送回纥可汗归国，道出太原。河东节度使辛云京，恐怀恩与回纥连谋，以致见袭，因闭关自守，不敢犒师。怀恩恨他不情，上表白状，代宗不报。怀恩遂调朔方兵数万，屯驻汾州，令子玚屯兵榆次，裨将李光逸屯兵祁县，李怀光屯兵晋州，张维岳屯兵沁州。**明是胁制云京。**云京见环境皆敌，益滋危惧，适中使骆奉仙至太原，云京厚与结欢，令还报怀恩反状，怀恩亦奏请诛云京奉仙，代宗两不加罪，但优诏调停。**皇帝出做和事老，国事可知。**怀恩以功大遭谗，愤激得了不得，乃上书自讼道：

臣世本夷人，少蒙上皇驱策，禄山之乱，臣以偏裨决死靖难，仗天威神，克灭强胡。思明继逆，先帝委臣以兵，誓雪国仇，攻城野战，身先士卒。兄弟殁于阵，子姓殁于军，九族之内，十不一在，而存者疮痍满身。陛下龙潜时，亲总师旅，臣事麾下，悉臣之愚，是时数以微功，已为李辅国谗间，几至毁家。陛下即位，知臣负谤，遂开独见之明，杜众多之口，拔臣于汧陇，任臣以朔方，游魂反干，朽骨再肉。前日回纥入塞，士人未晓，京辅震惊。陛下诏臣至太原劳问，许臣一切处置，因得与可汗计议，分道用兵，收复东都，扫荡燕蓟。时可汗在洛，为鱼朝恩猜阻，已失欢心，及臣护送回纥，辛云京闭城不出，潜使攘窃，蕃夷怨怒，弥缝百端，乃得返国。臣还汾州，休息士马，云京畏臣劾奏，故构为飞谤，以起异端。陛下不垂明察，欲使忠直之臣，陷谗邪之口，臣所为拊心泣血者也。臣静而思之，负罪有六：昔同罗叛乱，骚扰河曲，臣不顾老母，为先帝扫清叛寇，臣罪一也；臣男玢为同罗所虏，得间亡归，臣斩之以令众士，臣罪二也；臣女远嫁外夷，为国和亲，荡平寇敌，臣罪三也；臣与子玚躬履行阵，不顾死亡，为国效命，臣罪四也；河北新附诸镇，皆握强兵，臣抚绥以安反侧，臣罪五也；臣说谕回纥，使赴急难，戡定中原，二陵复土，使陛下勤孝两全，臣罪六也。臣既负六罪，诚合万诛，唯当吞恨九泉，衔冤千古，复何诉哉？臣受恩至重，夙夜思奉天颜，但以来瑱受诛，朝廷不示其罪，诸道节度，谁不疑惧？且臣前后所奏骆奉仙，情词非不掀实，陛下竟无处置，宠任弥深，是皆由同类比周，蒙蔽圣听。窃闻四方遣人奏事，陛下皆云骠骑议之，可否不出宰相，远近益加疑沮。如臣朔方将士，功效最高，为先帝中兴主人，陛下不加优奖，反信谗言。子仪先已被猜，臣今又遭诋毁，弓藏鸟尽，信非虚言。倘不纳愚恳，且务因循，臣实不敢保家，陛下岂能安国？唯陛下图之！

代宗得怀恩书，遣同平章事裴遵庆赍敕至汾州，宣慰怀恩，怀恩跪听诏敕。待遵庆读毕，抱住遵庆两足，且泣且诉。遵庆忙扶起怀恩，极言圣眷方隆，可无他虑，因劝令入朝。怀恩以惧死为词，竟不肯入京。遵庆乃返报代宗，代宗尚得过且过，不以为意。忽由邠州传入急报，乃是吐蕃入寇，带同吐谷浑、党项、氐羌二十万众，鼓行而东，前锋已到邠州了。代宗大骇道："虏众入境，如何有这般迅速？莫非边境各吏，统死了不成。"**不是边吏俱死，实是你已经死了半个。**当下召入群臣，亟筹控御。群臣统面面相觑，不敢发言。看官听着！邠州距离长安，不过数百里，吐蕃如此深入，应该早有边警，为何至此才闻呢？说来又有原因，正好就此补叙。自唐廷与吐蕃划界，立碑赤岭，总算和好了几年。及金城公主病殁后，**金城公主遣嫁吐蕃主弃隶跋赞，俱见前文。**吐蕃与唐失和，屡次窥边，经河陇诸节度使王忠嗣、哥舒翰、高仙芝等，先后守御，终不得逞。至安史迭乱，所有河陇戍兵，俱征召入援，边备乃虚。肃宗初年，吐蕃主娑悉笼猎赞，**弃隶跋赞孙。**乘唐内讧，迭陷威武、河源等军，并取廓、霸、岷诸州。代宗即位，复陷临洮，朝廷使御史大夫李之芳等，往修旧好，反被羁住。至广德元年，郭子仪以吐蕃留使，不可不防，代宗不省。到了秋季，吐蕃引兵入大震关，连陷兰、廓、河、鄯、洮、岷、秦、成、渭等州，尽取河西陇右地。边吏陆续告急，俱被程元振阻匿，不使上闻。虏众长驱直入，泾州刺史高晖，开城迎降，反导虏众深入邠州，代宗才得闻知。宰相以下，均无方法，只好再请出郭子仪，令为副元帅，出镇咸阳。正元帅就用了雍王适。适不过是个皇子，名位虽尊，究竟无拳无勇，子仪闲废已久，所有部曲，多已离散，至是仓猝召募，只得二十骑，便即起行。及抵咸阳，吐蕃兵已逾奉天武功，渡渭而来。子仪亟使判官王延昌入奏，请速添兵，偏又为程元振所阻，不得见。渭北行营兵马使吕月将，部下有锐卒二千，出破吐蕃前锋，后因寡不敌众，战败被擒。吐蕃兵径渡便桥，入攻京师。代宗惊惶失措，挈领妃嫔数人，与雍王适出奔陕州。**适为元帅，如何不去拒敌？**百官遁匿，六军逃散。

子仪闻京城危急，忙自咸阳驰还，一入京城，既无主子，又无兵马，徒觉得气象流离，不堪入目，正在没法摆布，蓦见将军王献忠，带着骑士五百，拥了丰王珙等，**珙系玄宗子，曾见前文。**拟出开远门，往迎吐蕃。子仪叱问何往？献忠下马语子仪道：

"今主上东迁，社稷无主，公为元帅，何妨丧君立君，勉副民望。"子仪尚未及答，丰王珙已接口道："公奈何不言？"子仪道："怎有是理？"判官王延昌，正立在子仪左侧，便闪出道："上虽蒙尘，未有失德，王为藩翰，奈何出此狂悖语？"子仪又叱献忠道："你敢迎降虏众么？快护送诸王至陕，免受重谴。"献忠颇畏惮子仪，不敢违慢，乃偕丰王珙等东行。*若非郭令公，恐已遭毒手了。*子仪因京内无备，也随出城外，另行募兵。吐蕃兵遂得入京。高晖首先驰入，与吐蕃大将马重英等，纵兵焚掠。长安中萧然一空，遂劫广武王承宏为帝，*承宏系邠王守礼孙。*及前翰林学士于可封为相，且遣人持舆入苗晋卿家，胁令为官。晋卿闭口不言，虏众倒也舍去。*晋卿有此坚操，却也难得。*子仪引三十骑，仍往咸阳，至御宿川，语王延昌道："六军逃溃，多在商州，汝快往招抚。且发武关防兵，北出蓝田，驰向长安，吐蕃兵必遁归了。"延昌奉命入商州，传子仪令，招谕溃军。各军向服子仪，皆拱手听命，乃同延昌至咸阳。子仪泣谕将士，规复京城，大众皆感激涕零，愿遵约束。会凤翔节度使高升，及元帅都虞候臧希让，各率数百骑到来，武关防兵，亦到千名，统共约有四千人，军势稍振，乃往报行在。代宗恐吐蕃兵出潼关，召子仪至陕扈跸，子仪遣人奉表，略言："臣不收京城，无以见陛下，若出兵蓝田，虏必不敢东向，请陛下勿忧！"代宗乃听令子仪便宜行事。

会郿坊节度判官段秀实，劝节度使白孝德发兵勤王，孝德即日大举，南趋京畿，与蒲陕商华合势，进击虏兵。子仪也遣左羽林大将军长孙全绪，率二百骑出蓝田，授以密计，并令第五琦摄京兆尹，与全绪同行；且调宝应军使张知节，率兵千人，作为后应，全绪至韩公堆，昼击鼓，夜燃火，作为疑兵。光禄卿殷仲卿，又募得兵士千人，来保蓝田，与全绪联络，选锐骑二百人，渡过浐水，游奕长安。吐蕃兵已经饱掠，正拟满载而归，突闻城中百姓，互相惊呼道："郭令公从商州调集大军，来攻长安了。"既而吐蕃侦骑，亦陆续入城，报称韩公堆齐集官军，即日进薄城下。吐蕃统将马重英，不由得惶恐起来，是夜朱雀街中，复有鼓声骤起，接连是大众喧哗声，声浪模糊，约略是郭令公三字。郭令公就是郭子仪，前封代国公，后封汾阳王，因此人人叫他为郭令公，连外夷亦以令公相呼。*有此令名，方能安内攘外。*高晖闻郭令公到来，先已魂驰魄丧，黉夜东走。马重英亦站立不定，即于次日黎明，悉众北遁。其实郭子仪尚在咸阳，但由全绪遣将王甫，潜入城中，阴结少年数百人，乘夜鼓噪，吐蕃一二十万将士，竟被这郭令公三字，驱逐开去，*好似一道退兵符*。这都是子仪密授全绪的妙计。

全绪遂与第五琦入京，遣使向子仪报捷，子仪转奏行在，请代宗回銮。代宗正巡阅潼关，先由丰王珙等入谒，倒也不去责他，至退入幕中，珙语多不逊，为群臣奏闻，才命赐死。高晖到了潼关，为守将李日越所执，奏请正法。及子仪奏至，即命子仪为西京留守，第五琦为京兆尹，元载为元帅府行军司马。子仪即奉诏入京，令白孝德、高升等，分屯畿县，再表请代宗返驾。程元振素嫉子仪，尚劝代宗往都洛阳。看官试想！这次吐蕃入寇，代宗东走，统是程元振一人从中壅蔽，遂致酿成此祸，就是代宗奔陕后，屡发诏征诸道兵，各节度使都痛恨元振，无一应召，连李光弼也勒兵不赴。*郭李优劣，至此分途。*当时扈驾诸臣，尚莫敢弹劾，独太常博士柳伉上疏，略云：

犬戎犯关度陇，不血刃而入京师，创宫阙，焚陵寝，武士无一力战者，此将帅叛陛下也。陛下疏元功，委近习，日引月长，以成大祸，群臣在庭，无一人犯颜回虑者，此公卿叛陛下也。陛下始出都，百姓填然夺府库，相杀戮，此三辅叛陛下也。自十月朔召诸道兵，尽四十日无只轮入关，此四方叛陛下也。陛下必欲存宗庙，定社稷，独斩程元振首，驰告天下，悉出内使隶诸州，持神策兵付大臣，然后削尊号，下诏引咎，如此而兵不至，人不感，天下不服，臣愿阖门寸斩，以谢陛下。

这疏上去，代宗始为感动。但终因元振有保护功，止削夺官爵，放归回里。一面下诏回銮，自陕州启行。左丞颜真卿，请代宗先谒陵庙，然后还宫。元载不从，真卿厉声道：“朝廷岂堪令相公再坏么？”载乃默然，唯由是衔恨真卿。*为下文伏笔。*郭子仪带领百官，至浐水东迎驾，伏地待罪。代宗面加慰劳道：“用卿不早，致有此难。今日朕得重归，皆出卿力，功同再造，何罪可言？”子仪拜谢。代宗入城谒庙，方才回宫。越日封赏功臣，赐子仪铁券，图形凌烟阁，以下进秩升阶，不消细述。唯广武王承宏，逃匿草野，代宗特赦不诛，但放至华州，未几病死。*也是失刑。*代宗罢苗晋卿、裴遵庆相职，再任李岘为同平章事，进鱼朝恩为天下观军容宣慰处置使，使总禁兵，令骆奉仙为鄠县筑城使，即令统鄠县屯军。*元振方黜，又重用鱼骆，代宗真恩不可及。*先是代宗在陕，颜真卿驰往扈驾，请召仆固怀恩勤王，代宗不许，至还京后，逾年正月，特命真卿宣慰朔方行营，谕怀恩入朝。恐是由元载所请。真卿入谏道：
"陛下在陕，臣若奉诏往抚，责以大义，彼或为徼功计，尚肯南来，今陛下还宫，
彼已无功可图，岂还肯应诏么？陛下不若令郭子仪代怀恩，子仪曾为怀恩主将，且素
得朔方士心，令他往代，可不战自服了。"代宗尚迟疑未决。会节度使李抱玉从弟抱
真，曾为汾州别驾，独脱身归京师，报明怀恩已有反志，请速调子仪往镇朔方。代宗
若果行此议，何致有朔方之乱。代宗方不遣真卿，只调遣子仪的诏敕，一时未下，且因
立雍王适为皇太子，授册行礼，宫廷庆贺，也无暇顾及怀恩。蹉跎了好几日，接到河
东节度辛云京急报，说是："怀恩已反，令子玚来寇太原，已由臣将他击退，现向榆
次县去了，请即发兵征讨！"代宗览到此奏，即召谕子仪道："怀恩父子，负我实
深，闻朔方将士思公，几如大旱望雨，公为朕往抚河东，汾上各军，当不致一体从逆
呢。"遂面授子仪为关内河东副元帅，兼河中节度等使。

　　子仪拜命即行，甫至河中，闻仆固玚为下所杀，怀恩北走灵州，河东已得解严
了。看官道怀恩父子，为何一蹶至此？原来玚素刚暴，自太原败后，转围榆次，又是
旬日不下，他令裨将焦晖白玉，往发祁县兵。晖与玉调兵趋至，玚责他迟慢，几欲加
罪，两人虑有不测，即于夜间率众攻玚，把玚杀死。怀恩在汾州闻警，不免悲恸，忽
由老母出帐，怒责怀恩道："我语汝勿反，国家待汝不薄，汝不听我言，遂有此变。
我年已老，恐且因此受祸，问汝将如何处置？"怀恩无言可答，匆匆趋出。母提刀出
逐道："我为国家杀此贼，取贼心以谢三军。"贼子却有贤母。怀恩急走得免。嗣闻
麾下将士，因子仪出镇河中，都窃窃私语，谓无面目见汾阳王，自思众叛亲离，决难
持久，乃竟将老母弃去，自率亲兵三百骑，渡河走灵州，杀死朔方军节度留后浑释
之，据州自固。沁州戍将张维岳，闻怀恩北走，即驰驿至汾州，抚定怀恩余众，并杀
焦晖白玉，只说由自己诛玚，赍首献郭子仪。子仪传首阙下，群臣入贺，唯代宗惨然
道："朕信不及人，乃致功臣颠越，朕方自愧，何足称贺呢。"汝亦自知有失耶？随
命辇送怀恩母至京，优给廪饩，阅月及殁，仍许礼葬。及子仪驰往汾州，怀恩遗众，
争来迎谒，涕泣鼓舞，誓不再贰，河东乃安。有诏进子仪为太尉，兼朔方节度使。子
仪辞太尉不拜，且入朝谢恩。适泾原遣急足驰奏，怀恩诱回纥、吐蕃两夷，同来入
寇，有众十万。代宗又惶急得很，还下诏慰谕怀恩，说他有功皇室，不必怀疑，但当
诣阙自陈，仍应重任云云。这时候的仆固怀恩，已与朝廷势不两立，哪里还肯敛甲归

朝？当下引虏南趋，得步进步，警报迭达都城，代宗乃召入子仪，咨询方略。子仪答道："怀恩有勇少恩，士心不附，麾下皆臣部曲，必不忍以锋刃相向，臣料他是无能为哩。"代宗乃命子仪出镇奉天，子仪令子殿中监郭晞，与节度使白孝德防守邠州，自率军至奉天，按甲以待。虏锋将要近城，诸将俱踊跃请战，子仪摇首道："虏众远来，利在速战，我且坚壁待着，俟寇骑凭城，我自有计却虏，敢言战者斩。"乃命守兵掩旗息鼓，待令后动。

不到一日，怀恩已引吐蕃兵至城下，见城上并无守兵，不禁疑虑起来，踌躇多时，见天色将昏，乃退军五里下寨。是夕也未敢进攻。到了黎明，始鸣鼓进兵，遥听得一声号炮，响震川谷，连忙登高了望，那奉天城外的乾陵南面，已有许多官军，摆成一字阵式，非常严整，当中竖着一张帅旗，随风飘舞，旗上大书一个"郭"字，怀恩不觉惊愕道："郭令公已到此么？"虏众闻着郭令公大名，也都大骇，纷纷退走。怀恩独带着部众，转趋邠州，遥见城上插着大旗，又是一个"郭"字，怀恩又惊愕道："难道郭公又复来此，莫非能飞行不成？"言未已，城门忽启，有一大将持矛跃马，领军出来，大呼道："我奉郭大帅命令，只取反贼怀恩首级，余众无罪，不必交锋。"怀恩望将过去，乃是节度使白孝德，河阳余勇，尚属可贵。正欲上前接仗，偏部众已先退走，单剩一人一骑，如何对敌？又只好返辔驰去。白孝德驱兵追击，郭晞又出来接应，逼得怀恩抱头鼠窜，渡泾而逃。既逾泾水，部下已散亡大半，忍不住涕泣道："前都为我致死，今反为人向我致死，岂不可痛？"谁叫你不忠不孝。乃仍向灵州去讫。

吐蕃兵既陷凉州，南陷维、松、保三州，经剑南节度使严武拒击西山，复虏兵八万众，方才不敢窥边。郭子仪既计却大敌，也不穷追，即入朝复命，代宗慰劳再三，加封尚书令，子仪面辞道："从前太宗皇帝，尝为此官，所以后朝不复封拜，近唯皇太子为雍王时，平定关东，乃兼此职，臣何敢受此崇封，致黩国典？且用兵以来，诸多僭赏，冒进无耻，轻亵名器，今凶丑略平，正宜详覈赏罚，作法审官，请自臣始。"让德可风。代宗乃收回成命，另加优赏。随命都统河南道节度行营，还镇河中。是年李光弼病殁徐州，年五十七，追赠太保，赐恤武穆。光弼本营州柳城人，父名楷洛，本契丹酋长，武后时叩关入朝，留官都中，受封蓟郡公，赐谥忠烈。光弼母有须数十，长五寸许，生子二人，即光弼光进，光弼累握军符，战功卓著，安史平定，进拜太尉兼侍中，知河南、淮南、东西山南、东荆南五道节度行营事，驻节泗州。寻复讨平浙东贼袁晁，晋封临淮王，赐给铁券，图形凌烟阁。唯自程元振、鱼朝恩用事，妒功忌能，为诸镇所切齿，代宗奔陕，召光弼入援，光弼亦迁延不赴。及代宗还京，又命光弼为东都留守，光弼竟托词收赋，转往徐州。诸将田神功等，见光弼不受朝命，也不复禀畏，光弼愧恨成疾，郁郁而终。光弼母留居河中，曾封韩国太夫人，代宗令子仪辇送入京，殁葬长安南原。看官听说！郭李本是齐名，因李晚节不终，遂致李不及郭，可见人生当慎终如始哩。**当头棒喝。**小子有诗叹道：

> 立功尚易立名难，千古功名有几完？
> 只为臣心输一着，汗青留玷任传看。

光弼殁后，用黄门侍郎王缙，继光弼后任。缙本代李岘为相，岘于是年罢相。至是改令出镇，才名远不及光弼了。欲知后事，且看下回。

外寇之来，必自内讧始。有程元振、鱼朝恩等之弄权，而后有仆固怀恩之乱，有仆固怀恩之谋反，而后有吐蕃、回纥之寇。木朽而虫乃生，墙坏而蠹始入，势有必至，无足怪也。当日者，幸郭令公尚在耳。假令无郭令公，则诸镇皆痛恨权阉，谁与复西京，定河东？试思李光弼为唐室名臣，尚且观望不前，遑论他人乎？故本回实传写郭子仪，而代宗之迭致祸乱，亦因此而揭橥之，代宗之愚益甚，子仪之功益彰，纲目称子仪为千古传人，岂其然乎？

第二十六回

入番营单骑盟虏
忤帝女绑子入朝

却说王缙出镇后，江淮一带，幸尚无事，怀恩亦蜷伏一隅，暂不出兵。代宗遂改广德三年为永泰元年，命仆射裴冕、郭英乂等，在集贤殿待制，居然欲效贞观遗制，有坐朝问道的意思。左拾遗独孤及上疏道：

陛下召冕等以备询问，此盛德也。然恐陛下虽容其直，而不录其言，有容下之名，而无听谏之实，则臣之所耻也。今师兴不息十年矣，人之生产，空于杼轴，拥兵者得馆亘街陌，奴婢厌酒肉，而贫人羸饿就役，剥肤及髓，长安城中，白昼椎剽，吏不敢禁，民不敢诉，有司不敢以闻，茹毒饮痛，穷而无告，陛下不思所以救之，臣实惧焉。今天下唯朔方陇西，有仆固吐蕃之忧，邠泾、凤翔之兵，足以当之矣。东南洎海，西尽巴蜀，无鼠窃之盗，而兵不为解，倾天下之货，竭天下之谷，以给无用之兵，臣实不知其何因。假令居安思危，自可扼要害之地，俾置屯御，悉休其余，以粮储扉屦之资，充疲人贡赋，岁可减国租之半，陛下岂可迟疑于改作，使率土之患，日甚一日乎？休兵息民，庶可保元气而维国脉，幸陛下采纳焉。此疏足杜军阀之弊，故录述之。

当时元载第五琦等，专尚掊克，凡苗一亩，税钱十五，不待秋收，即应征税，号为青苗钱。适畿内麦稔，十亩取一，谓即古时什一税法，亦请旨施行。其实都是额外加征，拨给军用。独刘晏筦榷度支盐铁，及疏河运漕，接济关中，还算是公私交利，上下咸安。所以独孤及请裁军减租，少苏民困。代宗优柔寡断，就使心下赞成，也是不能速行。更可笑的是迷信佛教，命百官至光顺门，迎浮屠像，像系中使扮演，仿佛似戏中神鬼，或面涂杂色，或脸戴假具，并用着音乐卤簿，作为护卫，后面有二宝舆，中置仁王经，是由大内颁出，移往资圣西明寺，令胡僧不空等，踞着高坐，讲经说法，百官朝服以听，看官道是何因，说来是不值一辩。原来鱼朝恩元载王缙等，统是好佛，还有兵部侍郎杜鸿渐，新任同平章事，也以为佛法无边，虔心皈依，定能逢凶化吉，遇难成祥，于是寺中添设讲座，多至百余，当时称为百高座。代宗也尝入寺听经，**仿佛梁武帝。**正在讲得热闹，忽由奉天、同州、盩厔的守吏，各遣使呈入急报，内称怀恩复诱杂虏来寇，已将入境了。代宗此时，不似前次的慌忙，反慢腾腾的说道："怀恩当不致再反，或是边境谣传哩。"**此番有佛法可恃，所以不慌不忙。**道言未绝，又由河中遣到行军司马赵复，赍呈郭子仪奏章，略言："叛贼怀恩，嗾使回纥、吐蕃、吐谷浑、党项、奴刺**吐谷浑别种。**等虏，分道入寇。吐蕃自北道趋奉天，党项自东道趋同州，吐谷浑、奴刺，自西道趋盩厔。回纥为吐蕃后应，怀恩率朔方兵，又为杂虏后应，铁骑如飞，约有数十万众，不宜轻视，请速令凤翔、滑濮、邠宁、镇西、河南、淮西诸节度，各出兵扼守冲要，阻截寇锋。"代宗乃由寺还朝，颁敕各镇，敕使方发，幸接得一大喜报，谓怀恩途中遇疾，还至鸣沙，已经暴死。鱼朝恩、元载等，相率入贺，且言佛法有灵，殛死反贼，代宗亦很喜慰。偏只隔了一二日，风声又紧，怀恩部众，由叛将范志诚接领，仍进攻泾阳，吐蕃兵已薄奉天，乃始罢百高座讲经，召郭子仪屯泾阳，命将军白元光浑日进屯奉天，一面调陈郑泽潞节度使李抱玉，使镇凤翔；渭北节度使李光进，移守云阳；镇西节度使马璘，河南节度使郝廷玉，并驻便桥；淮西节度使李忠臣，转扼东渭桥，同华节度使周智光屯同州，鄜坊节度使杜冕屯坊州，内侍骆奉仙，将军李日越，屯盩厔；布置已定，代宗亲将六军，驻扎苑中，下制亲征。**恐是银样镴枪头，试看下文便知。**鱼朝恩趁势搜括，大索士民私马，且令城中男子，各着皂衣，充作禁兵，城门塞二开一，阖京大骇，多半逾墙凿窦，逃匿郊外。

　　一日，百官入朝，立班已久，阁门好半日不开，蓦闻兽镮激响，朝恩率禁军十余人，挺刃而出，顾语群臣道："吐蕃入犯郊畿，车驾欲幸河中，敢问诸公，以为何如？"公卿错愕，不知所对。有刘给事独出班抗声道："敕使欲造反么？今大军云集，不戮力御寇，乃欲胁天子蒙尘，弃宗庙社稷而去，非反而何？"也是朝恩鸣凤。朝恩被他一驳，也不觉靡然退去。代宗乃始视朝，与群臣商议军情，可巧奉天传入捷音，朔方兵马使浑瑊，入援奉天，袭击虏营，擒一虏将斩首千余级。代宗大喜，立命中使奖谕，随即退朝。会大雨连旬，寇不能进，吐蕃将尚结悉赞摩马重英等，大掠而去，庐舍田里，焚劫殆尽。代宗闻吐蕃退兵，益信是佛光普护，仍令寺僧讲经，哪知吐蕃兵退至邠州，遇着回纥兵到，又联军进围泾阳。郭子仪在泾阳城，命诸将严行守御，相持不战，二虏见城守谨严，退屯北原，越宿复至城下。子仪令牙将李光瓒赴回纥营，责他弃盟背好，自失信用。今怀恩已遭天殛，郭公在此屯军，欲和请共击吐蕃，欲战可预约时日。回纥都督药葛罗惊问光瓒道："郭公在此，可得见么？恐怕是由汝绐我。"光瓒道："郭公遣我来营，怎得说是不在？"药葛罗道："令公果在，请来面议！"光瓒乃还报子仪，子仪道："寇众我寡，难以力胜，我朝待回纥不薄，不若挺身往谕，免动兵戈。"言已欲行。诸将请选铁骑五百随行，子仪道："五百骑怎敌十万众？非徒无益，反足为害呢。"说得甚是。遂一跃上马，扬鞭出营。子仪第三子晞，正随父在军，急叩马谏道："大人为国家元帅，奈何以身饵虏？"子仪道："今若与战，父子俱死，国家亦危，若往示至诚，幸得修和，不但利国，并且利家。就使虏众不从，我为国殉难，也自问无愧了。"说至此，即用鞭击手道："去！"满腔忠义，在此一字。当下开门驰出，背后只随着数骑，将至回纥营前，令随骑先行传呼道："郭令公来！"四字贤于十万师。回纥兵皆大惊。药葛罗正执弓注矢，立马营前，子仪瞧着，竟免胄释甲，投枪而进。药葛罗回顾部酋道："果是郭令公。"说着，即翻身下马，掷去弓矢，敛手下拜。回纥将士，皆下马罗拜，子仪亦下马答礼，且执药葛罗手，正言相责道："汝回纥为唐立功，唐朝报汝，也是不薄，奈何自负前约，深入我地，弃前功，结后怨，背恩德，助叛逆呢？况怀恩叛君弃母，宁知感汝？今且殛死，我特前来劝勉。从我，汝即退兵，不从我，听汝杀死，我被汝杀；我将士必向汝致死，恐汝等也未必生还哩。"药葛罗答道："怀恩谓天可汗晏驾，令公亦捐馆，中国无主，我故前来，今见令公，已知怀恩欺我，且怀恩已受天诛，我辈岂肯与令公战

郭子仪免胄见酋

么?"子仪因进说道:"吐蕃无道,乘我国有乱,不顾舅甥旧谊,入寇京畿,所掠财帛,不可胜载,马牛杂畜,弥漫百里,这都是上天赐汝呢。今日全师修好,破敌致富,为汝国计,无逾此着了。"药葛罗喜道:"我为怀恩所误,负公诚深,今请为公力击吐蕃,自赎前愆。唯怀恩子系可敦兄弟,愿恕罪勿诛!"子仪许诺。郭晞放心不下,引兵出观,回纥兵分着左右两翼,稍稍前进。郭晞亦引兵向前,子仪挥晞使退,唯令麾下取酒,酒已取至,与药葛罗宣誓。药葛罗请子仪宣言,子仪取酒酹地道:"大唐天子万岁,回纥可汗亦万岁,两国将相亦万岁,如有负约,身殒阵前,家族灭绝。"誓毕,斟酒递与药葛罗。药葛罗亦接酒酹地道:"如令公誓。"子仪再令部将,与回纥部酋相见。回纥将士大喜道:"此次出军,曾有二巫预言,前行安稳,见一大人而还,今果然应验了。"子仪乃从容与别,率军还城。

药葛罗即遣部酋石野那等,入觐代宗,一面与奉天守将白元光,合击吐蕃。吐蕃已经夜遁,两军兼程追击,至灵台西原,遇吐蕃后哨兵,鼓噪杀入。吐蕃兵统已思归,还有什么斗志?一时奔避不及,徒丧失了许多生命,抛弃了许多辎重。白元光将夺回财帛,给与回纥,拔还士女四千人,带还奉天。药葛罗亦收兵归国。吐谷浑党项奴刺等众,当然遁去。怀恩从子名臣,以灵州降。子仪因灵武初复,百姓凋敝,特保荐朔方军粮使路嗣恭,为朔方节度使留后。嗣恭奉诏莅任,披荆棘,立军府,威令大行。子仪还镇河中,自耕百亩,将校以是为差。嗣是野无旷土,军有余粮,正不啻一腹地长城了。**唐得此人,正社稷之福。**唯自房兵退去,京师解严,朔方告平,君臣交庆。鱼朝恩、元载,在内揽权,河北节度使,如李宝臣、田承嗣、薛嵩、李怀僊四人,在外擅命,大局尚岌岌可危。代宗尚自恃承平,安然无虑,甚至平卢兵马使李怀玉,逐节度使李希逸,有诏召希逸还京,即令怀玉为节度留后,赐名正己,又有汉州刺史崔旰,因剑南节度使严武病殁,请令大将王崇俊继任,代宗另简郭英义为西川节度使,竟被崔旰击逐,英义奔简州,竟为普州刺史韩澄所杀,代宗不加声讨,但令杜鸿渐为剑南东西川副元帅,鸿渐至任,得旰重贿,反说旰可大任,竟请旨命旰为西川节度使,赐名为宁。鸿渐仍入朝辅政,毫无建树,不久即死。仆射裴冕继任,亦即病终。独元载入相有年,权势日盛,因恐被人讦发阴私,特请百官论事,先白宰相,然后奏闻。刑部尚书颜真卿,上疏驳斥,载说他诽谤朝廷,竟坐贬为峡州别驾。既而复任鱼朝恩判国子监事,朝恩居然入内讲经,上踞师座,手执《周易》一卷,择得鼎折足覆公㻇两语，反复解释，讥笑时相。**阉宦讲经，斯文扫地。**是时王缙已入任黄门侍郎，同平章事，与元载相将入座。缙听讲后，面有怒容，载独怡然。朝恩出语人道："怒是常情，笑实不可测呢。"**你既知元载难测，胡为后来仍堕彼计？**

永泰二年十一月，代宗生日，诸道节度使上寿，献入金帛珍玩，值钱二十四万缗，中书舍人常衮上言："各节度敛财求媚，剥民逢君，应却还为是。"代宗不从。未几又改易年号，竟称永泰二年为大历元年，宫廷内外，方因改元庆贺，忽接到郭子仪奏牍，报称同华节度使周智光，擅杀无辜，目无君上，请遣将讨罪。代宗不敢准请，反令中使余元仙，特敕拜智光为尚书左仆射。看官！你想应诛反赏，岂不是越弄越错么？智光自出驻同州，邀击党项、奴剌寇众，夺得驼马军械，约以万计，复逐北至鄜州，遥望寇已遁去，不便穷追，他竟往报私仇，驰入鄜城，杀死刺史张麟，并将鄜坊节度杜冕家口，一齐屠戮，焚民居三千间，方才还镇。又与陕州刺史皇甫温有隙，温遣监军张志斌，入朝奏事，道出同华，被智光邀留入馆，两语不合，即将志斌斩为肉泥，与众烹食。**想是朱粲转世。**子仪迭闻消息，乃据实奏闻。代宗遣使加封，明明是刑赏倒置。但代宗却也有些微意，以为封拜内官，当可使他入朝，削夺兵权。**也是呆想。**哪知智光接了诏敕，反踞坐谩骂道："智光为国家建了大功，不得入相，只授仆射，且同华地狭，不足展足，最少须加我陕、虢、商、鄜、坊五州，我子元耀元幹，能弯弓二百斤，称万人敌，今日欲挟天子，令诸侯，除智光外，尚有何人？天子若弃功录瑕，我智光也顾不得什么了。"说毕，掀髯大笑。**与发狂无二。**元仙战栗不敢言。智光乃令左右取出百缣，赠与元仙，遣令归朝。元仙返报代宗，代宗乃于大历二年，密诏郭子仪讨周智光。子仪即遣部将浑瑊、李怀光等，出兵渭上，智光麾下，闻风惊怖。同州守将李汉惠，便举州来降。子仪奏报唐廷，代宗方才放胆，贬智光为澧州刺史。已而华州牙将姚怀李延俊，刺杀智光及二子。枭首入献，乃悬示皇城南街，声明罪状。

子仪因同华已平，入朝报绩，适值子妇升平公主，与子仪子暖，互相反目，公主竟驾车入都，往诉父母。事为子仪所闻，遂将暖绑置囚车，随身带着，径诣阙下。原来暖为子仪第六子，曾任太常主簿，代宗因子仪功高，特把第四女嫁暖，女封升平公主，暖拜驸马都尉。唐制公主下嫁，当由舅姑拜主，主得拱手不答，升平公主嫁暖时，也照此例，暖已看不过去，只因旧例如此，不得不勉强忍耐。后来同居室中，公主未免挟贵自尊，暧忍无可忍，屡有违言，且叱公主道："汝倚乃父为天子么？我父不屑为天子，所以不为。"*快人快语，足为须眉生色。*说至此，竟欲上前掌颊，亏得侍婢从旁劝阻，那公主颊上，不过稍惹着一点拳风，*戏剧中有《打金枝》一出，即因此事演出。*但已梨涡变色，柳眼生波，趁着一腔怒气，遽尔入宫哭诉，述暧所言。代宗道："汝实有所未知，彼果欲为天子，天下岂还是汝家所有么？汝须敬事翁姑，礼让驸马，切勿再自骄贵，常启争端。"*嘱女数语，却还明白。*公主尚涕泣不休。代宗又拟出言劝导，适有殿中监入报道："汾阳王郭子仪，绑子入朝，求见陛下。"代宗乃出御内殿，召子仪父子入见。子仪叩头陈言道："老臣教子不严，所以特来请罪。"暧亦跪在一旁，代宗令左右扶起子仪，赐令旁坐，且笑语道："俗语有言，'不痴不聋，不作姑翁'，儿女子闺房琐语，何足计较呢？"子仪称谢。又请代宗从重惩暧，代宗亦令起身，入谒公主母崔贵妃，自与子仪谈了一番军政，俟子仪退后，乃回至崔贵妃宫中，劝慰一对小夫妻。崔妃已调停有绪，再经代宗劝解，暧与公主，不敢不依，乃遣令同归。子仪已在私第中待着，见暧回来，自正家法，令家仆杖暧数十，暧无法求免，只好自认晦气。但代宗为了此事，欲改定公主见舅姑礼，迁延了好几年，直至德宗嗣位，方将礼节改定。公主须拜见舅姑，舅姑坐受中堂，诸父兄妹立受东序，如家人礼，尊卑始有定限了。这且慢表。

再说郭子仪入朝后，仍然还镇，越二年复行入朝，鱼朝恩邀游章敬寺。这章敬寺本是庄舍，旧赐朝恩，朝恩改庄为寺，只说替帝母吴太后祷祝冥福，特别装修，穷极华丽，又因屋宇不足，请将曲江、华清两离宫，拨入寺中，一并改造。卫州进士高郢上书谏阻，谓不宜穷工糜费，避实就虚，代宗也为所动，即召元载等入问道："佛言报应，说果真么？"元载道："国家运祚灵长，全仗冥中福报，福报已定，虽有小灾，不足为害。试想安史皆遭子祸，怀恩道死，回纥、吐蕃二寇，不战自退，这都非人力所能及，怎得谓无报应呢？"代宗乃不从郢奏，悉从朝恩所请。至寺已落成，代宗亲往拈香，度僧尼至千人，赐胡僧不空法号，叫作大辩正广智三藏和尚，给食公卿俸。不空谄附朝恩，有时得见代宗，常说朝恩是佛徒化身，朝恩因此益横，气陵卿相。元载本与朝恩连结，旋因朝恩好加嘲笑，渐渐生嫌。至朝恩招子仪入寺，载密使人告子仪道："朝恩将加害公身。"子仪不听，随骑请衷甲以从，子仪道："我为国家大臣，彼无天子命，怎敢害我？"遂屏去骖从，独率家童一人前往。*能单骑见回*

纪，遒论朝恩。朝恩见子仪不带随骑，未免惊问。子仪即自述所闻，且言知公诚意，特减从而来。朝恩抚膺流涕道："非公长者，能不生疑？"自是相与为欢，把从前嫉忌子仪的心思，都付诸汪洋大海了。舜之格象，亦本此道。元载因子仪不堕彼计，又想出一个方法，上言："吐蕃连年入寇，邠宁节度使马璘力不能拒，不如调子仪镇守邠州，徙璘为泾原节度使。"代宗即日批准，子仪拜命即行，毫无异言。小子有诗赞子仪道：

> 大唐又见费无极，盛德偏逢郭令公。
> 任尔刁奸施百计，含沙伎俩总徒工。

子仪往镇邠州，元载更谋去朝恩，欲知朝恩是否被除，且看下回再叙。

郭令公生平行事，忠恕二字，足以尽之。唯忠恕故，故单骑见虏，而虏不敢动，杯酒定约，从容还军，所谓蛮貊可行者，令公有焉。唯忠恕故，故奉诏讨周智光，军方启行，而叛众已倒戈相向，同华归诚，逆贼授首，所谓豚鱼可格者，令公有焉。唯忠恕故，故子暧与公主反目，囚子入朝，代宗不以为罪，反从而慰谕之，劝解之，所谓功高而主不疑者，令公有焉。唯忠恕故，故鱼朝恩不敢害公，元载不敢欺公，周旋宵小之间，安如磐石，所谓气充而邪不侵者，令公有焉。历书其事，以见令公之功德过人，浅见者第称令公为福盛，亦安知令公之福，固自有载与俱来耶？彼鱼朝恩、元载、周智光辈，固不值令公一盼云。

第二十七回

定秘谋元舅除凶
窃主柄强藩抗命

却说宦官鱼朝恩，专掌禁兵，势倾朝野，每有章奏，期在必允，朝廷政事，无不预议，偶有一事，不得与闻，即悻悻道："天下事可不由我主张么？" **自大如此，都是代宗一人酿成。** 养子令徽，为内给使，官小年轻，止得衣绿，尝与同列忿争，归告朝恩。朝恩即带着令徽，入见代宗道："臣儿令徽，官职太卑，屡受人侮，幸乞陛下赐给紫衣！"代宗尚未及答，偏内监已捧着紫衣，站立一旁。朝恩不待上命，即随手取来，递与令徽，嘱他穿着，才行拜谢。看官试想！似这种自尊自大的行为，无论什么主子，也有些耐不下去。代宗却强颜作笑道："儿服紫衣，想可称心了。"朝恩父子，昂然退去。自是代宗隐忌朝恩，元载窥知上意，乘间入奏，请除朝恩。代宗嘱令暗中设法，毋得泄机。**除一阉宦，须嘱宰相暗地设谋，真是枉做皇帝。** 元载遂贿托卫士周皓，及陕州节度使皇甫温，令图朝恩。这两人本是朝恩心腹，因见了黄白物，不由不贪利动心，遂与元载串同一气！载又徙温为凤翔节度使，温入朝陛见，载留他居京数日，悄悄地布定密谋，入白代宗。代宗称善，但嘱他小心行事，勿反惹祸。**畏葸之至。** 载应诺而出。会值寒食节届，代宗在内殿置酒，宴集亲贵。朝恩亦得列坐，宴毕散席，朝恩亦谢恩欲出。忽元载领着周皓、皇甫温等，跟跄趋入，七手八脚，将朝恩一把抓住，捆缚起来。朝恩自呼何罪，当由代宗历数罪状，朝恩尚哗词答辩，毫不服

罪。代宗谕令自尽，即由周皓等牵出朝恩，将他勒死，乃下敕罢朝恩观军容等使，出
尸还家，诈说他受敕自缢，特赐钱六百万缗，作为葬费。神策军都虞候刘希暹，都知
兵马使王驾鹤，向系朝恩羽翼，至是俱加授御史中丞，俾安反侧。后来希暹有不逊
语，反由驾鹤奏闻，勒令自尽。所有朝恩余党，从此不敢生心。

　　唯元载既诛朝恩，得宠益隆，载恃宠生骄，自矜有文武才，古今莫及，于是弄
权舞弊，纳贿贪赃。吏部侍郎杨绾，典选平允，性又介直，不肯附载，岭南节度使徐
浩，搜括南方珍宝，运送载家，载即擅徙绾为国子祭酒，召浩为吏部侍郎。代宗素器
重李泌，特令中使敦请出山。泌应召至京，复赐金紫，命他入相。经泌一再固辞，
乃在蓬莱殿侧，筑一书院，使泌居住，遇有军国重事，无不咨商。泌素无妻，且不食
肉，代宗强令肉食，且为娶前朔方留后李晖甥女，赐第安福里，生子名繁。长源亦堕
尘劫耶？偏元载阴怀妒忌，屡欲调泌出外，免受牵掣，适江西观察使魏少游，请简僚
佐，载谓泌有吏才，请即简任。代宗亦知载有意调泌，特密语泌道："元载不肯容
卿，朕今令卿往江西，暂时安处。俟朕除载后，当有信报卿，卿可束装来京。"泌唯
唯受命。何不仍归衡山，想是一入尘迷，便难洒脱。乃出泌为江西判官，且遥饬少游好生
看待，毋得简慢！

　　泌已南下，载益专横，同平章事王缙，朋比为奸，贪风大炽。载有丈人从宣州
来，向载求官，载遣往河北，但给一书。丈人不悦，行至幽州，发书展视，并无一
言，只署着元载两字，丈人进退两难，不得已试谒判官。哪知判官接阅载书，很是起
敬，立白节度使延为上客，留宴数日，赠绢千匹，丈人已得了一注小财，乐得满载而
归。这还因丈人不足任事，所以载如此处置，若稍有才能，一经载代为援引，无不
立跻显宦。王缙威势，亦几与相同。载妻子及缙弟妹，皆倚势纳赂。载有主书卓英
倩，性尤贪狡，得载欢心，所以干禄求荣的士子，往往买嘱英倩，求他引进。英倩
竟得坐拥巨资，称富家翁。成都司录李少良，上书诋载，载即讽令台官奏劾少良，召
入杖毙，连少良友人韦颂，及殿中侍御史陆珽，一并坐罪处死。代宗被他胁制，很是
懊怅，乃独下手敕，召浙西观察使李栖筠入朝，命为御史大夫。栖筠刚正不阿，受职
后，即纠弹吏部侍郎徐浩、薛邕，及京兆尹杜济虚，欺君罔上，黩货卖官。代宗令礼
部侍郎于劭复按，劭颇加袒护，复奏时多涉模糊，复经栖筠劾他同党，遂贬浩为明
州别驾，邕为歙州刺史，济虚为杭州刺史，劭为桂州长史。这四人统是元载党羽，

一旦黜退，不少瞻徇，明明是抑夺载权。载尚未知改悔，且深恨栖筠，常欲将他陷害。栖筠虽特邀主知，得肃风宪，但见代宗依违少断，元载凶狡多端，免不得忧愤交并，酿成重疾，居台未几，便即谢世。他原籍本是赵人，迁居汲郡，有王佐才，性喜奖善，又好闻过，历任东南守吏，政绩卓著，朝廷曾封为赞皇县子，所以身后多称为赞皇公。代宗屡欲召为宰辅，惮载辄止，至入任御史，不久即殁，代宗方加倚畀，偏偏天不假年，因此天颜震悼，特追赠吏部尚书，予谥文献。子吉甫后相宪宗，下文自有表见。

单说代宗因栖筠去世，失一臂助，急切里无从除载，只好再行含忍。中经幽州不靖，魏博发难，汴宋军又复作乱。迭经弥缝挽救，稍稍就绪。**因欲叙元载始末，故将各镇事，浑括数语，待后再详。** 不幸贵妃独孤氏，得病身亡。妃以色见幸，居常专夜，至此香销玉殒，教代宗如何不悲？当下在内殿殡灵，按时营奠，追封皇后，谥为贞懿。好容易过了一二年，方觉悲怀渐减，专心国事。元载、王缙，已骄横得了不得，代宗实忍耐不住，四顾左右，无可与谋，只有左金吾大将军吴凑，系代宗生母章敬皇后胞弟，谊关懿戚，尚可密谈。凑得操兵柄，力任除奸，乃与代宗谋定后行。大历十二年间三月，有人密告载、缙夜醮，谋为不轨，当由代宗御延英殿，命吴凑率领禁兵，收捕载、缙，囚系政事堂，且拘逮亲吏诸子下狱。随令吏部尚书刘晏，御史大夫李涵，散骑常侍萧听，礼部侍郎常衮等，公同讯鞫，所有问案，多出禁中。载与缙无可抵赖，悉数供认。左卫将军知内侍省事董秀，得载平日厚赂，素作内援，到此才被发觉，即日杖毙，赐载自尽，令刑官监视。载顾语刑官，愿求速死。刑官冷笑道：“相公入秉国钧，差不多要二十年，威福也算行尽了，今日天网恢恢，亲受报应，若少许受些污辱，亦属何妨。”**读此令人一快。** 乃脱下秽袜，塞住载口，然后慢慢地将他搤死。载妻王氏，系前河西节度王忠嗣女，骄侈悍戾，子伯和仲武季能，无一贤能，伯和官参军，仲武官员外郎，季能官校书郎，怙势作恶，贪冒肆淫，都中辟南北二第，广罗妓妾，盛蓄倡优，声色玩好，无乎不备。及载既伏诛，妻子等一并正法，家产籍没，财帛万计。即如胡椒一物，且多至八百石，俱分赐中书门下台省各官。**贪财何益。**

王缙本应赐死，刘晏谓法有首从，宜别等差，乃止贬为括州刺史。吏部侍郎杨炎，谏议大夫韩洄、包佶，起居舍人韩会等，俱坐载党贬官。唯卓英倩等榜死杖下，英倩弟英璘，家居金州，横行乡里，闻乃兄受诛，纠众作乱。金州刺史孙道平，调兵征讨，一鼓擒灭。代宗余恨未平，复遣中使发元载祖坟，祖父以下，皆斫棺弃尸，毁家庙，焚木主，才算罢休。这也未免过甚。乃令国子监祭酒杨绾，及礼部侍郎常衮，同平章事。绾入相不过旬月，即染痼疾，上疏辞职。代宗不许，命就中书省疗治，召对时饬人扶持，所有时弊，概付厘剔，可惜享年不永，赍志以终。代宗很是痛悼，且语群臣道："天不欲朕致太平，乃速夺我杨绾么？"既知绾贤，何不早用。遂诏赠司徒，赙绢千匹，赐谥文简。绾华阴人，居家孝谨，立身廉俭，当敕令入相时，朝野称庆。御史中丞崔宽，方筑华堂大厦，遽令拆毁，京兆尹黎幹，裁减骑从，就是汾阳王郭子仪，在署宴客，亦减去声乐五分之四。外此靡然从风，不可胜纪。时人比诸汉朝杨震，及晋朝山涛、谢安，这真好算是救时良相了。善善从长。常衮虽与绾并相，才识远不及绾，代宗召还李泌，意欲令他辅政，偏为衮所龃龉，仍出泌为澧州刺史，唯与绾荐引颜真卿，仍复原官，还与众望相孚，这且慢表。

且说代宗季年，方镇寖盛，河北四镇，统系安史旧将，据有遗众，逐渐鸱张。卢龙节度使李怀仙，性情暴戾，为幽州兵马使朱希彩所杀，自称留后，代宗专务羁縻，仍任希彩为节度使。希彩部下，又是不服，复将希彩杀死，改推经略副使朱泚为帅。代宗又把节度使的重任，授给朱泚。应上幽州不靖句。相卫节度使薛嵩病死，子名平，年甫十二，将士推他袭职。平让与叔萼，夜奉父丧奔归乡里，童子却是不凡。萼遂自称留后。代宗亦听他自为，且加任命。独魏博节度使田承嗣，跋扈得很，公然为安史父子立祠，号为四圣，并上表求为宰相。代宗遣使慰谕，讽令毁祠，竟授他同平章事。既而复遣爱女永乐公主，下嫁承嗣子华，承嗣益加骄恣，密诱相卫兵马使裴志清，逐去留后薛萼，率众归承嗣，承嗣即引兵袭取相州。代宗下敕禁止，承嗣拒命不受，反进陷洺卫二州，成德节度使李宝臣，平卢节度使李正己，素为承嗣所轻，遂各上表请讨承嗣，适卢龙节度使朱泚入朝，留弟滔镇守，请命为留后，即由滔助讨魏博，代宗一一准请，诏贬承嗣为永州刺史，命诸道兵四路进征，于是李宝臣、朱滔，与河东节度使薛兼训，攻承嗣北方，李正己与淮西节度使李忠臣，攻承嗣南方，承嗣虽然强悍，究竟寡不敌众，部下各怀疑惧，渐生异心，裨将霍荣国，与降将裴志清，先后叛去。从子田悦，出攻陈留，大败而还，骁将卢子期，出攻磁州，被李宝臣等擒送京师，枭首毙命。承嗣惶急万状，乃想出一条反间计，差一辩士，赍了魏博的册籍，往说李正己道："承嗣年逾八十，死期将至，诸子不肖，侄悦亦是庸才，今日所有，无非为公代守，何足辱公师旅呢，敢乞明察。"正己闻言大喜，乃按兵不进。*一个中计了。* 李宝臣擒得卢子期，献俘京师，代宗令中使马承倩，赍敕褒功。宝臣只遗承倩百缣，承倩掷出道中，诟詈而去。*阉人可杀。* 宝臣未免惭忿，兵马使王武俊遂进言道："今公方立功，奄竖辈尚敢如此，他日寇平，召公入阙，恐为匹夫且不可得，不如释去承嗣，尚品使朝廷倚重，免为人奴。"宝臣听了，也引兵渐退，承嗣计上加计，特遣人至范阳境内，密埋一石，石文上镌有二语云："二帝同功势万全，将田为侣入幽燕。"石已埋好，又嘱术士往说宝臣，言范阳有天子气。范阳本宝臣乡里，骤闻此语，当然心喜，即引术士赴范阳，觇气所在。术士至宝臣里中，掘出瘗石，取示宝臣。宝臣见了石文，若难索解，可巧承嗣贻书，约与宝臣连和，共取范阳。宝臣以为适合符谶，复称如约，*利令智昏。* 遂先率兵趋范阳。范阳系朱滔属境，滔因两路退兵，也还军瓦桥，不防宝臣掩杀过来，仓猝接仗，竟致败绩，微服走脱，忙令雄武军使刘坪，往守范阳。宝臣闻范阳有备，不敢径进，但促承嗣合兵往攻。承嗣却还书道："河内有警，不暇从公，石上谶文，实由我与公为戏，幸勿加责。"*又是一个中计，复书更是厉害。* 看官试想！宝臣得了此书，能不惭恨交并么？当下令部将张孝忠为易州刺史，屯兵七千，防备承嗣，自己收兵还镇。承嗣却上表谢罪，自请入朝，李正己也为代请，代宗乐得从宽，颁诏特赦，准与家属入觐。

偏汴宋军都虞候李灵曜，勾通承嗣，擅杀兵马使孟鉴，诏令灵曜为濮州刺史，灵曜不受，又由中使持敕宣慰，擢为汴宋留后。他才算对使拜命，但从此藐视朝廷，所有境内八州守吏，一律撤换，悉用私人。代宗至此，方命淮西节度使李忠臣，永平节度使李勉，河阳三城使马燧，淮南节度使陈少游，平卢节度使李正己，同讨灵曜。李忠臣、马燧，军至郑州，灵曜率兵掩至，李忠臣不及防备，麾下骇奔，忠臣亦走，马燧独力难支，也即退军。忠臣检点军士，十亡五六，便欲还镇。燧极力劝阻，决计再进。忠臣乃招还散卒，数日皆集，军容复振。陈少游前军亦到，彼此会合，与灵曜大战汴州。灵曜败入城中，登陴固守。忠臣等乃就势围住，田承嗣遣从子悦援汴，杀败永平成德军，直薄汴州，就在城北立营。李忠臣夜遣神将李重倩，带着锐骑数百，突入悦垒，纵横冲荡，斩敌数十人。悦猝不及防，正拟纠众兜围，不意鼓声大震，燧与忠臣，两路杀到，悦料不能敌，麾众急走。此时夜深月黑，马倦人疲，大众逃命不暇，害得自相践踏，枕藉道旁。再经河阳淮西两军，一阵驱杀，十成中丧了七八成，剩得几个命不该死的士卒，随悦遁去。燧与忠臣再行围城，灵曜开门夜遁，汴州告平。永平将杜如江，追及韦城，擒住灵曜，献与李勉，勉即将灵曜械送京师，正法了事。唯承嗣并未入朝，且助灵曜，怙恶日甚，不容不讨。代宗又下敕调兵，那承嗣复表陈悔罪，这位柔弱无刚的代宗，竟遵着既往不咎的古训，一体赦免，且赐还承嗣官爵，令他不必入朝。看官！你想可叹不可叹呢？**纵容如此，怎能致治。**

李忠臣、李宝臣、李正己等，见承嗣悖逆不臣，尚且遇赦，何况为国立功，理应坐享富贵。凡从前李灵曜所辖属地，多由各镇分派，据为己有，李正己得地最多，占得曹濮徐兖郓五州，自己徙治郓城，留子纳守青州。代宗事事依从，即授纳为青州刺史。李宝臣就是张忠志，**赐姓为李，见前文。**至是仍请复姓为张，亦邀俞允。田承嗣反复无常，自两次赦罪，总算平静了两年，到代宗末年，**即大历十四年。**正月，老病侵寻，因致毙命。他有子十一人，皆不及悦，承嗣临危时，特令悦知军事，诸子为副。悦奏述详情，代宗即命悦为留后，且追赠承嗣为太保。**教猱升木。**李忠臣讨平灵曜，自恃功高，贪暴恣肆，更有一种极端的坏处，他见将士妻女，稍有姿色，必诱令入内，逼受淫污。妹夫张惠光由忠臣授为副使，更加暴横，惠光子亦得为衙贰，父子狼狈为奸，大失士心。忠臣族子李希烈，从战河北，所向有功，平时又略行小惠，笼络士卒，士卒遂相率悦服。牙将丁暠、贾子华等，乘隙发难，杀死惠光父子，又欲并害忠臣。希烈本与同谋，因顾念族谊，乞全忠臣性命。忠臣得单骑走脱，奔入京都。暠与子华，遂拥戴希烈，上表请命。代宗尚宠遇忠臣，命他留京，授为检校司空，同平章事，一面任希烈为留后。总计唐室藩镇，日盛一日，祸端统起自肃代二宗。平卢节度使侯希逸，由军士拥立，肃宗未能讨伐，反从所请，作了第一次的规例。**已见前回，此处更为提明，呼醒不少。**代宗不知干蛊，复将乃父做错的事情，奉为衣钵，所以错上加错，酿成大乱。就中唯泾原节度使马璘，凤翔秦陇泽潞节度使李抱玉，滑亳节度使令狐彰，**彰本史思明旧将，自拔归朝，得拜方镇。**昭义节度使李承昭，治军有法，奉命唯谨，可惜先后病逝，徒贻令名。外此如久镇永平的李勉，继镇泾原的段秀实，留镇泽潞的李抱真，**抱玉弟。**及后来调镇河东的马燧，耿耿孤忠，可任大事，下文当依次表明。最有才德的莫如郭子仪，但他已都统河南道节度行营，资望勋业，迥异寻常，恭顺却比人加倍，这乃唐朝第一名臣，原是绝无仅有呢。**再括数语，涵盖一切。**大历十四年五月，代宗不豫，诏令太子适监国，是夕代宗即崩，享年五十三岁。统计代宗在位十七年，改元三次，遗诏召郭子仪入京，摄行冢宰事。太子适即位太极殿，是为德宗。小子有诗咏代宗道：

> 国柄何堪屡下移，屏藩一溃失纲维；
> 从知王道无偏倚，敷政刚柔贵合宜。

欲知德宗初政，且看下回分解。

李辅国也，程元振也，鱼朝恩也，三人皆宫掖阉奴，恃宠横行，原为小人常态，不足深责。元载以言官入相，乃亦专权怙恶，任所欲为，书所谓位不期骄，禄不期侈者，于载见之矣。但观其受捕之时，不过费一元舅吴凑之力，而即帖然就戮，毫无变端，是载固无拳无勇之流，捽而去之，易如反手，代宗胡必迁延畏沮，历久始发乎？夫不能除一元载，更何论河北诸帅。田承嗣再叛再服，几视代宗如婴儿，而代宗卒纵容之。李宝臣、李忠臣、李正己等，因之跋扈，而藩镇之祸，坐是酿成，迭衰迭盛，以底于亡，可胜慨哉！本回但依次叙述，而代宗优柔不振之弊，已跃然纸上。

第二十八回

贬忠州刘晏冤死
守临洺张伾得援

却说德宗即位，黜陟一新，尊郭子仪为尚父，加职太尉，兼中书令，封朱泚为遂宁王，兼同平章事。两人位兼将相，实皆不预朝政。独常衮居政事堂，每遇奏请，往往代二人署名，中书舍人崔佑甫，与衮屡有争言，从前朱泚献猫鼠同乳，称为瑞征，衮即率百官入贺，佑甫独力驳道："物反常为妖，猫本捕鼠，与鼠同乳，确是反常，应目为妖，何得称贺？"衮引为惭愤，有排崔意。及德宗嗣统，会议丧服，佑甫谓宜遵遗诏，臣民三日释服。衮以为民可三日，群臣应服二十七日乃除。两下争论多时，衮遂奏佑甫率情变礼，请加贬斥，署名连及郭朱二人。德宗乃黜佑甫为河南少尹。既而子仪与泚，表称佑甫无罪，德宗怪他自相矛盾，召问隐情。二人俱说前奏未曾列名，乃是常衮私署。德宗因疑衮为欺罔，贬为潮州刺史，便令佑甫代相，格外专任，真个是言听计从，视作良弼。且诏罢四方贡献，所有梨园旧徒，概隶入太常，不必另外供奉，天下毋得奏祥瑞；纵驯象，出宫女，民有冤滞，得挝登闻鼓，及诣请三司使复讯，中外大悦，喁喁望治。诏敕颁到淄青，军士都投戈顾语道："明天子出了，我辈尚敢自大么？"李正己兼辖淄青，也不由不畏惧起来，愿献钱三十万缗。德宗因辞受两难，颇费踌躇，特与崔佑甫商议处置方法。佑甫请遣使宣慰淄青将士，就把这三十万钱，作为赏赐。*此计固佳，但中知者即能计及，而德宗尚未能想到，其才可知。* 德宗满口称善，即令照行。果然正己接诏，格外愧服。至德宗生日，四方贡献，一概却还，正己复献缣三万匹，田悦也照正己办法，缣数从同。德宗归入度支，充作租赋，凡度支出纳事宜，命吏部尚书刘晏兼辖，且授晏为左仆射。

晏本与户部侍郎韩滉，分掌全国财赋，滉太苛刻，为时论所不容，德宗乃徙滉为晋州刺史，专任晏司度支事。晏有材力，多机智，变通有无，曲尽微妙，历任转运盐铁租庸等使，上不妨国，下不病民，尝谓理财以养民为先，户口滋多，赋税自广，所以诸道各置知院官，每历旬日，必令详报雨雪丰歉各状，丰即贵籴，歉乃贱粜。或将贮谷易货，供给官用。如遇大歉，不待州县申请，即奏请蠲租赈饥，由是户口蕃息，庚癸无呼。又尝作常平盐法，撤除界限，裁省冗官，但就产盐区置官收盐，令商购运，一税以外，不问所之，有几处地僻乏盐，由官输运，有几时盐绝商贵，亦由官接济，官得余利，民不乏盐。**榷盐法莫善于此，后世奈何不行？**最关紧要地是革去胥吏，专用士人，他以为胥吏好利，士人好名，无论琐细事件，必委士人办理，因此厘清宿弊，涓滴归公。**近来士人，亦专萦利，恐刘晏良法，亦无如何。**唐自安史乱起，连岁用兵，饷糈浩繁，人民耗敝，亏得朝廷用了刘晏，得以酌盈剂虚，不虑困乏。晏又自奉节俭，室无媵婢，平居办事甚勤，遇有大小案牍，立即裁决，绝不稽留，后世推为治事能臣，理财妙手。**名不虚传。**唯任职既久，权倾宰相，要官华使，多出晏门，免不得媚怨交乘，毁谤并至。

崔佑甫又荐引杨炎为相，炎与晏本不相能，元载伏诛，炎尝坐贬，当时曾由晏定谳。**见前回。**及炎入任同平章事，挟嫌怀恨，日思报复，他见晏以理财得宠，遂就财政上想出两大计划，入试德宗。第一着是请将天下财帛，悉贮左藏，这事本是唐朝旧例，肃宗初年，第五琦为度支使，因京师豪将，取求无度，琦不胜供应，乃奏请贮入内库，免得自己为难。天子何暇守财，当然委任内监，内监有几个清廉，当然做了蠹虫，乘机中饱。阉宦据为利薮，户部无从详查。炎仍请移出外库，扫清年来的积弊，不但中外视作嘉谟，就是德宗亦叹为至计。第二着是请创行两税法，唐初国赋，分租庸调三项，有田乃有租，有身乃有庸，有户乃有调。玄宗末年，版籍损坏，诸多失实，炎请量出制入，酌定赋额，户无主客，以现居为簿，人无丁中，**十六为中，十二为丁。**以贫富为差，行商税三十之一，居民照章纳税，两次分收，夏不得过六月，秋不得过十一月，所有租庸杂徭，悉数裁并，但就上年垦田成数，均亩收税，于是民皆土著，确实不虚，这便叫作两税法。**两税之法，利弊参半，陆宣公尝痛论之，但后世尝奉为成制，无非以简易可行耳。**德宗依次施行，第一法是叱嗟可办，就在大历十四年冬季移交，第二法须劳费手续，特在德宗纪元建中，郑重颁诏，且预戒官吏，不得逾额妄索，多取一钱，便是枉法，民间颇称便利，情愿遵行。杨炎既得主心，遂复进一步用计，上言："尚书省为国政大本，任职宜专，不应兼及诸使。"于是把刘晏所兼各使职权，尽行撤销。炎以为步步得手，索性单刀直入，径攻刘晏。当德宗为太子时，代宗尝宠独孤妃，妃生子迥，曾封韩王，宦官刘清潭等，密请立妃为后，且屡言迥有异征，为摇动东宫计。事尚未成，独孤已逝，乃将此议搁置，但德宗已吃了一大虚惊。炎欲扳倒刘晏，竟入内殿密谒德宗，叩首流涕道："陛下赖宗社神灵，得免贼臣谗间，否则内侍早有奸谋，刘晏实为主使，今陛下已经正位，晏尚偃然立朝，臣不能不指出正凶，乞请严究。"德宗本已忘怀，突被杨炎提及，不觉忿气填胸，立欲逮晏下狱，还是崔佑甫从旁劝解，谓："事涉暧昧，不应轻信，且朝廷已经施赦，更无追究既往。"朱泚等亦上表营解，德宗始终不怿，竟坐晏他罪，贬为忠州刺史。哪知杨炎尚未肯罢休，定欲置晏死地，特擢私党庾准为荆南节度使，嘱令除晏。准即奏晏怨望，并附晏与朱泚书，作为证据。炎又请德宗速正明刑，时首相崔佑甫已殁，营救无人，德宗竟不问虚实，密遣中使驰至忠州，将晏缢死，然后下诏赐令自尽，家属悉徙岭表，连坐至数十人，中外交口称冤。唯炎得心满意足，不留余恨了。

晏未死以前，尚有泾州别驾刘文喜，据州作乱，也是杨炎一人酿成。炎奉元载为祖师，载生前欲城原州，控御吐蕃，事不果行，炎拟行载遗策，先牒泾原节度使段秀实，筹备工作。秀实答炎书道："安边却敌，应从缓计，况农事方作，尤不可遽兴土功。"炎得书甚怒，召秀实为司农卿，遣河中尹李怀光，督造新城。怀光素来严刻，泾原军士，闻名生畏，各有异言。别驾刘文喜，趁势纠众，反抗朝廷，先上了一道表文，只说是请还原官，万一段难再来，应简朱泚为帅。至德宗用朱代李，文喜又不受诏，欲效河北诸镇故例，自为节度使，乃下诏令朱泚、李怀光，发兵讨文喜，文喜向吐蕃乞援，吐蕃不肯发兵，一城斗大，禁不起两军围攻，困守了好几旬，城中内乱，泾州副将刘海宾，杀毙文喜，献首乞降，泾原始平。但原州城终因此罢工。德宗既得文喜首，悬示京师，适李正己遣参佐入朝，由德宗令视逆首，有示戒意。参佐归白正己，正己很是不安。嗣闻刘晏被杀，乃上表问晏罪状，语带讥讪。德宗不报，独杨炎不免心虚，密遣私人分诣诸镇，自为辩白，只说杀晏由主上独裁，于己无与。**此次恰弄巧成拙了。** 正己乃复上表，竟指斥德宗不明，有"诛晏太暴，不咨宰辅"二语。德宗览表起疑，也令中使往问正己。正己说是由炎传言。中使返报德宗，德宗因不悦炎，别选了一个著名奸臣，来与共相。这人为谁？就是卢弈子卢杞，卢弈为安禄山所害，大节炳然。**见前文。** 子杞貌丑，面色如蓝，居常恶衣菲食，似有乃祖卢怀慎遗风，其实是钓名沽誉，不近人情。起初以父荫得官，累任至虢州刺史，尝奏称州中有官豕三千，足为民患。德宗令转徙沙苑，杞复上言："沙苑地在同州，也是陛下子民，何分彼此，不如宰食为便。"德宗赞美道："杞守虢州，忧及他方，真宰相才哩。"**已受欺了。** 遂以豕赐贫民，召杞为御史中丞。寻因与炎有嫌，竟擢为门下侍郎，同平章事。炎谓杞不学，羞与同列。**你亦何尝有学？** 杞亦知上意嫉炎，乐得投井下石，从此炎趋入危境，也要身命不保了。**天道好还。**

　　忽有一老妇自称太后，由中使迎入上阳宫，奉养起来。**突接入伪太后事，笔法从盲左脱胎。** 老妇实高力士养女，并非真正帝母，她年轻时，曾入侍宫掖，与德宗生母沈氏，时常会面，年貌亦颇相似。沈氏时尝削脯哺帝，致伤左指，高女亦尝剖瓜伤指，因此两人形迹，几乎相同。沈氏陷没东都，久无下落。**前文亦曾叙及。** 德宗即位，遥上尊号，奉册唏嘘，中书舍人高彦，谓帝母存亡未卜，今既册为太后，应再四处访求。德宗乃令胞弟睦王述**代宗第三子。** 为奉迎使，工部尚书乔琳为副，诸沈四人为判官，分行天下，访求太后。高力士养女，正釐居东京，能详述宫禁中事，时人疑即沈太后，报知朝使。朝使不能确认，特请派宦官宫女，同往验视。女官李真一，夙居宫中，尝随沈太后左右，至是奉派至东京，见了高女，酷肖太后，也不禁以假为真，当下逐节盘问，高女缕述无讹，唯诘她是否太后，她却言语支吾，未曾认实。宦官等贪功希宠，竟强迎至上阳宫，令她居住，一面报达德宗，竟欲指鹿为马。德宗即发宫女赍奉御物，入宫供奉，这时候的高氏女，也有些心动起来，竟俨以太后自认。**张冠李戴，** 哄传都下，德宗大喜，百官联翩入贺，独力士养子承悦，洞悉本原，恐将来一经察觉，祸及全家，乃入陈情实，请加覆核。德宗乃命力士养孙樊景超，再往验视。景超与高女相见，当然认识，便语高女道："太后岂可冒充？姑母乃胆敢出此，诚不可解，莫非自求速死，乃置身姐上么？"高女尚踟蹰不答。景超即大声道："有诏下来！高女伪充太后，令即解京问罪。"高女听到此语，方觉股栗，战声答道："我为人所强，原非出自本意。"是何情事？乃可听人作主，女流无识，可叹可悯。景超即日返京，据实陈明，并请处罪。德宗语左右道："朕宁受百欺，求得一真，倘因高氏女得罪，无人敢言，岂不是大违初意么？"乃只命将高女放还，不再究罪。既而太后终无音耗，乃追谥为睿真皇后，奉祎衣祔葬元陵。元陵是代宗坟茔，距代宗崩时，七月即葬，追赠太后高祖琳为司徒，曾祖士衡为太保，祖介福为太傅，父易直为太师，易直弟易良为司空，易直子震为太尉，特立五庙，虔奉祭祀。立长子诵为太子，册诵母王氏为淑妃。

德宗素不信阴阳鬼神，所以送死养生，多循礼法。独术士桑道茂，以占验得幸，待诏翰苑。德宗召入，与论将来祸福，道茂答道："此后三年，都中恐有大变，陛下难免虚惊。臣望奉天有天子气，请陛下亟饬夫役修缮，增高垣堞，以防不测。"德宗乃敕京兆尹严郢，发众数千，并神策兵千人，往筑奉天城。时方盛夏，骤兴大工，群臣都莫明其妙。神策都将李晟，系洮州名将，身长六尺，力敌万人，历从王忠嗣、李抱玉、马璘麾下，御夷有功，因召入主神策军，德宗初立，吐蕃南诏入寇剑南，适西川节度使崔宁入朝，留京未还。晟奉命出征，斩虏首万级，虏皆遁去，乃奏凯还朝。晟为唐室功臣，故开手叙及，亦较从详重。复命后，奉敕调军筑城，也暗暗惊异。巧值桑道茂入谒，因邀令坐谈，道茂叙及奉天筑城事，且言："祸变不远，为皇上计，不得不尔。"晟似信非信。道茂忽离座下跪，向晟再拜，晟慌忙答礼，扶他起来。道茂坚不肯起，泣诚晟道："公将来建功立业，贵盛无比，唯道茂微命，悬在公手，只得求公开恩，预示赦宥。"晟闻言大惊，还疑道茂有什么异图，便答道："足下并无罪戾，就使有罪，晟亦何能援手？"道茂道："今日无罪，罪在他日。"说至此，即从怀中取出一纸，自署姓名，右文写着"为贼逼胁"四字，求晟加判。晟阅毕，茫无头绪，即笑问道："欲我如何判法？"道茂道："请公判入'赦罪免死'一语，便不啻再生父母了。"晟见道茂跪求，又向来未见逆迹，似不妨勉从所请，乃提笔照书，交还道茂。道茂又出缣丈许，愿易晟衣，晟越觉惊讶，诘问缘由。道茂道："公虽下判，但事无左证，仍涉空虚，敢请公许易一衣，并赐题襟上。书明'他日为信'四字，方可始终作证，匄免微命。"愈出愈奇。晟至此，更不禁踌躇起来。道茂又道："此事与公无损，于道却大有益处。道茂粗识未来，因敢乞请，愿公勿疑！"晟乃取衣题襟，给与道茂。道茂拜谢毕，方才起身，告别而去。事出《道茂本传》，确凿有据。看官欲知道茂所言，究竟有无实验？说来很是话长，须要从头至尾，一一叙明。

建中二年，成德节度使李宝臣病死，宝臣本已复姓为张，嗣惮德宗威名，又愿赐姓为李。有子惟岳，性暗质弱，宝臣为世袭计，恐群下不服惟岳，杀死骁将辛忠义等二十余人，后且求长生术，误饮毒液，即致病暗，三日遂死。孔目官胡震，家童王他奴，劝惟岳匿丧，诈为宝臣表文，请令惟岳袭位，德宗不许。惟岳自称留后，为父发丧，又使将佐联名上奏，推戴自己，德宗又不许。魏博节度使田悦，与宝臣友善，悦得继袭，宝臣曾为申请，至是悦念前恩，也为惟岳代请袭爵，偏德宗仍然不许。悦遂邀同李正己，为惟岳援，共谋勒兵拒命。**为了三不许，激出三镇叛乱来了。**魏博节度副使田庭玠，与悦同宗，劝悦谨事朝廷，自保家族，悦不以为然。庭玠忧死，成德判官邵真，泣谏惟岳。请执魏青二镇使人，解送京师，自请讨逆。且谓照此办法，朝廷庶嘉奖忠诚，必授旄节。惟岳颇为所动，令真草表，偏为胡震等所阻，事不果行。惟岳母舅谷从政，前为定州刺史，颇有胆识，因为宝臣所忌，杜门不出。及闻惟岳谋叛，独入劝惟岳，反覆指陈。怎奈惟岳已误信佥言，先入为主，任你如何开导，只是不信，且反加忌。从政知难挽回，怏怏还家，忽来了王他奴，监督起居，他不觉忧愤交迫，服毒自尽。临危时，语他奴道："我岂怕死。惜张氏从此族灭了。"于是惟岳敦促魏青二镇，即日发兵。李正己出万人屯曹州，田悦令兵马使康愔率兵八千人围邢州，自率兵数万围临洺，又联结梁崇义，约为援应。崇义为山南东道节度留后，势力不及河北诸镇，平时奉事朝廷，礼数最恭。代宗晚年，已升任节度使，德宗复加授同平章事，赐他铁券，封荫妻孥。哪知崇义为友忘君，竟听信田悦，一同发难。**该死得很。**淮西军已改名淮宁，任李希烈为节度使，德宗闻崇义逆命，即命希烈就近进讨，别命永平节度使李勉，都统汴宋、滑、亳、河阳各道行营，防御田悦、李正己等叛军。同平章事杨炎进谏道："希烈系忠臣族子，狠戾无亲，无功时尚倔强不法，倘得平崇义，将来如何控制呢？"德宗不听，且加封希烈为南平郡王，兼汉南汉北兵马招讨使。希烈慷慨誓师，得众三万，用荆南牙将梁崇义为先锋，出发淮西，途次延宕不进。德宗曾闻他踊跃出兵，乃至中途逗挠，似属前勇后怯，令人生疑。卢杞乘间进言道："希烈迁延不进，恐为杨炎一人所致，炎曾奏阻希烈，料必为希烈所闻，陛下何爱一炎，致隳大功，臣意不若暂罢炎相，俟乱平后，再任为相，亦属何妨。"**奸言最易动听。**德宗乃徙炎为左仆射，罢知政事。其实希烈停留，无非为天雨泥泞，不便进行，并非单为着杨炎一人呢。及天已开霁，希烈督军复进，德宗还以为幸用杞言，因得希烈效力，眼巴巴地望他成功，不意江淮未报捷音，邢洺连番告急。泽潞留后李抱真，也上书请速救邢洺，德宗即授抱真为昭义节度使，令与河东节度使马燧，统兵往援。再遣神策都将李晟，率师出都，会同两镇兵马，共讨田悦。悦围攻临洺，累月未拔，城中粮食且尽，士卒多死，守将张伾，饰爱女出见将士，且令下拜，一面宣谕道："诸军战守甚苦，伾家无他物，请鬻此女，为将士一日费用。"说至此，语带呜咽，众且感且泣道："愿尽死力，不敢言赏。"伾乃令女入内，率军抵御，昼夜不懈，把一座粮竭兵虚的危城，兀自守住。可巧马燧、李抱真，合兵八万，东下壶关，击破田悦支军。悦遣将杨朝光率五千骑立栅邯郸，阻住马李两军，再令李惟岳出兵五千，帮助朝光，马燧率军攻栅，纵火延烧，栅用木穿成，遇火立燃，朝光扑救不及，还恶狠狠的与燧军搏战，结果是烟昏目暗，一个失手，好头颅被人斫去，麾下五千骑，非死即伤。李惟岳军，也多毙命，只剩得几个焦头烂额，逃了回去。燧乘胜至临洺，抱真继进，李晟亦到，三路大军，夹击田悦，悦悉众力战，奋斗至百余合，终被燧等杀得大败，狼狈奔回。邢州兵亦解围遁去。悦即遣使分讨救兵，适值李正己病死，子纳擅领军务，乃发淄青兵援悦。李惟岳亦发成德军为援，悦收合散卒得二万人，驻扎洹水。淄青兵在东，成德兵在西，首尾相应，气焰复振。燧等进屯邺郡，恐兵力不足，奏调河阳军自助，诏令新任河阳节度使李芃，率兵往会，与田悦等相持，胜负尚未判定，那李希烈已大破崇义，进拔襄阳了。

自希烈沿汉进行，调集各道兵马，到了蛮水，遇着崇义神将翟晖杜少诚，一战即胜，追至疏口。翟杜两将，计穷力蹙，解甲请降。希烈即令二将驰入襄阳，慰谕军民，自率大军随进。崇义尚欲闭城拒守，可奈军心已变，开门争出，不可禁止，眼见得希烈各军，纷纷入城，崇义无法可施，只得挈了妻孥，投井同尽。至希烈入城，捞出尸身，枭了首级，解送京师，希烈遂据住襄阳，德宗闻襄阳已平，加希烈同平章事，另遣河中尹李承为山南东道节度使。承单骑赴镇，希烈令居外馆，胁迫百端。承誓死不屈，希烈乃大掠而去。小子有诗叹道：

> 犬羊已蹶虎狼来，去祸翻教长祸胎。
> 为看前辕方覆辙，后车不戒令人哀。

希烈返镇，卢杞又要构害杨炎了。究竟杨炎性命如何，容至下回再表。

杨炎入相，请移财赋贮左藏，又创作两税法。两税之创，尚有遗议，而财赋悉归左藏出纳，实为当时除弊要策，无隙可訾。乃经著书人揭出炎意，谓炎陈此二议，即为害刘晏计，此固言人所未言，而直穷小人之隐者也。自玄宗以迄肃代，若宇文融、王铁、韦坚、杨慎矜等，皆掊克臣，利国不足，病民有余，唯刘晏能变通有无，交利上下，炎挟私恨，乃欲掉而去之，去之不易，乃先议财政以动主心，继进谗言以快宿愤，贬晏死晏，计画甚巧，不图卢杞之复来其后也。杞乘梁崇义之叛，借刀杀炎，用计尤毒，德宗一再不悟，且宠任李希烈，以堕入杞之奸谋！曾亦思三镇叛乱，多自乃父宠纵而成，岂尚可举狼戾无亲之李希烈，而封王拜相耶？临洺之役，守将幸有张伾，战将幸有马燧诸人，而田悦始大败而去，不然，奉天之奔，宁待朱泚哉？

第二十九回

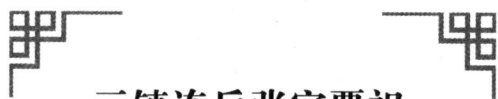

三镇连兵张家覆祀

四王僭号朱氏主盟

却说杨炎罢相，用右仆射侯希逸为司空，前永平军节度使张镒为中书侍郎，同平章事，希逸即死，亏得早死，否则亦朱泚流亚。镒性迂缓，徒知修饰边幅，无宰相才。卢杞独揽政权，决计诛炎，谓："炎所立家庙，地临曲江，开元时，萧嵩欲立私祠，玄宗不许，此地实有王气，炎有异志，因敢违背先训，取以立庙。"这数语陈将上去，顿令德宗怒不可遏，立黜炎为崖州司马，且遣中使押送，途中把炎缢死，并杀炎党河南尹赵惠伯，许刘晏归葬。报应何速？杞入相时，朝右称为得人，唯郭子仪窃叹道："此人得志，吾子孙恐无遗类了。"建中二年六月，子仪疾亟，廷臣多往探视，杞亦往问疾。子仪每见宾客，姬妾多不离侧，唯见杞至，悉令避去，有人问为何因？子仪道："杞貌陋心险，若为妇人所见，必致窃笑，杞或闻知，多留一恨，我正恐子孙被害，奈何反自寻隙呢？"德宗闻子仪病笃，遣从子舒王谟，传旨省问，子仪已不能兴，但在床上叩头谢恩，未几即薨，年八十五。德宗震悼辍朝，诏令群臣往吊，丧费皆由官支给，追赠太师，予谥忠武，配飨代宗庙廷。

子仪身为上将，屡拥强兵，程元振、鱼朝恩等，谗谤百端，诏书一纸往征，无不就道，所以谗谤不行。鱼朝恩尝阴劚子仪父墓，子仪入朝，中外虑有变故，代宗亦慰唁再三，子仪独涕泣道："臣统兵日久，兵士或侵及人墓，不无失察，今先冢被毁，恐是天谴，不得专咎他人呢。"由是群疑俱释，且深服子仪雅量。子仪尝使人至魏州，田承嗣向西下拜，并语去使道："我不向人屈膝，已好多年了，今当为汾阳王下拜。"及李灵曜据汴州，不问公私各物，一概截留，独子仪物不敢近，且遣兵护送出境，所以子仪一身，关系天下安危，约二十年。校中书令考二十四次，家人多至三千人，八子七婿，均为显官，诸孙数十，朝夕问安，子仪不能尽辨，但略略点颔罢了。相传子仪自华州原籍，从军塞外，因入京催趱军饷，返至银州，时正七夕，风砂徒暗，日暮无光，子仪不得前行，就道旁空屋中，席地留宿，正在蒙眬欲睡，忽见左右皆现赤光，惊起仰视，天空中有一云轩，冉冉而下，内坐美女，端庄华丽，迥与凡人不同。子仪即拜祝道："今天为七月七日，想是织女降临，愿赐长寿富贵。"女辗然道："大富贵亦寿考。"言讫，霞光复起，云轩徐升，女尚俯视子仪，笑容可掬，直至高低远隔，方才烟雾迷离，不可复见，果然后来俱验，一如女言。史官称他权倾天下，朝不加忌，功盖一世，主不加疑，侈穷人欲，议不加贬，真是福德兼全，哀荣终始呢。故部将佐，多为名臣，子孙亦多半显扬。这更是郭氏特色，史所罕闻。**旌扬盛德，正神兼收。**子仪从子郭昕，曾为安西四镇留后，自吐蕃陷入河陇，四镇隔绝不通，昕与北庭节度使曹令忠，屡遣使奉表朝廷，终不得达。伊州刺史袁光庭，且累被吐蕃围困，粮尽援穷，自焚死节，唐廷毫无所闻。至子仪殁后，仅隔一月，昕使从回纥绕道入朝，方得四镇二庭消息。德宗封昕为武威郡王，曹令忠为宁塞郡王，赐令忠国姓，改名元忠，追赠袁光庭为工部尚书，这且不必细表。

且说田悦、李纳、李惟岳，联兵拒命，与马燧等相持未下。李纳更遣将王温等，会同魏博兵众，共攻徐州。徐州刺史李洧，本是李纳从伯父，向与纳父子通同一气。彭城令白季庚，劝洧服从朝廷，乃举州归国，纳因此生嫌，出兵攻洧。洧遣牙将王智兴告急，智兴善走，五日入都，德宗令朔方大将唐朝臣，与宣武节度使刘洽，神策兵马使曲环，滑州刺史李澄，共救徐州。唐朝臣奉诏即行，军装不及置办，所有旗服，统是敝恶，宣武军瞧着，不禁嘲笑道："乞子也能破贼么？"朝臣闻言，转谕将士道："我等出兵讨逆，宜恃智勇，不恃服饰，但能先破贼营，何愁资械不足？诸君努力向前，共博功名，休使汴宋人笑我哩。"原来汴宋自灵曜乱后，添置节度使，改称宣武，所以朝臣仍称他为汴宋军。朝臣既已下令，即麾众前驱，巧值纳将石隐金，率众万人，来援王温，至七里沟与朝臣相遇。朝臣用马军使杨朝晟计，遣朝晟带着骑兵，潜伏山曲，自率部兵倚山列阵，静待纳军。王温闻援兵到来，即与魏博将崇庆，率兵往会，为夹攻计。哪知到了山西，被朝晟驱兵杀出，冲作两橛，朝臣亦麾众驰突，杀得温等有退无进，有死无生。石隐金拟来援应，适宣武军乘势杀到，立将隐金击退。温与崇义，狼狈欲返，仓猝逾沟，又为朝臣等掩杀，溺毙过半。余众四散遁去，徐州解围。朔方军尽得敌械，旗服焕然一新，便语宣武军道："汝军功劳，能及得乞人否？"虽是快语，却亦未免自满。宣武军不胜惭赧，无词可答。刘洽亦颇愤激，径移师往攻濮州去了。

马燧等屯驻漳滨，河阳节度使李芃亦至，燧命诸军持十日粮，进屯仓口，与田悦夹水列营。抱真与芃问燧道："粮饷不多，遽行深入，究是何因？"燧答道："我无非为速战起见，试想魏博三镇，连兵不动，意欲坐老我师，可以不战屈人，我若分军击其左右，悦必往救，我反腹背受敌，战必不利，今特进军攻悦，捣他中坚，这就是攻其必救的兵法。悦若出战，保为诸公破敌哩。"乃命军士就水造桥，成了三座，每日分兵逾桥，前往挑战。悦只坚壁不出，燧令诸军夜半起食，潜出营门，循洹水上流，直趋魏州，只留百骑在营击鼓，且预戒道："贼若渡桥前来，汝等可暂时他避，俟贼已毕渡，追蹑我师，汝等速毁桥梁，切切勿误。"言已即去。待至天明，留骑怀藏火种，出营四匿，营中鼓角无声，寂无一人。果然田悦探得消息，亟率淄青成德军四万余人，渡桥踹营。但见营门虚掩，料已他去，连忙督众前追，且乘风纵火，鼓噪而进。燧已至十里所，令军士除去草莽，列阵待着，至悦兵追到，火熄气衰，燧令昭义河阳军为左翼，神策军为右翼，自率河东兵为中军，与悦众接仗，悦亦分军迎敌，战了数十合，神策昭义河阳军小却，独燧指挥河东军，冒死突入悦阵，十荡十决，无人敢当。李抱真李芃等，见燧勇往直前，也下令还斗，拼命杀入。悦众抵当不住，相率败走，奔至三桥，桥已毁去。那燧等又追杀过来，此时欲逃无路，只好扑通扑通地俱投水中。有一半不善泅水的，都由河伯收去。还有后队未及渡水，统被燧等杀尽。功归马燧，举一赅三。悦收败卒千余人，还走魏州，夜走南郭，守将李长春闭城不纳，拟俟官军追至，献城出降。偏偏待到天明，官军不至，乃开门迎悦。悦怒杀长春，集兵拒守，怎奈城中士卒，不满数千，阵亡将士诸家属，号哭盈街。悦不免惶惧，乘马佩刀，兀立府门，召军民泣谕道："悦自知不肖，蒙淄青、成德两父执保荐，嗣守伯父遗业，今两父执去世，有子不得承袭，悦怀父执旧恩，不自量力，抗拒朝命，以致丧败至此，悦再不死，何以谢我城中父老？不过悦有老母，不能自杀，愿诸君持我佩刀，断我首级，持降官军，免得与悦同死哩。"言毕，解刀掷地，自从马上投下。**好一条苦肉计。**将士争前扶掖，各愿与悦同死。悦乃与将士断发为誓，约为兄弟，与同休戚，一面悉发府库，乃征敛富家，得财百余万，犒赏士卒。并召贝州刺史邢曹俊，令整部伍，缮守备，镇定众心，士气复振。

时李纳为刘洽所逼，还守濮州，又向田悦处征兵。悦遣军使符璘，率三百骑送归淄青军。璘父令奇诚璘道："我已老了，历观安史等相继叛乱，终归夷灭，田氏效尤，不久必亡，汝能去逆效顺，使汝父扬名后世，我死亦甘心哩。"遂与啮臂而别。璘出城，即与副使李瑶，奔降马燧，悦收灭璘家，令奇谩骂而死。李瑶父再春，举博州降官军。悦从兄田昂，也举洺州降官军。马燧拟进攻魏州，向抱真营中求取攻具。抱真因前时临洺一役，所获军粮，多为燧有，心下本已不平，至此又欲取他军械，因即拒绝，且愿独当一面，与燧分军，迁延不进。**燧与抱真各有所失。**河阳等军，亦因此观望。至燧促与同行，到了魏州城下，悦已缮兵固守，不能遽拔了。

范阳节度使朱滔，奉德宗诏敕，出讨李惟岳，先遣判官蔡雄，往说易州刺史张孝忠，劝他举州归唐，共图惟岳。孝忠本由正已遣往，令防田氏。此次见田氏日危，乐得依了蔡雄，奉表唐廷。滔又代为保荐，得授检校工部尚书，兼成德节度使。孝忠遂娶滔女为子妇，深相结纳，连兵围束鹿。束鹿守将孟祐，急向惟岳处求救，惟岳令兵马使王武俊为先锋，自督军为后应，往救束鹿。武俊本为惟岳所嫌，因惜他才勇，不忍遽除，至此派为前驱，武俊暗自忖道："我若往破朱滔，惟岳军势大振，我归必被杀无疑，我何苦自寻死路呢？"及既至束鹿，与朱滔对垒，未战先退。惟岳后至接战，为朱滔张孝忠所乘，杀毙将士甚多，没奈何毁营遁还。孟祐守不住束鹿，亦开门夜遁。滔等乘胜围深州，惟岳忧惧，判官邵真，又劝惟岳束身归朝，事为孟祐所闻，密报田悦。悦遣衙官扈岌，诘责惟岳，逼他杀死邵真，仍敦前好，否则从此绝交。惟岳素来恇怯，更由判官毕华等，从旁怂恿，力请斩真以谢魏博，乃即引真出来，对着扈岌，把真枭首，扈岌乃去。惟岳以武俊不肯效力，意欲并诛，会赵州守将康日知，又举城降唐，于是益疑武俊，武俊甚惧。有为武俊入白惟岳道："先相公委武俊为腹心，诚因他勇冠三军，可济缓急，今危难交迫，尚加猜阻，将使何人却敌呢？"惟岳乃使步军卫常宁，与武俊同击赵州，又使武俊子士真，值宿府中，统兵自卫。**既**

已纵虎出柙，还要引狼守门，怎得不死？ 武俊出至恒州，语常宁道："武俊今日，幸脱虎口，不复再返了。当北归张尚书。" *指孝忠。* 常宁道："惟岳暗弱，将来总不免覆灭，今天子有诏，得惟岳首，即授旌节，公为众所服，若倒戈效顺，取逆首如反掌，何必先归张尚书呢？"武俊喜甚，即与常宁还袭惟岳。士真开门纳入，武俊即突入府门，府兵上前拦阻，被杀十余人，当由武俊宣言道："大夫叛逆，将士归顺，敢有异心，身诛族灭。"大众闻言，均不敢动。惟岳缩做一团，被武俊等牵出府厅，用帛勒毙，并收捕胡震、毕华、王他奴诸人，尽行斩首，然后将惟岳首级，传送京师。自李宝臣据成德军，凡二世，共十九年而亡。深州刺史杨荣国，定州刺史杨正义，陆续归降，河北略定，只有魏州未下。唐廷论功加赏，三分成德地，命张孝忠为易定沧州节度使，武俊为恒冀都团练观察使，康日知为深赵都团练观察使。尚有德、棣二州，划隶朱滔，令滔还镇。

滔求深州未得，因致失望，且仍在深州驻兵，武俊以手诛惟岳，功出张孝忠康日知上，乃仅与日知同官，并失去赵、定二州，意亦不悦。田悦乘间诱朱滔，滔又乘间诱武俊，彼此定了密约，互相联络，反抗朝廷。*前四镇未曾荡平，后三镇又复连结。* 李纳为刘洽所围，外城被破，惊慌得了不得，乃登城见洽，泣求自新。李勉亦遣人劝降，纳乃使判官房说，入朝请命。偏中使宋凤朝，谓纳势穷蹙，必不可舍，德宗竟为所惑，将说囚住，纳乃突围出走，奔归郓州，后与田悦相合。会唐廷遣中使北往，征发卢龙、恒冀、易定等军，往讨田悦。王武俊邀执中使，送往朱滔。滔即语众道："将士为国立功，我尝为奏请官阶，均不见报，今欲与诸君共趋魏州，击破马燧，可好么？"众皆不答。滔问至再三，大众却请暂保目前，不愿蹈安史覆辙。滔默然罢议，一面加抚士卒，一面查出反对的将士，杀死了数十人。康日知侦知滔谋，密报马燧，燧转报德宗，德宗以魏州未下，王武俊又叛，势不能再讨朱滔，乃加滔检校司徒，进爵通义郡王，冀安反侧。*总不脱乃父呆气。* 偏滔逆谋愈甚，竟进营赵州，威吓日知。武俊亦遣子士真，往攻赵州。涿州刺史刘怦，与滔为姑表亲，滔使知幽州留后，怦即遗书谏滔道："司徒能自矢忠顺，事无不济，若务大乐战，不计成败，安史前车，可为殷鉴。"滔将来书撕碎，付诸不答，且使蔡雄往说张孝忠，愿与连盟。孝忠道："从前司徒发幽州时，曾劝孝忠归国尽忠，孝忠性直，已从司徒教诲，不敢再生贰心。司徒今为王武俊所惑，武俊与孝忠同出夷落，素知他反复无常，还请司徒详察，勿为所蒙。"雄尚再四进言，惹得孝忠怒起，欲将他执送京师，雄乃逃回。滔决计叛命，即率步骑二万五千人，出发深州。甫至束鹿，士卒忽哗噪道："天子令司徒归幽州，奈何反南救田悦。"滔惧匿后帐。蔡雄与兵马使宗项出语士卒道："司徒血战取深州，无非欲多得丝纩，借宽汝曹租赋，不意国家无信，把深州给康日知，又闻朝廷有敕赐汝等每人绢十匹，乃复为河东军夺去，所以司徒南行，为汝等索还赐物呢。"一派谎言。大众齐声道："果有此事，朝命不可不遵，不如奉诏归镇。"雄说不下去，只好佯允道："汝等既知奉诏，亦须各归部伍，从容归镇，尊司徒，便是尊朝廷呢。"众乃无语，越宿，滔即引兵还深州，密访首谋，得二百余人，悉数处斩，余众股栗，乃复引兵南行，如此残暴，安望成功。进取宁晋，留待王武俊。武俊率步骑万五千名，陷入元氏，再行北趋，与滔相会，同援田悦。

悦闻援军将至，令康愔督兵出城，至御河旁，与马燧战了一仗，大败奔还。德宗授李怀光为朔方节度使，令率朔方军讨悦，兼拒朱滔，一面进燧同平章事，爵北平郡王，且大括长安富商，接济军费。判度支杜佑，横加敲迫，民不胜苦，甚至缢死。又遍查都民积粟，硬借四分之一，先后所得，才值二百万缗，都城嚣然，如被寇盗。越年改任赵赞判度支，复创行苛例两条，一是间架税，每屋两架为间，上屋税钱二千，中税千文，下税五百。一是除陌钱，公私给与及买卖产物，每缗须交官税五十钱。两法颁行，饬民不得逃税，如有隐匿等情，杖责以外，还要加罚。可怜百姓连声叫苦，九重无从得闻，但把那民膏民血，运至军前，期平叛逆，偏是逆焰日炽，诸军又不肯同心，你推我诿，历久无功。夹叙苛税，为下文京城失守写照。马燧、李抱真，构怨不休，朝廷遣中使和解，终不见效。王武俊逼赵州，抱真分麾下二千人，往戍邢州。燧闻信大怒道："叛贼未除，乃遽分兵自守，难道叫我独战么？"随即令军士整顿归装，意欲西还。忠智如燧，尚难免私忿。李晟得悉情形，忙向燧劝阻道："李尚书因邢赵连壤，所以分兵往守，今公为此一事，即引兵自去，不但前功尽弃，转恐招受恶名。况公有志平贼，正应推诚相与，释小怨，急公仇，奈何作丈夫态，悻悻求逞呢？"燧被晟数语提醒，不觉起座道："公责我甚当，我愿自见李尚书，剖明心迹便了。"遂单骑出营，径诣李抱真营。抱真与燧，已多日不见，骤闻燧子身到来，也即开营出迎，彼此各自谢过，复归和好，乃同誓灭贼，尽欢而别。

适洺州刺史田昂入朝，燧奏以洺州隶抱真，李晟军先隶抱真，又请兼隶马燧，以示协和，有制一一准请。燧乃搜卒补乘，再攻魏州。会值朱滔王武俊，合军救魏，列营恆山。李怀光军亦来援燧，燧盛军出迎。滔闻燧出军，还道是前往袭击，也出兵布阵，怀光有勇无谋，即欲掩杀过去，燧劝怀光且暂休息，俟衅乃动。怀光道："贼阵尚未列就，正好乘机杀去，此时不可失了。"遂麾兵杀入滔阵，杀死敌军千余人。滔军奔退。怀光部众争入滔营，搬取粮械，不防王武俊带着劲骑，横冲过来，把怀光军裂作数段，怀光不及收军，仓皇走还。滔又转身杀来，与王武俊并力合击，怀光大败，马燧部兵，被他牵动，禁遏不住，也只好还军保垒。是夜燧与怀光，恐朱滔等复来劫营，恰也严加防备。到了夜半，忽有大水淹至，灌及全营，大众惊惶得很，东拦西阻，勉强支持到天明，曙光一启，出营四望，但见周围一带，已成泽国，营门内外，水深三尺许，燧至此也觉着急，暗思全营将士，带水拖泥，已是不便，更且粮道被阻，归路截断，将来都作了瓮中鱼鳖，如何不忧？当下救命要紧，只好卑词厚币，向滔乞情，乃遣一辩士赍投滔营，滔正决永济渠，淹入燧营，教他自毙，忽接到燧书，内称河北事托公处置，燧愿率兵还朝，幸开一面，后不相犯等语。滔阅毕，不禁掀髯狞笑道："马北平，才晓得老夫厉害么？"马使趁势贡谀，说得朱滔心悦诚服，立命将渠水放还，遣归来使。及使人回至燧营，营中已是干燥了。燧与诸军涉水西行，退保魏县。王武俊见滔道："公奈何纵虎出柙，堕人诡计？"滔不以为然。嗣经武俊讽劝兼至，乃与武俊进兵魏县，与马燧等隔水相持。滔复遣兵马使承庆等往救李纳，击却刘洽。洽亦退守濮阳，于是田悦倡议，愿奉朱滔为主。滔辞谢道："恆山一胜，全仗王大夫力，滔何敢独居尊位？"乃由幽州判官李子千，桓冀判官郑濡等，公同会议，仿春秋列国故例，仍奉唐朝正朔，唯各加王号。滔自称冀王，悦称魏王，武俊称赵王，且推李纳为齐王，列成四国。当下筑坛告天，歃血为盟。滔作盟主，对众称孤，悦纳武俊称寡人，妻曰妃，长子曰世子，各以所治州为府，自置官属。唐廷又令淮宁节度使李希烈，兼平卢淄青节度使，专讨李纳。河东节度使马燧，兼魏博澶相节度使，朔方节度使李怀光，加授同平章事，专拒田悦、朱滔等军，李晟已进授御史大夫，兼神策行营招讨使。当恆山未战前，已自魏州北趋赵州，击走王士真，与张孝忠合兵，北图范阳。更谋取涿莫二州，截断幽魏孔道，这也是釜底抽薪的计策。正是：

诸镇连兵方肆逆，良臣冒险每图功。

欲知各军能否平逆，且从下回再详。

卢杞相，子仪殁，内外乏人，而藩镇之祸乃烈。幸尚有马燧、李晟诸将，战胜田悦，而王武俊乃出而倒戈，杀李惟岳，传首京师，李纳乞降，田悦孤危，河北只魏州未下，澄清之象，似可立致矣。乃王武俊朱滔，有平惟岳功，而处置失宜，致生怨望。李纳遣使入朝，及从而拘禁之，代宗之误，误于姑息，德宗之误，误于好猜，四国联盟，祸逾三镇，唐乱宁有已时乎？观此回而知诸镇之迭乱，实由庙谟之失算云。

第三十回

叱逆使颜真卿抗节

击叛帅段秀实尽忠

却说李希烈籍隶辽西，性极凶狡，本来是没甚功业，自平梁崇义后，恃功益骄，德宗反说他忠勇可恃，封王拜相，兼数镇节度使，令讨李纳。希烈率部众徙镇许州，屯兵不进，反遣心腹李苣，阴约李纳，结为唇齿，共图汴州，佯向河南都统李勉处假道。勉知他不怀好意，阳具供帐，阴饬戒备。希烈探悉情形，竟不至汴。纳却屡遣游兵，渡汴往迎，且绝汴饷路。勉乃改治蔡渠，凿通运道，以便接济。希烈又密与朱滔等通问，滔等与官军相拒，累月未决，一切军需，全仗田悦筹给。悦不胜供应，支绌万分，闻希烈兵势甚盛，乃共谋乞援，愿尊希烈为帝。希烈遂自号建兴王，天下都元帅。五贼株连，凶焰益盛。希烈遂遣将李克诚，袭陷汝州，执住别驾李元平。元平眇小无须，素来大言不惭，中书侍郎关播，说他有将相才，荐任汝州别驾，兼知州事，哪知他被捕至许，见了希烈，吓得浑身乱抖，尿屎直流。希烈且笑且骂道："盲宰相用你当我，何太看轻我哩？似你岂足污我刃，饶了你罢！"元平连忙叩谢，首如捣蒜。希烈拂袖返入，他才爬起，由军士替他解缚，退出帐外去了。可为惯说大话者作一榜样。

希烈再遣将董待名等，四出抄掠，取尉氏，围郑州，东都大震。德宗召卢杞入商，杞答道："四镇不臣，又加希烈，几乎讨不胜讨，不如令儒雅重臣，往宣上德，为陈顺逆祸福，或可不战而胜哩。"德宗问何人可遣，杞应声道："莫如颜真卿。"乃命真卿宣慰希烈。诏敕一下，举朝失色。原来卢杞入相，专好挤排，杨炎既被他贬死，继起为相的张镒，本来是没甚崭厉，偏杞又排他出外，令兼凤翔节度使。故相李揆，老成望重，又为杞所忌，遣使吐蕃，病死道中。颜真卿入掌刑部，刚正敢言，杞独奏改太子太师，且欲调任外职。真卿尝语杞道："先中丞传首至平原，指卢奕。真卿曾舌舐面血，今相公乃忍不相容么？"杞蘧然起拜，心中却衔恨愈深。至是假公济私，令他出抚希烈。真卿拜命即行，驰至东都，留守郑叔则道："此去恐必不免，不如留待后命。"真卿慨然道："君命难违，怎得避死？"随即写了家书，寄与颀硕两儿，但嘱他上奉家庙，下抚诸孤，此外不及他语。书已寄出，即向许州进发。李勉闻真卿赴许，亟表言失一元老，为国家羞，请速追召还朝，一面使人邀留道中。偏真卿已经过去，不及追还，只好付诸一叹。

真卿既抵许州，才与希烈相见，忽有众少年持刀直入，环绕真卿左右，口中呶呶辱骂，手中以刀相示，几乎欲将真卿醢食了事。真卿毫不改容，顾语希烈道："若辈何为？"希烈乃麾众令退，且谢真卿道："儿辈无礼，请休介意！"真卿问明众少年，才知皆希烈养子，当下朗声宣敕，希烈听毕，便道："我岂欲反，只因朝廷不谅，奈何！"乃导真卿入客馆中，逼使代白己冤，真卿不从。希烈再遣李元平往劝，真卿呵叱道："汝受国家委任，不能致命，我恨无力戮汝，反敢来劝诱我么？"元平怀惭而退，返报希烈。希烈意欲遣归，元平却劝令拘留。越是小人，越会巴结。会朱滔、王武俊、田悦、李纳四人，复各遣使至许州，上表称臣，腼颜劝进。腼颜两字甚妙。希烈召真卿入示道："今四王遣使推戴，不约而同，太师看此情势，岂独我为朝廷所忌么？"真卿奋然道："这是四凶，怎得称作四王？相公不自保功业，为唐忠臣，乃反把乱臣贼子，引作同侣，难道是甘心同尽吗？"希烈不悦，令人扶出。越日与四使同宴，又召真卿入座，四使语真卿道："太师德望，中外同钦，今都统将称大号，太师适至，都统欲得宰相，舍太师尚有何人？这乃所谓天赐良相哩。"真卿怒目相视道："汝等亦知有颜杲卿么？杲卿就是我兄，曾骂贼死节，我年八十，但知守节死义，汝等休得胡言！"四使乃不敢复语，真卿乃起身还馆。希烈使甲士十人，环守真卿馆舍，且在庭中掘坎，扬言将坑死真卿。真卿怡然见希烈道："死生有定，亟以一剑授我，便好了公心事，何必多方恫吓，我若怕死，也不来了。"希烈乃婉词道歉。

　　既而左龙武大将军哥舒曜，奉命为东都汝州节度使，击破希烈前锋将陈利贞，进拔汝州，擒住守将周晃。湖南观察使曹王皋，系曹王明玄孙。调任江西节度使，击斩希烈将韩霜露，连下黄蕲各州。希烈部下都虞候周曾等，本由希烈差遣，往攻哥舒曜，他却通款李勉，还击希烈，拟奉颜真卿为节度使，不料为希烈所闻，潜令别将李克诚，率兵掩至。曾等却未预防，统被杀死，只同党韦清，奔投刘洽，幸得逃生。董待名等曾围郑州，闻各处失利，相率遁还。希烈气焰少衰，乃自许州归蔡州，颜真卿仍被拥去，置居龙兴寺，用兵守着。会荆南节度使张伯仪，与希烈兵交战安州，伯仪大败，连持节俱被夺去。希烈得节示真卿，真卿号恸投地，绝而复苏，自是不复与人言。希烈遣使上表，归咎周曾等人，表面上好似恭顺，暗中却通使朱滔，待他来援。滔正自顾归路，还救清苑，与李晟相持。晟适患病，不能督师，被滔乘隙袭击，败走易州。滔自瀛州休息数天，王武俊遣宋端见滔，促他速还魏桥，滔尚拟从缓，偏端出言不逊，顿时惹动滔怒，斥端使还，且语道："滔以救魏博故，叛君弃兄，几如脱屣，现遇热疾，暂未南来，二兄指王武俊。必欲相疑，听他自便。"端回报武俊，武俊因滔纵马燧，已是不平，至此越觉介意，勉强遣人报谢。不获于上，安能信友？李抱真驻营魏县，侦得消息，乃遣参谋贾林，诈降武俊，林至武俊营，武俊问他来意，林正色答道："林奉诏来此，并非来降。"武俊不禁色动。林又接口道："天子闻大夫登坛时，自言忠而见疑，激成此举，诸将亦共表大夫忠诚，今天子密谕诸将，谓：'朕前事诚误，追悔无及，朋友失欢，尚可谢过，朕为四海主，岂君臣情谊，转不及朋友么？'林特来传命，请大夫自行裁夺。"令他自酌，不劝之劝，尤妙于劝。武俊徐答道："仆系胡人，入受旌节，尚知爱及百姓，岂天子反好杀人么？仆不惮归国，但已与诸镇结盟，不便食言，若天子下诏，赦诸镇罪，仆当首倡归化，诸镇再或不从，愿奉辞伐罪，上足报君，下可对友，不出五旬，河朔可大定了。"林乃道："公言甚善，林当返报李公，如言请旨。"武俊喜甚，厚礼送归。嗣因抱真尝通使武俊，阴相联结，魏博一路，兵祸少纾。唯李希烈复出寇襄城，哥舒曜入城拒守，竟为所围。河南都统李勉，遣宣武将唐汉臣赴援，德宗亦令神策将刘德信，募兵三千人往助，且命神策军使白志贞，添招兵士。志贞勒令节使子弟，自备资装从军，但给他五品官衔，于是怨言益盛，人心动摇。翰林学士陆贽，表字敬舆，系嘉兴人氏，凤擅才名，以进士中博学宏词科，历任外尉，及监察御史。德宗召居翰苑，屡问政事得失。贽因兵民两困，防生内变，特剀切上疏道：

臣闻王者蓄威以昭德，偏废则危。居重以驭轻，倒持则悖。王畿者，四方之本也。京邑者，王畿之本也。昔太宗列置府兵，八百余所，而关中五百，举天下不敌关中，则居重驭轻之意明矣。承平渐久，武备寖微，虽府卫具存，而卒乘罕习，故禄山窃倒持之柄，乘外重之资，一举滔天，两京不守，尚赖西边有兵，诸厩备马，每州有粮，而肃宗乃得中兴。乾元以后，复有外虞，悉师东讨，边备既弛，禁旅亦空，吐蕃乘虚深入，先帝莫与为御，是又失驭轻之权也。既自陕还，惩艾前事，稍益禁卫，故关中有朔方、泾原、陇右之兵以捍西戎，河东有太原之兵以制北虏。今朔方太原之众，远屯山东，神策六军，悉戍关外，将不能尽敌，则请济师，陛下为之辍边军，缺环卫，竭内厩之马，武库之兵，召将家子以益师，赋私蓄以增骑，又告乏财，则为算室庐，贷商人，设诸榷之科，日日以甚。倘有贼臣啗寇，黠虏觑边，伺隙乘虚，窃犯畿甸，未审陛下何以御之？往岁为天下所患，咸谓除之则可致升平者，李正己、李宝臣、梁崇义、田悦是也。往岁为国家所信，咸谓任之则可除祸乱者，朱滔、李希烈是也。既而正己死，李纳继之；宝臣死，惟岳继之；崇义诛，希烈叛，惟岳戮，朱滔携，然则往岁之所患者，四去其三矣，而患竟不衰。往岁之所信者，今则自叛矣，而余又难保。是知立国之安危在势，任事之济否在人；势苟安，则异类皆同心也，势苟危，则舟中亦敌国也；陛下岂可不追鉴往事，维新令图，修偏废之柄以靖人，复倒持之权以固国，而乃孜孜汲汲，极思劳神，徇无已之求，望难必之效乎？陛下幸听臣言，凡所遣神策六军，如李晟等及节将子弟，悉令还朝，明敕泾陇邠宁，但令严备封守，仍云更不征发，使知各保安居，再使李芃还军援洛，李怀光还军救襄城，希烈一走，梁宋自安，余可不劳而定也。又下降德音，罢京城及畿县间架等杂税，与一切贷商征兵诸苛令，俾已输者弭怨，现处者获宁，则人心不摇，邦本自固，尚何叛乱之足虑乎？语关至计，务乞陛下酌量施行。

看官听着！德宗当日，若果信用贽言，何至京城失守，蒙尘西行？偏是德宗目为迂谈，一心想荡平叛逆，把魏县各军，未曾调回一个，反屡促李勉、刘德信等，急救襄城，勉闻希烈精兵，统在襄阳，料想许州空虚，特嘱刘德信唐汉臣两将，移袭许州。这也是一条好计。两将奉令即行，哪知中使到来，责他违诏，立刻追还二将，二将狼狈走还，被希烈部将李克诚，追击过来，杀伤大半。汉臣奔大梁，德信奔汝州。希烈游兵，剽掠至伊关，李勉亟遣裨将李坚率四千人，助守东都，又被希烈将截住后路，东都亦震，襄城益危。德宗再命舒王谟见前为荆襄等道行营都元帅。改名为谊，徙封普王，户部尚书萧复为元帅府长史，右庶子孔巢父为左司马，谏议大夫樊泽为右司马，调入泾原将士，令带同东行。

泾原节度使姚令言，率兵五千至京师，时当十月，途次冒雨前来，冻馁交迫，既至京师，满望得着厚赐，遗归家属，不意京兆尹王翃，奉敕犒师，但给他粝饭菜羹，此外并无赏物。大众不禁动愤，尽把菜饭拨掷地上，蹴作一团，且扬言道："我辈将冒死赴敌，乃一饭且不使饱，尚能以微命相搏么？今琼林大盈二库，金帛充溢，朝廷靳不一与，我辈何妨自取呢。"乃环甲张旗，直趋京城。令言正入朝辞行，蓦听得兵变消息，忙趋出城外，呼众与语道："诸军今日，东征立功，何患不富贵？乃无端生变，莫非要族灭不成？"军士不从，反将令言拥住，鼓噪至通化门。但见有中使奉诏出抚，每人给帛一匹，众益忿诟道："我等岂为此区区束帛么？"遂将中使射毙，一哄入城，百姓骇走，乱军大呼道："汝等勿恐，我辈前来抚汝，此后不夺汝商货僦质，也不税汝间架陌钱了。"苛敛病民，正使军士借口。德宗闻乱军入城，即令普王谊及翰林学士姜公辅，同往慰谕。偏乱军列阵丹凤门，持弓以待，无可理喻，没奈何返身入报。德宗又号召禁兵，令御乱军，不料白志贞所募禁旅，统是虚名列籍，兵饷悉入贪囊，到了危急待用，竟无一人前来，此时德宗张皇失措，急忙挈同王贵妃、韦淑妃，及太子诸王公主，自后苑北门出奔，连御玺都不及取，还是王贵妃忙中记着，取系衣中。宦官窦文场、霍仙鸣，率左右百人随行，普王谊为前驱，太子为后殿，司农卿郭曙，右龙武军使令狐建，在道接驾，各率部曲扈从，于是始得五六百人。姜公辅叩马进言道："朱泚尝为泾原军帅，因弟滔为逆，废处京师，心常怏怏，今乱兵入京，若奉他为主，势必难制，不如召使从行。"德宗不暇后顾，便摇首道："现在赶程要紧，已是无及了。"遂西向驰去。

是时乱军已斩关入内，登含元殿，大掠府库，居民亦乘势入宫，窃取库物，喧哗得了不得。姚令言以大众无主，乱不能止，特与乱军商议，拟推朱泚为主帅。泚讨平刘文喜后，曾留镇泾原，加官太尉。及滔谋逆，蜡书贻泚，劝他同叛，使人为马燧所获，送至京师。德宗乃召泚入朝，出示滔书，泚惶恐请死，德宗以兄弟远隔，本非同谋，特温言慰勉，赐第留京。令言提议戴泚，大众乐从，乃至泚第迎泚，泚佯为谦让，经乱军一再往迎，乃乘夜半入阙，前呼后拥，列炬满街，既至含元殿，约束乱兵，自称权知六军，泚乘乱入阙，约束乱兵，不足言罪，误在后此称尊耳。次日徙居北华殿，出榜张示。略云：

泾原将士，远来赴难，不习朝章，驰入宫阙，以致惊动乘舆，西出巡幸，现由太尉权总六军，一应神策等军士及文武百官，凡有禄食者，悉诣行在，不能往者，即诣本司，若出三日检勘，彼此无名者杀无赦。为此榜示，俾众周知。

京城官吏，见此榜文，才知德宗已经西出，首相卢杞，及新任同平章事关播，已在夜间逾中书省垣，微服出城。神策军使白志贞，京兆尹王翃，御史大夫于颀，中丞刘从一，户部侍郎赵赞，翰林学士陆贽、吴通微等，亦陆续西往，驰至咸阳，方与车驾相会。德宗忆及桑道、茂言，决赴奉天。奉天守吏，闻车驾猝至，不知何因，意欲逃匿山谷，主簿苏弁道："天子西来，理应迎谒，奈何反逃避呢？"乃相偕迎车驾入城。京城百官，稍稍踵至，及左金吾大将军浑瑊到来，报称朱泚为乱兵拥立，后患方长，不可不备。德宗即授瑊为行在都虞候，兼京畿渭北节度使，且征诸道兵入援。卢杞悻悻进言道："朱泚忠贞，群臣莫及，奈何说他从乱？臣请百口保他不反。"德宗也以为然，反日望朱泚迎舆，哪知泚已密谋僭逆，竟欲做起皇帝来了。

先是光禄卿源休，出使回纥，还朝不得重赏，颇怀怨望，见朱泚自总六军，遂入阙密谈，妄引符命，劝他称尊，泚喜出望外，立署京兆尹，检校司空李忠臣，太仆卿张光晟，工部侍郎蒋镇，员外郎彭偃，太常卿敬釭，皆为泚所诱，愿为泚用。泚又以段秀实久失兵柄，必肯相从，即令骑士往召。秀实闭门不纳，骑士逾垣入见，硬迫秀实同行。秀实乃与子弟诀别，往见朱泚。泚喜道："司农卿来，吾事成了。"秀实因语泚道："将士东征，犒赐不丰，这是有司的过失，天子何从与闻？公以忠义闻天下，何勿开谕将士，晓示祸福，扫宫禁，迎乘舆，自尽臣职，申立大功呢。"泚默然不答。秀实乃阳与周旋，阴结将军刘海宾，及泾原将吏何明礼岐灵岳，谋诛朱泚。

适金吾将军吴溆，奉德宗命，来京宣慰。泚佯为受命，留溆居客省中，一面遣泾原兵马使韩旻，率锐骑三千，往袭奉天，外面却托称迎銮。秀实侦悉狡谋，便语灵岳道："事已急了，只可以诈应诈。"召旻且还，乃嘱灵岳窃姚令言符，作为凭信。灵岳去了半日，空手驰回，报称符难窃取。秀实倒用司农卿印为记，写入数语，募急足持往追旻。旻得符即还。**奉天不被袭破，亏得此计。**秀实又语灵岳道："旻若回来，我等将无噍类了。我当直搏逆泚，不成即死，免累诸公。"灵岳道："公具大才，应策万全，现在事迫燃眉，且由灵岳暂当此任，他日能完全诛逆，灵岳虽死，也瞑目了。"**忠烈不亚秀实。**计议已定，俟旻兵一到，果然出泚意外，严诘追还原因。灵岳独挺身趋入，指泚与语道："天子蒙尘，须赶紧迎回，奈何反遣兵往袭？灵岳食君禄，急君难，怎忍袖手，所以着人追还。"泚听言未毕，已是怒不可遏，叱令左右，将灵岳拿下，枭首以徇。灵岳痛詈至死，毫不扳连别人。秀实又嘱刘海宾何明礼，阴结部曲，为下手计，偏泚急欲称帝，召源休李忠臣姚令言等进议，连秀实亦同入商。源休执笏入殿，居然与臣子朝君一般，秀实瞧着，激起一腔忠愤，恨不得将这班贼臣，立时杀死。等到朱泚开口，说了数语，不由得奋身跃起，夺了休笏，向泚掷去，随即厉声道："狂贼！应磔万段，我岂从汝反么？"泚慌忙举臂捍笏，笏仅及额，流血污面，返身急走。秀实再趋前搏泚，被李忠臣等出来拦阻，且呼卫士动手，拿住秀实。秀实知事不成，便向着大众道："士可杀不可辱，我不从汝反，要杀便杀，岂容汝屈辱么？"说至此，大众争前乱矾，立把秀实砍倒。泚一手掩额，一手向众摇示道："这是义士，不可妄杀。"至大众停手，秀实早已毕命，一道忠魂，投入地府去了。小子有诗赞道：

拼生一击报君恩，死后千秋大节存。
试览《唐书》二百卷，段颜同传表忠魂。

秀实既死，刘海宾缞服遁去。泚命以三品礼葬秀实，遣兵往捕海宾，究竟海宾曾否被捕，待至下回说明。

颜真卿奉敕宣慰，不受李希烈胁迫，且累叱四国使臣，直声义问，足传千古。

至朱泚窃据京城，复有段秀实之密谋诛逆，奋身击笏，事虽不成，忠鲜与比。唐室不谓无人，误在德宗之信用奸佞，疏斥忠良耳。夫希烈之骄倨不臣，已非朝夕，岂口舌足以平戎？此时为德宗计，莫如从陆敬舆言，为急则治标之策，而乃听卢杞之奸言，陷老成于危地，真卿固不幸，而唐室亦岂有利乎？陆氏之计不行，复发泾原兵以救襄城，卒致援兵五千，呼噪京阙，令言非贼而成贼，朱泚不乱而致乱，奉天之袭，微段秀实之诈符召还，恐德宗之奔命，亦不及矣。秀实有志除奸，而力不从心，为国死义，德宗不德，徒令忠臣义士，刎颈捐躯，可胜叹乎！故本回可称为颜段合传，其余皆主中宾也。

第三十一回

僭帝号大兴逆师
解贼围下诏罪己

却说刘海宾缒服出奔，行至百里以外，仍被追兵捕获，还京遇害，亦不扳引何明礼，及明礼从泚攻奉天，复谋杀泚，不克而死，当时号为四忠。德宗闻秀实死节，悔不重用，流涕不置，追赠太尉，予谥忠烈。及还銮后，遣使祭墓，亲为铭碑，且至姑臧原籍，旌闾褒忠，这且不必细表。且说德宗因朱泚逆命，恐奉天迫隘，不足固守，意欲转往凤翔。户部尚书萧复道："凤翔将卒，多系朱泚宿部，臣正忧张镒往镇，不能久驭，陛下岂可躬蹈不测么？"德宗道："朕已决往凤翔，且为卿暂留一日。"越宿正拟启行，忽有二将踉跄奔至，报称凤翔节度使张镒，为营将李楚琳所杀，楚琳自为节度使，且率众降朱泚了。德宗瞧着，乃是凤翔行军司马齐映、齐抗，乃复详问情形。二人答道："臣等早恐楚琳作乱，请调屯陇州，不料琳即作乱，擅杀统帅，臣等因走报陛下，自请处分。"德宗叹息道："果不出萧复所料。二卿何罪，且在此扈驾！"随即面授映为御史中丞，抗为侍御史。二人拜谢。

寻又接到长安急报，朱泚已僭称皇帝，杀死唐宗室多人，德宗又很是痛悼。原来泚既害死段刘诸人，前后左右，统是一班蒉片朋友，日夕劝进。泚遂僭居宣政殿，自称大秦皇帝，改元应天，逼太常卿樊系撰册。册文既就，系仰药自尽。**既已拼死，何必撰册。**大理卿蒋沇，谋诣行在，出京才行数里，被泚饬人追转，硬授官职，沇绝食称病，潜窜得免。姚令言为侍中，李忠臣为司空，源休为中书侍郎，蒋镇为门下侍郎，并同平章事，蒋炼为御史中丞，敬钅工为御史大夫，彭偃为中书舍人，余如张光晟等，皆署节度使。立兄子遂为太子，弟滔为冀王太尉尚书令，号皇太弟。源休劝泚翦屠唐宗室，杀郡王、王子、王孙，共七十七人。更请将窜匿各朝士，一概捕戮。还是蒋镇从旁劝解，才得全活多人。泚且传檄奉天，招诱扈驾诸臣，并说当亲统大军，来收奉天，他日玉石俱焚，后悔无及云云。德宗甚是焦急，又闻襄城为李希烈所陷，哥舒曜退保东都，不如意事，杂沓而来。适右龙武将军李观，率卫兵千余人，驰抵行在，乃急令他募兵为备。数日得五千余人，布列通衢，旗鼓严整，人心少安。泾原兵马使冯河清，知泾州事姚况，闻德宗出驻奉天，大骂姚令言负国不忠，独召集将士，涕泣宣谕，誓保唐室，遂筹得甲兵器械百余车，运往奉天。奉天方苦无械，得此益觉气壮，大众摩拳擦掌，专待逆兵到来。德宗进河清为泾原节度使，况为司马，又因右仆射崔宁趋至，格外欢慰，劳问有加。宁退语诸将道："主上英武，从善如流，可惜为卢杞所误，致有今日。"诸将或转告卢杞，杞即与王翃密谋，构陷崔宁。翃诈为宁遗泚书，入献德宗，德宗览毕，未免变色。卢杞在侧，趁势进谗道："臣本邀宁同来，宁至今才至，已有可疑，况又与泚通书，显见是与泚联谋，约为内应，愿陛下先事预防，勿堕狡谋。"德宗遂召宁入帐，托称传示密旨，却阴嘱二力士随后暗算，抱扼宁颈，把他扼死。宁为杞害，原是含冤，但后至奉天，与出言未慎，亦莫非致死之征。遂命邠宁留后韩游环，庆州刺史论唯明，监军翟文秀，率兵三千，往守便桥。行至中途，正值朱泚先锋姚令言，与副将张光晟，驱军杀来。游环语文秀道："彼众我寡，战必不利，不若返趋奉天，卫驾要紧。"文秀尚拟留军，游环不从，竟引兵还奉天。泚军随至，游环与浑瑊，督兵出战，禁不住逆兵锐气，纷纷退还。逆兵争门欲入，瑊亟令都虞候高固，曳草车塞门，纵火御贼，火盛势烈，烟焰外扑，官军乘火杀出，统用长刀乱砍，杀贼多人，贼兵乃退。泚亲自驰至，列营城东，张火布满原野，击柝声驰百里。游环在城上遥望，但见贼众夜毁西明寺，很是忙碌。游环顾语左右道："贼兵贪夜毁寺，无非欲借着寺材，作为梯冲，须知寺材统是干柴，一或遇火，毫不中用，我军但多备火具，便足破他了。"次日，泚督众扑城，一攻一守，未曾交锋。又越日，泚督兵运到云梯等件，鼓众登城。城中早备火具，接连抛下，火猛梯焦，贼多坠死，泚只好收兵回营。嗣是日来攻城，经浑瑊、韩游环两将，多方捍御，或用强弩射贼，或出奇兵挠贼，贼兵屡却，但总是相持不下。

德宗募使四出，告急外军。魏县行营奉诏感动，李怀光首先踊跃，誓众勤王。马燧李芃，引兵还镇，李抱真退屯临洺，仍防东路。还有李晟自定州接诏，即率四千骑西行。张孝忠倚晟为重，不欲晟往，晟语众道："天子播越，人臣当即日赴难，奈何作壁上观？"遂令子往质孝忠营，愿与孝忠结婚，并以良马为赠。孝忠乃拨精兵六百人，随晟同行。**录晟言行，表明忠悃。** 两军行道需时，急切不能至奉天。泚得幽州散骑，及普润戍卒，合成数万人，攻城尤急。左龙武大将军吕希倩，开城搦战，中箭身亡。将军高重捷，与希倩友善，悲愤交迫，誓报友仇。翌日，带同健儿数十人，怒马出战，突入贼阵。贼将李日月，素称骁勇，挺枪出斗，与重捷大战数十合，不分胜负。浑瑊出兵接应，日月未免慌忙，手法一松，几被重捷刺落马下，亏得马性灵捷，跳出圈外，才得脱走。重捷不肯舍去，乘胜逐北，追至梁山，日月转身再战，又约一二十合，仍然拖枪败去。**这才是诱敌了。** 重捷当先再进，不防山前伏着贼兵，用着铙钩铁索，将重捷马绊倒。重捷随仆地上，贼兵正上前擒拿，那重捷麾下十数人，冒死抢夺，好容易夺回重捷，已变做无头将军。日月尚转身驱杀，正值官军赶到，才得将抢尸各人，接应回去。德宗见重捷尸首，抚哭尽哀，结蒲为首，厚礼殡葬，追赠司空。日月持重捷首，献进朱泚，泚亦下泪，叹为忠臣，也束蒲为身，用棺埋讫。

重捷亲卒，禀命浑瑊，誓再与日月拼命。浑瑊用兵护着，授他密计，各上马出城，驰至日月营前，交口辱骂。日月持枪跃出，各健士略与交锋，四散遁还。日月赶了一程，正思停步，那健士又复凑合，仍然痛骂。待日月追来，又复走散，一追一逃，惹得日月怒起，卸了甲胄，拼命赶来。官军一齐突出，把日月围住，日月尚不惊忙，左挑右拨，无人敢近，怎奈箭如飞蝗，避不胜避，至贼军突围来救，日月已是中箭，呕血毕命。**一报还一报。** 贼军舁尸出围，走报朱泚，泚令归葬长安。日月母竟不恸哭，且对尸骂道："奚奴，国家何事负汝？乃从逆贼造反，死已迟了。"原来日月本是奚人，所以母有此说。及泚败死，叛党尽诛，唯日月母免罪不坐，这也算是忠奸有报呢。**奚人也有此贤母，莫谓夷族无义。**

自日月战死，贼军夺气，泚遣苏玉至陇州，授陇右留后韦皋为中丞，令发兵相助。玉至汧阳，遇陇州戍将牛云光，率五百人来投朱泚，两下晤谈，云光谓皋不肯降，本拟设法诛皋，不幸谋泄，所以率众来奔。玉答语道："韦皋书生，不知兵事，君不如与我俱往陇州，皋若受命，不必说了。否则君麾兵诛皋，如取孤豚相似，怕他什么？"云光欣然道："这也使得。"去寻死了。遂偕行至陇州。皋已闭城守备，由苏玉大呼开城，令接诏书。皋登城问明情由，先放苏玉进去，受了伪命，然后再登城语云光道："君去而复来，愿从新命否？"云光道："正为公有新命，所以复来，愿托腹心。"皋又道："彼此果是同心，请悉纳甲兵，使城中勿疑。"云光以皋为易与，随口允诺。皋即出城验收兵械，邀同入城。当下开庭设宴，请玉与云光入座。酒过数巡，突有壮士数十人，趋入庭中，将两人杀死一双。皋因筑坛誓众，愿讨凤翔伪节度使李楚琳，一面遣兄平弇诣奉天，奏报德宗。德宗改陇州为秦义军，擢皋为节度使。唯朱泚闻玉被杀，越加愤闷，复驱兵攻城，恨不得顷刻踏平。亏得浑瑊、韩游环昼夜血战，还算守住，只粮道早被截断，城中无粮可食，害得人人枵腹，就是供奉御食，亦只粝米二斛。德宗召谕公卿将吏道："朕实不德，应取败亡。卿等无罪，不若出降，自保身家。"群臣皆顿首流涕，愿尽死力。浑瑊因城中食尽，每伺贼军休息，乘夜缒人出城，采芜青根还城，聊充饥肠。且每日泣谕将士，晓以大义，众虽饥寒交迫，尚无变志。忽见贼军中拥出一座云梯，高广数丈，下架巨轮，上容壮士五百人，前来攻城，浑瑊急令军士暗凿地道，通出城外，储薪蓄火，专待云梯到来。神武军使韩澄，视城东北隅最广，足容云梯，因亟饬部军搬运引火各物，如膏油、松脂、薪苇等，储积城上。泚盛兵攻南城，韩游环瞧着道："这是声东击西的诡计，快严备东北隅。"韩澄已在东北隅守着，再经游环分军相助，兵力已足，果然贼众运到云梯，向东北隅爬城。经官军燃着火具，一齐掷去，贼不敢近，才行退去。越日北风甚劲，云梯又至，用湿毡为顶，且悬水囊，上下俱载兵士，上面持械扑城，下面抱薪填堑，矢石火炬，俱不能伤。浑瑊等拼死抵敌，怎奈贼众亦拼死前来，矢石如雨，守卒多被死伤，瑊亦身中流矢，裹创力战，尚是禁遏不住。他见形势危急，忙返身往报德宗。德宗无法可施，只有呜咽流涕，侍从诸臣，也都没法，大家仰首问天，哀声祷祝。好似一班妇女，济什么事。瑊亦不禁泣下，转思兵来将挡，除死战外无别法，遂请德宗速给告身，即任官凭证。再募死士。德宗就取出无名告身千余通，授瑊领受，且把案上的御笔，亦递给与瑊，随口嘱道："由卿自去填发。倘告身不足，就将功绩写在身上，朕总依卿办理。"瑊接笔后，又对着德宗道："万一围城被陷，臣总以死报陛下。陛下关系宗社，须速筹良策。"德宗听了，不觉起座，握住瑊手，与他诀别。暮闻外面一声异响，好似城墙坍陷一般，他急辞别德宗，飞马驰出，遥见城上已有贼兵，正与官军苦斗，外面烟焰冲天，并有一股臭气，扑鼻难闻，他亦不识何因，登陴一望，云梯已成灰烬，贼众统乌焦巴弓了。当下改愁为喜，督饬军士，立将登城的贼兵，尽行杀死。**莫非皇天保佑？**

看官道这云梯如何被焚？原来东北角上，本有地道凿通，云梯随处往来，未尝留意地道，突然间一轮偏陷，不能行动，火从地中冒出，凑巧遇着大风，梯不及移，人不及逃，顿时化为灰烬，贼众乃退。瑊又返报德宗，请乘势出战。德宗饬太子督军，分兵三队，从三门出发，奋击过去。贼众不及防备，被官军驱击一阵，杀死数千人。余众入垒固守，官军乃鸣金还城。是夜泚复来攻城，德宗亲巡城上，鼓励士卒，贼众望见御盖，特用强弩射来，矢及御前，相去不过尺许，经卫士用枪拨落，才免龙体受伤。但德宗已吃一大惊，正欲下城退避，忽城下有人大叫道："我是朔方使人，快引我上城。"守卒忙掷绳下去，将来使引上，来使身中，已受了数十矢，血满衣襟，见了德宗，匆匆行礼，便解衣出表，取呈御览。德宗览毕，不禁大喜，忙令兵士将他舁住，绕城一周，说是朔方兵来援，大众欢声如雷。原来李怀光已至醴泉，遣兵马使张韶，用蜡丸藏表，先报行在。韶微服至城下，适值贼众攻城，随同逾堑，因得呼令缒上，朱泚闻怀光到来，亟分兵还截怀光，哪知去了两日，即有败报到来，接连是警信迭至，神策兵马使尚可孤，自襄阳入援，军至蓝田，镇国军副使骆元光，自潼关入援，军至华州，河东节度使北平郡王马燧，亦遣行军司马王权，及子彙率兵五千，自太原入援，军至中渭桥。四面勤王兵，陆续趋集，任你逆泚如何凶悍，也吓得魂胆飞扬，连夜收兵，遁回长安去了。**一场空高兴。**

奉天解围，从臣皆贺。卢杞、白忠贞、赵赞等，自命有扈驾功，扬扬得意，偏有谣言传到，李怀光带兵来谒，有入清君侧的意思。杞未免心虚，急进白德宗道："叛众还据长安，必无守志。李怀光千里来援，锐气正盛，何不令他亟攻长安，乘胜平贼呢？"**你说朱泚不反，何故要怀光急攻。**德宗又相信起来，遂遣中使赴怀光军，教他不必进见，速引军收复长安。怀光不觉懊怅道："我远来赴难，咫尺不得见天子，可见是贼臣卢杞等，从中排挤了。"乃遣还中使，引众趋咸阳。李晟亦至东渭桥，遣人奏闻。德宗也禁他入见，令与怀光同攻长安。怀光到了咸阳，顿兵不进，上表指斥卢杞、白志贞、赵赞三人。德宗尚宠眷杞等，不忍加斥。怀光一奏不已，至再至三，

浑瑊先火烧云梯

德宗仍然不从。是谓昏愚。会李晟奏称怀光逗留咸阳，以除奸为名，乞陛下速行裁夺等语，就是扈驾诸臣，亦归咎杞等，啧有烦言，乃贬杞为新州司马，白志贞为恩州司马，赵赞为播州司马，一面慰谕怀光，怀光复申斥宦官翟文秀，恃宠不法，应加诛戮。德宗不得已诛了文秀，因促怀光进兵，偏怀光另易一词，只说须伺衅后进，仍然坚壁不出。德宗也无可奈何。适河南都统李勉，报称汴滑二州，为李希烈所陷，自请惩处。德宗叹道："朕尚失守宗庙，勉且自安，力图恢复便了。"遂遣使驰慰，待遇如初。转瞬间又是冬季，在奉天过了残年，德宗进陆贽为考功郎中，贽极陈时弊，差不多有数万言，且请德宗下诏罪己，德宗乃于建中五年元日，改称兴元元年，颁诏大赦道：

致理兴化，必在推诚，忘己济人，不吝改过。朕嗣服丕构，君临万邦，失守宗祧，越在草莽，不念率德，诚莫追于已往，永言思咎。期有复于将来，明征其义，以示天下。小子惧德不嗣，罔敢急荒，然以长于深宫之中，昧于经国之务，积习易溺，居安思危，不知稼穑之艰难，不恤征戍之劳苦。泽靡下究，情未上通，事既壅隔，人怀疑阻。犹昧省己，遂用兴戎。征师四方，转饷千里。赋居籍马，远近骚然。行赍居送，众庶劳止。或一日屡交锋刃，或连年不解甲胄，祀奠乏主，室家靡依，死生流离，怨气凝结。力役不息，田莱多荒，暴令峻于诛求，疲甿古愍字。空于杼轴，转死沟壑，离去乡闾，邑里邱墟，人烟断绝。天谴于上而朕不悟，人怨于下而朕不知，驯至乱阶，变兴都邑，万品失序，九庙震惊，上累祖宗，下负蒸庶，痛心靦貌，罪实在于。永言愧悼，若坠泉谷。自今中外所上书奏，不得更言神圣文武之号，李希烈田悦王武俊李纳等，咸已勋旧，各守藩维，朕抚驭乖方，致其疑惧，皆由上失其道，而下罹其灾，朕实不君，人则何罪？宜并所管将吏等，一切待之如初。朱滔虽缘朱泚连坐，路远必不同谋，念其旧勋，务在弘贷，如能效顺，亦与维新。朱泚反易天常，盗窃名器，暴犯陵寝，所不忍言，获罪祖宗，朕不敢赦，其胁从将吏百姓等，在官军未到京城以前，去逆效顺，并散归本道本军者，并从赦例。诸军诸道，应赴奉天，及进收京城将士，并赐名奉天定难功臣。其所加垫陌、钱税、间架、竹木、茶漆、榷铁之类，悉宜停罢，以示朕悔过自新，与民更始之意。

这道赦书，颁发出来，人心大悦。王武俊、田悦、李纳皆去王号，上表谢罪。唯李希烈自恃兵强，谋即称帝，遣人向颜真卿问仪。真卿道："老夫尝为礼官，只有诸侯朝天子礼，尚是记着，此外非所敢闻呢。"希烈竟称大楚皇帝，改元武成，建置百官，用私党郑贲、孙广、李缓等为相，以汴州为大梁府，分境内为四节度。希烈遣部将辛景臻语真卿道："不能屈节，何不自焚？"遂在庭中积薪灌油，作威吓状。真卿即令纵火，奋身欲入。景臻慌忙阻住，返报希烈。希烈惊叹不置，一面遣将杨峰，赍着伪敕，往谕淮南节度使陈少游，及寿州刺史张建封。少游已通好希烈，当然受命，独建封拘住杨峰，腰斩以徇，且奏称少游附贼状。德宗授建封为濠寿庐三州都团练使。希烈欲取寿州，为建封所扼，兵不得过，再南寇蕲黄及鄂州，为曹王皋及鄂州刺史李兼所败，希烈乃不敢进窥江淮。德宗贬卢杞，罢关播，令姜公辅萧复同平章事。萧复请德宗屏逐奸邪，抑制阉寺，说得非常悚切。德宗反疑他陵侮，出复为江淮等道宣慰安抚使。究竟不明。又因田悦、王武俊、李纳三人，曾上表谢罪，尽复官爵，更遣秘书监崔汉衡，往吐蕃征兵。吐蕃大相尚结赞，愿遣大将论莽罗，率兵二万入助，但说要主兵大臣署敕，方可前进。汉衡问须何人署名，尚结赞指名李怀光。于是汉衡归报，德宗乃命陆贽往谕怀光，命他署敕。怀光已蓄异图，不肯遵署，且说出三大害来。正是：

　　陈害无非生异议，设词顿已改初心。

　　究竟怀光所说三害，是何理由，容至下回详叙。

　　朱泚之叛，谁使之乎？莫不曰德宗使之。朱滔逆命，泚入朝待罪，不亟远斥，一误也。车驾出奔，姜公辅叩马进谏，德宗不召令同行，二误也。泚既自总六军，尚信卢杞奸言，日望迎舆，不亟戒备，三误也。有此三误，至于叛兵犯顺，围攻行在，倘非浑瑊等之血战，及李怀光等之赴援，奉天尚能苦守乎？怀光至而泚围乃解，正应令之入朝，面加慰劳，厚恩以抚之，推诚以与之，则怀光初无叛谋，何至激成变乱？而乃复信谗言，致生怨望，是朱泚之乱尚不足，且欲进李怀光以益之，何愚暗至此乎？罪己一诏，史称为人心大悦，是盖由唐初遗泽，尚在人心，加以乱极思治，感动较速耳。岂真区区文诰，即能便遽迩悦服乎哉？阅者悉心浏览，自知当日之趋势矣。

第三十二回

趋大梁德宗奔命
战贝州朱滔败还

却说李怀光见了陆贽，力陈三害，第一害是得克京城，吐蕃纵兵大掠；第二害是吐蕃建功，必求厚赏，京城已遭寇掠，国库如洗，何从筹给；第三害是吐蕃兵至，必先观望，我军胜，彼来分功，我军败，彼且生变，戎狄多诈，不宜轻信。这三大害处，好似语语有理，转令陆贽无从指驳，贽只好说是奉命来前，如不署敕，未便复命。怀光却瞋目道："何不教卢杞等署名，却来迫我；就是汝等日侍君侧，不能除一内奸，有什么用处？"贽挹了一鼻子灰，没奈何告别回来。怀光竟阴与朱泚通谋，阳请与李晟合军，晟恐为所并，情愿独当一面，有诏允晟所请，晟乃自咸阳还军东渭桥，唯鄜坊节度使李建徽，神策行营节度使杨惠元，尚与怀光联营。陆贽自咸阳还奏道："李晟幸已分军，李杨两使，与怀光联合，必不两全，应托言李晟兵少，恐被逆泚邀击，须由两使策应，既免怀光生疑，且使两军免祸，解斗息争，无逾此策了。"德宗徐徐道："卿所料甚是。但李晟移军，怀光已不免怅望，若更使建徽惠光东行，恐怀光因此生辞，转难调息，且再缓数日，乃行卿计。"*你欲从缓，而人家不肯延挨，奈何？*适李晟又上密奏，谓："怀光逆迹已露，须急务严防，分戍蜀汉，毋令遏壅。"德宗意尚未决，拟亲总禁兵，东趋咸阳，促怀光等进讨朱泚。有人探闻消息，往报怀光道："这便是汉高游云梦的遗策呢。"怀光大惧，反谋益甚，表文越加跋扈。德宗还疑是谗人离间，因有此变，乃诏加怀光太尉，颁赐铁券。怀光对着中使，把券掷地道："怀光不反，今赐铁券，是促我反了。"中使惊惧奔还。朔方左兵马使张名振，当军门大呼道："太尉视贼不击，待天使不敬，果欲反么？"怀光召语道："我并不欲反，不过因贼势方强，蓄锐待时，尔何故遽出讹言？且天子所居，必有城隍，须赶紧筑城，方可迎驾。"随即命名振出令军士，即日筑城。城已竣工，怀光却移军居住。名振入问道："太尉说是不反，为何移军到此？今不攻长安，杀朱泚，建立大功，乃徙据此城，究是何意？"怀光无词可答，反觉老羞成怒，但说他是病狂，叱令左右，把名振牵出拉死。

右兵马使石演芬，本西域胡人，怀光爱他智勇，养为己子，他却把怀光密谋，使门客郜成义潜告行在。怀光有子名璀，曾由怀光遣令扈跸，德宗授璀为监察御史。成义到了奉天，与璀相会，说明底细，璀作书贻父，劝父勿为逆谋，但不合将演芬情事，也叙述在内。怀光得书，立召演芬呵责道："我以尔为子，尔奈何欲破我家？"演芬道："天子以太尉为股肱，太尉以演芬为心腹，太尉既负天子，演芬怎能不负太尉？且演芬胡人，性本简直，既食天子俸禄，应为天子效忠，若今日事君，明日事贼，演芬宁死，不愿受此恶名。"<small>好演芬。</small>怀光大怒，命左右脔食演芬。左右目为义士，不忍下手，演芬引颈就刃，方用刀断喉，叹息而去。璀闻演芬被杀，懊悔不迭，乃进白德宗道："臣父必负陛下，愿早为防备。臣闻君父一体，恩义相同，唯臣父今日负陛下，陛下未能诛臣父，臣故不忍不言。"德宗瞿然道："卿系大臣爱子，何弗为朕委曲弥缝？"璀答道："臣父非不爱臣，臣亦非不爱父，但臣已力竭，无术挽回，只好为君舍父。"德宗道："卿父负罪，卿将何法自免？"璀又答道："臣父若败，臣当与父俱死，此外尚有何策？假使臣卖父求生，陛下亦何所用处？"<small>璀既舍生取义，何不尸谏乃父，必待与父同尽耶？</small>言已泣下。德宗亦洒泪抚慰，待璀趋出，乃申严门禁，暗嘱从臣整装待着，拟转往梁州。

忽由咸阳传到急报，杨惠元被怀光杀死，李建徽走脱，怀光已拥兵谋变了。<small>正如赞言。</small>未几，又由韩游环入见，呈上怀光密书，系约游环同反。德宗道："似卿忠义，岂为怀光所诱？但欲除怀光，应用何策？"游环道："怀光总诸道兵，因敢恃众作乱，今邠宁有张昕，灵武有宁景璿，河中有吕鸣岳，振武有杜从政，潼关有唐朝臣，渭北有窦觎，皆受陛下诏命，分地居守，陛下若举众相授，各受本府指麾，一面削怀光兵权，但给高爵，那时怀光势孤，自不足虑了。"德宗又道："怀光既罢兵权，将来委何人往讨朱泚。"此语又是近呆。游环道："重赏之下，必有勇夫，邠府兵以万计，若使臣为将，便足诛泚，况诸道将士，必有仗义来前，逆泚何足惧呢？"德宗虽然点首，心下尚是狐疑。游环乃退。到了傍晚，浑瑊趋入报道："怀光遣赵昇鸾到此，嘱为内应。昇鸾前来自首，恐怀光即将进攻，此处已经被寇，不堪再受蹂躏，陛下既决幸梁州，不如即日启行。"德宗被他一说，又不觉慌忙起来，便命瑊速出部署。瑊出整队伍，尚未毕事，德宗已挈着妃嫔，径出城西，留刺史戴休颜居守。朝臣将士，狼狈扈从，浑瑊率兵断后，向梁州进发。

到了骆谷，忽闻怀光遣将追来，大众惊惶得很，浑瑊亟列阵待战，俟车驾及扈从诸臣，统已逾谷，未见追兵到来，方放胆前进。原来怀光闻德宗奔梁，曾遣骁将孟保惠静寿孙福达等，邀劫车驾，行至枢屋，遇着诸军粮料使张增，便问天子何在？增还诘道："汝等是来护驾么？"三将不觉愧悟道："彼使我为逆，我以追不及还报，不过被黜罢了。但军士未曾得食，奈何？"增佯向东指道："去此数里有佛祠，我储有粮饷，由汝等往取罢！"三将皆喜，引兵自去。及到了佛寺，并无粮储，方知受绐，就从民间剽掠一番，才行返报。怀光怒他无功，一并罢黜，拟督众自追德宗，唯恐李晟袭击后路，意欲先发制人，遂下令军中，命袭李晟。大众面面相觑，不发一言。怀光再三晓谕，众仍不应，且窃窃私语道："若击朱泚，唯力是视，今乃教我造反，我等虽死不从。"人孰无良，于此可见。怀光闻知，不免加忧，因向僚佐王景略问计。景略答道："为公计，莫如取长安，诛朱泚，散军还诸道，单骑诣行在，庶臣节未亏，功名还可长保哩。"怀光倒也心动，景略复顿首恳请，甚至流涕。偏是都虞候阎晏等，入劝怀光，谓宜东保河中，徐图去就。怀光乃语景略道："我本欲依汝计议，怎奈军心不从，汝宜速去，毋自罹害！"景略知不可谏，便趋出军门，回顾军士道："不意此军竟陷入非义。"说至此，泪随声下，恸哭移时，方驰归良乡原籍去了。

怀光遂召众与语道："今与尔等相约，且至邠州迎接家属，共往河中。俟春装既办，再攻长安，也不为迟。况东方诸县，多半殷实，我不禁尔掳掠，尔等可愿否？"大众乃齐声应诺。见利忘义，可为一叹。因遣使往邠州，令留后张昕，悉发所留兵万余人，及行营将士家属，共至泾阳。怀光本兼镇邠宁，张昕实仗他提拔，至是奉命维谨，饬军士摒挡行李，指日起行。凑巧韩游环自奉天驰还，来防邠州，麾下尚有八百人，遂入语张昕道："李太尉甘弃前功，自蹈祸机，公今可自取富贵，如不与逆贼同污，我有旧部八百骑，愿为公前驱。"昕不待说毕，便接入道："昕本微贱，赖太尉提拔至此，不忍相负。况太尉曾有檄文，署公为本州刺史，公亦朔方旧将，何至遽负太尉哩。"游环暗忖道："我来劝他，他反欲诱我，徒争无益，不如用计除他罢。"遂辞别回寓，托病不出，暗中却与诸将高固杨怀宾等相结，拟举兵杀昕。昕亦谋杀游环，两造尚未动手，适崔汉衡率吐蕃兵至，驻扎城南，游环潜告汉衡，请率吐蕃兵逼近邠城，昕惧不敢动，游环即与高固等，突入军府，将昕杀毙，即遣杨怀宾表奏行在，一面迎汉衡入城。汉衡伪传诏旨，命游环知军府事，军中大悦。怀光子玠在邠，由游环遣去，或问他何不杀玠？游环道："杀玠必致怒敌，不如令他往报，俾泾军知家属无恙，自分德怨为是。"果然玠至泾阳，怀光恐军心变动，拟走蒲州，且贻书朱泚，商决进止。

泚正征吏募兵，自增声焰，太子少师乔琳，本随德宗西行，他却托词老病，潜应泚召，受伪命为吏部尚书，且引入失职诸吏，分掌伪职。泚改国号汉，骄态复萌，既得怀光来书，遂召他进京辅政，公然自称为朕，称怀光为卿，摆出那皇帝的架子来了。怀光接到复文，且惭且愤，掷弃地上。原来朱泚初结怀光，愿以兄事，约分帝关中，永为邻国，不意此次忽然变卦，哪得不令他气沮？于是毁营复走，大掠泾阳等十二县，人民四散，鸡犬一空。河中守将吕鸣岳，因兵少难支，不得已迎纳怀光，怀光复分攻同坊各州，坊州已为所据，由渭北守将窦觎夺还。同州刺史李纾，奔诣行在，幕僚裴向，权摄州事，亲诣敌将赵贵先营，晓示大义。贵先感悟，反与裴向入城协守，同州亦得保全。德宗乃授李晟为河中节度使，兼京畿、渭北、鄜坊、商华兵马副元帅。浑瑊为朔方节度使，兼朔方、邠宁、振武、永平、奉天行营兵马副元帅，俱命同平章事，规复长安。又授韩游环为邠宁节度使，令屯邠州，戴休颜为行营节度使，令屯奉天，骆元光屯昭应，尚可孤出蓝田，各归两帅节制，便宜调遣。李晟涕泣受命，号召将士，指日进行。左右或言："晟家百口，及神策军家属，俱在长安，一或进攻，恐遭毒手。"晟太息道："天子何在，敢顾及家室么？"会洪使晟吏王无忌婿，趋谒军门，报称晟家无恙，晟怒叱道："尔为贼作间，罪当死。"遂喝令左右，推出斩首。军士未授春衣，盛夏尚着裘褐，经晟日夕鼓励，终无叛志。逻骑捕得长安谍使，晟命释缚与食，好言慰问，知系姚令言差来，即纵令回去，且嘱道："为我谢令言等，善为贼守，毋再事贼不忠。"冷隽有味。乃率众径叩都门，贼闭门不出。晟仍还东渭桥，筹备攻具，再行大举。

浑瑊率诸军出斜谷，进至邠州，崔汉衡率吐蕃兵往会，韩游环亦遣部将曹子达等，与瑊合师。凤翔伪节度使李楚琳，见官军势盛，也入贡梁州，并拨兵助瑊。瑊进拔武功，朱泚遣将韩旻等往攻，不值一扫，子身遁还。瑊遂引兵屯奉天，与李晟东西相应，共逼长安。长安城内，日必数惊，不由朱泚不惧，遂募能言善辩的使人，赍着金帛，往赂各军。泾原节度使冯河清，屡杀泚使，偏偏牙将田希鉴，被泚买通，刺杀河清，愿为泚属。泚即命为节度使，并令他转略吐蕃。吐蕃得了厚贿，也收兵回国。黄白物究属有灵。泚又召弟滔趋洛阳，滔遣使至回纥乞师，回纥许发骑兵三千人，入塞助滔。看官阅过前文，应知回纥与郭子仪联盟，已经两国结好，为何此时转助朱滔呢？原来德宗初年，回纥可汗移地健，唐曾封为英义建功可汗。为从兄顿莫贺所弑，自立为合骨咄禄毗伽可汗，遣使朝唐。德宗曾册顿莫贺为武义成功可汗。可汗有女嫁奚王，奚王被乱众刺死，女得脱归，道出平卢，滔盛设供帐，锦绣夹道，待回纥女到来，殷勤款待，且微露求婚意。女见他礼意周到，状貌伟岸，遂愿委身相事，随滔入府，成为夫妇。嗣是滔通使回纥，修子婚礼。回纥甚喜，报以名马重宝。及滔欲入洛，因向回纥乞师，翁婿相关，求无不应。滔又遣约同田悦，共取河洛。悦方与王武俊等，上表谢罪，仍受唐封，当然不肯从行。滔遂与回纥兵攻掠悦境，夺去馆陶平恩诸县，置束而去。悦闭城自守，不敢出兵。会德宗遣孔巢父为魏博宣慰使，巢父至魏州，为众申陈利害，悦及将士皆喜。田承嗣子绪，任魏博兵马使，素性凶险，尝遭杖责，免不得与悦有嫌。悦宴巢父，夜醉归寝，绪与左右密穿后垣，入室杀悦，并悦母妻等十余人，当下假传悦命，召行军司马扈崿，判官许士则，都虞候蒋济议事。济与士则，不知有变，闻召即入，统被砍死。绪率左右出门，遇悦亲将刘忠信，领众巡逻，绪即大呼道："刘忠信与扈崿谋反，刺杀主帅！"众不禁大哗，忠信方欲自辩，已是饮刀而毙。扈崿闻乱，方招谕将士，共谋杀绪。绪登城呼众道："绪系先相公子，诸君受先相公恩，若能立绪，赏二千缗，大将减半，士卒百缗，限五日取办。"将士贪利侥功，竟杀了扈崿，统愿归绪。军府已定，乃至客馆语孔巢父，巢父不假细问，便命绪权知军事，自还梁州。直至过了数日，魏博将士，方知绪实杀兄，但木已成舟，也只好将错便错，领取赏银，暂顾目前富贵罢了。误人毕竟是金钱。

　　滔闻悦死，喜为天假，自率兵攻贝州，遣部将马寔等攻魏州，一面使人诱绪，许为本道节度使。绪正踌躇莫决，适李抱真、王武俊等，也遣使白绪，愿如前约，有急相援。绪乃上表行在，守城待命。至德宗授绪为魏博节度使，绪遂壹意拒滔，并向李抱真、王武俊处乞援。抱真因再遣贾林，往说武俊道："朱滔志吞贝魏，倘不往救，魏博必为滔有了。魏博一下，张孝忠必转为滔属，滔率三道兵进临常山，益以回纥兵士，明公尚能保全宗族么？不若乘魏博未下，与昭义军连合往援，勠力破滔，滔既破亡；朱泚势孤，必为王师所灭，銮舆反正，天下太平，首功当专归明公了。"<small>贾林两次说下武俊，功名不亚鲁仲连。</small>武俊甚喜，即使贾林返报抱真，约会南宫。抱真得报，即自临洺往会武俊，武俊已至南宫东南，与抱真相距十里。两军尚有疑意，抱真欲径诣破俊营，宾佐相率劝阻，抱真不从，且嘱行军司马卢俊卿道："今日一行，关系天下安危，若不得还，领军事以听朝命，唯汝是望，励将士以雪仇耻，亦唯汝是望。"俊卿奋然允诺。抱真遂率数骑径行，至武俊营，武俊盛军出迎。抱真下马，握武俊手，慨然与语道："朱泚李希烈，僭窃帝号，滔又进攻贝魏，反抗朝廷，足下明达，难道舍九叶天子，不愿臣事，反向叛徒屈膝么？况国家祸难，天子播越，公食唐禄，宁忍安心？"说至此，泪下交颐。武俊亦不禁感泣，左右相率泪下，莫能仰视。武俊邀抱真入帐，开筵相待，抱真即与武俊约为兄弟，誓同灭贼。武俊称抱真为十兄，且泫然道："十兄名高四海，前蒙开谕，令武俊弃逆效顺，得免死罪，已是感激万分。今又不嫌武俊为胡人，辱为兄弟，武俊将何以为报呢？唯十兄为国效忠，武俊愿执戈前驱，力破逆贼，报国家便是报十兄了。"抱真见武俊意诚，很是欣慰，畅饮了数巨觥，饶有醉意，便入武俊帐后，酣寝多时。<small>并非真醉。</small>武俊越加感激，至抱真醒悟，出来相见，款待益恭，且指心对天道："此身已许十兄死了。"<small>不枉十兄一行。</small>抱真告别回营，两下里拔营同进，共救贝州。

　　朱滔闻两军将至，急令马寔解魏州围，合兵抵敌。寔兼程至贝州，人马劳顿，请休息三日，然后出战。滔迟疑未决。会回纥部酋达干，引兵到来，入帐与滔语道："回纥与邻国战，尝用五百骑破敌数千骑，与风扫落叶相似，今受大王金帛牛酒，前后无算，愿为大王立效，明日请大王立马高邱，看回纥兵翦灭敌骑，务使他匹马不返哩。"<small>番酋亦喜说大话耶？</small>滔部下有常侍杨布，及将军蔡雄亦在旁进言道："大王武略盖世，亲率燕蓟全军，锐然南向，势将扫河洛，入关中，今见小敌，尚不急击，如何能定霸中原？况内外合力，将士同心，难道尚不能破敌么？"又是两个性急鬼。滔被他激动，决计出战，翌日晨刻，鼓角一鸣，全军齐出。回纥骤马先进，直扑武俊抱真军营，武俊抱真，已列阵待着，武俊军在前，抱真军在后。回纥部酋达干，毫不在意，驱着番兵，杀入武俊阵内。武俊并不拦阻，反麾兵分趋两旁，让他过来。回纥兵喜跃而前，穿过武俊垒中，迫抱真军。抱真却坚壁不动，回纥兵正拟冲突，不防武俊军又复趋合，左右夹击，杀死回纥兵无算。回纥酋达干，料不可支，只好勒兵退还。武俊把他驱出阵外，停马不追。回纥兵放心回去，趋过桑林，猛听得鼓声一响，又是一彪军杀出，将回纥兵冲作两截。看官道这支伏兵，从何而来？原来是王武俊预先布置，遣兵马使赵琳，率五百骑伏着，此次乘势横击，掩他不备，好杀得一个爽快。回纥兵马大乱，滔正率军趋救，那武俊抱真两军，却相继杀来，势如泰山压卵，所当辄碎。更被那回纥乱兵，没命窜入，遂致队伍错乱，自相践踏，慌忙收军还营。奈一时无从部勒，一半战死，一半逃散，只剩了数千人，入营坚守。会日暮天昏，阴雾四塞，武俊抱真不便再战，就在滔营附近，择地下寨，守至夜半，忽见滔营中火光熊熊，照彻远近，料知他是毁营遁去了。小子有诗咏道：

> 两将连镳逐寇氛，十兄义略冠三军。
> 贝州一战枭雄遁，好挈河山报大君。

滔既北遁，两军曾否追击，且看下文便知。

李怀光未战即奔，朱滔一战即败，此皆唐室中叶，人心未去，故怀光与滔，终不能大逞所欲耳。怀光欲反，赞助乏人，石演芬，怀光之养子也，璀且为怀光之亲子，骨肉尚不相从，遑论将士？河中之奔，已知其无能为矣。滔为四国盟主，又有兄泚，僭号长安，势力较怀光为盛，然田悦、李纳、王武俊归国，而外援失，李晟、浑瑊进讨朱泚，而内援又失，贝州一役，虽由李抱真之善结武俊，得以破滔，然非由滔之势已孤危，武俊岂敢反颜相向乎？故德宗之不亡，赖有人心，而诸将之功次之，于德宗实无与焉。